因梦致远

我的"玄奘之路"

刘宇 著

中国出版集团 东方出版中心

N40° 50 '58.70 " E95° 35' 43.60"

N40° 23 '29.30 " E95° 35' 41.40"

N40° 22 '17.20 " E95° 38' 44.70"

N40° 15 '43.30 " E95° 54' 18.00"

N40° 15 '10.10 " E96° 13' 33.40"

目 录

第四卷

第五卷

结语——一直在路上

序一　坚持与激情

刘宇同学让我给他的新书《因梦致远——我的"玄奘之路"》写几句话。参加过戈壁挑战赛的人,几年下来,跑过了春夏秋冬,跑过了万里路程。用另外一个同学的话来说,喜欢跑步,是因为跑着跑着,会跑入一种状态,仿佛四周安静了下来,岁月静好。

没有跑过戈壁的人很难想象这些人为什么要这样折腾,大马路不跑,绿水青山不跑,非得去深一脚浅一脚、满是乱石青刺歪坑的戈壁,顶着烈日奔跑。

据《大唐西域记》《大慈恩寺三藏法师传》的记载,公元629年,玄奘在刚收的弟子石磐陀带领下,从甘肃瓜州出发向西而行。这位长满胡须的胡人弟子(有学者认为他是孙悟空的原型)很快放弃了师傅,留下玄奘孤身一人。玄奘在一个叫白墩子(戈壁挑战赛终点)的烽火台取水后继续西行,前面是一片被称为流沙的几百里茫茫沙漠,他在出发大约百里后迷路,并打翻了水袋。

绝望的玄奘决定东归,回头走了十多里后,已经窥见死亡身影、没有帮手和饮水的玄奘,经过内心交战,掉头再度西行。在这个可能是玄奘一生最艰难的时刻,他决心"宁可西行而死,绝不东归而生"。之后,五夜四天滴水不进、在死亡边缘徘徊的玄奘,神奇般地被老马带到一个水洼附近。在休整两天后,玄奘穿过几百里沙漠到达新疆哈密,完成了西行途中最艰难的一段。

玄奘的西行之旅,不妨可以称为"青年玄奘的奇幻漂流",只不过他"漂"的是流沙河。犹如少年派一样,他经历的是漫长、孤独、艰难的旅程。在后人的小说演义中，玄奘的西行故事中出现了妖魔鬼怪、八十一难等情节。

如今，每年都会有很多商学院的EMBA学员争着参加戈壁挑战赛，体验从瓜州到白墩子的100多公里的路程。在我的理解中，重走玄奘之路，不是为了炫耀自己的体能，而是为了通过对身体的挑战，体验玄奘的强大精神。无论是如日中天的企业领袖，还是事业刚刚起步的创业者，在这条路上，都可以体验一回生命的激情。

古人说："读万卷书，行万里路。"刘宇跑过"万里"，并把他每一天的跑步经历都记录下来。这些记录有长有短，包含了很多琐碎、平淡的细节。刘宇跑的不止是坎坷的人间路，还有心路。

我曾经在终点迎接这些奔跑的人，和他们一起分享夺冠的狂喜和泪水。我也曾在戈壁中喝醉了与他们狂舞。每次想起戈壁，我都会想起蓝天大漠、猎猎红旗。长江商学院有一句诱人的话——"长江理想，生命飞扬"。很难想象，在那么荒凉的地方，会绽放出分外动人的"生命之花"，但这似乎就是这些跑步的同学们寻找到的意义。他们眼中闪动着一抹动人的激情之光。这种激情和坚持，在这个多变的时代，显得尤其可贵。

刘宇的文字，代表了很多热爱跑步的企业家的心路历程。他们的执着、他们对生命的热爱和求索，都让我敬佩，让我向往。我觉得应该和他们把酒言欢。"微斯人，吾谁与归。"

陈　龙 | 阿里巴巴可持续发展管理委员会主席，罗汉堂总裁，阿里巴巴研究理事会学术主席，前蚂蚁金服首席战略官，前长江商学院副院长、金融学教授

序二　　　"重塑"战记

我诚挚推荐长江戈友刘宇的这部《因梦致远——我的"玄奘之路"》。他用一篇篇日记，真实地记载了，一个正准备如期进入"中年油腻男"阶段的生命，是如何通过一天天的"重塑"，逐渐逆转，并始终保持着令人艳美的青春活力的——无论身体，还是心灵。

也许你会认为，这推荐的定位似乎低了点。这不是一部关于梦想、关于友情、关于成功的书么？没错，书中每一篇的文字，都能让你真切地感受到这一点，就像"玄奘之路"的格言——"理想、行动、坚持、超越"。但是，超越的每一天，都是为了生命，也终将会表现为更加鲜活、永远青春的生命。青春，在这个词义上，是永远超越于生理年龄的，它是永远充盈于生命中的一种力量，我相信，真正有活力的生命，哪怕在它衰老至最后一刻的眼神中，依然会闪烁着青春的活力，这就是"重塑"的力量。

"重塑"这个词来源于我所处的行业，Outdoor Recreation，通常翻译为"户外休闲"。但我从不认为戈赛是大家闲而无聊打发时间的一件事儿。的确，戈赛的缘起纯粹是我个人的兴趣，以及16年前联手央视策划的一个大型活动"玄奘之路"。2006年5月，我邀请了来自北大、清华、长江、复旦、上海交大等几所商学院的50多名EMBA学员，组织了一次沿着玄奘西行故道的徒步穿越活动，这就是所谓的首届"玄奘之路商学院戈壁挑战赛"。其实那时候我并没有长期做下去的考虑，但在那次活动结束后的

"庆功宴"上，长江商学院的两位同学"将了我一军"，他们说："向东，你必须把这事儿坚持做下去，如果你放弃了，我们会非常失望的。"另一位说："如果你坚持做十年，我们给你发一个大大的奖牌……"于是，就有了这十余年的坚持，也就有了这几万名令人感动的"戈友"。

但是我始终不明白，为什么这些功成名就的"成功人士"，要主动选择戈赛这样一个艰苦而又充满挑战的活动？这怎么会是"休闲、娱乐"呢？直到有一天，我突然意识到，Recreation 这个词的本意，其实是不断地再创造：re-create。无论你把它翻译成"重塑""再创"还是"焕新"，它都揭示了一个生命的真相：生命渴望通过持续不断、每日每天的"再创造"，来挣脱肉体的束缚，永葆青春。

刘宇戈友的日记，真实感人的记载了这一"重塑"的过程。多数的日子是枯燥的，甚至是痛苦的，但是好在有"心灵"，那个无论何时都在激励、引导着我们"生命冲动"，每当我们经历痛苦、抵达终点的时候，它都会给我们无上的褒奖。"理想"和"行动"让我们意气风发地起飞，但"坚持"却总会无比痛苦，直到实现"超越"的那一刻，幸福感才会降临……这也就是生命被"重塑"的那一刻。

和许多戈友的戈赛回忆不同，这本书是每日日记的真实再现——但又完全不像日记——从 2013 年 6 月 28 日，到 2015 年 5 月 26 日，一个大腹便便、跑三千米都"难以为继"、准备做颈椎手术的"圆润胖子"，蜕变为在力竭时一声怒喝"老子绝对没问题！"冲向终点的"A 队大神"，一天天一幕幕，与其说本书是前程未知的日记，不如是一部命中注定的脚本。没错，一旦你能保持生命的"冲动"，这一幕幕的脚本就已经注定，你只需凝神静气，倾听生命的呼唤，让青春的生命来塑造你的身、心、灵，一天天一幕幕，持续不断，生命自然会用它的意志来塑造你的生活，这就是永葆青春的生活。

和我看许多戈友的戈赛回忆时的体会一样，浏览这部书样稿的时候，我多次潸然泪下。当饶南连续怒吼："拉着我，用我的力量，把我烧光！"当对手回忆："跟你同样也会流血的人，血流出来同样也是红色的人，才能激励你，无论是队友还是对手。"当夜色苍茫，枕戈待旦的老 A，深情地亲吻自己的跑鞋，希望它能助自己最后一搏……只有经历过这一切的戈友——不，只有那些真正能够听到生命的呼唤，并真正践行"重塑"生命过程的勇者，才能够真切地感受到，那一刻，究竟意味着什么。这部书并不是写给所有人看的，这部书是写给那些洞悉了生命真相的人看的，这些人是生命的"重塑者"，是持续不断创造青春活力的勇者。

借用作者在后记中引用的那一句名言，来作为我推荐序的结尾，这也是我最喜欢的一句话："世上只有一种英雄主义，那就是在认清生活真相之后，依然热爱生活。"（罗曼·罗兰）

所以我把这个序命名为《"重塑"战记》。

向戈友刘宇致敬！向所有的戈友致敬！

曲向东 | "玄奘之路"及戈赛创始人

序三　　汇聚力量，点亮希望

2021年的冬天并不太冷，疫情的反复导致很多事情的节奏放慢了，不确定性增加，难免让人徒生寒意。在这个灰蒙蒙的当口，刘宇写的《因梦致远——我的"玄奘之路"》来到了我的面前，阅读过程就像被一束温暖的光芒照亮，本书一如他本人那样，温和而有力量。跟随着他的叙述，我又回到了我们共同度过的那段时光，更真实地了解了他在冲A备战的岁月里所经历的坚持、抗争与蜕变。

玄奘之路商学院戈壁挑战赛已经走到了第17届，这场赛事以其旺盛的生命力，吸引了无数商学院学员为之前赴后继。瓜州戈壁，地形多样，风沙弥漫，这里曾是东西方文化交流的走廊，也是玄奘西行九死一生的地方。自戈9以来，我曾经以不同的角色和身份17次走上戈壁，我和队员们甚至曾住在那里，在千年古迹六工城看日出日落。

在我的理解中，戈赛提供了一个挑战自我的最佳赛场。无论是竞技引领的A队还是患难与共的B队都必须在复杂的自然环境下，用敬畏自然的心态完成4天120多公里的挑战。同时，戈赛也因为争夺团队荣誉的赛制而变得充满挑战和乐趣。

这样的赛制下，一个彼此成全的实际场景应运而生。个体需要忘我地融入团队，团队要通过互助精神共同达成目标。"追逐理想、渴望胜利、向往荣誉"，成为商学院群体乐此不疲且至高无上的精神追求。

长江商学院戈赛 A 队选拔赛的竞争每年都异常激烈、残酷。初见刘宇，应该是在备战戈 9 的冬训期间，那时我正在为冲 A 而努力。一次华东站周六晨训，我看到场边有个人拖着沉重的步伐试图完成教练安排的间歇训练，他运动的姿态让我想到了蹒跚前行的"老骆驼"，我想他冲 A 可能会很困难吧，他显然缺乏戈壁赛场所需的体能条件。

刘宇举止儒雅，有长者的智慧，让人很有安全感，同时他自诩"老骆驼"，他从不会表现出志在必得的决心，也不会展现技压群雄的竞技实力。每一次拉练，每一次选拔，他都认真对待，步步为营，他会事前仔细准备，认真咨询老戈友，不放过任何一个可能的细节。事后他会认真总结，不放过任何一个环节。

对于一个冲 A 队员来说，他需要付出肉眼可见的时间成本，在一年的时间里，每周至少要训练 5 次，月跑量要超过 300 公里，工作日的三个晚上和周末的一个白天肯定得在训练中度过，再加上每个月的集训，戈壁滩的实地探路、拉练、选拔等。而这样的流程，刘宇从戈 9 开始反复经历着，直到他在戈 11 成为代表长江商学院出征戈赛的 A 队队员。

印象中，我每次训练时都很少见他说话，他更多地是在默默坚持（真的挺像老骆驼的），这种执着和坚定最终形成了一股强大的力量。我想正是这种低调隐忍、日拱一卒的态度使他通过选拔，最终成为长江戈 11A 队的一员。而在戈壁赛场，他也拼尽全力、不辱使命。

在后戈壁时代，我和刘宇成了好朋友、好兄弟。戈赛的共同经历和共同的跑步爱好，让我们有很多相聚的机会，我们偶尔小酌，畅谈人生，我的烦恼总能被他的三言两语轻松化解。比赛结束后的刘宇并没有就此停下，跑步已经成为他生活不可或缺的一部分。他享受着充满正能量的生活方式，家人都以他为榜样。

2016 年的柏林，我见证了他在年近半百之际以 3 小时 01 分的个人最好成绩跑完马拉松，取得难以想象的突破。他曾倾尽所能，用他的专业和智慧给予我和企业诸多建议和帮助，而这段经历，也就此改变了他的职业发展轨迹。了解自己、打破惯性、学会取舍、乐于助人，有勇气突破常规，积极探求人生道路的更多可能性，如果说戈赛能够给人带来以上这些精神收益，那么刘宇一定是个人生赢家。

得知好兄弟将这些经历写成书，深感钦佩。人生苦短，冷暖自知。他这么做不是为了书写自己的传奇，而是为了汇聚平凡的力量，点亮更多的希望。

福楼拜说："人的一生中最光辉的一天，并非是功成名就的那天。而是从悲叹与绝望中产生对人生的挑战，以勇敢之心迈向意志的那天。"人到中年，满腹心事，理想不死，锋芒犹在。相信刘宇的这本书能给你带来激励和力量。

而拥有了勇气和信念，也就拥有了一切。

是为序。

2021 年 12 月初

康凯 | 长江商学院戈 9 冠军队员，戈 10 至戈 13 随队"马甲"，戈 15 战略官，戈 16 冠军领队，长江高远户外俱乐部会长

荐 语

荐语 一

王睿 ｜ 启丰食品科技（北京）有限公司 董事长
长江商学院 EMBA 4 期学员；长江戈 1 领队

　　刘宇是榜样。他用三年时间，因减肥跑步而进阶为戈壁挑战赛竞赛队员，完美实现了个人成长。一千多篇日记，于日常中看到积极和坚韧，于平实中感受到爱和感恩。一位能写的跑者，或者说一位爱跑的作者，一定会创造更多价值。

　　刘宇的冲 A 历程，带动了很多人开始跑步。书稿能付梓，也将鼓舞更多人。只要不懈努力、掌握正确的方法，必能达成所愿、实现梦想。

　　"冠军精神激励长江"，他是践行者、受益者，更是传播者。拜读书稿，心潮再澎湃之余，更增钦佩和感激。向刘宇学习！从认真跑步开始。

荐语二

程晨 ｜ 巨人能源 董事长
长江商学院 EMBA 7 期学员；长江戈 2A 队队员；戈壁"视界共和"发起人；戈 16、戈 17 "视界共和"组织者

　　人生就是相续不断的体验，同一条"玄奘之路"，每个亲历的人领略不同。戈壁因为有戈壁人而无与伦比，戈壁因为戈壁精神而源远流长。第二届玄奘之路戈壁挑战赛，我窃喜走过这一遭，怀一颗欢喜之心，便收获了更多欢喜的理由……

　　长江刘宇师弟，一个没有运动基础的中年男人，三年里为了

梦想和承诺而坚持，身心蜕变的过程中他经历了什么？

长江冲 A 这条路异常艰辛，本书记录了刘宇一千余个日夜里，跑过的将近一万公里的路程中，一次次战胜惰性，熬过大小伤痛，在重复单调的奔跑时光中，不断发掘自身潜能的真实经历。本书向读者展示了商学院这个精英群体积极向上、追求卓越的面貌。

在我看来，戈壁挑战赛是一场非常庄严的游戏，对于走过戈壁的人来说，戈壁才是最好的地方。一群人走到一起，完成其他个人不能完成的任务。一群人，一个目标，一条心，一起拼。

戈壁，在这缺少生命的地方，不缺爱和付出，每一届选手的无畏团结的精神都感染着与戈壁相关的每一个人。

荐语三

江昌雄 | 首届高远户外俱乐部秘书长
长江商学院 EMBA 11 期学员; 长江戈 3A 队队员

老骆驼是刘宇兄的自称，大文豪则是华东站所有兄弟姐妹们对他的称呼。宇兄冲 A 那几年，作为老戈友，我也受他们感召又回来参与华东站的训练。宇兄的训练日记写得声情并茂、文采斐然，并且他坚持为每周例行的华东站训练起草召集令，从此开创了华东站独特的文化氛围并传承至今。

商学院里只有两种人：走过戈壁的和准备走戈壁的。"走过茫茫戈壁，都是姐妹兄弟！"对于长江的同学，商学院戈壁挑战赛有一种神奇的吸引力。想要参加 A 队比赛可就不容易了，特别是在永远以冠军为目标的长江商学院，为了获得一个参赛机会，每一个人都得付出艰苦的努力，跨过伤痛，让自己从内而外地真正强壮起来，如此才能在众多激烈的竞争中脱颖而出，破茧成蝶！

刘宇兄记录的虽说是自己的冲 A 历程，但又何尝不是所有长江老 A 们共同的心路历程！作为长江戈壁传承的最好见证，相信《因梦致远》会引起大伙诸多共鸣！

冠军只是一个结果，夺冠才是整个过程！

长江理想，生命飞扬！

荐语四

阎新峰│上海中性灰信息科技有限公司 董事长

长江商学院 EMBA 12 期学员; 长江戈 4A 队队员; 戈 7C 队队员; 戈 8、戈 9、戈 11B 队队员; 戈 13C 队队员; 华东训练站创始站长; 戈 9 组委会成员

作为戈 4 的老 A 在长江华东站干了近 7 年的创始站长，我有幸陪伴过不少同学一起跑步、一起越野、一起戈壁。见证了刘宇兄从一个菜鸟开始，不断进步，并神奇地冲入戈 11A 队的成长历程。后来他又以破风队员参加戈 12，体现着传承精神。

刘宇是我心中的楷模，无论做人和做事，他都是我的榜样。他通过不断的努力树立了一个高度，那就是一个资质普通的人，通过一步一个脚印的坚持，加上科学训练，可以成为国家马拉松二级运动员，并成为长江戈 11 的顶梁柱。

刘宇给予自己了力量，更给予了团队力量。刘宇的经历告诉我们：我们选择了一件事情，就要认真投入地把它办好，对得起自己，对得起战友。

有人不是很理解为什么我们要多次上戈壁，那是因为我们心中的戈壁精神在召唤，没有了这些精神，戈壁跑步并没有多大意义。我理解的长江戈壁精神就是"付出、奉献、忘我、成全"，

每一个人的坚持和拼搏是在自己的层面，为团队付出和奉献是在更高深的层面。通过个人努力成全大家的共同目标，这其中最难的是忘我。

刘宇是我心中长江戈壁精神的践行，刘宇，为你点赞！为你骄傲！祝愿我们能有机会再携手共同做一件事。无论如何，我都为你加油！

荐语五

舒晶 | Om ma 瑜伽 CEO
长江商学院 EMBA 14 期学员; 长江戈 5A 队队员

很高兴在出版前看到刘宇师弟的这本日记体书稿，衷心地向他表示祝贺！四天的生死与共，一辈子的兄弟情怀。走过戈壁的都是姐妹兄弟。很开心看到刘宇兄能始终保持对戈壁的赤子情怀。从一个"菜鸟"到戈壁 A 队主力，这中间的辛苦到底有多少？

我相信，看完此书以后，你会为刘宇的努力和坚持喝彩。最重要的是戈壁之后，刘宇依然在坚持运动，跑步已经成了他一辈子的事业。

再次为刘宇兄点赞！

孔祥云｜上海企源科技股份有限公司 董事长

长江商学院 EMBA 16 期学员；长江戈 6A 队队员；戈 7 组委会成员

收到刘宇兄《因梦致远》书稿，被五十多章的内容震撼到了！

在翻阅过程中，无数的影像重现在脑海。世纪公园、崇明、白沟、敦煌、瓜州……黄土、流沙、黑戈壁、骆驼刺……GPS、打卡点、路线……配速、公里、拉伸、抽筋、拉伤、杨医生……能量胶、盐丸、水，还有太多太多熟悉的兄弟姐妹的名字。

四天三夜，120 公里。流过最多的汗水，在戈壁。最嘹亮的鼓劲，在戈壁。最多的拥抱，在戈壁。最过命的队友，在戈壁。真的非常感谢刘宇兄将自己冲击 A 队、代表长江商学院参加戈壁挑战赛的日记整理分享出来，让我们重新品味难忘的日日夜夜。

如果说从一个 80 多公斤的跑步"菜鸟"，经过艰苦自律的训练，成为一名长江 A 队队员，需要付出巨大努力！那么刘宇兄将自己整整三年间置身长江商学院训练选拔、冲击 A 队并参加第 11 届戈壁挑战赛的点滴往事如此详细地记录下来，形成洋洋洒洒五十多章文字，其坚韧毅力，我发自内心地钦佩！

税新 | 青岛赞美生物科技有限公司 董事长

长江商学院 EMBA 19 期学员; 长江戈 7A 队队长; 戈 8 领队; 戈 9、戈 10 官方志愿者; 戈 11、戈 12 官方摄影师; 戈 14 组委会成员; 戈 15C 队政委; 戈 16 公益大使; 戈 17 官方媒体代表; 第二届高远户外俱乐部秘书长

　　刘宇是我 19 期的同学，"温文尔雅的理工男"是他给我的第一印象，所以当听到他成功入选戈 11A 队时，我被深深地震撼到了。戈赛进 A 队难、进长江的 A 队更是难上加难，QQ 姐用了 7 年时间才冲进 A 队。可想而知，这位没有任何运动基础的"小白"在烈火之中要历经怎样的千锤百炼才能"淬炼成钢"！"安静而有力量"，我心中不由升腾起一股深深的敬意。

　　因此，刘宇的《因梦致远》在我读来其实是现实版丑小鸭变白天鹅的故事，他用温暖细腻的笔触向我们讲述了一个跑步"小白"怎样用 3 年的时间蜕变成"大神"的故事，完美诠释了"理想、行动、坚持、超越"的精神，娓娓道来，明心见性。

　　而我，也跟随刘宇的故事重温了那段激情燃烧的岁月。脚下是千年前古人的足迹，眼中是无垠沙漠造就的极致景色，并肩作战的是逆风前行的戈友……一路的艰难困苦百转千回，最终都化作珍贵回忆，成为面对挑战时的力量之源。

　　真正的强者，不是没有眼泪的人，而是含着眼泪依然奔跑的人。冲 A 是痛苦的，而经历过上升的痛苦，换来的定是无比强大的自己。这本书会带领我们，见天、见地、见自己、见众生，见自律、见隐忍、见敬畏、见谦卑、见感恩、见慈悲……带给我们无限的激励和勇气。

　　梦想是一种力量，以梦为马，跑者致远。

荐语八

陆宏达 | 智度集团 董事长

长江商学院 EMBA 19 期学员；长江戈 8A 队队长；戈 9 领队

刘宇是我长江商学院同期的同学，我们初见面时，他是胖胖的、大肚子、很沉稳，真没有想到他后来能够坚持苦练三年，最终杀入长江 A 队，练出国家二级运动员的水平。

看完刘宇的日记体自传，才明白他背后的艰辛、坚韧，也震撼于他的目标感和执行力，也只有这样的人才能进入长江的 A 队。

刘宇同学的这本书，也把我带回那个激情澎湃、正气满满的戈壁年代。商学院戈壁挑战赛已是我们这辈子最牛的一段经历。我也一直有记录这段经历的想法，但是一直没有下决心。因此，佩服、感谢刘宇兄能够将心路历程公开出版。

荐语九

衷存皇 | 房地产基金 资深投资人

长江商学院 EMBA 21 期学员，长江戈 9A 队队长；戈 10 领队

依稀记得第一次见宇哥是在卢湾体育馆的操场，标准的大才子形象，架着一副眼镜，斯斯文文，一看就是金融才俊，平时缺乏运动的样子。

上了跑道，看他跑步的姿态和运动的样子，冠以"小白"标签实不为过，妥妥的零基础。原以为他来操场训练也就是"打个

酱油",没想到他还挺认真投入,每次总能坚持完成训练,并且还送给大家才情十足的训练日记,给大伙精神鼓舞,吸引着新人加入。

这样无私奉献的好小伙,我们肯定不能放过他,忽悠他说:"你好好练练,肯定能冲A。"其实说这话时自己都觉得太过了,私心是想让他多写几篇好文,但没想到我们的忽悠,宇哥却听进去了,并肩负了一份责任,可见他对我的信任。

就这样,宇哥开始了他的系统训练,经过三年努力,用他的严肃成功冲A,并代表长江戈11A队出战,给自己和大家都留下了美好的回忆。宇哥的经历是定力、心力的完美结合!对95%的没有天赋和零基础的跑者而言,本书是一部标准的长跑入门"教科书"。

相信本书有助于正准备踏上戈赛冲A之路的"后浪们少走弯路,也会激励更多崇尚健康向上、勇于超越自我的读者稳健步入长跑之路。

荐语十

吴军(罗德曼)|中信泰富广场 总经理
长江商学院 EMBA 25 期学员,长江戈 10A 队队员;戈 11、戈12 官方摄影师;戈 13 组委会竞赛部部长;戈 16 老戈队领队

宇哥和我约稿时,我脑子里首先想到的就是"日拱一卒"。记得 2021 年 11 月时,宇哥说想把他的训练经历记录成文字,当时说的还是在线上分享,这转眼就要出书了,着实令人钦佩。

虽然宇哥是我师兄,但可以说我是看着他一点点进步的。认识宇哥的时候,第一印象是文质彬彬、身材微胖、跑步稍显沉重,但他严格遵守教练的指导,谦虚听取大家的意见,每天用日记记录训练计划和心得体会。戈 11 之前他的年跑量达到将近 4000 公

里，每次训练都拼尽全力。记得2015年8月，我在卢湾陪宇哥训练，他轻盈的步伐特别让我惊喜，和以前判若两人，再后来成功冲A完全是水到渠成。

戈10我们一起训练和选拔，戈11我陪伴宇哥训练和参赛，戈12我们分别是前后队的"兔子"。兄弟很多年了，唯——次看到他发火就是戈11正赛决战日，我为他破风时。对手交大整体实力比长江强大，前两天长江均先赢后输，已落后8分多，最后一天明知机会不大，但不服输的长江仍放手一搏，宇哥等大龄队员跑前队。路程过半，我发觉宇哥有些吃力，便在对讲机里让准备后撤的年轻兄弟上来，可势必会因年龄减时导致整体成绩下降。宇哥瞬间爆发，怒吼着快步冲到队伍最前面，随后长江和交大一直焦灼缠斗到终点，最后神勇的长江奇迹般地搬回5分多，将成绩差距缩短到2分半，相信交大也会后怕。

在以宇哥为代表的戈11"老家伙"身上，长江人的团队意识、比赛策略、血性展露无遗，明知不可为而为之，每个人都在拼搏，让对手赢得不轻松，如此斗志满满的宇哥，绝对是条汉子。

最后，恭喜宇哥作品顺利出版。

荐语十一

李登彪 | 北京赛科世纪科技股份有限公司 董事长 &CEO

长江商学院EMBA25期学员; 长江戈11A队队长; 戈12、戈14官方摄影师; 戈13领队; 戈15、戈16公益大使; 戈17B大队队长; 第二届长江高远户外俱乐部执行会长

能为即将出版的宇哥冲A跑步日记写推荐，实在是我莫大的荣幸，因为我和宇哥的缘分也是始于他的跑步日记。戈11刚冲A

跑步两个月的时候，我参加长江一年一度最经典的白沟选拔赛，老戈友都知道这是一条最美的也是最虐的赛道，让人又爱又恨。同班的罗德曼在选拔赛前把宇哥前一年参加白沟选拔赛的日记发给了我，里面详细地记录了宇哥当时的体验和感受，以及如何根据白沟赛道坡度合理分配体能，对于还没有跑过白沟的我，如获至宝，仔细拜读，实在是受益太大。

后来选拔赛上也见到了日记的主人宇哥，只见宇哥谈笑风生，绝尘而去，这也是坚持训练并不断总结的结果，对当时冲 A 的我也是莫大的鼓舞。

我想宇哥愿意梳理并公开自己的跑步冲 A 日记，就是想把跑步冲 A 给自己带来的蜕变和收获分享给大家，这是一种在收获了太多感动和大爱之后的自然流露，他希望以此去影响和回馈更多的冲 A "小白"和跑步爱好者。

推荐宇哥的冲 A 跑步日记，最重要的原因就两个：一个就是宇哥在跑步方面是彻彻底底的普通人，也恰恰是这一点，对我们大多数人更有参考意义。冲 A 跑步日记完整的记录了一个跑步"小白"长达几年持之以恒、不断精进，最终如愿以偿的逆袭成功之路，这让我们大多数普通人都能通过这个日记燃起信心，看到希望！另外一个推荐原因就是宇哥做人的正直、公道，作为戈11A 队的亲队友，无论是在戈壁上还是在后戈壁时代，与宇哥相处都让我深深地感受到老大哥的真诚和包容，他内心正直、观点客观，让大家心服口服。

简单地说，一个为人正直、客观公正并没有跑步天赋的普通人，通过自己的努力和总结，最终如愿以偿地成为长江 A 队"大神"，并从此热爱上跑步的"宝典"，一定会让我们广大普通跑者受益良多。

它没有教你未来该去怎么做，明天如何更优秀，它只是告诉你，昨天努力了什么，今天就会收获什么！

谭进｜兰州二建集团 董事长

长江商学院 EMBA27 期学员，长江戈 12A 队队长；戈 11C 队队员、戈 13 组委会成员

努力、勤奋、自律是老骆驼宇哥的人生底色，这部"宝典"记录了宇哥从跑步小白到 A 队大神的进程和心得。宇哥将跑步日记汇集成册，毫无保留地将自己训练和进入 A 队的全部过程拿出来与大家分享，对于长江和戈赛都是特别珍贵且独一无二的记忆。尤其是以亲历戈 11 的第一视角记录的故事，让人越看越觉得过瘾，好像跟着宇哥一同回到黄沙漫漫的赛道。

宇哥的跑步生涯并未随戈 11A 队的完满谢幕而终止，对我们下一届 A 队来说，宇哥更担得起"老戈"这个金字称呼。宇哥在戈 12 的全程陪伴，让我们后来的"新 A"感到满满的信任和放心。赛前宇哥等老戈在戈壁滩炙热的阳光下近乎疯狂地一遍遍刷赛道，全力为下一届 A 队找出最优路线，他是每个"新 A"梦想中的领头兵。

戈 12 的耀目成就，其厚重的根基，源自老骆驼等老戈对戈赛线路近乎苛刻的完美追求，以及他们无私奉献的精神。我从宇哥身上，看到了长江戈赛精神的最好诠释：从"小白"到"大神"，再把自己的收获一一传递给后来人……

陆泱｜莱蒙国际集团 产业投资负责人
长江商学院 EMBA 28 期学员,长江戈 13A 队队员;戈 12 B 队、戈 15 C 队、戈 16 老戈组 A 队队员;戈 14 MBA 组 A 队领队

"玄奘之路"戈壁挑战赛,如今已经成为商学院中最具影响力的活动。究竟戈壁能带来什么? 每个参与其中的人都在创造自己的答案。冲 A 更是一个勇者的选择,一个全力以赴、磨砺坚韧、重塑自我,与灵魂对话的过程。

法国哲学家哈伯特说:"你的目标确定了,你的脚步也就轻快了。"但不积跬步,又何以至千里呢?

因梦致远。正是宇哥通过其本人别具一格的叙事手法向我们展开的一幅修炼灵魂的画卷。

这些亲身经历、心灵感悟告诉我们,只要怀有坚定的梦想和积极的态度,就能取得了不起的突破。我相信,读过此书,你会迫不及待地盼望着下一次戈赛之旅!

肖冰｜自由投资人
长江商学院 EMBA 19 期学员;长江戈 14A 队政委;戈 7C 队队员;戈 11、戈 12 赞助商领队;戈 13 赞助商队长;戈 13A 队、戈 16A 队队员

刘宇是我长江 EMBA 19 期的同班同学,我们又是同年,上学时对他的印象就是一个很白净的书生,身材也有些发福。从来

没有把他和冲 A、戈壁联系到一起过……戈 11 之后他成为我冲 A 的榜样……

戈 11 机缘巧合，我带着赞助商的队伍参赛，晚上在营地（由于戈 7 之后就一直没参与戈赛，也不知道长江 A 队都有谁）想看看会不会有认识的同学，就来到长江营地，正好遇到陆宏达，就问了一下 19 期都有谁在，宏达和我说刘宇在 A 队，我惊得已经不知道如何表达了，后来又说还有区杰、伟峰、陆树林大哥。见了面，看着刘宇清瘦的身型、坚毅的眼神，心中真是佩服得五体投地，看看区杰、伟峰、陆大哥他们的精气神，再看看自己大腹便便，相形见绌、惭愧不已啊！后来了解到刘宇用了三年时间冲 A，完成"小白"的逆袭，这个榜样就在我面前立起来了，戈 11 之后又经区杰的忽悠，我也开始我的冲 A 之路。

现在宇兄将自己的冲 A 三年的日记整理成书，书中涵盖了训练、心理、伤病、竞赛等内容，并且图文并茂，这是广大普通跑者的福音，可以预见未来会有更多的跑步"小白"跑起来，跑进"300"，跑进 A 队，跑到 UTMB……

曾经菜鸟路

今日跑者经

奉于同好阅

携手三零零

龙陈｜上海邦信阳中建中汇律师事务所 合伙人
上海市长益公益基金会理事长
长江商学院 EMBA 26 期学员；长江戈 15A 队队员；戈 12、戈 13、戈 16B 队队员；戈 14B 队队长；戈 17 组委会政委

3月初，我收到宇哥发给我的微信，他将三年冲 A 的体验、感悟集结成书《因梦致远——我的"玄奘之路"》，并拟于东方出版中心出版，邀请我为本书写荐语，细细读来，感悟颇深。

我与宇哥的认识大概是在三年前，当时我与热水瓶搭班子服务长江华东训练站，每次重大活动，宇哥必到场支持。他谈吐儒雅，为人谦和，跑步功力深厚，特别是连续两年的华东争霸赛，在团队需要的时候他都勇敢站出来，站出来就能跑，跑完从不邀功，成全团队。戈 17 金戈铁马训练营冲 A 伙伴在沪的集训，宇哥都拨冗陪伴，体现长江老戈的传承与陪伴。

宇哥是一个能很好地平衡跑步、事业和家庭的跑者与兄长，如果不是拜读宇哥的这本书，我完全不了解他三年冲 A 所经历的苦痛、煎熬、坚守与坚持，以及最终涅槃，成为长江戈 11A 队队员（六号队员）的故事。

宇哥在发给我大作的时候，我正在瓜州忙于戈 17 大 A 队员的集训、选拔与组建工作，宇哥文章里谈及的戈 11A 队选拔、组建过程中的不为人知的故事，给我很大的思考。

戈 11A 队在三天正赛上为长江荣誉拼搏的精气神、搁置个人义气之争、全力为团队拼搏的故事都让人特别动容，对于戈 11A 队的付出又多了几分敬意与尊重！同时，从宇哥谈及的戈 11A 队军团选拔及建设的波折，足见长江 A 队队员选拔、A 队建设本身的艰难。可见夺冠的口号易喊，夺冠的实事难做，我们既要抬头

看天、把握战略；又要低头走路，狠抠细节！

"玄奘之路"戈壁挑战赛已经举办了十六届，长江是少有的全程参与的院校，每一届都有很多故事，每一名 A 队队员的背后都是一本厚厚的、值得再三翻阅的书，再过五十多天，戈 17 长江军团又将再次出发，期待最美的长江蓝的旗帜继续高高飘扬，也祝福宇哥在后戈壁时代一切皆好。

荐语十六

徐明 | 以星物流（中国）有限公司 总经理

长江商学院 EMBA 5 期学员；长江戈 16A 队政委；长江高远户外俱乐部华东训练站站长

岁月新故相推，万物日生不滞。即使在大众眼中已是精英的商学院人士，也要在岁月的更迭中成长行动起来。而选择参加戈壁挑战赛，甚至敢于挑战成为一名长江 A 队队员，更是要付出无比的艰辛。

戈壁挑战赛倡导的"理想，行动，坚持"这 6 个字，其中的辛苦，不亲自经历一番，无从感悟。宇哥通过记录他自己冲 A 过程的点点滴滴，讲述了这么一个直面梦想、不畏挑战的感人故事，也再次告诉我们所有人"石以砥焉，化钝为利"的内涵。

我接触戈壁，就是从宇哥参加戈 11 开始的。他和他的队友们激励着像我这样的来者，一次又一次地不断追逐、坚持不懈，直至梦想成真。他的经历是老戈留给长江的宝贵精神财富。还记得我冲击戈 12 时，宇哥多次找我单独沟通，帮我分析问题，提出训练方案，甚至建议我应该穿什么袜子。宇哥践行了戈壁精神的传承。

心有所执，终有所成。戈赛一程，来也匆匆，去也匆匆，唯有梦想永不落幕，唯有行动才能致远。期待有更多宇哥这样的追梦人圆梦戈壁。

荐语十七

李从文 | 深圳文科园林股份有限公司 董事长

长江商学院 EMBA 19 期学员；长江戈 9B 队队员

刘宇是我长江商学院 19 期的同学，我们又是同一个拓展队的兄弟，仗着这层关系，他的这本日记体跑步笔记，我应该是第一个读者。我虽然也跑过四次戈壁，但没有他牛，我从来没有想过要进 A 队，总是顽强地在 B 队里"打着酱油"。他让我代表 B 队写几句话，我受宠若惊，荣幸之至。

当然，刘宇也不是一开始就这么牛的。2011 年刚上长江的时候，他也是一个胖大叔，挺着一个小肚子。而我当时也是一个肥胖的中年油腻男。记得有一次，我俩在北京上课时，晚餐后在长安街上徒步走回住处，仅四五公里，就把我俩都整得汗流浃背、气喘吁吁。我当时绝对想不到，他后来竟然能够成功入选戈壁 A 队，成为马拉松三小时的超级跑者。

没有人能够随随便便成功，刘宇也是这样。从一个胖大叔，跑成了一只猴子，他付出的艰辛和努力，我是亲眼目睹的。他决心要跑进戈壁 A 队，对于一个 40 多岁的男人，绝对不是一件容易的事，尤其是在高手如云、跑者云集的长江商学院。

然而，经过几年的努力，他做到了。当然，他也有过几次失败的挑战，但他从未气馁。记得我曾劝他放弃，他不为所动，坚持训练，最终成功地入选 A 队，并带领 A 队取得了非常优异的战绩。这也从侧面证明了 B 队的我和 A 队的他真的不在同一个档次上。

　　刘宇这本书，是一个跑者的真实记录，也是一个强者的成长历程。作为一个金融界的大咖，刘宇给所有白领们树立了一个追求卓越、屡败屡战、永不言弃的强者榜样。

　　这真不是恭维。这也是一个B级跑渣向A级跑者表达羡慕、致敬和礼赞。

　　祝愿更多的白领们爱上跑步！

第一卷

不论你多么富有，
多么有权势，
当生命结束之时，
所有的一切都只能留在世界上，
唯有灵魂跟着你走下一段旅程。
人生不是一场物质的盛宴，
而是一次灵魂的修炼，
使它在谢幕之时比开幕之初
更为高尚。
——（日本）稻盛和夫

引 言　缘 何 在 路 上

8年前，一次偶然的机会，笔者做了一个当时看上去痴人说梦的决定——冲击"玄奘之路"商学院戈壁挑战赛（简称"戈赛"）竞赛组A队的比赛选拔。当时，恐怕没有人，包括我自己会相信一只"菜鸟"能如愿以偿。

戈赛是小众越野赛，发源于2006年中央电视台策划的中印友好年活动——"玄奘之路"。比赛通常每年5月举办，赛期四天，包括一天体验日和三天竞赛日。

戈赛举办地位于甘肃省瓜州县和敦煌市，赛段设在甘新交界的莫贺延碛戈壁，即汉唐丝绸之路古道，那里是一千三百多年前玄奘法师西行九死一生经过之地。

各商学院参赛学员以团队结组形式，竞赛和体验相结合，徒步穿越折线距离120公里的无人戈壁。

参赛组别主要分为EMBA组、MBA组等，参赛队由团队竞赛队（A队）、全程穿越队（B队）、单日体验队（C队）等组成。EMBA组A队由所属商学院正式注册，且由从未参加过EMBA组A队的EMBA学员组成。每支A队至少6人，但不超过10人，每日有效参赛成绩的第六名为该队当日成绩。

戈赛虽小众，但在商学院却有着足够的影响力。除了竞技的残酷，追求超越自我、不服输的体育精神，戈赛的魅力还源自不同于马拉松和其他越野赛的三点明显不同。

一是赛事的规则不同。马拉松及其他越野赛多为个人赛，单打独斗即可成就个人英雄。戈赛是团队赛，不仅考验个人毅力，更要汇聚团体的智慧和力量，团结协作、相互成全，才能取得理想的成绩。不仅如此，以A队成员的身份参赛，一人仅有一次资格，倘若比赛成绩不够理想，便无法从头再来。正是由于这个独特的魅力，A队成员都会珍惜这个弥足珍贵的机会，尽最大可能努力拼搏，以不留遗憾。

二是比赛的赛道不同。马拉松跑道多为城区马路，路况平缓熟悉，服务保障好。一般越野赛赛道路标比较清晰，补给相对充分，不需自己导航。而戈赛难度相对较高，气候多样难测，路况复杂多变，队员须自负重、自导航、自补给，穿越骆驼刺、盐碱地、黑戈壁等艰难险阻。

三是参赛的人员不同。马拉松及其他越野赛参赛群体多元，不限专业，也没有限定的团体组织等。戈赛定位为非专业竞技赛事，规定 A 队参赛成员须为华语商学院注册学员，且不接受在役及退役不满一定年限的田径运动员参赛。

从 2006 年 5 月 19 日首届戈赛正式开赛至今，戈赛已连续举办 16 届，该赛事倡导"理想、行动、坚持、超越、重塑自我"的理念，影响力逐步扩大，参赛院校不断增加，吸引了 70 多所国内外著名商学院、逾百支参赛队伍、近两万名 EMBA 和 MBA 学员及商界精英奔赴戈壁这块充满魅力之地。

参加戈赛的商学院学员更是受到"感恩、传承、陪伴"文化的熏陶，尤其是 A 队参赛队员赛前的长期艰苦训练和精心备战，多受益于往届老队员（"老戈"）日复一日的默默付出，赛场上每位英雄的背后，无不折射出强大"老戈"们"传帮带"的身影。

为了冠军目标，许多院校每年铆足劲儿系统备战，包括对代表院校竞赛的 A 队队员的储备、训练、选拔，有幸成为 A 队成员堪称莫大的荣幸。

作为传统强队，长江商学院（长江）、中欧国际工商学院（中欧）不仅是较少全程参加过历届赛事的院校，也是夺冠次数最多的，各自斩获过五次冠军，平分秋色，最近一次比赛戈 16 的冠军花落长江，中欧位居亚军。

一直以来，长江和中欧之间焦灼的冠军之争正是戈赛的主要看点，以这两支强队为代表的强队间的良性比拼，带动着赛事竞技水平和受关注度逐年提升。

在竞争异常激烈，高手云集，新生力量不断涌现，一眼望不到边的长江冲 A 庞大队伍中，我即使付出超乎寻常的艰辛，想脱颖而出，也比登天还难。

我因常年疏于锻炼，生活没有规律，已是保持多年体重逾 80 公斤的胖子。而且没有运动方面的一丁点儿优势，天生体育短板，自小体质单薄，初中时不幸患上关节炎，严重到走路都费劲，父母到处寻医问药，高中还喝了近三年中药及药酒。

若干年后，我即便已经生活到了南方，依然常年带着护膝，秋冬季节要穿棉毛裤。如果不是日后能跑起来，真就以为自己今生彻底与长跑无缘了。

冲 A 之心从萌动到坚定是个渐进过程，起初并不明晰。即便有很多老戈友的真诚鼓励，但我有自知之明，自身能力与目标相差过于悬殊，突破的念头不敢深想，何谈奢望成为团队一员。

从起点开始我便十分清楚，戈赛冲A这条路很不好走，荆棘密布、险象丛生不说，关键是没有起码的准备，结果未必如己所愿，行百里者半九十，或许就是半途而废。

在长江，很幸运，给我人生积极改变的，不仅是知识教育，更有体育精神。冲A路上近三年时间里，得到太多人的各种关爱支持。爱我的人，总在最需要的关头从天而降，我的每一步都离不开好心人的真诚鼓励、搀扶和期待。

唯有一根筋地努力，顾自地执着，忘我地追逐，方能抵达目标。

历经酷暑寒冬，一次又一次战胜惰性，无比落寞地熬过大小伤痛，积累跬步渐至千里。

心，飞驰得越来越高；路，奔跑得越来越远。

出发前的万丈豪情言犹在耳，看似遥不可及的目标，竟然逐渐接近，几乎不可能的梦想，终于照进现实。

戈赛的"玄奘之路"，生命中弥足珍贵、值得追忆的难忘旅程。

路上不乏各种景致，不同心境，种种心情，既有坎坷、艰辛、倦怠和纠结，也有坦途、安适、振奋和超然。

遭遇过狂风暴雨的洗礼，见证过雨后绚丽的彩虹；曾在百般无助中苦苦挣扎，也在焦灼期许中迎来久违的曙光。

领略过华北如火红叶醉美秋色，体验了苍茫大漠风沙肆虐料峭春寒，煎熬中在骄阳似火下的南国三伏夏练，天寒地冻阻挡不了三九冬训脚步。

戈赛似一场人性、身心的修行，竞赛者以10人为一队，而非个体单打独斗、独来独往。

路上，除了要约束自我，更要学会结伴忘我，懂得协同信任，目标专注如一。

路上，只有放下该放弃的，忘掉该忘却的，才能得到该得到的，甚或破茧重生。

不积跬步无以至戈壁，回望冲A争冠路上的漫漫征途，没有哪一步显得多余，每一步都不可或缺，都算数。

跑着跑着，波澜壮阔和风平浪静仿佛对立统一起来；跑着跑着，此心安处即吾乡的归宿就在灯火阑珊处。

一次戈壁风云际会，一个个奔跑在路上的跑者，每个人的心路或许不同，但留下的感悟应该是相似的，跑的意义不在于路本身，而在于动念和对路的认识。

追梦的路，多数时间由一个人拥有。集训和团队比赛之外，孤独的个体并不寂寞，融入自然自有其中乐趣，当然起初的感受肯定并非如此。

能跑多远，跑多快，跑多久，与其说凭借双脚，不如准确地说是依靠心志。

在路上的时间里，身心由自己做主，唯有专注于跑，不必顾忌其他事务的干扰，任性放开手机的绑架，任凭思绪在自由王国徜徉，惬意的心情遂愿遨游于思想的海洋。

跑着跑着，痛，就成了快乐；累，就被轻松驱散；道，就慢慢悟了出来。

从萌生念头，到亲身征战戈壁赛场，一千余个日夜，是生命中刻骨铭心的丰盈时光。

一个没有起码运动基础、不具备基本体育条件的长跑"小白"，随着寒暑的交替、时光的流淌、空间的转换，尚无暇细细品味阶段中迈过的沟沟坎坎，还来不及抚慰旧痛未愈、新伤又添的躯体，不经意间身心已发生了蜕变，之前无比向往、难以奢求的金光大道的万丈光芒，竟然不期而至。

三年不长不短，可稍纵即逝无声无息，也可用于将身体和精神倾情投入一件事，挖掘未知潜能。

因梦致远，人生多遗憾。回首细数五十余载岁月，少有值得骄傲、难以忘怀的往事，但这不觉间已持续十年的奔跑路，可称得上始料未及的良好体验。

人生路，重要的不是去过哪里，而是遇见了什么人和事，带来了什么苦与乐。

跑步后，不断被身边的人和事感动，也被冲进戈11长江A队之前的艰苦训练、激烈选拔过程，乃至在赛中顽强拼搏的自己真切地感动了，当然一定有人也在感动着我的感动。

不为人知的背后，有太多的汗水、泪水和心血，冲向终点那一瞬间，释怀和喜悦相伴，一切显得如此云淡风轻，所有的努力付出都心甘情愿。

时隔经年，由衷感慨：世上无难事，只怕有心人。戈壁赛事终归硝烟散尽，告别一个人生驿站，再启日复一日的生活，一切重归于常，归于平淡。

好似经历了一件比较重要的事情，又像什么也没发生过，但人生的态度似乎从此不同。从起点到达终点，终点又已变成起点。

新起点，再出发，放眼望去，路还长。再出发，昨天的幼稚轻狂已不再，多了一份感恩恬淡。路，不仅有脚下有形的，还有心中无形的。有形的路有限，无形的路无限。

因梦致远，人生何其短。趁着还有成就梦想的心气，短暂小憩后，不必过多停留等待，不能错过前方的风景。

经过戈赛，更加懂得比期望结果更重要的，不是最终目标能否实现，不是答案是否如意，而是通过这段旅程遇到了什么，悟到了什么，改变了什么。

值得向往的精彩和体验，不是片刻的辉煌，而是抵达目标前经过的各种境况，顺境不必迷恋，逆境难以忘却。

我这些年的持续奔跑生涯，恰逢马拉松运动在国内愈发普及，长跑这项看起来既传统又枯燥的体育项目，渐渐得到更多人的认同及身体力行。

坚持训练并参加国内外马拉松及越野比赛，已成为一种健康运动风潮。国内各地大小赛事数量呈几何级增加，跑步群体迅猛壮大，各种跑团如雨后春笋般成立。

城里的马路、健身房、体育场、公园，乡间的山路，处处可见跑者矫健的身姿。无论在哪里，只要看到跑者，我都会格外关注这道风景，内心会自然萌生认同感，会对照激励，汲取前进的力量。

稍加留意便知道，跑者以中年及以上人士为主。有个段子说，马拉松是中年人的广场舞。这一观点也从侧面印证了跑者的年龄结构特征。

上海浦东世纪公园，作为市内为数不多的理想跑步场所之一，具有得天独厚的优势，吸引了城市内外众多跑者，这里也是我平素训练时再熟悉不过的地方。公园中的三条马路相交组成三角形状，外围一圈5公里，全程没有一处红绿灯阻挡，身处高绿化覆盖率的环境里，跑步就是在享受。

20多年前刚住到附近时，宽阔的主干道花木路上，过往的车辆屈指可数，跑步的人寥若星辰。而今，来这里锻炼的人数呈爆发性增长，周末来这里的跑步者摩肩接踵，如过江之鲫。

人到中年，作为家庭和社会的中坚力量，在物质基本无忧的状况下，身心压力或危机凸显，严重的甚至会产生心理疾病。更渴望探明生命的意义，试图找寻精神支柱，努力构建精神家园。纵观欧美及邻国日本早已盛行的长跑历史，均符合与经济社会水平同步发展的规律。

长跑是公认的能有效缓压的有氧运动，正成为当下中国社会积极健康的生活方式的重要组成，小环境的影响和大环境的带动，意味着从脚步踏上路的那一刻起，只能向着目标挺进。

往往在训练结束，脚步停下的那一刻，仿佛从头到脚焕然一新，坚韧、忍耐、征服带来了内心的充盈。即便在非训练比赛时，我也总会将跑步与工作、生活联系到一起，将跑步融汇到方方面面，并受益匪浅。

从开始跟跄起步到赢得钦佩和自我接纳，是旧有的身体结构被打破、新的均衡重新建立的过程。排除杂念，一心向跑，无所羁绊，发现愉悦的境界。

一路跑来，知行合一、身心合一、天人合一，不光是肉体上的逐步结实、各项机能的日益进步，还有心灵的历练、洗礼和升华，体内的毒素也顺着流淌的汗水被涤荡洗刷。

每逢处于极度疲惫、麻木甚至虚脱状态，伙伴的激励和环境的渲染，以及内在坚强的意志支撑，无不成为战胜自我的重要力量。

跑胜于言，专注坚持的力量，其实无须过多宣扬。

单就跑这件事而言，坚持就没什么不可以，没什么可以替代坚持，无论才智、天赋还是财富。不自助者何谈他助，别人代替不了自己，唯有依赖来自内心深处顽强不屈的自助，才能真正坚持下去。

理论上，坚持二十一天持续不断地做一件事，就能养成一种习惯。经过备战戈赛三年如一日的坚持，跑步自然渐成习惯，成为我日常生活不可或缺的部分。

经常有人似懂非懂地评价："你们长跑的人都上'瘾'吧，听说跑步会分泌多巴胺等有助快乐的东西，让人欲罢不能。"有这种想法的，多数是没有太多跑步经历的人。

我自己的切身感受是，一个人的路，途中往往孤寂枯燥无助，不断输出能量储备不说，换回的却是身心疲惫，更如何奢谈快乐，只有冲过终点时才会找到征服自己的激动喜悦。当然，随着路越走越远，激动喜悦逐渐被从容淡定所替换。

每次踏出门，动力绝非源于向往所谓的"瘾"，随着岁月拉长，跑步已经成为生活中的一部分，就像一日三餐、洗脸刷牙、读书睡觉等等生活中必须做的事情而已，是习惯的力量，更是身心的需要。

美国心理学家威廉·詹姆斯有一段对习惯的经典注释："种下一个行动，收获一种行为；种下一种行为，收获一种习惯；种下一种习惯，收获一种性格；种下一种性格，收获一种命运。好习惯对儿童来说是命运的主宰，是成功的轨道，是终生的财富，是人生的格调。"

在培养某个良好习惯之初，只有尽可能地意志坚定，尽可能地态度坚决，才有可能习惯成自然。行为得当，终将成为高尚的人。改变自己的行动，终将改变思想。

跑步是一分耕耘一分收获，只要训练合理科学，汗水和成绩必然呈正相关。路在脚下，事在人为，跑步欺骗不了自己，更欺骗不了别人。

如果尘世间有些事情是受世俗羁绊，不得已而为之，跑步则是在自己可控的自由世界内，是真正遵从内心、付出与收获显而易见的纯粹行动。

本书按照时间顺序，从过往日记中摘录了2013年6月至2016年5月整整三年间，我与奔跑有关，特别是置身长江商学院训练选拔环境中，冲击A队，并参加第11届戈壁挑战赛的点滴往事。

品味亲身的经历和切身的体验，深切体会到集体的温暖、爱的力量，更加懂得感恩、珍惜、传承，更加深了对生命意义的理解，学着归零前行，永远谦卑敬畏。

路上形成的过往片段文字，有感动过自己的所思所想、所见所闻，尽管不见得能为人知、为人懂，但终将铭记赐予我力量、勇气和帮助的所有人。

因梦致远，不枉人生路。经过的路，有经验，有教训。这段路，告诉普通得不能再普通的人们，只要有梦，心向远方，只要走下去，就会收获不"普通"的体验。

奔跑之路也验证了一个朴素的道理，找准目标，充分准备，坚持科学训练，不断努力向前，困难迟早会束手就擒。

曾经"菜鸟"的路，对于即将出发者或在路上的跑者，也许能从中找到自己的身影，并有所启发或共鸣，尽管这可能让高手贻笑大方。

于私而言，我希望通过书面文字，让进入大学校园的儿子，浏览老爸走过的路，了解他不了解的老爸的另一面，这种形式显然比往往收效甚微的说教更好。本书若能发挥点滴作用让更多孩子懂得感恩、健康快乐，对国家和社会有所回报，便是对我莫大的安慰。

第二卷

2013/06—2014/12

最有希望的成功者，
并不是才华出众的人，
而是那些最善于
利用每一分钟去进取开拓的人。
——（古希腊）苏格拉底

"菜鸟"奋发不畏苦楚，
贵人鼓舞萍水相助

2013 年 6 月 28 日,周五

晴。

上午，坐在上海陆家嘴办公楼里，望着东方生机勃勃的朝阳，感慨岁月无情，时光飞逝，不经意间，浑浑噩噩又虚掷一载光阴。

多年以来，日复一日循规蹈矩的工作，已经无法产生激动人心的波澜。整天趴在办公室的职业，动的少，坐的多，让缺乏锻炼的身体每况愈下，下班到家困倦得什么也不想做。

5 年前，颈背痛难以忍受，导致睡眠质量下降，经常无精打采。在医院做核磁共振发现，颈椎退变，关节增生。

一位专家强烈建议我做脊椎手术，家人和我都非常担心这个部位的手术风险太高，迟迟未敢付诸行动，我寄希望于通过自我运动康复。然而，惰性使然，虽然曾经也试图游过泳、走过路、跑过步，但基本都断断续续，没有长期坚持。

看着大腹便便的自己，再次痛下决心，精神振作起来，身体行动起来，做一件让自己看得起自己、能长期坚持的运动，给自己的生活注入一些新的活力。这个梦，做过多次，再做一次，希望梦成真，路走远。

晚上 7 点半，走进久违的健身房，在跑步机上努力跑了 20 多分钟，3 公里，气喘吁吁，大汗淋漓。

2013 年 7 月 2 日,周二

湿热，桑拿天来袭，原地不动都一身汗。

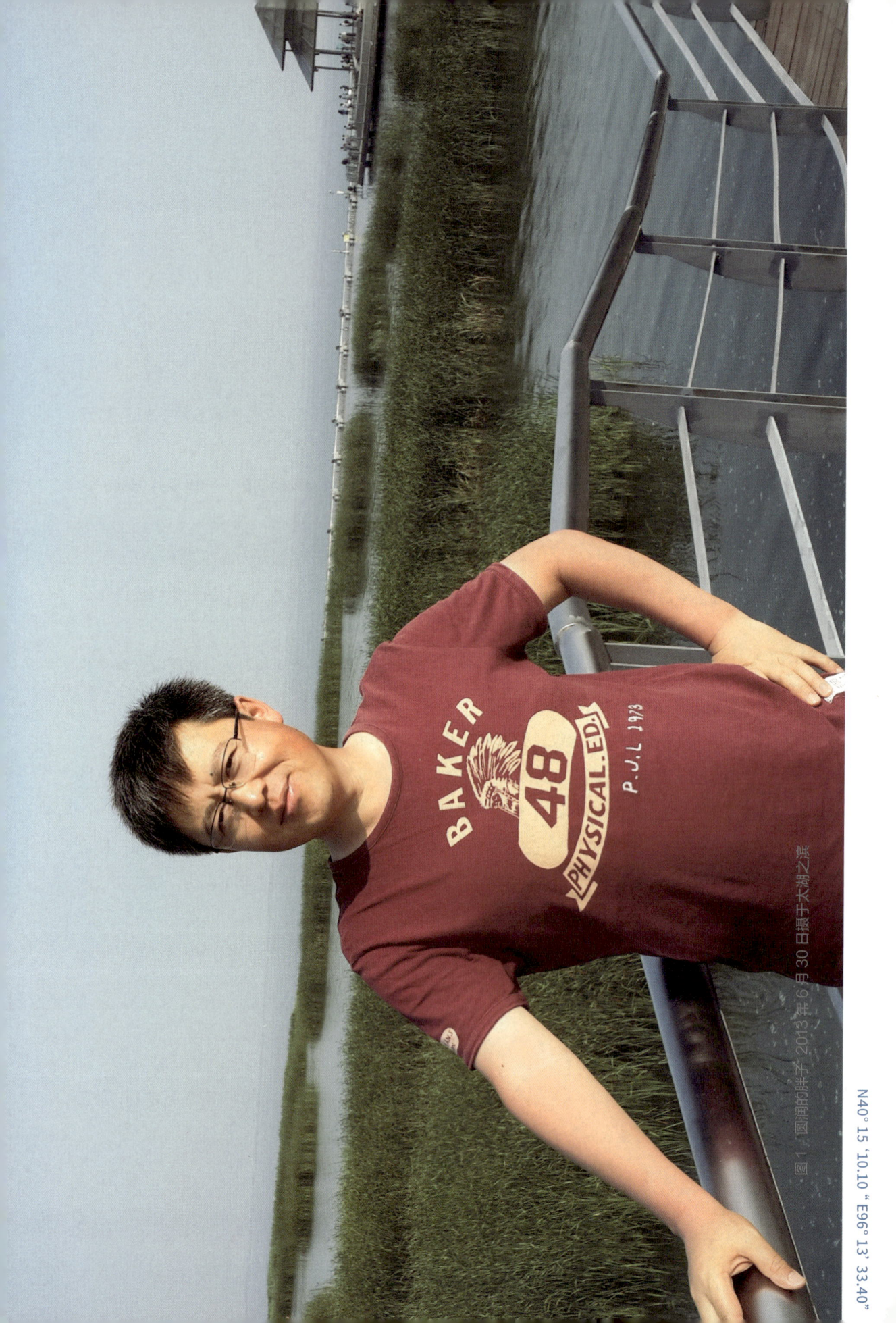

图1 圆润的胖子 2013 年 6 月 30 日摄于太湖之滨

晚饭后，8点多，第一次带10岁的儿子到浦南小学羽毛球馆，参加单位每周例行的羽毛球活动。天气十分闷热，担心小家伙中暑，练球不到1小时就撤了。

2013 年 7 月 7 日, 周日

上午9点，陪儿子到建平中学篮球场，打了两小时篮球。

2013 年 7 月 13 日, 周六

锻炼一上午，先陪儿子打1小时篮球，再去健身房游泳半小时。

2013 年 7 月 16 日, 周二

晚上和同事打了两小时羽毛球，挥汗如雨。

2013 年 7 月 23 日, 周二

晚上8点出门，绕世纪公园连跑带走一圈，5公里，45分钟，汗流如注。结束后很有成就感，跟自己说，争取每周至少跑一次。

2013 年 8 月 5 日, 周一

早上6点，被闹钟叫醒，6点半到世纪公园里，跑了20多分钟，3公里，低压湿热，喘不过气来，浑身冒汗。

2013 年 8 月 8 日, 周四

下午,和同事建宏、燊哥分享最近断断续续的锻炼情况。建宏平时也跑步,他有一位年

近七旬的亲属，几十年如一日，风雨无阻地坚持晨跑，老爷子身体倍儿棒，精神可嘉。

三人相互鼓励并约定，将跑步当作长期坚持的运动，活到老，跑到老。

晚上9点，绕着世纪公园完整跑了一圈，5公里，不到40分钟，汗流浃背，路上没什么人。

11点多上床，过于兴奋，凌晨才入睡。

2013 年 8 月 9 日, 周五

晚上加班，9点半到家门口，进门前在楼下快走了半小时，凑够1万步。

2013 年 8 月 10 日, 周六

周末清晨，阳光明媚，不似平时时间紧迫，放松心情跑到世纪公园里。

碰到不久前刚代表上海交大安泰管理学院参加第八届"玄奘之路"商学院戈壁挑战赛（戈8）的A队队员Helen，她正在组织跑团十几位伙伴晨练，友好地邀请素不相识的我加入他们的锻炼行列。

尽管不太了解戈赛，但知道能进入A队的都是大神牛人。

Helen一点儿没架子，按照我的节奏，边陪我跑边鼓励，不觉间突破5公里，体感良好。临别时，她建议我多参加集体活动。

2013 年 8 月 11 日, 周日

早上，慢跑到世纪公园，跟着Helen请的老师练瑜伽，第一次练，身体很僵硬，动作极不规范。

晚饭后，到世纪公园散步一圈。

2013 年 8 月 12 日, 周一

早上6点15分，到世纪公园里，慢跑5公里。

晚上，和同事打了两小时羽毛球。

一段时间以来坚持晨跑，生物钟开始发生改变，每天清晨 5 点半左右自觉醒来。

早晨不到 6 点出门，从世纪公园 7 号门进园，到亲水平台和小伙伴们汇合，集体热身并拉伸，跑步 5 公里，跑完再一起拉伸。7 点前到家，洗漱后上班。

晴。

今天起得稍早，天色不错，5 点半就到公园里，一个人随心所欲地慢跑半小时。

碰到邻居一对老人，两人年过古稀，身边没有儿女，平时常见他们一起进出，两位老人今早相互搀扶着在公园里散步聊天，恩爱幸福地徜徉在晨光里，我很受感动，心生敬意与祝福。

晚上，和同事打两小时羽毛球。

早上，6 点前到世纪公园，和小伙伴们一起跑步 45 分钟后，再做 3 组体能训练。

早上 6 点到世纪公园，跑步 4 公里。

渐渐习惯了以往认为十分枯燥的跑步，生活随之规律起来，为了早起，尽量早睡。每天早上一睁眼，想到的第一件事就是跑步。

早上 6 点, 世纪公园里的亲水平台, Helen 请来国内千人瑜伽大会形象大使母其弥雅教小伙伴们做瑜伽。

弥雅青春靓丽, 甜美端庄, 虽为名人却谦和友善, 耐心地指导着一群瑜伽盲。

一个小时, 沐浴朝霞中, 沉浸在舒缓的音乐里, 享受身体放松, 心无旁骛的感觉, 怡然自得。

早上 7 点, 世纪公园亲水平台, 天色湛蓝, 微风拂面, 跟着弥雅又练了一个多小时瑜伽。

早上 6 点多, 在世纪公园热身慢跑 2 公里, 拉伸后再跑 5 公里, 中途忽觉右膝略有不适, 果断停下, 走了一段渐渐好转, 可能是最近跑得过于频繁的缘故。

青岛。

早上 6 点半, 和 Helen 介绍的鹏志等跑友相约, 在海滨及五四广场附近慢跑 7 公里, 切磋跑步心得。

晚饭后, 在家对照网上视频, 做两组瑜伽练习。随后, 戴着护膝出门, 在小区慢跑两公里, 膝盖略感酸痛。

时隔一周，早上 6 点重回世纪公园，有点儿小兴奋。膝盖仍感不适，以极慢的配速跑半小时。

晚上 6 点半下班到家，身体疲惫，想眯一会儿再吃饭，结果一觉睡到半夜，饭也没吃。

最近累积透支，身体倦怠，睡眠质量倒是前所未有地好。

清晨，很早就醒来，赖在床上磨蹭到 6 点多。

努力克服惰性迈出门，到世纪公园里连走带跑半小时，不到 5 公里。

早上 6 点起床，到世纪公园里晨跑半个多小时，5 公里。

晴。

早上 5 点半，来到世纪公园，空气是连日来最舒适的一天。

戴着护膝的膝盖仍觉不适，慢跑都难以坚持，拉伸后快走了 3 公里，随后和小伙伴们做了 20 多分钟瑜伽。

清晨 5 点半闹钟声响，睁开眼很困倦，挣扎着爬起来。

6 点多到世纪公园，慢慢跑半小时，前后充分拉伸。

量不断积累，膝盖伤痛缠身，疲态加重，一度怀疑能否坚持下去，身体是否吃得消，膝盖是否受得了。

另一个念头则是，听从身体的声音，不舒服了就停下来休整，跑不动就走。

2013 年 9 月 10 日，周二

早上不到 6 点，义无反顾地奔向世纪公园，和一位同样有伤的伙伴一起慢慢晃了半小时，学了一种针对髂胫束比较有效的拉伸动作。

2013 年 9 月 12 日，周四

早上，到世纪公园晨练，快走为主，慢跑为辅，依旧不敢正常跑，做 3 组体能训练。指导训练的海归 Kevin 说，有氧锻炼的同时，每周要至少进行一次辅助无氧训练，避免肌肉过度流失。

晚上 7 点半，在世博奔驰文化中心，观赏 52 岁刘德华长达 4 小时的演唱会。精力充沛的天王，不知疲倦地载歌载舞，演出现场自始至终气氛热烈，人气爆棚，高潮迭起。

很多观众是冲着欣赏天王精彩演艺来的，文艺盲的我，盯着虽然年过半百但有着轮廓分明的腹肌的天王，收获的是激励和振奋。天王拥有值得尊敬的职业精神、不屈的斗志和强大的体能，是绝对敬业励志的楷模。据说，为准备演唱会，刘德华平时在健身上付出大量精力，否则怎堪此重任。

今晚受到激励，接下来保持积极心态，坚持锻炼。

2013 年 9 月 13 日，周五

昨天看完演出到家太晚，凌晨才睡觉，早上没起来跑步，一天内疚于没有思行合一。

早上 6 点出门,世纪公园内慢跑 3 公里。

晚上和妻一起陪儿子到球场打了两小时羽毛球。

早上 6 点到世纪公园,才慢跑不到 2 公里,膝盖便有些吃不消,不敢造次,停停走走 4 公里,伤痛已较前些日子有明显改善。

下午,到按摩店,重点放松腰腿 1 个半小时。

早上,世纪公园跑步 5 公里,状态不错。再接再厉!

留意观察身边高手的姿势,下意识地保持身体特别是肩膀的放松,刻意用臀部发力带动腿部自然迈进,试着调整呼吸,让整个身体更加从容些。

中秋节。早上 6 点到世纪公园里,与几位伙伴一起慢跑 20 多分钟,随后做 3 组核心训练。

上午,陪儿子玩了 1 个半小时篮球。

早上 6 点,到世纪公园里,跑步半个多小时,配速 5 分 50 秒。

浙江慈溪。

早上 6 点多，在休假的酒店附近，微微细雨中，沿着窖湖跑步半小时。边跑边欣赏朦胧的山色，呼吸清新的空气，丝毫不觉得累。

2013 年 9 月 23 日，周一

早上 6 点，慢跑到世纪公园，跟 Kevin 做 3 组核心训练，随后放松跑 20 分钟。

2013 年 9 月 24 日，周二

早上 5 点 50 分来到世纪公园，慢跑 5 公里。

晚上下班后，和同事打两小时羽毛球。

2013 年 9 月 26 日，周四

早上 6 点，到世纪公园里，晨跑 5 公里，7 点准时到家。

2013 年 9 月 27 日，周五

早上 5 点 50 分，世纪公园里，跟着五六个小伙伴跑步 5 公里。

2013 年 9 月 28 日，周六

早上 5 点 1 刻，被闹钟叫醒，5 点半出门，在世纪公园里训练近 1 小时，手表显示距离 8 公里，新纪录，体感良好。

2013 年 9 月 29 日，周日

清晨 5 点 20 分起床，窗外天空有些雾霾，似乎有理由可以偷懒。纠结片刻，毅力再次战胜惰性，依旧披挂出发。

由于昨天跑量增加，刚起步便觉膝部不适，放慢脚步到世纪公园 7 号门，入园后稍作拉伸，再跑。1 公里不到便无法坚持，只好走走跑跑，坚持到 5 公里。

2013 年 9 月 30 日，周一

早上起得晚，6 点半到世纪公园，碰到四五个相熟的人，只跑了 3 公里。

2013 年 10 月 1 日，周二

早上 5 点半，开车来到外滩，参加跑团的国庆活动，慢跑 1 小时。

下午，陪儿子打了 1 个半小时羽毛球。

2013 年 10 月 7 日，周一

昨晚，结束国庆皖南一周度假到家。今早 7 点半出门，冒着小雨到世纪公园。台风及带来的雨水阻挡了许多人离开家门，公园里冷冷清清。

好多天不跑，浑身似乎有很多劲儿憋着没处使似的，假期这最后一天，决定多跑一会儿。公园里兜兜转转，不知不觉突破 10 公里大关，刷新纪录，很满足。

回家路上，雨下大了，在雨水中奔跑，心灵涤荡，返璞归真。

2013 年 10 月 8 日，周二

晚上，和单位同事小义、阿俊等，打了两小时羽毛球，感觉体能明显改善，不像以前打两局就累趴下了，这与最近坚持跑步有很大关系。

2013 年 10 月 9 日，周三

早上 5 点 25 分，突然被手机闹钟叫醒，窗外天空灰暗，没下雨，不情愿地爬起来。

在客厅做了几分钟热身活动，出门跑向世纪公园。

秋意渐浓，雨后空气清爽，跑在熟悉的路上，心情不错。

身体却疲惫，起初抬不起腿，2公里后慢慢舒展开，跑了7公里。

2013 年 10 月 10 日，周四

早上，在世纪公园内跑步5公里。公园里为观赏国庆焰火摆设的座椅尚未清理完，亲水平台的地面比较脏乱，影响心境。

2013 年 10 月 11 日,周五

早上5点半被闹钟吵醒，右膝隐隐不适，赖床到7点。

上午，到医院做马拉松赛前体检，医生说我肺功能不错。

晚上8点半，沿着世纪公园慢跑两圈，10公里，一个多小时。

2013 年 10 月 12 日,周六

晚饭后，从7点睡到近9点，醒来受到建宏刚跑完10公里的刺激，立刻换好衣裤出门，绕世纪公园跑了两圈。

晚上气温适宜，空气不错，本想只跑1圈，在不觉间发现已轻松跑了近1圈时，提高了预期和渴望，于是又1圈。最后，10公里用时75分钟，第2圈用了36分钟，和昨天差不多，但比较疲劳。

2013 年 10 月 14 日,周一

昨晚贪玩，早上起不来。

看到有人总结的告别平庸的10种方法，结合自己最近较规律的生活方式，特别是正在改变的身体状况感觉很受用：

1. 每天坚持读书1小时；

2. 坚持提升专业水平，成为单位专业领域的权威；

3. 战胜两个坏毛病——拖延与抱怨；

4. 先从形象上改变，提升你的自信；

5. 时常反省自己，但不诋毁自己；

6. 向优秀的人学习；

7. 坚持早睡早起；

8. 坚持体育锻炼；

9. 保持微笑；

10. 帮助他人。

晚上 8 点多出门，绕世纪公园两圈，本想多跑会儿，左膝些许痛，作罢。10 点多到家。

2013 年 10 月 15 日，周二

昨天太累，早上没锻炼。

降温了，丝丝凉意扑面，路上随处可见片片落叶。

早餐喝了碗"鸡汤"：

"每个人都有潜在的能量，只是很容易被习惯所掩盖，被时间所迷离，被惰性所消磨。理想在的地方，地狱就是天堂。希望在的地方，痛苦也成欢乐。一个人的目标是从梦想开始的，一个人的幸福是从心态上把握的，一个人的成功是在行动中实现的。只有行动，才是滋润你成功的食物和泉水。"

喝完"汤"，像打了鸡血似的，立马报名明年元旦的厦门半马，给锻炼设定小目标，增加新动力。

晚上和同事打了两小时羽毛球，高手方俊教我接发球技巧，收获不小。

2013 年 10 月 16 日，周三

早上 5 点 25 分，被闹钟吵醒。犹豫片刻跨出门，气温不到 15 度，风很大。

跑到世纪公园里，身体逐渐暖和起来。和两位小伙伴一起，跑了 6 公里多。

早上没出门，膝关节不太舒服，打算好好安心休息两天，迎战周末的戈 9 白沟挑战赛。

前辈话旧白沟启蒙，
力哥引路长江正能

傍晚抵达首都，刚下飞机，北京熟悉的秋高气爽便扑面而来。

明后天参加白沟选拔赛，该赛事是历届长江戈赛选拔赛的第一站。第一天分 20 公里、15 公里两组；第二天有 32 公里、20 公里两组。我不知从哪来的胆量，斗胆报了 B 队的选拔，两天分别跑 15 公里、20 公里。

组委会安排接机，与 20 期光头诗人陈江等同学同车抵达怀柔雁西湖宾馆。王英偶、王海航、陆宏达等组委会的北京同学热心接待，组织工作细致到位，赛事指南、能量胶、盐丸、比赛服、号码簿等装备物资一应俱全，精心挑选的蓝色运动夹克、长袖 T 恤都很合身舒适。

与刚认识的老戈友 11 期师兄王迪、张士忠等交流，大家知无不言地给我普及戈赛及长江的江湖地位，以及在今年戈 8 中力压老对手中欧奋勇夺冠的故事。

临睡前，来来回回试换了几次比赛服，考虑到气温，决定上衣穿组委会发的长袖 T 恤，下身穿前两天去迪卡侬买的速干裤。

早上 6 点起床。有生以来第一次参加长距离比赛，兴奋紧张，昨晚睡得很不踏实。

7 点吃好早餐，7 点半绕着酒店热身，拉伸。

8 点多，和大多不认识的百余名各届同学，分乘两辆大巴，前往比赛起点——黑龙潭风景区。

京郊秋色层林尽染，阳光灿烂，不见城里的雾霾，稀疏的白云自由舒展，漂浮在湛蓝的高空中。山区清晨的气温很低，只有 8 度。

车沿 S310 公路即赛道逆河而上，山路险峻陡峭，蜿蜒曲折，双向仅两个车道，没多远即一处急转弯的标志，时不时冒出一辆越野车，不由得心跳加速。

至今最远的跑步距离还没超过 12 公里，心随着层峦叠嶂的地势起伏波动，越临近起点越发忐忑，参加 15 公里组比赛，无论路况还是距离都是极大的挑战。暗示自己，要慢！坚持到底！走也要走下来。

9 点 15 分，发令号响。平路跑，上坡时快走，下坡时悠着，一路坚持，不敢掉以轻心，耗时 112 分钟，安全完赛。

距离终点两公里时，我看见已完成 20 公里的冠军存皇，已经折返到赛道上，迎接后到的选手并为大家加油鼓劲。

一到终点，好多不认识的老戈友、新同学，都给我拥抱赞美。内心很是激动，突破了距离，战胜了自己！

下午，听李宏图医生、营养专家朱煜等人的讲座及老戈友的分享，对"玄奘之路"戈赛及商学院，特别是长江的戈壁文化有了初步了解，对历经戈赛洗礼的无论 C 队、B 队乃至 A 队的伙伴们，油然而生一股敬意，对那块神秘的土地充满了期待。

忽生梦想，希望有机会有朝一日能身处其中，实地体验前辈们讲述的激荡人心的拼搏历程。

晚宴，各组别取得名次的选手登台亮相领奖，每个男生都很帅，每个女生都很美。从小到大非常羡慕身边有运动特长、赛场上英姿勃发的同学，尽管和他们近在咫尺，但能力差距却远在天涯。

晚上 10 点早早上床。今天已经很累了，明天的 20 公里是更大的挑战，十分怀疑自己能否完成，但不跑又不甘心，跑到哪儿算哪儿吧，胡思乱想中进入梦乡。

2013 年 10 月 20 日，周日

早上 6 点被闹钟吵醒，睡眠依旧不好。得益于昨天赛后的充分拉伸，双腿没有想象的酸痛。

天公依旧作美。9 点开赛。刚开始，与昨天相比明显感到累，经过半小时调整，逐步进入舒适状态，连续超过两人后，继续保持轻松的步伐和均匀的呼吸节奏，有了

图 2、图 3　景色如画且波澜起伏的白沟赛道

昨天的经验，对赛道不陌生，无论在上坡还是下坡，我都一直跑。上坡很慢，下坡冲下。

最终，历经 150 分钟到达终点，再次突破自己，为自己的身体和信心庆贺！先期到达终点的同学，纷纷给我拥抱和祝贺。幸福喜悦之情写在脸上，回味在脑海。

同期戈 8 冠军队长 "非人类" 宏达实在太牛，跑 32 公里几乎和我跑 20 公里同样时间到达。李从文等同学也完成了 32 公里。

上学这两年，19 期同学涌现出好几位 A 队成员，如戈 7 的税新、陈侦、海东、小薇，戈 8 的宏达等。上课时，他们经常为了训练而旷课，我当时对此颇为费解，觉得实在不可理喻。

戈 7 以来，19 期中 B 队、C 队队员不胜枚举，以陆树林大哥为首的戈壁东道主，甘于牺牲，乐于奉献，出人、出力、出钱将戈赛打造成了长江的主场，用心组织植树造林，让长江的公益事业在戈壁滩上生根发芽，影响力与日俱增。

中午 12 点半回到酒店，拉伸一会儿，退房。

20 公里组冠军刘力与我同车去机场，一路交流非常投机。力哥热心分享了他的很多经验，教我科学的跑步姿势和动作，介绍《跑步圣经》等书中的一些观点：人天生就会跑，就能跑。这些均让我耳目一新，收获非常大。他还建议我回沪后到华东站参加集训。

<hr>

2013 年 10 月 21 日，周一

按照力哥的排酸建议，早上到世纪公园，慢跑 4 公里。一天下来，肌肉没有想象的酸痛，膝盖也没怎么不适。

<hr>

2013 年 10 月 22 日，周二

早上，看到天气预报中度雾霾，没出门。

晚上，源深体育中心，第一次参加华东站两小时集训，做 3 组核心训练，慢跑 5 公里。

平生头一回在体育场的塑胶跑道上持续跑这么远，很新鲜，很舒服。

除了备战戈九的存皇、康凯（热水瓶）等，我还见到刚认识的曾朝恭教练、杨杰医生、华东站站长阎新锋、黄兆军（军子）、高磊等人。

大家主动和我交流，丝毫不见外。乐于奉献、和善友好的华敏（小怪），为大家带来水果和饮料。教练送我一件华东站的训练服，很好看的短袖 T 恤。

看到安藤忠雄的一句话，心有戚戚：

"一个人真正的幸福并不是待在光明中，而是从远处凝望光明，朝它奔去，就在那拼命忘我的时间里，才有人生真正的充实。"

跑步是告别以前生活的宣言。

2013 年 10 月 27 日，周日

北京。早上 6 点起床，本打算在人大校园跑跑，出门发现雾霾浓厚，顿时浇灭了心头的火焰。

下午两点半，在北京同学叶一火的介绍下，来到体育馆路甲 2 号国家田径训练基地，参加华北站集训。终于见到了传说中高大上的训练基地，绕操场跑了 10 圈，在场馆内做半小时核心训练。

冲 A 同学冯平、姚军梅、一火等人训练认真投入，组委会宏达、英偶等亲临督导，专业教练严格要求，指导、点评每个人的动作，我在旁边用心领会，受益颇丰。

2013 年 10 月 28 日，周一

昨晚休息不足 5 小时，有点儿感冒，嗓子不舒服，干咳。

下班回家，吃了半碗米饭，睡了 1 个半小时。

晚上 9 点出门，穿着军子哥赞助的华东站 T 恤和皮肤衣，到世纪公园慢跑 1 圈，用时 40 分钟。

2013 年 10 月 29 日，周二

早上醒来，仍然咳嗽。

晚上，华东站集训地临时改到上海大学延长路校区。6点半开车出发，因为南北高架发生两起车祸，迟到20多分钟。

来集训的小伙伴虽只有五六个，但都是高手，除了站长新锋，还有备战戈9A队的主力：存皇、热水瓶、陈超（Cici）等。尽管我和大家都不熟，却没人把我这个"小白"当外人。

操场夜晚没灯光，存皇有先见之明，提前买了好几个头灯，每人一个，小伙伴们戴了头灯，彼此对视觉得很好笑。条件虽艰苦些，但苦中有乐，大家训练的态度极其端正。

曾教练耐心指导拉伸、做核心训练，让我跑两个3公里，每个16分钟。

跑完，教练助理张锐为我拉伸，拉伸后很轻松。

聊天中，存皇鼓励我参加下周的杭马，我说没报名，他答应帮我搞个名额。半夜11点到家。

2013年10月30日，周三

感冒没好利索，咳嗽有痰。

存皇微信告知，杭马半马名额解决了，但宾馆暂时没有房间，实在不行就让我和他合住一间。

晚上8点，冒着小雨绕世纪公园跑3圈，完成教练给的15公里任务。前10公里配速6分左右，后5公里配速6分以内，路滑，不太敢冲，总用时92分钟。从未以这么快的速度跑完如此长的距离，征服了自己。9点50分到家，已成落汤鸡。

到戈9群打卡，得到一片赞美，很受鼓舞。

2013年10月31日，周四

感冒没好，加上昨天跑量多，今天十分疲惫。

晚饭后半小时上床，打算睡1小时，闹钟定到8点半，不料一觉睡到9点半。

纠结磨蹭一会儿，近10点出门，世纪公园1圈5公里，用时28分钟。曾教练要求的5分配速，使出浑身的劲儿也没有做到。

N40°15'10.10"E96°13'33.40"

图 4　白沟赛道途中留影

图 5　与新锋、热水瓶、Cici、存皇及张锐在上大操场

上午，带着妻儿参加校友会组织的崇明徒步采摘活动，与杨勇等同学交流一路。徒步 8 公里，儿子走得很快，一马当先，获得第一名。

晚上乘高铁到杭州，参加明天杭马的半马。住的地方存皇给解决了，入住组委会安排的酒店，长江这次组织了近百人参赛，是备战戈 9 的一次重大活动。

半马首秀记忆铭心，
跑思相融身心俱进

2013 年 11 月 3 日，周日

昨晚睡得极不踏实，中间醒来两次。5 点 30 分起床。

6 点吃早餐，半小时后在酒店门前广场慢跑热身、拉伸。天气阴，云层低，好像随时会下雨，穿着组委会发的雨披，7 点半到达赛场，带着兴奋新奇的心情，迎接人生处马。

起点附近彩旗飘扬，动感音乐此起彼伏，高高的舞台上一群活力四射的青年俊男靓女，引领运动员做赛前热身活动。

有生以来第一次亲身接触马拉松，归功于存皇的倾力"蛊惑"和无私帮助，尽管至今与作为崇拜偶像的他还并不熟。决定参赛的勇气和信心，源于两周前在白沟用两个半小时完成 20 公里的"历史性创举"。

8 点整，发令枪响。由于初涉马拉松，不具备任何经验，开始便紧跟宋明选等老戈友，听从他们的提醒，秉承"慢"字诀，说实话快也快不起来。满脑子充斥着好奇和紧张，紧张是担心跌跌撞撞刚跑了三个月，体能不足，以及略有不适带着护膝的膝盖能否保障完赛。

我被涌动的人潮裹挟着，随波逐流，东张西望，朝一个毫无预知的目标前进。跑道上不乏身着奇装异服、肤色不同的男女老少，完全不是想象中竞赛的激烈场面，当然激烈场面不是没有，而是实在离我太遥远。周遭尽是嘉年华的味道，略有雾霾的天气，大煞风景，是唯一的美中不足。

最初 5 公里配速 6 分 30 秒，之后渐渐提到 6 分。跑到 10 公里左右，右膝隐现不适，担心半途而废，放缓速度，刻意调整落脚的力度。不时欣赏周围景色和助威的观众人群，以分散腿痛的注意力。

到 13 公里，心脏有些吃力，从未有过的感受，不晓得是消耗过大，还是心理作用，速度不敢再快，保持着 6 分 30 秒左右的配速。

当仅剩 1 公里时，一位从后面赶上来、素不相识的女性跑友，热情鼓励带动我，我略微提速直到冲向终点，成绩定格在 2 小时 28 分 56 秒。

看似遥遥无期、漫长的 21.0975 公里，穿大街过小巷，左冲右突，上坡下坡，终于被自己征服。善始善终，顺理成章，安全完赛。没有想象中的难，有比想象中更多的收获，幸运的是，身体没有异样。

三个月的坚持终有回报，创造新记录，祝贺自己！

曾教练等服务团队人员等待在终点休息区，为大家一一做拉伸放松。

中午和海航、超哥、静云等同学吃火锅，好几位初次跑完半马的同学和我一样兴奋，大家畅所欲言，相互鼓励，相约继续努力。

2013 年 11 月 4 日，周一

早上 6 点起床，感觉大腿股四头肌酸痛，右膝不适。

6 点半，穿着皮肤衣出门，天气凉爽，在小区内慢跑 3 公里，微微出汗。

午饭后散步，与燊哥等同事分享杭马经历，大家对我刮目相看，跑马高手汪青松给予了我很大鼓励和肯定。

儿子很喜欢我的杭马奖牌，晚上睡觉前将奖牌放在枕边。

2013 年 11 月 5 日，周二

早上，6 点出门，跑到世纪公园里，来回慢跑 7 公里。

连续坚持锻炼，容易倦怠，消耗的体力远超以往。

中午食堂吃饭，碰见一位多日不见、关系不错的同事，他吃惊于突然消瘦有些脱相的我，很善意地关心我是否身体有恙。我好生解释，打消了他的疑虑，但还是被提醒这个岁数运动要合理，适可而止。

从其他人狐疑的眼光中，我也读出了不好明说、以为生病的判断。毕竟，才 3 个月，体重快速下降近 30 斤。

雾霾严重，今早没出门。

晚上 8 点，陪儿子去健身房游泳 1 小时。

曾教练给了我训练计划，看起来很恐怖：

周一 休息；

周二 跳绳（4 分钟 1 组，跳 3 组）加单腿下蹲 12 次，每腿 3 组，加原地摆臂 100 次 3 组，加跑 1600 米，8 分钟完成，跑 4 次；

周三 慢跑 8 ～ 10 公里；

周四 跑 15 公里（前 10 公里配速 5 分 45 秒，后 5 公里配速 5 分 15 秒）；

周五 休息；

周六 跑变速、重复周二的素质练习；

周日 跑 1.5 ～ 2 小时 LSD。

每天练核心力量 3 组。

青岛。

早上 6 点，寒意逼人。穿长袖运动服和皮肤衣出门，跑到奥帆基地，跑到 7 公里时，右膝开始不适，赶紧停下放松，走走停停共 10 公里。

晚上 6 点半，到源深体育中心参加华东站集训。

体育场屋面顶棚有一根檩条坠落，塑胶跑道暂停开放一月，这并未阻挡 10 余个小伙伴的热情，里面进不去，就在外圈跑。

话不多的华东站"家长"军子，每次都用实际行动来助威，今晚第一次和他跑了几百米，他速度快得我赶不上。

戈 7A 队的高磊带我跑了两个 3 公里，跟他请教呼吸及跑姿，他没有明确的答案，说进入一个境界后，会发现不是用腿在跑，我感觉很向往。

随后，大家跟教练做核心训练，四组摆臂、抬腿、空中跳跃交换腿、左右跳、立卧撑、高抬腿。

两小时的集训，时间过得飞快，结束后的兴奋状态保持了很久，虽累犹喜。右膝经杨医生拉伸，轻松了许多。

2013 年 11 月 13 日，周三

早上 5 点 30 分起床。简单拉伸准备后，跑向世纪公园。

计划慢跑 8~10 公里，不好的感觉发生在 4 公里时，右膝隐隐作痛，与上周日在青岛相似，坚持了几分钟，放慢脚步走。调整、尝试，感觉稍好时再慢慢跑起来，坚持跑到 8 公里，到家简单拉伸。

事后回想，膝痛得不能跑，与没有充分热身、拉伸也有关系。

2013 年 11 月 14 日，周四

早上看到雾霾不小，没起来跑步。

进入夜晚，空气比上午浑浊黯淡。按照教练给的计划，原打算晚上到世纪公园跑 3 圈，但不敢直面糟糕的空气。

晚上 7 点半到久违的健身房，先游泳 1000 米，再到跑步机上跑 15 公里，从未感觉如此枯燥漫长，数次想放弃又忍住，挥洒的汗水颗粒不计其数，用时 88 分 50 秒，完成了计划距离，但速度差距太大。

收到存皇微信关心，提醒我注意拉伸。

晚上 11 点多上床，也许运动兴奋过度，翻来覆去难以入眠。

2013 年 11 月 15 日，周五

昨晚睡觉太少，整天昏昏欲睡。中午眯了一小会儿后稍觉精神。

看到长江戈 9 群里无数人对我昨晚跑步打卡的点赞，写了一段回复：

晨起惊见，昨深夜打卡激起一层浪，叨扰大家了。感谢发自内心的真情鼓励和呵

护，这种感觉太神奇了，瞬间就可转化成催人奋进的能量。

打卡时没想太多，只是还未从乏味单调的跑步中找到高人所谓的境界，现实于我多是自虐的骨感，自嘲在于解除自虐，倘若自强岂不美哉。

每件表现为枯燥的行为，之所以能被坚持，其背后一定有支撑下去的充分理由。上戈壁这或许是很多人的梦想，但现在真正激励牵引我的，好像不再是这个短期目标。

每次锻炼时，好像有种无形的力量，将我向前推进，不存在牵强，也没有敷衍，这种力量或许就是长江的理想，希望生命飞扬。

上戈壁只是运动不止路上的一处小小驿站，最刻骨的感悟，是运动与我已成为迟来多年的朋友，或相伴一生。同样的感受，若能在大家心中引起共鸣，就共同努力吧。从小的方面说的，是为了家庭和谐，从大的方面说，也是为了早日实现中国梦。

Cici 回复："很好的文字，很好的自白。我们群希望多一些多元精彩的表达，记录训练场内外、运动中、生活中、每一份运动分享、每一份坚持、每一份感动。期待刘宇的更多文字分享，我们有很多才子才女，如瑰宝散落各地。我们官群也向大家约稿，将精彩集合成册，做成戈 9 日志，一路走来，点点滴滴，文字、图片、音像，期待大家留下宝贵的分享和回忆。"

孙丹："有一点深有共鸣，戈壁是个短暂的梦想，但找回久违的朋友——运动，并与之终生为伴确是最大的快乐。"

2013 年 11 月 16 日，周六

阳光虽强，奈何雾霾深重。

上午到交大徐汇校区参加华东站集训，15 个变速跑，疲惫不堪。

2013 年 11 月 17 日，周日

昨晚睡前，踌躇满志，将闹钟定在早晨 5 点半，计划跑 15~20 公里，不影响 8 点半送儿子上篮球课。事与愿违，一眨眼，天已大亮。

6 点半，抓紧出门，上身里面穿长袖 T 恤，外面穿皮肤衣，下身穿紧身裤，右膝套上护膝。跑到世纪公园里，前前后后跑了不到 15 公里，不尽兴。

凌晨 5 点，从噩梦中惊醒，倒吸一口凉气。因果关系和很多细节忘记了，隐约身处黑暗雨夜中，驾驶无法发动陷入泥淖中的汽车，被众人追赶，任其宰割，四顾茫然，手足无措，唯余徒唤奈何。手脚并用奋力地无助挣扎，几近将"死"状态中实世界。

也许，梦与跑有一定联系，具体什么寓意猜想不透，懒得想太多。

拉开窗帘，初冬清晨，天色黑黢黢的，串串街灯泛射或白或黄的光，冷峻中透露着些许寒意。雾霾忽明忽暗，毫无生气地垂在半空中，远方若隐若现的建筑分明在说空气质量比昨天好了许多，能见度至少超过两倍。天气预报显示，气温 6 度，PM2.5 指标 150 多，晴天。

穿好昨晚临睡前备好的衣服，5 点 50 分出门，迎面扑来的冷空气，冻手、冻脚、冻颜。以肉眼和呼吸辨别，PM2.5 没有预报般严重。在花木路慢跑不足 1 公里，身上已发热。

莫道君行早，更有早跑人。三三两两的跑者，从对面不时飘过或从后面超过。稍作拉伸后跑起，起初 1~2 公里，配速 7 分，下意识地将注意力集中于放松上半身，尤其是肩膀、上臂，减少身体晃动幅度，两腿重复着机械运动，大腿自然带动小腿，脚步渐渐轻松起来，感觉到臀部肌肉的紧张，推动身体向前。大腿仍有酸痛的体会，一定是周六魔鬼训练的影响未消。

一个起步阶段的跑步"菜鸟"，通常习惯于将主要的精力贯注于跑本身和调整姿势上，没有高人所谓边跑边思考人生意义的佳境。今天例外，昨天惊闻一位同学辞世，这个不愿意接受的残酷现实，让我处于黯然神伤、神情恍惚的低落情绪中。

季节轮换，气候变化，给每天的跑步增添了不同色彩，使我内心激荡。三个多月的积累，早已习惯在公园里或在公园外圈奔跑，每个弯道，每处花草树木，每处草坪，乃至经常谋面却不曾对话的人们，越来越显得亲近。

喜欢公园里清晨的宁静和安逸，路上不多的行人多是散步的中老年人。跑步的人少之又少，偶尔有一两位年轻人。

跑到 3 公里时，听到身后脚步声渐行渐进，越来越重。片刻，一位上穿短袖 T 恤，下穿老式运动长裤，脚上穿普通运动鞋，体态微胖，个头不高，年纪60多，稀疏白发的男性长者，略向前倾着身子，从我左边超过，落脚时，明显有些沉重。我和他保持前后50~80米的距离，相持5分钟左右，我甩开臂膀，步伐稍微加大，很快便超到前面，并一直以这个速度前进。

天色很快大亮，今天肯定阳光灿烂。天气预报显示中度雾霾，园里丝毫感受不到压抑。看过一篇报道，说雾霾天不运动的人，也会受到被动的毒害，静止不代表不受侵害，反之，运动还能增加肌体的抵抗力。所谓"与天奋斗，其乐无穷"，不敢苟同，我以为至少在中度以上污染的空气中，要避免剧烈长时间运动。

跑步闯进生活，成为不可或缺的重要部分，不仅充实了内心，也占据了时空。运动和竞赛联系上，就无法和时间脱离。

对于生命，对于时间，不断有深刻的感悟，这是以往没有的一种体会。愈加明白时光稍纵即逝，依稀听到时间沙沙作响的声音，清晰分辨出生命细流在滴滴答答的流淌。每个变速跑用时60~70秒，跑完15个，加上中间休息，20分钟很快就流逝了。

今天时间好像过得比往常快，不一会儿就到7点，此时已跑7公里，没有担心中的膝盖报警，速度基本呈匀速，是最近比较愉悦的一次，要送儿子上学，只好放下继续前行的步伐。

<hr/>

2013 年 11 月 19 日，周二

每个周二晚6:30—9:00，已成为华东站例行集训的时间。下班后简单填填肚子，匆忙赶往源深体育中心。田径场地仍暂停开放，大家在体育馆二层外过道处的场所内训练。这里开阔安静，还可抵御风雨。

今天人气指数创年度集训新高，得益于Cici的特色营销，以及新锋站长的用心组织。20多位来自不同期别的同学中，有近半数第一次参加。高涨的锻炼热情和爆棚的气场，有你，有我，相伴在申城，这个冬天不会冷，完全感受不到这是入冬以来气温较低的一天。

即使没有高大上的环境设施，小伙伴们依然苦中作乐，很开心，满怀革命乐观主义精神，极其听话地落实曾教练的严格要求。

热身后，集体跑3公里，成绩各有千秋。

素质训练阶段，5 轮 50 码高抬腿，不少人 3 组后已疲于应付，随后 5 组训练动作，更是让人咬牙切齿，痛不欲生。存皇、热水瓶等种子选手，声嘶力竭数着节拍，喊着有气势的口号，为彼此加油鼓劲。

本着培养多层次戈 9 人才队伍的战略规划，素质训练按照 A 队、B 队区分不同训练量。伙伴们心无旁骛，刻苦训练，拼搏奋进，相互感染激励着。

痛并快乐的时光过得格外快，眨眼间不觉 9 点多了，不远处陆家嘴的摩天高楼清晰可见，灯火通明，耀眼璀璨，活力四射。

被激发的众人浑身热气升腾，在低温状态只觉空气微微凉。曾教练、杨医生依次为大家尽心尽力做专业拉伸后，相互告别，约定下次再来。

2013 年 11 月 20 日, 周三

轻度雾霾。

今早在华东站小群补发昨天集训的感言。被宏达转到了大群，随后收到了很多的喝彩。非常感动，欣慰。

Cici："刘宇，谦谦君子，低调内秀，起初几次的训练，他默默无言，以致前两次训练后我甚至没有完全记住他的名字。而后，他的坚毅、坚持、小鹿般轻盈的训练动作、内心的坚韧、才气和谦谦君子的风格，让华东站的小伙伴们都很喜欢他。"

某同学："灵动的文字象清晨的一杯蓝山咖啡，味道好极了！我刚补喝了，哈哈！读着你的文章，看到窗外明媚的阳光，大有溜出办公室去跑步的冲动！"

新锋："能跑、能写、有发现！值得猛赞。"

写了段回复：

感谢大家的鼓励和厚爱，感谢宏达对我"口水贴"的转发。这些只言片语是自己的随性涂鸦，运动中的点滴见闻能让兄弟姐妹喜欢一二，实属幸运，大家褒奖太高，言过其实，不胜惶恐。

每人都有独自的内心思想和个性感触，群里群外长江高人难以枚举，行胜于言，只不过我不知天高地厚，高调写出了些东西而已。我非常乐于见到各种形式的精神分享，各种思想火花的交流、碰撞、交融，再次感谢！

白天非常疲倦，中午打了个盹。

晚上 8 点，到健身房，游泳 1000 米，跑步 10 公里，用时 60 分钟。跑步时，旁边一位看似高手的跑者，身体强壮，速度很快，跑姿好看。我侧目偷偷模仿着，拔腰挺胸，两臂呈 90 度弯曲，尽量不大幅摆动，腿迈得比之前稍高，步幅略微大，抬脚时顺势将小腿向后提。

想到存皇讲的用核心推动自己，似乎有点儿感觉，5 分半配速，丝毫不觉累。随着机器发出的规律的声音，我好像找到了节奏，舒畅愉悦。

问题都不是问题，以后有解决不了的问题，先跑上 10 公里，一些弄不清楚的道理，跑着，跑着，就明白了。

崇明拉练坦然迎战，
西门健身雪中送炭

2013 年 11 月 21，周四

轻度雾霾。

晚上 6 点半到家便倒在床上，计划休息 1 小时后，去健身房跑 15 公里，闹钟定到晚 8 点，可是没有听到一点儿声音，一直睡到半夜才醒。

连续锻炼 5 天，加上周二晚睡眠少，疲态尽显。

2013 年 11 月 22 日，周五

多云。

昨晚睡眠时间近 12 小时。6 点半醒来，顿时发觉身体充电满格了。

晚上，到世纪公园跑 10 公里，配速 6 分。

2013 年 11 月 23 日，周六

晴。

早上 7 点起床。上午到交大徐汇校区集训。

在操场跑道慢跑 4 圈，随后拉伸。

完成 15 个 300 米间歇，艰难坚持下来，最后一个已是最慢，比上次还累。

小到中雨。

早晨 7 点半才醒, 昨天不到 10 点上床, 休息很充分, 打算今天到世纪公园多跑一会儿。

出门前垫了点儿东西, 喝了半杯水。天空灰暗, 预报有雨, 山雨欲来风满楼。慢跑 1 公里, 做了 10 分钟拉伸。

到底跑多少跑多久, 没有确切目标, 至少 10 公里吧, 1 个半小时以上, 不辜负没有人和事打扰、气候适宜的周日上午。

头 1 圈, 身体比较僵, 腿拉不开, 速度 7 分半, 大腿酸痛, 右腿腘绳肌不舒服, 是昨天集训的影响。3 公里后好多了, 配速超过 7 分, 汗水不断滴落下来, 身体被热量包围, 将外套脱下围在腰间。不知什么时候, 天空飘起小雨, 雨滴不大, 稀稀疏疏。

上次雨中跑, 也是个假日, 那是国庆节从外地回沪的第二天, 好久没跑了, 在雨中抑制不住跑的冲动, 像孩子一样, 无忧无虑、快乐地在雨中肆意奔跑跳跃, 第一次突破 12 公里记录。那时不懂在雨中特别是较大雨中跑, 对身体很不好, 雨水中的有害成分会损害皮肤, 倘若感冒会伤害很久, 无知者无畏。

记得那天兴冲冲地回家, 到微信上显摆, 收到朋友的提醒, 喝红糖水、姜汤驱寒, 用热水洗脚, 侥幸没有不适。今天在雨中, 忌惮了许多, 可距离总不能比那次还短吧。

进入第二个 5 公里, 雨滴变大, 疾风劲吹, T 恤被雨水浇灌透彻。解下腰上湿漉漉的皮肤衣穿到身上, 衣帽遮在头上, 多少遮挡些风雨。10 公里吃了唯一一个能量胶。

跑到 13 公里, 第三次经过通往公园中心湖的那条笔直的路, 豁然开朗, 路两旁金黄色的银杏树, 像大大的 "V" 字树立两边, 任由我向 "V" 字的底端从容、喜悦地挺近。夹杂交织着的风声、雨声、树叶的沙沙声, 似天然的奏鸣曲, 脚步的节奏不由自主地踩到了节拍, 顷刻间轻松了许多。

脚抬得比之前高, 却也不觉得累, 速度提高, 心里默默有节奏地数着: "一二三四五六七八, 二二三四五六七八……" 下意识地放松上半身, 尤其是臂膀, 刻意用腰腹用力 "推动", 小腿被动地起落, 不时找到持续并不久的 "自然" 感觉——两腿像车轮自如、平衡匀速地滚动, 向前, 向前, 向前……

跑完第 3 圈, 已经 15 公里, 却没有放弃的意思。雨仍在下, 变成中雨, 公园里的人，跑者不超过 5 人，遇见两位外国朋友，彼此透过雨水微笑致意，大家的心情都不错，在连绵不断的雨和阴湿的天，体会着平常风和日丽难以发现的美。雨，清澈了我，由外到里；湿透了路，自始至终。

仅在白沟、杭马跑过两次 20 公里，12 月 8 号就要到崇明参加选拔了，今天该试试 20 公里。边跑边想，不由得 1 公里就过去了。到此时，还没喝过一口水，虽然在低温冷雨中，失去的水分没有平时多，但潜意识提醒自己该补水了。

捱到 19 公里，看到售货亭，买了瓶矿泉水，缓缓喝上两口。再起步时，体力下降明显，配速降到 7 分半，肌肉不听话，全凭意志控制调动。内心急切催促自己，不能就这样消沉，低垂的头又抬起来了，忽然感到雨小了，太阳冲出了云团，赶紧摘掉粘在头上的衣帽，感受光辉的照耀。

第 4 圈结束，20 公里，又迂回了 1 公里多，完成半马，手表显示用时 2 小时 26 分，比杭马快了两分钟。

2013 年 11 月 25 日，周一

气温骤降，早上出门，寒风料峭，雾霾被风吹走后，天空现出少见的晴朗和澄澈。

自我加压，晚上绕公园一圈，逐渐加速跑完 5 公里，平均配速 6 分，穿得多，流了不少汗。

2013 年 11 月 26 日，周二

晚上，参加单位羽毛球队活动近两小时，每周二的华东站训练与打球时间冲突，一个月没打球，技术明显生疏，适应了一会儿才找到了感觉。

2013 年 11 月 27 日，周三

下班后，到静安寺西门双铭同学提供的健身俱乐部集训，这里高端大气有档次。

存皇、热水瓶、大静、璇静等十几位同学参加。3 组核心训练，每组十几个动作，1 组下来便大汗淋漓，全身湿透。在跑步机上跑了 3 公里。

感恩节。冷空气来袭,降低了湿度,寒风吹走雾霾,空气不错。昨天的核心训练,调动了全身很多肌肉,今天浑身上下都累,午睡 20 分钟很给力。

晚上本不想动,为支持存皇的值日打卡,近 8 点,穿着摇粒绒的长衣长裤出门。冻手,冻脸,冻耳朵,跑了一会儿才微微有点儿热。最终轻松跑完 10 公里。

早上 7 点到健身房,先游泳 1000 米,又跑步 5 公里,配速 5 分 15 秒,创最快纪录。

一觉睡到天亮,窗外重度雾霾,到处笼罩在一片青灰色的浓厚烟尘里。呼吸都感觉艰难,老天似乎惩罚着人间。

晚饭后,在家做 3 组核心训练。

雾霾深厚,挥之不去。

傍晚,十余位小伙伴又到西门双铭安排的健身中心。在跑步机上先热身 2 公里,细微的汗水欢愉地从身体毛孔喷薄而出,汗珠生动地沾在有活力的脸上,仿佛日出前的露珠,晶莹剔透,自我感觉良好,不忍擦拭。

接下来,曾教练指导核心训练,大家按要求操起不同家伙,竭尽全力完成十余个项目。两组下来,强度已接近我的极限,以意志忍受着煎熬,恨不得时间过得快点儿再快点儿。随后,教练因人而异下达了以不同配速跑完 3 公里的任务。

热水瓶刚下飞机,便从机场赶来参加下半场训练。刚在上马取得 3 小时零 3 分佳绩的存皇,特意带了好吃的点心过来陪大家。

晚上, 在健身房游泳 1000 米, 慢跑 5 公里。

信息科技浪潮势头正酣, 大数据时代高歌猛进, 人类似乎强大到了前无古人的境地。在这个愈发日新月异、光怪陆离, 曾经那么熟悉却又变得如此陌生的世界, 超强压力和空虚并存的城里城外人, 腾出一小段时间, 找个避开喧嚣的空间, 重拾心灵那片净土, 驻足享受片刻的温情和休息, 显得多么珍贵。

难得的机会来了, 今天参加戈 9 崇明岛选拔赛。印象里, 崇明没有烟囱林立的工厂和肆意开发的建筑, 没有人口稠密的居民, 是国家重点保护、国际知名的自然保护区, 不会受到太大污染。昨天, 市区连日居高不下的 PM2.5 指标突破 600, 崇明居然也差不多, 好心情迎来当头一棒。

早上 5 点半从家开车出发。行驶在夜色深邃、雾霾肆虐的路上, 盘算着距离、时间和安全, 比往常格外谨慎。路上车辆寥寥无几, 大桥电子显示屏上雾天减速的提示十分醒目。

从市区到岛上一路顺畅, 进入东滩, 天色已渐渐放亮, 浓雾迎面扑来, 瞬间犹入仙境。在能见度 20 米左右的土路上, 勉强龟速驾驶, 7 点 15 分如愿到达目的地。抓紧填了填肚子, 换好运动衣裤。兴高采烈地和多日不见的同学握手、拥抱、合影, 只是没有热身和拉伸的时间了。

8 点整, 空气质量已有所好转, 在施健大哥等人的组织领导下, 上海校友会及戈 9 组委会的众多同学花费近两个月时间、付出大量辛勤劳动组织的选拔赛正式开始。参加比赛的除来自各届的百余位同学, 还有学院的领导、教授, 以及同学的家属。比赛路线是东滩湿地公园的一条狭窄道路, 途径田埂路、水泥路、石子路、碎石路, 往返共 25 公里。

发令枪响, 跑得快的一众人马, 顷刻不见踪迹。刚开始, 我与拓展队队友雨辰结伴慢跑, 很希望能边跑边聊, 一起跑下去。不到 5 公里, 雨辰明显累了, 想走一会儿, 执意让我别管他。

鸽子蛋大小的青石子不规则地散落在散发着泥土芬芳的赛道上，道路被经年来往的车辆压出了两条深深的车辙，路中间是低矮枯萎的小草。

时而踩在车辙里，脚下发出极有韵律、吱吱嘎嘎的声音，时而踩在草丛上，感受着草的温软弹性和在草上"飞"的欢愉。

灰蒙蒙的天空有意拉低了天际线，路左边是高可及身的芦苇荡，路右边一望无际的湿地里，覆盖着叶子已泛黄的竹子、菖蒲和很多不知名字的植被，零星间闪现出几滩水迹，比较干燥的地上会堆起三五个草垛，时而闪出几头安逸的水牛和一群群自由翱翔的飞鸟。守护湿地的农户，驻足为我们加油喝彩。

独自保持6分多配速，渐渐地，自己超越的人比超过自己的人多了。快到9公里时，听到身后脚步声由远及近，我发现是菜菜。给我加油鼓励后，他就跑到了前面。

相持1公里多，我追上了他。两人并排边跑边聊，越说越熟。他上周才跑了上马的全马，用了4小时多一点儿，我立即刮目相看，大神啊！他谦虚，说自己速度不行，耐力尚可。

还剩2公里到折返点，存皇熟悉的身影迎面奔来，片刻后，一火、热水瓶、赤膊上阵的力哥、大海、学军、宏达、Cici、军梅、春美等人陆续闪过，互致加油！折返回来，步子轻松了不少，与在后面的同学面对面鼓励，除了温暖，也有小小的得意。听到好多熟悉的人不吝对我进步的夸赞。

4个月来，挺难找到速度差不多的同伴，大部分时间，跑步注定是属于一个人的寂寞。菜菜陪我15公里，一会儿他带我，一会儿换我在前，巡航的速度不紧不慢，却轻松超过了七八位同学。两人携手到达终点，用时2小时33分，并列第22名。

第一次在越野的路面突破25公里，成绩与上个月的半马差不多，由衷地开心。捧着同学热情送上的鲜花，到处是让我感动的目光和赞许的话语，此刻的世界要多美有多美，天空要多蓝有多蓝，崇明岛愈加多姿。

收获太满，感谢的人太多，没有集体的力量、榜样的激励、同伴的陪跑，就不会有我个人的突破。我奔跑在东滩湿地这片净土上，涤荡心中的雾霾，寻找心灵的净土。人类强大到了无以复加的地步了吗？答案显然是否定的。当代人类即便再强大，也无法超越自然的力量，愿崇明岛永远是块完整的净土。

上午，在健身房 3 小时，跑步 10 公里，3 组器械锻炼。

大风，降温。雾霾依旧。白天略感疲惫。

晚上 8 点半去健身房，游泳 1 公里，跑步 5 公里。

空气是连日来最好的。

晚上，在西门双铭安排的健身俱乐部集训。热身 2 公里，两组器械锻炼，随后以 5 分配速跑 3 公里。虽有些气喘，但我感觉有信心突破这个速度。

曾教练边给我拉伸边鼓励，说我可以给自己加点儿压力。我听进去了。训练结束，吃了存皇带的点心。

10 点到家，11 点半上床。

早上出门时，气温只有 4 度。

晚上 8 点到健身房，游泳 1 公里，跑步 6 公里，配速 5 分 10 秒。

曾教练给了几乎不可能完成的新计划：

周一：跳绳（4 分钟 1 组跳 4 组，组间休息 4 ~ 5 分钟）、瑜珈。

周二：素质练习 4 ~ 5 组；跑 1600 米，4 ~ 6 组（每 100 米用时 17.5 秒）。

周三：跑 15 公里（前 5 公里配速 6 分 15 秒，中间 5 公里配速 5 分 45 秒，最后 5 公里配速 5 分 30 秒）。

周四：1 公里变速跑，先慢后快，慢跑快跑配速 5 分 20 秒。

周五：普拉提。

周六：变速跑，加 10 ~ 15 次力量训练。

N40° 15 '10.10 " E96° 13' 33.40"

周日：长距离慢速跑 25 ~ 30 公里（有氧）。

每天练核心力量 3 组，再做 3 组双腿深蹲，每组 100 次。

曾教练：宇兄再练下去，要达到戈 9A 的标准了。

我：条件有限，不敢奢望，目标就是在您的指导下强身健体，挑战自己。

曾教练：有收获是自然而然的。

我：快乐最重要，有幸遇到好教练、好同学，很难得。

2013 年 12 月 14 日，周六

上午，在交大体育场集训。

15 个 300 米间歇，坚持了下来，用时都在 70 秒以内，比以前快却没以前累了。

2013 年 12 月 15 日，周日

早上 8 点，世纪公园 2 号门，和存皇、DVD、小怪等人会合。

存皇陪我和 DVD 按 6 分配速跑了一圈后，去等热水瓶合练，鼓励我们继续，争取跑 6 圈。

跑到 15 公里时，在草丛中找到存皇买的饮料，第一次补给。到 20 公里时，第二次补给。到 25 公里，俯身取饮料时，差点儿摔倒，腿像灌了铅似的。

挪到 3 号门，听到存皇和热水瓶在后面喊我。实在跑不动了，决定到此为止。

2013 年 12 月 16 日，周一

小到中雨。

昨天跑量大，跑后没充分拉伸，右脚跟腱有些痛。嗓子有点难受，以后碰到不好的天气要注意了。

晚 7 点半到健身房，人很少，游泳 1000 米。

小雨。轻微咳嗽。

晚上,冒雨去西门双名提供的场地集训。做 3 组素质练习,跑了 3 次 1600 米,配速分别为 8 分 5 秒、7 分 48 秒、7 分 40 秒,用了九成力。

存皇会议结束后,8 点多赶过来,又带了好吃的。存皇、曾教练鼓励我和 DVD,争取参加明年的戈 10。我说自己完全没希望,DVD 没问题。存皇正色地说:"你可以的,坚持就行。"

有自知之明,顺其自然吧,贵在坚持。

训练结束,顺路乘 DVD 的车,一路聊到家。

咳嗽了一天,时断时续。

报名参加明年 3 月 30 日郑开马拉松马拉松全马,加油!

晴朗,气温继续下降,早上只有 3 度。

晚上 8 点跑到世纪公园,计划跑 10~15 公里。气温较低,空气不佳。热身后开跑,由于天气太冷,不由得加快节奏,放开腿脚跑起来,初始配速 5 分 20 秒,刻意压下来,以 5 分 45 秒的配速跑完第 1 圈。第二圈配速 5 分 25 秒,本想就此结束,仍觉力所能及,于是继续,轻松完成第 3 圈,配速 5 分 30 秒。

功夫不负有心人。平时的刻苦和汗水都是值得的,今天以比平时快了不少的速度,持续跑过 10 公里,并不觉得十分困难。

往常,在跑的过程中,超过自己的人远远多于自己所超过的,今天尽管跑步的人并不多,自己还是超过了不下七八个跑者。

还剩最后 2 公里时,后面追上来两位速度较快的跑者,他们在冲刺,鼓励我加油。

受到激励，想想还有不远的距离就到终点，不由得甩开臂膀，加快脚步，速度瞬时也就上来了。酣畅淋漓地跑完 15 公里。

心静了，才能听见自己的心声，心清了，才能照见万物的实性。

昨天睡得晚，运动后喝了不少饮料，清晨醒来小便，再起来时已经 6 点 30 分。

跑休，中午见缝插针，做了 3 组深蹲，共 300 个，微出汗。

黄浦初练乐在其间，
厦门半马苦不堪言

2013 年 12 月 21 日，周六

晴。

天公格外作美，带寒意的北风吹出了一个澄澈可人的申城。

早上 8 点半，流着鼻涕，提前半小时，第一次来到黄浦区装修一新的卢湾体育场，难掩兴奋的新鲜心情。算来在华东站训练次数不少了，今天头一回第一个到。

卢体是华东站的大本营，前期内部整修花了两个月，小伙伴们被迫四处打游击，今天重返故地，有种回家的感觉。

清晨气温只有两度，换上运动衣裤，上身披着棉衣，仍瑟瑟发抖。一个人在空寂无人的田径场慢跑热身，蹬在舒服的塑胶跑道上，绕着勃勃生机的绿茵场，天空慵懒浮挂着的朵朵白云，也遮不住冬日暖阳向大地的慷慨投射，感恩在岁末遇到一个月来难得的好天气。

几圈下来，很快腾起了细汗。此时，大部队陆陆续续到了。

拉伸后，教练让我跑 10 公里，用了不到 55 分钟的时间轻松完成，这在平时是不可能完成的任务。天冷时节，神经系统自然而然地驱使身体加快了速度。

随后，教练又奖励了 6 个间歇跑。

难忘的一上午，难得的好天气，收获充实且珍贵——至真、至美、纯粹的快乐。

感谢给我陪伴、鼓励的教练，以及一同训练、一直给予我动力和幸福的伙伴们。

往往当我们回头的时候，会蓦然发现生活的真正意义，于是更坚定跑的方向。

早上 7 点半到健身房，在跑步机上跑步热身 2 公里，做 10 分钟拉伸，浑身已冒汗，出门跑向世纪公园。

天气不错，晴朗的冬日，煦暖的阳光照在身上，比在室内舒服。

30 公里长距离慢速跑，用时 3 小时 7 分，努力突破月初在崇明跑 25 公里的成绩。

下午，儿子央求我陪他骑车。忘记疲劳，爷俩在清冷的北风中绕世纪公园骑行 3 圈，用时 1 小时。

跑休。边看视频边做一小时瑜伽及核心训练。

平安夜，霾伏魔都，晚上继续在卢体集训。

热身完回到室内训练房，教练一如既往地示范，带领大家拉伸，接着是 4 组枯燥难耐的核心训练。

随后到操场，存皇不同凡响，身披沙袋，以 4 分多的配速跑 5 公里，气定神闲。我只拼命跑了两个 1600 米。

回家路上，大街上到处可见沉浸在节日里、喜形于色的人们，我的思绪还在飞扬。不久前我还有一箩筐不跑的理由，而今那只"旧筐"连同里面的垃圾已统统被我断然遗弃，跑下去的理由变得如此充分简单。

当我们的能力还无法实现向往的目标时，就该沉下心来品尝不断历练的艰苦。一个人跑步，是孤独的修行，许多人在一起跑，是正能量叠加的感召。一人太单薄，一个团队也过于狭隘，如果能唤起周围的人，唤起整个民族都跑起来，那该多好！

人有选择性记忆的偏好。今年，国内人间百态中，我耳闻目睹了一些负面信息。在边界条件有限的环境下，个体的力量是卑微的。

站在曾经不属于我，且仍未被我接受的平安夜的夜空下，不由得增添了几许无奈。节日是文化的投影，是传统的写照。经过 30 多年的高速发展，我们自己，包括下一代，还能记得多少传统的东西，有多少人愿意去学习、继承传统文化。梦想的实现寄希望于日积月累的沉淀、全神贯注的精进和发自肺腑的感恩。

今夜不由得忆起了那句诗："黑夜给了我黑色的眼睛，我却用它来寻找光明。"

愿梦想能插上翅膀，让梦早日照进现实，一切会更好！

2013 年 12 月 25 日，周三

白天轻度雾霾。

晚上 7 点 45 分到健身房，做热身拉伸。随后，绕世纪公园 3 圈，跑了 15 公里，每圈配速分别为 6 分 10 秒、5 分 45 秒和 5 分 25 秒。

刚开始，天冷的缘故，膝盖又觉酸痛不适，渐渐跑起来后并无大碍。

跑到 10 公里时，右膝内侧和腘绳肌开始产生不适反应。我刻意将注意力转移，痛感渐渐消失。

天气较冷，跑者寥寥。加速后，体力和呼吸须适应节奏的变化，身体不断增加能量输出，有点儿血脉偾张的感觉，总体还算轻松。

2013 年 12 月 26 日，周四

早上出门时，雾霾较昨天变本加厉。

傍晚，雾霾已随风飘散。

晚上 8 点，气温接近冰点，寒风刺面。没出小区便犹豫起来，浑身发冷，空气中隐隐有些难闻的味道。"是否回家取帽子，或者取消训练？"动摇的念头终究被前进的动力战胜。

今天计划完成 10 公里变速跑，慢的 1 公里配速 6 分，快的几公里的配速从 5 分 20 秒逐次减 10 秒，最快到 4 分 40 秒。跑在世纪公园花木路一侧，北风吹得浑身凉透，不由地加快步伐。

不到 1 公里时，又想打退堂鼓，自忖跑完这圈就算了，天寒地冷，冻坏身体不值得。前两公里配速 5 分 30 秒，由花木路右转入锦绣路时，风变小了。第 3 公里时配速降到 6 分。第 4~5 公里，以 5 分 20 秒的配速跑完。

此时，已不甘心只跑5公里，顺势又跑了1圈。

10公里总用时55分钟，虽没按计划配速执行，但跑完了目标距离，还是很愉快。到家拉伸，洗漱，11点上床。

上海的冬天，阳光比较稀罕，雾霾倒是最近的常客，到处是冷飕飕、灰蒙蒙的迹象。温度虽不至于太低，但深入骨髓的湿冷实在令人不舒适。

圣诞刚过，久违的晴空万里、阳光明媚，无疑为城市平添了一份温情，别样的惬意，足已使人们兴奋上一整天。

年内最后一次集训，特别喜庆。"戈7玫瑰"晓英、"戈8玫瑰"静云和珠珠、"戈8悍将"洋仔，这些来自祖国四面八方的杰出同学齐聚华东站，助力戈9小伙伴的训练。

教练先将大家分为4组，每组4~5人，进行20×400米接力比赛。训练娱乐两不误，华东站的小丹、存皇、热水瓶、DVD 和 Cici 等小伙伴们为了荣誉，竭尽全力，奋勇争先，个人成绩比平时均有提升。

稍事休息，大家回到室内，再做3组素质训练。

回家路上，阳光下空气仍显清冷，阵风拂面，顿感世界如此澄澈透明。与长跑有关的训练和思考占据了很多时间，从训练、比赛、与跑友的交流中，我学了很多。

回家途中，和 DVD 一路交流，受益良多。戈9是条无形的精神纽带，让大家不远千山万水，不辞征途劳顿，心甘情愿地相聚在一起。如果运动也需要理由的话，除了增强体质，那就是培养体育精神吧，尤其对于现在城市里的孩子们。

上午训练，跑了4~5组400米接力，拼得过于猛烈，左脚踝意外拉伤，伤势严重到走路都费力，晚上用冰袋敷了3次，感觉稍好。

雾霾重返。

早上醒来，发觉昨天训练造成的伤势加重了，左脚稍微用力触地就痛。

原想出去少跑一会儿，怕加剧伤势，在家做 3 组深蹲、3 组核心训练。

跨年夜辗转反侧，睡得不安宁。新年第一天，本可以自然醒，6 点不到却再也睡不着了。起床第一件事，就是心怀忐忑地查看左脚伤势，做梦都希望奇迹在新年伊始出现。

然而，揪心的事情到底发生了，脚踝内侧的肿胀一丁点儿没消除。从不同方向试着转动脚踝，伤痛处丝毫未见好转。站在地板上试着踱步，只要我重心偏左稍微沾下地，难忍的疼痛便瞬间涌来。

"新年快乐"的祝福满天飞，郁闷沮丧的心情与喜庆的气氛格格不入，我的 2014 年以伤痛开端，真是郁闷透顶。一上午不时勾起脚背，做做拉伸，时而感觉略好，时而又似加重。

中午，以很不轻松的步伐，挪上飞往厦门的班机。

在校友会组织的晚宴上，见到很多熟悉的同学、老朋友，大家明天都跑厦马，交谈甚欢共话友情，一度忘了伤痛。

晚餐后到杨杰医生房间，他正给热水瓶等人做放松，小心翼翼捱到他稍有空隙。杨医生秒懂我爱慕虚荣不想放弃比赛的心情，仔细观察着伤处说："脚踝肿得厉害，关节还特别松。"完全不将我脚丫子的臭当回事儿，按摩几分钟后，不容我反应，便扎了两针，痛得一激灵，这是我跑步以来第一次针灸，心生不安，但也只能忍着。

治疗后，感觉稍好。我问："明天能参赛吗？"医生答："非要跑的话并非不可。"略感欣慰又半信半疑。临别，被叮嘱明早来打绷带。

11 点多上床，犹豫不决，纠结跑还是不跑，思前想后，后半夜方入眠。

清晨 5 点 15 分被闹钟吵醒，左脚隐痛未消。

起床便找杨医生，先来一步的力哥，正在打肌贴。稍后，杨医生为我左脚缠上好几圈绷带，我试着走走，不知是因为有了支撑保护，还是纯粹心理的作用，痛感明显减轻。

6点15分吃好早餐，慢跑向起点，揣着复杂的心情面对自己报的第一个半马。绑着绷带的踝关节站着无大碍，走起来便隐隐作痛，跑起来稍微用力落地的刹那，阵痛似刀割般难忍。

厦马不愧是经典赛事，场面很壮观，从酒店到起点一两公里的马路上彩旗连绵、随风招展，人声鼎沸，水泄不通，我被稀里糊涂地挤到全马起点，位置比较靠前，距离起点不足30米。

出发区更是摩肩擦踵，腾不出空间热身拉伸，我随着韵律十足的音乐，原地轻微踏步。提前一个半小时进入起跑区，傻傻地站立到发令枪响，痛处已然麻木。

毫无悬念，比赛的过程就是痛苦的体验之旅。无暇享受鹭岛清洁的空气，无暇饱览美人美景，无暇顾及热情志愿者的呐喊助威。每一步都不轻松，跑步虽易，带伤不易，且行且艰难。

起初3公里，简直就是走，气势磅礴的人浪推着五颜六色的人海往前涌动。我尽量将身体重心放到右侧，左脚疼痛时隐时现。

跑到5公里时痛感开始加剧，我不断调整跑姿，刻意利用核心力量，试图将注意力从脚部转移出去，无济于事。无奈眼望无数跑者从身边超过，无心也无力赶超每个人，只能拜托左脚争气，不至中途掉链子，祈祷坚持到终点。

与华东站一位资历尚浅的跑友一同出发，以7分左右的配速跑到10公里，她有点儿力不从心，速度提不起来，一个劲儿地劝我加速，别让我受拖累。

可是，拖着一条腿、动作严重变形、自身难保的我，何谈有能力陪人呢？捱到12公里左右，我上卫生间，我们二人自此分开了。有人结伴相互鼓励，有伤也不想过多流露，以免负能量影响对方。

待独自跑，疼痛、疲惫和炎热如三座大山轰然袭来，每一步落地的艰难，每一步启动的努力，无不胜过上一步，我不断加码挑战自己的极限。

预想中的厦马该是多美啊，可就没顾得上看一眼身旁的大海，晴热的天空下，一路除了人就是人，除了痛还是痛，垃圾随处可见，反差极大的环境对心理和身体起不到积极的作用。

若不是因为强大的虚荣心、全神贯注的跑动，以及一根筋捱到底的念头，我绝不可能以难看无敌的跑相坚持下来。

越跑越辛苦，忍痛到 15 公里，想着慢也痛，快也痛，长痛不如短痛，还不如加快节奏呢，念及此，配速竟提到 6 分以内。

奔向目标的愿望产生了巨大能量，一瘸一拐的可怜人，终于抵达终点，头顶电子显示屏的时间定格在"2:26:18"。

历尽煎熬的人生第二个半马，比两月前快了两分钟。两分钟不值一提，重要的是完赛了。驻足的那一刻，我对自己说："熬出来了，战胜了自我。"我顿时从连日的纠结中解脱出来，来了，完赛了，无憾了。

跑步不足半年，庆幸自我保护还算不错，但保守的保护，很容易被向往更高、更强的愿望冲毁。伤痛要尽量避免，无法避免就要面对，伤痛是训练不可或缺的一部分。

如果不急功近利，不过于追求目标，也许就不会有伤痛，就无缘品尝伤痛的滋味。与杭马新鲜好奇、快乐冲动的感受相比，厦马惟余言语难穷尽的痛楚。这段 21.0975 公里的伤心路，未尝不是人生一次难得的收获。

两次半马，相同的里程，不同的城市，不一样的境遇和心情，一个略带恣意地享受快乐，另一个饱含折磨地感悟痛苦。二者均让我印象深刻，至于哪个印象更深刻？至今乃至今后，难以忘怀的一定是有痛的厦马。

杭马让我过于乐观地看待马拉松，厦马则给兴致盎然的我送上一记棒喝，告诉我，路上除了阳关大道，还有起伏坎坷的鬼门关。无论是准备过程还是比赛，必须尊重科学，不打无准备之仗，否则只会自讨苦吃。跑马不容市井浮躁，力不从心只能将自己折磨得疲惫不堪，还有可能导致追悔莫及的伤痛。

傍晚，我一瘸一拐地参加同学聚会，久未谋面的同学惊讶十我开始跑步了，竟然还跑马拉松，一边赞叹，一边对我受伤了还在跑步很不理解，大家提醒我要量力而行，毕竟岁月不饶人，我连连称是。

晚班飞机回沪。到达厅碰到同机的存皇和酷酷的胡队，存皇见我迈着蹒跚的步履，关切地询问伤情，叮嘱明天尽快找医生，不要不好意思。

因和杨医生不熟，如果不是存皇提醒，还真压根儿没打算去。

遇"神医"妙手克顽伤，
听老戈亲身诉衷肠

2014 年 1 月 3 日，周五

清早，一觉醒来，走路比之前更加吃力，比赛无疑加重了伤势。不仅脚踝内侧的疼痛犹在，雪上加霜的是，跟腱被牵引着无法正常活动。

傍晚，按预约找到杨医生。医生耐心治疗，连扎 7 针，点了 6 段艾草，希望尽快消肿。医生对痛处及周围按摩了十几分钟，感觉比来的时候轻松不少。

到家后，发觉伤痛处无明显改善。

2014 年 1 月 4 日，周六

伤痛仍旧不见好转的迹象，一整天心急如焚，不知何时见好。

旧痛未愈，又添新伤。因艾灸烫伤形成了一个大水泡，妻帮我用针挑破，挤出了许多脓水，抹上烫伤膏。

晚上上床前，以不太舒服的姿势做了 3 组平板。

2014 年 1 月 5 日，周日

休息日，睡到自然醒，9 点多爬起来。

终日忧心忡忡惦记着伤势。遵医嘱，在左脚水泡处抹上烫伤膏晾着。

网上一篇文章提到，"运动中不慎扭伤或拉伤，第一时间的处理很重要，会影响康复时间的长短。应立即坐下来休息。检视受伤的部位，如果出现快速肿胀，可能发生骨折，最好固定患部赶紧送医。若无，则应尽量采用冰敷，不要用手去推揉扭伤与拉伤的部位，以免加重损伤，造成二度伤害"。

我立刻十分懊悔，那天在厦马终点，热情的中医学院学生志愿者，主动帮我拉伸，我以为按摩对伤处有益，就让他们弄了好一会儿，适得其反啊，无知导致事与愿违，伤势加重。

在"戈9官群"看到比我年长近十岁的李小白师兄第一次完成全马，很受激励。晚上边看书边做300个深蹲、3组平板。12点多上床。

2014 年 1 月 6 日, 周一

厦马半马的破坏性压力试验，导致伤情毫无悬念地加重了，一周后仍不见起色。

下午抽空再去看杨医生，他先帮我按摩了小腿，痛得我咬牙切齿，小腿发硬和平时训练过量且未充分拉伸有关。

随后，针灸电疗激发小腿的筋牵动着跟腱，持续20分钟后，医生又对小腿充分按摩，我疼痛难忍，汗都冒出来了。接着涂按摩膏，重点处理脚背关节。下地后，跟腱的痛不太明显，脚背的关节活动仍受限。

伤势对行动造成很大障碍，走路相当费劲，5分钟的路程，要磨蹭15分钟以上，左腿依靠右腿的拖动来挪动，十分吃力。关心我的同事关切地说，情况比上周还差，这个年纪不宜拼命，要爱惜自己。

白天见缝插针，做200个深蹲。睡前做1组平板。

2014 年 1 月 7 日, 周二

天气阴晦，小雨冰冷。脚伤顽固不见好转。心情和天气相仿。

晚上卢体集训照常，隔空从微信群里看伙伴们在热火朝天地训练。多日没法跑，有点儿失落焦虑，睡前没心思做核心训练。

2014 年 1 月 8 日, 周三

腊八节。阴有小雨。

按照杨医生叮嘱，上午到东方医院，拍片子，验血。

医生诊断，软组织受损，骨头没问题，伤筋动骨100天，一到两个月能恢复好，最近3个月就别折腾了，这些医嘱加上亲友的善意劝告，好似一盆冷水浇在冬日寒风中伤心人的头顶。

晚上，睡前躺在床上按杨医生教的康复方法，用脚写英文字母。

2014 年 1 月 9 日，周四

天气晴朗，气温下降，清冷。

6点半起床。走路脚步仍无法加快，却不似前两天吃力。脚踝内侧肿胀且隐痛，跟腱的痛却减弱了，烫伤处渐渐结痂。

下班到杨医生处，聊到昨天东方医院医生说3个月不能动，他笑言不用那么久，运动员受伤等那么久，什么比赛不都耽误了。

心想今后只要不适，如出现肿胀、疼痛等症状，就及早找医生处理。

在微信上看到很多同学在世纪公园跑步，心里痒痒的。

睡前，做3组平板，100个深蹲。

2014 年 1 月 10 日，周五

天气晴朗，温度接近冰点。

早上热车等妻儿的间隙，做了50个深蹲。

左脚比昨天好多了，虽然着地不能太用力，但走路的步伐明显加快，疼痛感也小了，前些天走一会儿就累且痛的感觉已消失。

会议间隙，利用碎片化时间，做300个深蹲，分5组。

看到很受用的一句话："用意志去探索生命的边界，用呼吸去感受灵魂的深度。"

2014 年 1 月 12 日，周日

走路渐渐正常。上午，陪儿子到学校上篮球课时，做3组深蹲，在200米操场跑

道上用比走略快的节奏慢跑了 2 圈。

　　空气异常清新。形势继续向好的方向发展，略微好了似乎就忘了痛，真把自己当成正常人了，不小心用力触碰到脚部尚未痊愈的伤，牵扯着跟腱的痛感像针扎一样。

　　腿脚不允许跑，多走些路，跟腱积累疲劳，就会不舒服。原定晚上参加的集训，无奈放弃。

　　不能急于求成，要耐心，慢慢养，逐步恢复。即便如此，与预期的恢复进程比，已十分满足。

　　不知咋回事，早上起床下地后，跟腱的痛感有所加剧，担心成为老伤永远缠身，提醒自己，康复不能太心急。

　　晚上带儿子到健身房，一起游泳半小时，交叉训练是好主意。

　　早上，空气不错，气温近零度。

　　憋着没跑步的日子，不觉间已过去 20 多天。

　　打乱了习以为常的跑步节奏，日子就这么在苦于无法和小伙伴们一起训练的忍耐中流淌。

　　下班时，穿着皮鞋，忍不住在单位门口慢跑 100 多米。

　　晚上 9 点半，在小区内慢跑 2 公里，浑身有微热感，左脚踝并未不适，膝盖略微有点儿酸。久违了。

晚 7 点半出门。上身穿长袖紧身衣,套件薄 T 恤,外套皮肤衣,下身穿紧身裤。时隔一个月,第一次跑在世纪公园,空气不错,气温适宜。

好久没跑了,担心左脚的恢复状况,带着几分兴奋和更多忐忑,以 6 分多的配速跑出去 2 公里,无大碍。3 公里左右,左脚踝略微有点儿不适,但很快过去了。

按捺不住憋了许久的躁动,逐渐轻松地踏在公园外圈铅红色的跑道上,自厦马以来,心情第一次如此舒畅,似乎又回到受伤前渐入佳境的奔跑状态中。

20 多天前,当跑步速度和距离均有长足进步时,接力时拼得过猛,加之带伤勉强跑了厦马半马,导致伤情加重。

经过医生数次精心治疗,原本走路十分吃力、脚踝异常肿胀的无知者,10 天后基本走路正常,20 多天后能跑了。伤痛最难过的当头,无数次失去信心,甚至怀疑能否重返跑道、重拾梦想。

今天的结果,比出门前预计好很多。以 6 分多的配速跑 5 公里较自如,恢复期间循序渐进,适可而止,果断没多跑。

耳边分明有个声音说:"兄弟,又能跑了!"

还有什么能比身心都跑起来更幸福。

早上 7 点半醒来。空气糟糕得很,透不过气来。

华东站年前最后一次训练,自觉还不具备训练条件,请假。

夜幕降临,风起,浓厚的雾霾吹散殆尽。晚上 9 点,慢跑热身到世纪公园,没想跑太多。

5 公里下来,禁不住又跑 1 公里,此时,惯性的脚步丝毫没停下的意思,不由得又跑了一圈。

10 多公里结束,配速 5 分半多,只被一人超过,主要是空气不佳,时间晚,人少。

11 点前到家,拉伸,用泡沫轴放松,洗漱,12 点前上床。

晴空万里如画,心路任己驰骋。

不辜负空气质量优的难得好天气,下午 4 点半出门,跑步 5 公里,配速 5 分半。脚踝没不适,膝盖微酸,无大碍。

晚 6 点半,在我的好生劝哄下,儿子同意陪我到世纪公园,他骑车,我跑步。

跑了 16 公里,配速 6 分 10 秒。

不冷不热的气温,不带目标的配速,毫无压力,一往无前,欣赏周边环境,放松心境。原本很远的一处目标,眼看着越来越近,然后又变成身后的风景,新目标纷至沓来,不断映入眼帘。

受伤以来跑得最远的一次,战战兢兢担心的左脚没出状况,开心找回了自己。

心情少有这般舒爽,除了得益于康复顺利,更得益于好空气下儿子的陪伴。时而调整上半身僵硬的姿势,下意识调动并将精力集中于核心,明显能感到动力被有效激发。

匀速奔跑,放松心情,信马由缰,感慨之前未曾发掘的能量和潜力。

有时会突发奢望,一直跑下去,永远享受跑步该有多好啊!但跑步毕竟只是生活的一部分,遇见的,体验的,和人生的许多境遇其实无二。

可以全神心贯注于跑的本身,对于只为乐在其中,出发点是为锻炼身体的我而言,当乐观和自信充盈脑海,持续跑下去真不是件特别费力的事了。

就像同事青松说的,马拉松并非遥不可及,关键就是六个字:"跑,匀速,长距离。"

大年初四。春节胡吃海喝,堕落到连续近一周没动,深深自责。

昨夜一家从山东驱车回沪,连日来太辛苦,好不容易得以睡了个懒觉,9 点才起床。

下午两点，世纪公园，周围路上人不多，跑步的更稀罕。慢跑四圈，凑了一个半马，用时两小时，身心舒畅。

大年初五。假期的生物钟紊乱，凌晨两点半睡觉，睡眠质量糟糕，半梦半醒。中午起床，头晕眼花，外面阳光分外灿烂。

下午 3 点多，一家三口到世纪公园锻炼。妻儿骑车，我跑步。

跑到 5 公里，忽觉左膝出现从未有过的酸痛，便停下来走，不敢造次。可能是多日不跑，加上昨天过猛的缘故。

上午，到卢体集训。

天气不错，难得的艳阳天。一个多月没来，看到许多好久不见的小伙伴，亲切并激动。教练和医生很关切地询问我的身体状况。

以 5 分 25 秒的配速跑了 10 公里，开始还担心左膝随时会报警，直到结束也未出现不适，在塑胶跑道上刷圈很舒服，对关节有保护，相对轻松自如。

跑完，杨医生为我治疗放松，他手劲太大，疼痛难忍，但痛苦是值得的，换来了膝关节的轻松自如，感觉恢复如初。

天气阴，气温零度以下。

上班路上，稀落、细微的雪花从天而降。

晚 7 点半到健身房，游泳 1000 米，跑步 8 公里。

冬奥会,中国第一金由李坚柔戏剧性地获得,攥着汗看张宏获得第二金,更属不易。

深有感慨,只要坚持,奇迹总会发生,有梦想,脚步才可能到达更远。

晚上在家做 3 组核心训练。

正月十六,上海春光明媚,阳光灿烂,天空通透湛蓝,暖意令人慵懒,万物复苏已有时。

上午 9 点,小伙伴们陆续报道。处在迎接马年新春的兴头上、沉浸在喜庆氛围里的小伙伴们,兴致盎然。

新峰、昌雄、祥云、存皇、热水瓶、Cici、DVD、军子、武宗、程曦、小怪、谭军、春晖、恭彬一家三口、南斌等等,以及教练、杨医生悉数登场,大家对从重庆远道而来的 QQ 表示出至少"十二分"的热烈欢迎。

10 公里、变速等是近几次的常规训练,今天并不例外。小伙伴们按照教练的一贯因材施教的指导宗旨,结合自身的情况,选择和实施不同的方案。

几个刚来的同学与老队员对上号,很愉快地交流着。

久未谋面的军子,刚见到我就关切地询问年前受伤无恙否,尽管他平常没太多时间锻炼,可速度爆发毫不含糊,追赶起来十分费力。

训练刻苦、精神可嘉的小怪,不惜力地边跑边为伙伴们加油喝彩。

存皇和背着 10 余斤重沙袋的热水瓶,飞奔起来依然那么潇洒,超越每个人时都不忘大声为其加油。很少露面的汪恭彬,这次还争取到了妻儿总动员,并带来他堪称高手的大学同学袁皓一同切磋。

Cici 训练起来的劲头与男生相比毫不逊色,始终紧咬牙关跟在几匹"快马"后面。冲刺的关头,她十分迅疾地突然加速,让曾教练感到心痛,唯恐伤着,远远就连声呼喊:"悠着点儿,悠着点儿……"

坚持锻炼的每个人都有进步,也许自己浑然不觉,但在别人的眼里,你的进步就很直观也很励志。

戈 3A 队江昌雄师兄，是"长江理想，生命飞扬"口号的创作者之一，谦逊和善，丝毫不倚老卖老，边训练边主动和我攀谈，对我平时积极在群里打卡不吝表扬，以及发表的只言片语体会，希望我能够将真实感想持续记录下去，让积极的力量影响到更多人。

对于夸奖，虽然我嘴上说不值一提，但得到有分量的师兄的肯定和支持，心中却有些许暗喜。

训练结束，为欢迎 QQ 光临，伙伴们中午聚餐。席间，QQ 深为华东站的健康、和谐、欢乐的氛围所感动。

站长新峰介绍了戈 9 春节三亚集训情况，目前形势逼人，夺冠不容乐观，需要更多的理解、支持和鼓励，以及更多汗水和泪水的付出。他勉励大家，没进 A 队的同学，都是 A 队的小伙伴，作用不可或缺。

"戈 7 玫瑰"晓英深情地分享了戈赛及长跑运动带给自己及周围人的积极能量和感召，赞叹运动的人简单、快乐、率真、正直。

为长江戈赛做出突出贡献的戈 6A 队的孔祥云师兄，总是不事张扬，沉稳安静，拗不过大家的掌声，发言感慨眼下训练环境、人才储备等均今非昔比，提醒大家学会放松心态，相互减压解压，多参加集训，争冠梦想是奋斗目标，路上的酸甜苦辣是更大的财富。

其他人也作了分享，大家讲得都很好，尽管此前已感动于宏达、明选等老戈的煽动忽悠，但如果没有此前数月的体验，不身处在这巨大的能量场中，就不会发现原本质朴无华的语言穿透力如此强大，思维的火花绽放的光彩如此绚丽。

上午 8 点，准时到世纪公园 2 号门，天空飘落着冰雨。存皇没执行自己的训练计划，专门陪我跑了 20 公里。

前 10 公里，配速 5 分 30 秒，边跑边交流，自我感觉良好。

存皇被小伙伴们戏称"唐僧"，果然不负雅号，一路不停地念经，反复给我打气，"宇兄你冲 A""参加戈 10""注意劳逸结合""科学训练"，等等。

跑到 3 圈半，开始吃力。还剩最后半圈时，体力越发不支，配速降到 6 分 15 秒，步履维艰，迈不动腿，双臂双手抽搐麻木。

一直在身后的 DVD 轻松地追了上来，脚步非常稳健，然后又很快超越了我，眼睁睁着存皇和 DVD 离我渐行渐远。

不久，本已带着 DVD 跑到终点的存皇又折返回来，陪我跑了 200 米后冲向终点。20 公里用时 1 小时 53 分。

此时，雨已经渐渐大了起来。到避雨处，铺开瑜伽垫，存皇边看手机里的拉伸图示，边为我拉伸，他显然并不专业，作为小白鼠的我，还是十分感动。

到健身房再做十几分钟拉伸，洗澡，12 点到家。

2014 年 2 月 17 日，周一

小雨。

早上没跑步，外边风雨交加。

晚饭后，思想斗争一两分钟，9 点 15 分决定出门到健身房，跑步 3 公里多。

2014 年 2 月 19 日，周三

小雨。

晚上 7 点多到健身房，热身、拉伸后到世纪公园。

按照下午和教练交流的意见，跑 10 公里变速，慢的 1 公里配速 6 分，快的每公里配速从 5 分 20 秒依次减少 10 秒。

在快速奔跑的过程中，享受着速度带来的刺激，这是之前从未有过、不敢奢求的滋味，整个人进入一种巡航状态，跑起来并不费太多力，身体似乎飘浮在空气中，随心地舞蹈着。

不时提醒自己，不能太肆意。加速时，腿会略有不适，毕竟冲破了舒适区，持续跑一阵后会好很多。

跑步结束回到健身房，拉伸，做 3 组核心训练。

到家后，用泡沫轴按摩了放松 15 分钟，泡脚。11 点上床。

早上起床，左膝外侧有些痛。

"十伤九快"，昨天的变速，显然超越了自身能力。提醒自己，不能过猛，悠着点儿，基础要打牢夯实。

晚上 9 点多，穿上刚买的护踝，想适应一下，在小区里慢跑 3 公里，左腿膝盖外侧不舒服得厉害，刚开始根本不敢用力，适应后，能按 7 分多的配速跑。身体疲惫，不想多跑。

幸福如人饮水，冷暖自知。

你不是我，怎知我走过的路、看过的风景？怎知我心中的乐与苦？

大梅沙赛团队对抗，
滨江接力协作向上

2014 年 2 月 22 日，周六

上午 8 点半，为期两天的长江商学院戈 9 大梅沙选拔赛如期举行，百余位选手参赛。

身披 11 号码簿，身背水袋，头戴遮阳帽，上身穿短袖，下身穿压缩裤，脚上穿亚瑟士越野鞋，第一次置身于路面比较复杂、爬升坡度较高的陡峭越野赛道，亲近自然美景，体验挑战的刺激。

老戈友倾情付出、全程细心指导，组委会专门请来当地知名跑团的几位"大神"引路带跑，新戈友互相勉励，顽强拼搏。

赛路相比白沟难度系数大增，自补给，自导航，山路蜿蜒曲折，经常前不着村后不着店，看不到前面后面的人，气温出乎意料地高，并且设置了几处比较隐蔽的打卡点，一旦错过就得走冤枉路。

最终，我凭着前期训练的积累和意志力，成功战胜了自我，安全顺利完赛，22 公里用时 2 小时 19 分，排在前 20 名以内。

尽管成绩值得满意，但让自己高兴不起来的是，当还剩三分之一的路程时，由于此前锻炼的肌肉力量不够，左腿髂胫束开始反应，不敢正常发力，牵扯到的膝盖受到明显影响，很担心明天能否继续。

晚宴，感谢组委会及老戈友施健、一峰、树林、张杰、旭红、宏达、刘中、魏巍、静云、如欣、少波、易骅等人对本次活动的无私付出。

我和戈 7A 队的队员罗壹雄坐一桌，他今天带女生，半程后被我超过了，夸奖之余鼓励我明天加油，得知因腿的伤情想放弃后面的比赛时，便热情地教我针对性的拉伸动作。我试着做了，伤情似乎缓解了点儿。

图6　戈9深圳选拔赛部分选手赛前合影

　　明天同样的赛道，比赛形式改为参照戈赛规则分组对抗。我被分到当队长的存皇一组，一组7人。

　　晚饭后，存皇召集大家进行战术安排：

　　1.战术组合：大海、晓亭、存皇3人一起跑；老骆驼、军梅、春美3人一起跑；范宇一个人坚持跑，盯牢另一组的QQ；

　　2.装备准备：睡前提前检查好个人装备，鞋子、袜子、比赛衣物、水袋、帽子、对讲机、GPS、腰包、计时卡、充满电的手表（如不用水袋，要考虑对讲机和GPS怎么放）；

　　3.营养准备：固体饮料、能量胶、盐丸，早餐最好是涂点蜂蜜的面包，比赛时及时补充饮料，最好每5公里喝一次水，最好在平地跑时喝；

　　4.比赛技巧：上坡坚决不停，小步快跑，身体前倾，上、下坡提前调整好节奏，尽量沿同一直线，少变道；

　　5、其他事项：6点起床，用冷热水交替冲凉，吃早餐，积极排空，身体涂润肤露。

早上醒来,右腿的伤没缓解,团队的荣誉感,让我数次打消了弃赛的念头。

按照战术要求,我在后队陪马春美,保证她减时后取得好成绩。爬升近千米起伏极大的山路,前半程,每逢上坡处我就推着她,自己正常跑本就不容易,力量被分散就更消耗体力。

忍着腿部愈来愈难以名状的伤痛,竭尽所能地带着她经过了三分之二的路段,推她又上了一个大坡后,就再也无力跟上她的节奏,何谈继续帮助她。眼睁睁地看她顺坡绝尘而去,越来越远,渐渐不见踪迹。

折返处碰到满志,他说:"你快追,春美在前面大声着急地喊你,可能是找不到打卡点。"我忍痛加速几百米,隐隐听见远处春美的声音,但如影随形的腿伤愈加严重,不容我继续,速度一落千丈,直到终点也未见到春美的影子。

最终,我们队取得了第二名,我内心很是愧疚,无须解释,我本来就能力不足,加上新赛道的复杂地形,水平自然见分晓,伤痛是必然的。

下午我在群里汇报:"非常有幸参与团队活动,很开心和大一起家体验了合作的快乐,难忘每个人给予我的启发。很遗憾临近最后一个打卡点体力透支,无力追上春美,我尽力了。谢谢你们!"

春美:"老骆驼,今天真是不好意思,彻底把你累坏了,谢谢啊。"

我:"哪里的话,有缘一起跑是俺的福气,只是能力太有限,没能陪你到终点,加油,明天会更好!"

春美:"是我把你累坏了!实在不好意思,不是我自私啊,我是 23 期的,加入得晚,一直觉得自己是最弱的,没去多想,直到把你累坏了,我才恍然大悟,原来大家也累,男生也会累!谢谢你,牺牲自己成就了我,我会加倍努力以不辜负你的牺牲。"

我:"看好你,你是我的榜样。多几个像你这么拼的队员,戈 9 卫冕无忧了。我纯属打酱油,报的 B 队,昨天带着膝伤跑的,今天就更没底了,我都和存皇讲过了。实际情况是俺心有余而力不足,多担待!"

大海回我:"团队的合作也让我很开心,收获很多,你做的已经很棒了,你做的比我们更多,谢谢你。"

春美:"谢谢老骆驼,辛苦了,我回头要好好学习使用 GPS。今天在路上一看见队友们马上就力量与信心倍增,好亲切,谢谢各位队友!"

军梅："今天没跟上老骆驼和春美，自己在后面虽然看着 GPS，由于自负错过第一个打卡点，再折回去打卡，心理又不够强大，彻底把重担甩给了范宇姐，对组织对存皇都不负责，我做深刻检讨。"

春美："我觉得暴露问题越多越好，比如，执行计划的问题，联络的问题，还有我思想上重视不够，又太依赖其他队员，让大家担心，我也做深刻检查，不过没得第一这件事可以忽略。"

范宇："我如果再快十分钟，也许我们还有机会。再有关于对讲机联络的问题，去年已有教训，但没给存皇足够的提示。我觉得大家这样反思自己很好，团队作战，问题早反映出来是好事，存皇不要将责任都往自己身上揽。"

大海："拿不拿第一名也许真不那么重要，即使只有一天的团队合作，我们也充分感受到了团队的力量，我们每个人都很重要，我们每个人都为团队做出了最大的努力，在终点线上的拥抱让我看到了信任的力量。"

<hr>

2014 年 2 月 24 日, 周一

阴有小雨。

睡了 6 个小时，起床后没有想象的那样累，髂胫束及膝盖状况还好，虽然走动不够灵活，幸运的是没有更糟糕，只是双腿，尤其大腿内侧肌肉酸痛厉害。

给存皇私信：

"昨天比赛问题出来是好事。真希望你更牛，目前该有的你基本都具备了，下一步注重的是多补充冠军的霸气和当仁不让的决断力、领导力。

觉得你碍于大家情面，没提出过分的要求，如对于 GPS 的使用，应当人人掌握，不仅为这次比赛，还在于今后经验的积累，在于突发状况下，单兵作战能力不能丧失。

昨天我真是比前天还累，上大坡推着春美，还要看 GPS，挺分心耗力，以至于最后我跟不上了。总之，真心希望兄弟更好，有时不能太因个别意见影响你该有的发挥！上面是瞎说的，仅供参考。"

存皇："谢谢好兄弟，都是心里话，一针见血！"

今天看到一段话，此时很有同感："只要你奔跑，这个世界就会跟着你奔跑；只要你停驻，这个世界就会舍弃你独自奔跑。唯有你确定一个方向，使劲地跑起来，这个世界会为你而让路，你需要动起来，让风都在你背后。"

队伍只有团结一心，全力拼搏奉献，才能走得更远，走得更精彩。照耀队友，照耀别人，才能点亮人生。

晚上本想排酸跑，但是实在跑不动。在小区慢跑了几步，左腿膝盖就越发难受。9点多到家，用泡沫轴放松，热水泡脚。

2014 年 2 月 25 日,周二

连绵不绝的中雨，浑身由里到外都是湿漉漉的感觉。

晚上冒雨到卢体训练。持续两天连绵不绝的细雨，依旧极有耐心、慢条斯理地下着，看不到要停下的迹象。

雨滴们争先恐后地碰触、唤醒着大地，努力洗去冬的残迹，呈现出春的美丽。空气中弥漫着沁人心脾的味道，那是充满勃勃生机的春的气息。

傍晚天色渐暗，雨水愈发湿冷，刚刚下班便火急火燎地赶往卢体的伙伴们，一个个热情似火，心里充满阳光。恶劣的天气无法动摇大家向往集训的坚定信念，我人尚未到，心已早至。

晚上 6 点半，卢体球场的灯光亮如白昼，强烈的光线照耀下，斜风愉快地追逐着细雨，接连不断的晶莹水珠构成的线条分外清晰生动。

偌大的体育场标准跑道上，只有寥寥数人，有两三人打着伞在散步聊天，还有两个信马由缰奔跑着的老外。中间的足球绿茵场上则是一番喧闹，20 多名十八九岁的欧美小帅哥，正紧张投入地打着比赛。

上周参加的第一次越野，使我的身体经历了极大考验，担心山路造成的左膝外侧伤痛会造成严重后遗症，便按照杨医生的方案休息了两天，发现情况比预料的要好很多。一直关注我的教练、医生和存皇等小伙伴，都为我开心。

今天以调整恢复为主，辅以力量练习。来不及向教练和小伙伴们汇报更多深圳的难忘往事，立即换上运动服，和存皇等人兴奋地闯进霏霏细雨中。

这时的雨宛如牛毛，极其温柔主动地扑面而来，用它那丝丝入扣的凉爽毫无顾忌地尽情抚摸着我的面颊。

自由酣畅地呼吸着久违的优质清新空气，不知不觉间已慢跑了四五圈，脸上流淌

N40° 15 '10.10 " E96° 13' 33.40"

的已分不清是汗水还是雨水，浑身由里到外透露着轻松和舒适。

室内拉伸后，准备力量训练前，刚从美国风尘仆仆归来愈发青春靓丽的"戈8玫瑰"朱小丹，生怕忘记似的，赶紧插话，并给小伙伴们分送了她带回的个性化礼物。

最近晒得越来越黑的存皇眼巴巴地等到了自己的礼物——一瓶增白防晒霜，让这些笑点不高的小伙伴们开心得前仰后合。

小丹送我的礼物恰好是医生建议我目前急需服用的Movefree。

大家拿到礼物，连声称谢。小丹被大家的开心所感染，愉快地笑道："谢啥，这是我应做的。"作为3个孩子的母亲，小丹家距卢体很远，每次都要克服很多人没有的困难才能赶来陪伴训练，就是为给大家带来更多的欢乐，给戈9更多喝彩。

尤其今晚，看似糟糕的天气，又有朋友造访，她本有一万条理由不来，但为了不扫大家的兴致，她不仅将朋友带到了体育馆，还将朋友晾到一边好一会儿，直到训练结束。

华东站已然有种无形的魔力，叫人欲罢不能。这里吸引我的岂止是跑步和训练？一个会心的微笑、一句简单的玩笑、一声真心的鼓励，都那么让人身心舒畅，受用至极。

到这里才不过几次，你就会从小伙伴们的身上，渐渐体会到一种催人奋进、境界升华的精神。

拉伸后，大家迫不及待地重返雨中的跑道，5公里恢复性慢跑。绑上重重沙袋的存皇和热水瓶，严肃时的形象简直酷毙了。

换上皮肤衣的小丹和小怪，从远处看像两颗绿油油的小青菜，橙衣军子和蓝衣胡静组合相得益彰，夜晚的跑道似乎只属于小伙伴们。

训练结束，杨医生、曾教练针对小伙伴们的具体身体状况，极其负责地进行有效拉伸放松。杨医生应邀为大家讲解自我和相互拉伸的科学方法。

快乐的时间总是过得很快，两个半小时，在欢声笑语中飞快滑过。多年后，小伙伴们一定会记得这次雨中，一起曾经跑过的路，经历过的洗礼，还有希冀中的彩虹。

2014年2月27日,周四

小雨。

会议间隙做了 300 个深蹲。

晚上下班回家后，感觉很累，7 点多上床，没有洗漱，想休息一会儿再去跑步。

8 点 30 分被闹钟吵醒，但还是没力气起来。又睡到 10 点多，洗漱后复躺回床上。

2014 年 3 月 1 日，周六

阴有小雨。

早上 7 点起床，路上买了两个包子，8 点开车到卢体，早到一小时。先跑了几圈进行热身，然后拉伸。

随后跑了 9 公里，天开始下雨，小伙伴们也陆陆续续到了。和大家一起又跑了 1 公里。

急于送儿子上课，10 点钟先行离开。

2014 年 3 月 2 日，周日

一觉睡到早上 8 点，自然醒。

下午两点半，不愿辜负早春的灿烂阳光，到世纪公园跑步，早上存皇特别发短信嘱咐我："慢点儿跑，注意喝水。"

刚起步时，稍感不舒服，左膝外侧不适，1 圈后，在志忑地盘算着到底能跑多少公里的思索中，不觉间又跑完一圈，顿时增添了信心。

更加轻松地跑过第 3 圈后，不甘心才 15 公里就结束，第 4 圈快跑完时，被从后面追上来的 Cici 叫住，看到队友，无形中平添了动力，本想放弃的念头顷刻间灰飞烟灭，于是随着她和带她的馒头又跑了一圈。

停下时意犹未尽，感觉仍有体力，可再坚持至少 3 公里。

被人带着跑，和独自跑感受大有不同，一个人跑，速度会越来越慢，感觉会越来越累，而被高手带着，就像有种被牵引的无形力量，催你继续向前。

今天也体会到核心力量的重要，膝盖不舒服的状况下，我下意识地将意念从疼痛的地方转移，意在挺直腰，收紧腹，用腰腹的力量推动自己向前，跑的过程中，只有一个向前冲的念头。

试着用前两天学习到的腹式呼吸，深吸长吐、快吐，明显感觉轻松不少。

跑完 25 公里，用时 2 小时 38 分，腿脚还是比较累。跑完到健身房拉伸。到家用冰块敷膝盖、脚踝，用泡沫轴放松。10 点半睡觉。

2014 年 3 月 3 日,周一

阴。

晚上下班回家休息了一会儿，8 点出门，绕世纪公园慢跑 1 圈。

2014 年 3 月 5 日,周三

中午，做 300 个深蹲。

晚上，6 点半到家，非常困倦，浑身无力。在沙发上眯了 20 分钟后，继续锻炼的意志战胜了懒惰的念头。

晚 8 点出门，气温只有 5 度，绕世纪公园慢跑 15 公里，用时 86 分钟，跑完回家做 3 组平板。11 点半上床。

2014 年 3 月 8 日,周六

阴有小雨。

早上，7 点开车到龙腾大道，参加商学院滨江团队接力赛。我参加小丹仓促组的队，队友包括武宗、大静、程曦，小丹和程曦的老公友情客串。

上午 8 点到下午 2 点，6 小时接力赛，每棒 5 公里。共有 40 多支队伍，气氛热烈。略带寒意的江风，怎敌得过参赛队员们如火的热情。

本来阴着的天空，中午过后，小雨开始如丝般飘飘洒洒下来，天公很照顾人，直到比赛结束雨也没下得太大，置身细雨中奔跑，反倒舒爽清澈。

起初，我们这些"乌合之众"只想每人跑两棒，参与一下就散伙。但我一直不太甘心，怂恿小丹、武宗，不要丢长江的脸。大家一致同意坚持到最后，我跑了 3.5 棒（17.5 公里）。

最后，我们以一腔热忱，顺利完赛，排名第22位，大家笑说这个成绩很二，对于一群抱着打酱油心态参与、速度一般的队员来说，这个结果很是满足。

下午到家，看到惊天新闻，马航失联。世事无常，祈愿有奇迹出现。

早上，8 点醒来，被窗帘外的耀眼光芒刺得睁不开眼。今天的阳光分外灿烂。

昨天接力赛受凉了，早上发觉右鼻孔塞得难受，浑身乏力，膝盖略有不适。

上午带儿子去上篮球课，自己在旁边无聊，做了 300 个深蹲。

下午 3 点半，来到世纪公园。天气好，人们春心萌动。天冷时，周末也见不到几个人，今天公园各个门口的车辆川流不息，健身步道上人流攒动，跑起来需小心避免和迎面来人相撞。

考虑周末须完成 LSD，为了郑马的目标，今天至少跑 20 公里，虽然没有把握。

第 1 圈，总是比较痛苦的开始，膝盖不适，浑身不够放松，身体没有完全热起来。5 分 45 秒的配速不快不慢，有点儿勉强。

两圈结束，喝了几口藏在路边草丛的饮料。再起步，感觉身体已然打开，忘却膝盖、脚踝原本吃力的部位，核心传送着能量带动身体自如地向前。

跑步有良好的氛围，有同行者的感召，恰似置身一个道场，很大程度上能消除个人孤独的疲惫和落寞。

众人奔跑着的环境里，时而被身边的跑者激励，努力超过前面的人，时而淡定地被后人超过，享受着身体持续机械运动着的状态，总有喜悦充盈在心间。

有时，前面一个靓丽女孩的身影，就是激发自己奋勇向前的动力。

第 3 圈，渐入佳境，毫不费力。很快进入第 4 圈，原本 1 圈 5 公里觉得很长，公园挺大，跑得多了，就发觉园子其实并不大，5 公里也并不长，这是杜甫登泰山的感受吗？会当凌绝顶，一览众"园"小。沿途的每一处，越发熟悉又爱惜。

第 4 圈结束，补充两口水，汗水一直挂在脸上，胸部被衣服磨、被汗水浸，似针扎般痛。第 5 圈在前，似乎也不在话下，心头的目标又向前一步，决定挑战一次 30 公里。

用脚步丈量着脚下的路，思想朝着心中的光明汇聚，时间一分一秒地过去，路程一点一滴地积累。

第 6 圈开始，将还剩大半瓶的饮料拿在手里，忽然吃力起来，距离目标很近了，怎能让斗志消沉下来，但此刻，每一米的前进都变得愈发艰难。

脑海中闪出坚持、行动的字眼，想到存皇等榜样的力量，坚信自己是打不垮的。不断为自己打气，挺起腰腹、调整跑姿、放松呼吸节奏，似有效果，脚步没有停下，直到完成 30 公里的目标。

最终用时 3 小时 3 分，跑了 30.2 公里，不可思议的距离。

天色已暗，人流渐疏。如果再来 2 公里，应该也能坚持到底。

逐渐下降的气温、体温，让我感到些许寒意。回家的路上买了一瓶运动饮料，握在手里感觉热乎乎的，尝了一口味道令人不舒服，但是太渴了，于是咕咚咕咚，几口就干掉了。

跑进健身房的淋浴间，用冷水冲了会儿关节，两胸乳头磨得鲜红流血。洗头时，忽然头晕目眩，恶心想吐，终于没忍住，接连吐出两口刚才急急喝下的饮料，接着又吐出一点儿中午没有消化的食物。

吐后稍感舒服，但仍虚弱不堪。一度担心走不到家，想让妻来接我。不敢在这个封闭空间停留太久，简单冲淋，更衣回家。

晚饭吃不下，喝了一碗蜂蜜水，吃了一个盐丸。倒在床上休息一小时后，起床又喝了些水，吃了点坚果。边看电视边用冰块冷敷膝盖，用泡沫轴放松。这几天左脚脚底疼痛，按照杨医生教的方法，踩着高尔夫球按摩。

今天跑的距离很长，多么痛的领悟，总结下来，导致如此疲惫的原因：

一是未及时补充能量，30 公里仅喝一瓶饮料，没吃能量胶；

二是跑后喝水过猛，且饮料口感很差，引起反胃；

三是淋浴过早，封闭空间中氧气较少；

四是跑量过多，疲劳作战；

五是没有做好跑前的准备，两乳等部位未涂凡士林或作相应保护。

华东站中苦练渠成，
郑开马上处跑圆梦

睡了近 10 个小时，早上 6 点半起床仍头晕脑涨。

感冒了。

中午做 300 个深蹲。

晚上 6 点 40 分到卢体。原本不想来训练了，可是已报名，上周已缺席一次，再不来说服不了自己。

慢跑热身后，跟教练做了 3 组素质训练。空间不大的力量房，被十几个人的运动身影填充得热热闹闹，生机勃勃。

大家一起训练，相互促进，再苦再累的项目，也显得不那么枯燥乏味了。

开始跑步后，不知从什么时候开始，对烟的味道有了抵触，之前戒过多少次，均以失败告终，未曾想就这么顺理成章地成功了。不抽烟的人，闻到烟味有说不出的抵触。

回想自己当初抽烟，给别人带来了多大的痛苦啊，吾日三省吾身。一个没了监督和约束，没了忌惮之心的人，只能向放纵的方向走去。

不仅性格，环境也是决定命运的重要因素。一个人在一个封闭的空间，天性和本质会真实暴露。

小到中雨。

感冒不仅没好，还传染给了妻儿，郁闷。

戈 9 开始报名，认真考虑一番，人贵有自知之明，不可过于天真幻想，一切从实际出发，决定报 B 队，如能入选也是幸事，但也意味今生与 A 队无缘了。

晚上在家做 3 组核心训练。

2014 年 3 月 13 日，周四

感冒基本好了。

晚上 8 点出门，在世纪公园慢跑 12 公里。

2 014 年 3 月 14 日，周五

晴空万里，空气清新干净。

早上送儿子上学，一路格外畅通，心情十分愉悦。

跑步不断积淀的能量，无形却有力，我不由得念叨加油，心中的火山，默默无语，蛰伏了多年，只为刹那间的蓄势待发。

晚上饭后绕世纪公园匆匆跑了 7 公里。

2014 年 3 月 15 日，周六

早上 6 点起床，吃了小半碗清水面。

7 点到健身房，游泳 1000 米，当作热身。

随后，跑进世纪公园里，气候变暖，阳气上升，处处欣欣向荣。

很久没有进到公园里了，本以为人会很多，但除了梅花盛开的地方，其他地方没什么人，可能是时间太早吧。

起步不到 1 公里，最近惯常不爽的左膝仍然不适，又跑了 2 公里才轻松自然起来。跑惯了公园外的塑胶跑道，经过石头或水泥地面时，有点儿发怵。

计算着上午送儿子上课的时间，跑了 11 公里后回家。

晚上 9 点半上床，计划明天起早训练 LSD。

清晨 4 点半起床, 吃了小半碗面。

5 点多, 到世纪公园, 薄雾中开跑, 直到近 8 点, 跑完 26 公里。

晴。

早 6 点 20 分起床, 到世纪公园跑步 5 公里, 做 3 组素质训练。

没去过戈壁, 不敢妄谈"玄奘之路"。单说自己已经坚持了近 7 个月的跑步这件业余营生, 不光使自己的肉体逐步结实、身体机能日益进步, 更使自己得到了精神和心灵的艰苦修行、洗礼、放松乃至升华, 人性的真实、单纯、包容、互助、勤快、健康等诸多积极元素, 在跑步过程中表现得比以往任何时候都更淋漓尽致。

人性中的种种阴暗面还来不及显现和暴露出来, 就随着流淌的汗水, 冲刷得无影无踪。

每逢处于极度疲惫、麻木甚至虚脱状态, 伙伴的激励和环境的渲染, 以及内在坚强的意志支撑, 无不成为战胜自我的重要力量, 身体力行着所谓的知行合一、身心合一、天人合一, 并享受着这种放松和愉悦的感觉。

那一刻仿佛从头到脚焕然一新, 学会坚韧和忍耐, 事后脑海中时常不断品味回放, 并把这种精神不知不觉地融汇到生活中的其他方面。

单就跑这件事情本身, 坚持就没有什么不可以。原本离自己毫不相干、遥不可及的目标, 在自己的坚持下一点点地被征服。排除杂念, 一心向跑, 就会无所羁绊, 不断进入忘我的愉悦境界。

晴, 中度雾霾, 气温如同昨天, 最高 23 度。

早 6 点半起床。早餐前做了 3 组俯卧撑, 每组 30 个, 再做 3 分钟平板训练。

晚上去卢体训练两个半小时。3组核心训练，左右跳、曲腿交叉跳、交换腿跳、立卧撑、摆臂、负荷踢腿、蹬腿等。

跑了3个1600米，每个用时8分钟以内。又跟着负重20斤沙袋的热水瓶，以5分配速跑3公里。

跑完后，用冰袋敷了几分钟膝盖和脚踝，效果不错。

曾教练鼓励道："你现在要逐步向A队靠了，以前没对你提力量和速度要求，以后，要注意这些方面的锻炼。"我认真听着，未置可否。

早上5点醒来。天气阴沉，轻度雾霾，气温比昨天骤降近10度。

昨天核心训练强度不小，上午竟然没有什么反应。下班时才隐隐感到臀部的酸痛。休息，晚上做200多个深蹲，3×30个俯卧撑，2~3分钟的平板训练。用泡沫轴放松了20分钟。

阴，气温10度。

早上5点50分，被闹钟叫醒，臀部、背部酸痛感十足。

穿着皮肤衣，里面穿T恤，慢跑到世纪公园，身体渐渐热起来。与以往不同，今天的步伐起初非常轻松自如，试着按照教练的要求，摆动双臂到恰到好处的位置，身体各处没有不舒服感。

最近看网上的知识，有时尝试腹式呼吸，还不得要领。跟着感觉呼吸，多以鼻子吸气，嘴巴呼气。感冒没彻底好，跑一段就会咳嗽出痰，用嘴巴呼吸导致喉咙发痒发干，只有不断通过吞咽来保持嗓子的湿润。

3公里开始，左膝盖外侧略微疼，只能降低速度，不敢跑太多，6公里结束。

晴, 气温舒适。

早上 5 点起床, 吃了一片面包。5 点半出门时, 天已微亮。

按计划, 今天需完成下周郑开马拉松比赛前的半马训练。

前 5 公里热身, 6 分多的配速; 5~10 公里, 左膝外侧略有不适, 但不影响匀速前进; 15 公里后, 体能状况有所好转, 身体的不适渐渐消除, 轻松了许多, 配速由 6 分左右提到 5 分 30 秒, 一直到 21 公里结束, 并不觉得吃力。

途中没吃东西, 没喝水, 藏在草丛里的一瓶饮料, 被人捡走了。

早上起床, 明显感觉左膝不舒服, 是昨天训练所致, 上班前冰敷 10 分钟。

最近运动量大的缘故, 浑身疲劳, 眼睛酸涩。看了一些马拉松比赛的注意事项, 特别是赛前饮食、训练方面的知识。

跑休。晚上做了 3 组核心训练。9 点上床。

小雨。

早上 3 组俯卧撑。

晚饭后 8 点出门, 以 5 分 40 秒的配速跑到 3 公里多, 挺直腰背, 放松肩膀, 下意识地调整着姿势, 十分自如, 膝盖没有不适。这时天开始下雨, 越下越大。不由得提高速度, 轻易反超了前面超过自己的一个跑者。

本想跑 10 公里, 一圈下来, 雨中自忖可别再感冒, 顺势又跑了 1 公里, 配速 5 分 28 秒, 6 公里结束, 流了不少汗, 和雨水混在一起。

走了一会儿, 较快速度奔跑后的身体热度较高, 到了家身上还热乎乎的, 并不觉得冷, 妻说我看起来很累, 脸色发黑。

拉伸，洗澡。吃了两片面包、一根香蕉、一瓶酸奶、一碗山药粥。用泡沫轴放松后睡觉。

2014 年 3 月 27 日，周四

早上 5 点 40 分起床，在世纪公园跑了 7 公里，配速 5 分 45 秒，感觉良好。

晚 11 点睡觉，睡前做了 2 组核心训练。

2014 年 3 月 29 日，周六

8 点起床，放松跑 5 公里。

南方暴雨，下午 3 点 40 分从深圳出发的航班，延误到晚上 8 点起飞。

存皇细致提醒："宇兄，辛苦了。到酒店后，提前准备好比赛的各种装备：衣服、鞋子、别好的号码簿、芯片，腰包里装好能量胶和盐丸；明天赛前 1 个半小时起床，先吃早餐，最好吃燕麦面包，涂点蜂蜜，然后积极排空，热身，开跑前先服用一条能量胶；赛中注意配速，一定别跑快，记住前面快多少，后面就慢多少倍，遇到补水站及时补水，按赛前计划按时补能量胶和盐丸，遇到赛事摄影留下笑容。赛后如有不舒服之处，冰敷处理。"

晚上 10 点多抵达郑州机场，11 点半入住酒店，拿到校友会代领的参赛包，立刻按存皇提醒做好准备工作。第一次将计时芯片绑到鞋上，反复了好几次，生怕这个新鲜小玩意路上会扯断掉落。

12 点半上床，订好明早 5 点 45 分的闹钟。即将踏上人生第一个"全马"路，兴奋又忐忑。虽说近期状态不错，没伤痛，但伤愈才不到两月，期间跑量不足 300 公里，且前 3 天持续熬夜到后半夜，明天可别出啥状况啊。

辗转反侧许久，倦意终于战胜胡思乱想引我入梦。

2014 年 3 月 30 日，周日

早 5 点 40 分起床。6 点 45 分用好早餐。7 点 20 分乘大巴出发，赛场起点比预想的远，花了 40 分钟的车程。"马年马上有马"，这句话用于阳春三月在中原大地参加首次全马的我来说，实在恰当不过。

下车后，与 DVD 等人凑在一起，在赛道外争分夺秒地热身拉伸，不时留意手表上的时间，生怕耽误比赛，当拉伸动作还剩两个环节时，只听两声刺耳的发令枪声，在雾霭笼罩、无比空旷的郑开马拉松大道上空骤然响起，一看表，才 8 点 24 分，接着赛道上拥挤的人群像炸开锅一样骚动起来，我们立刻缓过神来，起跑了！

大家以各自拿手的姿势，或跨或翻地越过高 1.5 米的广告牌，跳进赛道，在起点按下手表计时按钮，此时 8 点 25 分。

人生处马，就这样上路了，如期而至却又十分慌乱，来不及反应就被激情的洪流推动着，一往无前。人生很多的第一次概莫如此。

赛前一周，开始调整训练量、注意休息和合理饮食，制订比赛方案。根据自身目前的身体和训练状况，给首马定了个简单清晰的目标——在 5 个半小时内顺利、安全完赛。

在这个基础上，尽力争取让配速更快一点，乐观估计可进入 4 小时 30 分。刚出发，一马平川的赛道上，选手们都很兴奋，人人奋勇，个个争先。

受到感染，我立即进入比赛状态，抬腿送髋，步伐轻松，节奏明快，呼吸顺畅。不到 3 公里时，原计划前 5 公里 6 分 30 秒的配速，被推波助澜到 6 分 5 秒，想到存皇说之前快多少，后面慢多少的经验，吓得马上放缓到 6 分 10 秒左右，跑了 5 公里多，不时有从后边上来的超越者。

之所以选择郑开马拉松马拉松作为自己的处马，是花了我一点儿心思的。杭州半马结束那一刻，就已憧憬着有朝一日一定要尝试一下酷酷的全马了。厦马时存皇怂恿我跑全马，知道天高地厚、尚有自知之明的我，没有因此迷失方向，果断打消了挑战不可能的非分之想。

厦马后可以多准备 3 个月，训练时间比较充裕，另从网上了解到，郑开马拉松赛道地处中原，背靠黄河，是世上唯一连接两座古都，也是唯一全程直线的赛事，这些都给自己的选择补充了有力的理由。

郑开马拉松大道宽 100 米，双向十条快车道。比赛占用大道一侧的郑开马拉松赛道有五条车道宽，宽阔笔直。顺着郑开马拉松大道由西至东，泥土的气息浓厚，视力所及望不见尽头，似乎要延伸到天边一样。

这种赛道之所以难跑，在于道路过于平坦，风景单调一致，跑者不仅要经受漫长时间内体力的消耗，心理上还须克服枯燥和乏味，忍耐强烈的审美疲劳，运动的兴奋程度会大打折扣。而这种一马平川、广阔无垠、前不着村后不着店的跑道，对于初生牛犊的我来说，其实根本来不及去挑剔什么。

开始，在偌大的赛道上跑起来很享受，没出现此前两次半马，特别是厦马遇到的拥挤不堪、摩肩擦踵的混乱。赛道服务保障措施到位，沿途每两公里就有一处补给站，人数众多的志愿者，热情高涨，服务贴心。

不时听到志愿者的助威声："坚持跑马拉松的都是好样的！"随处可见"坚持＝胜利"的标语牌。路遇成群结队自发围观的儿童，在家长的陪护下，以稚嫩的童声毫不惜力地呼喊着："中国队加油！中国队必胜！"好听，给力，可爱。

10公里适应期后，渐入佳境，步入良好状态。到半马和全马赛程分道扬镳点，赛道的人群密度明显减弱。独自战斗的我，愈发体会到单枪匹马奔波在类似荒郊野外的宽阔赛道上的孤寂，好在还有路旁热心志愿者的陪伴。

时刻注意调整身体各部位到舒服状态，愈发自如地又跑了20公里，配速5分49秒，先后补充2颗盐丸、3条能量胶。

此前LSD最长的经验是30公里，30公里内的身体状况一直为自己所熟悉，心中无忧，只是有点担心体力消耗太大，后面无法坚持。

进入31公里，边跑边开始恐惧传说中的"撞墙"随时来袭。32~34公里过去后，双腿渐渐不听使唤，速度明显下降。记得以前和晓英交流，她深有感触地说："全马绝对不是两个半马的简单相加。"今天切实体会到了。

对我来说，真正的马拉松是从35公里处才开始的，那是一种度"分"如年、昏天黑地、几近绝望的感受，每跑出一米都艰难无比。这此后的1公里感觉比之前的5公里还漫长。

半马经验告诉自己，赛道上即使再累再难，也不能停下奔跑的步伐，跑总比走要轻松，即便补给喝水，都是拿起来边跑边喝。每当想停下的念头闪现，就会想起教练、小伙伴们这会儿正在给我加油呢，不由得努力振作起来。

36公里前后，距离下一补给站还有几百米的时候，右侧路边两位年轻貌美、长发垂肩、衣着靓丽的女孩，忽然疾步跑到我身前。一位从手提袋摸出一根香蕉，笑语盈盈地说："我们是联盟志愿者，补一下吧。"另一位则递上一瓶水，我立马增添了动力。

顽强坚持着，用力跑动着，爬过一个低坡登上一座桥，一眼望去，前面出现了大规模的行走大军，那里都是之前超过我的选手啊，他们"撞墙"了吧，我从容坚定地慢慢从大队人马中穿过。

37公里处，正前方高大的大梁门轮廓逐渐清晰，经过金明大道、黄河大街、大梁路，一跨进大梁门，那一刻感觉自己就像进城的解放军一样庄严和神圣，脑海中出现开封府里的包青天，配速至少提高了5秒。

大梁门内就是西门大街，道路变窄，只有两条车道，赛道两旁挤满了密密麻麻、热心助威的开封市民。"快到了，加油！还有1公里，坚持住！"热情洋溢的呐喊声此起彼伏。享受着夹道欢迎的礼遇，不好意思停顿下来，只有继续努力咬牙坚持着，一米又一米坚强地熬过去。

不知又洒了多少汗水，42公里标识牌就在眼前，此时赛道在宋都御街转向北，这是记忆中赛道唯一的一处转弯。

离终点拱门不到200米的时候，身后不少选手开始加速冲刺超过我，我已处于濒临崩溃的边缘，无力再加速，以6分多的配速挺进到终点。踏上计时垫，立即去看脚上的小芯片，还在，电子显示屏的数字跳到"4:15:36"，手表显示的时间"4:13:55"。

骄阳下4个多小时奔跑，消耗很大，到终点几乎晕倒。志愿者扶我取好奖牌及赛后物品，慢走到休息区，帮我按摩放松了几分钟后，我才能勉强站起来，起来后只觉得恶心，有种前两周跑30公里后难受的感觉，喝了一瓶葡萄糖液，渐渐好转。

未带分文的我，在路边等了半小时，没找到组织者安排回郑州的车。无助之际，碰到厦大戈8的A队队员詹友义、江忠文、陈玉增，得知我是长江的，不由分说让我搭乘他们的商务车，中途还蹭了他们一顿饭，饭后身体就像快充了电一样满血复活。哥几个说，刚才我的脸色好吓人，此刻好看多了。下午4点多返回郑州，晚上乘8点45分的航班回沪，11点半到家。

当一个原本看似非常遥不可及，而又曾令我钦羡不已的成绩忽然出现在我这个已过不惑之年的老男人面前，甚至已为我所拥有时，原以为兴奋激动的心情，已会被未曾预期的疲惫和平静所替代，一路披荆斩棘征服了各种艰难险阻后的我，内心竟有了几许成功者的超然和淡定。

以不到4个半小时跑完了42.195公里，这个成绩虽乏善可陈，但足以令原本身体条件普普通通的自己引以为傲了。

　　真正经受一次马拉松的严峻挑战，不仅使身体得到了锻炼，心灵也得到了升华和洗礼，到达终点的那一刻，马拉松仿佛已与自己结缘，成为终生敬畏的信仰，人生似乎从此不同。

————————————————————— **2014 年 3 月 31 日，周一**

早上 5 点半醒来，身体状况良好，在小区慢跑排酸 3.5 公里。

N40°15 '43.30 " E95° 54' 18.00"

初踏戈壁梦想激昂，
戈九夺冠生命飞扬

2014 年 4 月 5 日，周六

青岛。

早上 6 点半，来到五四广场，随心所欲地跑步 10 公里。

2014 年 4 月 8 日，周二

龙岩。

晚上，穿着皮肤衣在闽西宾馆附近的马路上，冒雨跑步 5 公里。

回到宾馆已 10 点多，再做两组核心训练。

2014 年 4 月 10 日，周四

厦门。

早上 7 点，空气清新，天气晴朗，温度舒适。在酒店的跑道慢跑 8 公里。

2014 年 4 月 15 日，周二

晴。

晚上到卢体集训。先以配速 5 分 30 秒跑 2 公里热身，接着做两组核心训练，心率飙到 180 次 / 分。

随后，跑 3 个 1600 米，要求每个用时 7 分 30 秒，间歇两分钟，结果都在 7 分 17

秒以内完成，不觉得累，只是膝盖略有不适。

无论教练、队医，还是存皇及新锋站长，都劝我放弃戈 9B 队报名，争取明年冲
A。经过讨论，宏达将我的报名改为 C 队。

阴，中度雾霾。

晚上 8 点，在世纪公园，以 5 分 28 秒的配速跑 10 公里。

早上 7 点，世纪公园，完成 22.55 公里 LSD，配速 5 分 50 秒。

厦门。

早上 7 点出门，在悦华酒店步道放松跑 9 公里。

晚上，应邀参加戈 7A 队队员高磊兄组织的小聚，戈 7A 队的张晓英、队长税新，
中欧戈 7A 队的徐天舒等参加。

见到传说中的戈壁前辈"铁三角"中的二角：平刚和乔新宇，大诗人平刚师兄即
名句"走过茫茫戈壁，都是姐妹兄弟"的创作者，我作为菜鸟受邀参加戈壁"大神"
们的聚会，荣幸且激动。

大家知道我今年在报名的最后关头，被小伙伴及教练队医"忽悠"而放弃了 B 队，
改为参加 C 队，都很高兴（按照当时规则，参加 B 队便意味着放弃了冲 A，该规则从
戈 12 开始取消）。他们热诚鼓励我明年努力继续冲 A。

兴之所至和大家分享自己为长江戈 9 出征写的感想：

有人问，为何去戈壁，我说，为何不呢？一万个人可能有一万个去戈壁的理由，我说，一万个人只需一个理由去戈壁——因为要去，所以跟随心走，绝非是因为那儿景致的吸引。去戈壁，就是要圆心中的冠军梦！

也许每个人都有一个冠军梦，不论理解的方式、给出的定义是否相近。我们的确无法左右周遭环境，抱怨更是于事无补，但我们绝没有理由不去挑战昨天的自我，去做自己的冠军！

戈壁就像一所亘古悠久的大学，一所洞见生命真谛、无法复制的大学，一所颠覆思想、重塑灵魂的大学，一所摈弃现实、造就梦想的大学。

信马由缰驰骋于无垠的课堂，自由自在任由思绪飞扬，感受天地与万物的空旷寂寥，内视心灵与身体的无知渺小，不为征服，而为膜拜。

追随前人的足迹，敬畏自然的伟力，只为哪怕浅尝辄止地领会享受寂寞，懂得忍耐孤独，学会思考，只为后续的人生，更加知足淡定，踏实回馈。

在这里，来自众多院校数以千计的简单、纯粹的同仁、同路、同行，尽情挥洒汗水泪水，将世俗的外衣褪去，返璞归真，找回本我，追寻集体和自己的梦想。

在这里，四海之内皆兄弟，群雄逐鹿竞相闪耀，百花方道争奇斗艳，用力量与美丽、团结与担当、意志与毅力诠释人生。

在这里，我们众志成城，肝胆赤诚，以长江大爱的庄严名义，用赤子之心的激情点燃生命圣火，勇敢捍卫冠军荣誉，绘就最为精彩激越、荡气回肠的瞬间，无比骄傲地定格在浩瀚历史长河的永恒片段之中。

我们尊崇宁静致远、水到渠成的自然，追求铅华洗尽知行合一的和谐，更以长江理想熠熠生辉的光芒，照亮着自己影响着他人。

虽然没有踏上戈壁的土地，但是，我们的心早已在那里生根。容易得到的幸福和满足难以持久，心力交瘁的尽头何尝不是风雨之后的彩虹。准备过程的每一天，无不历练着身心，与戈壁魂牵梦萦。敢上戈壁的人们并不简单，除了勇气，更须付出。

尤其是一心冲 A 的同学，遭遇过无数次常人难以忍受的伤病困苦，多少回无人理解、默默咀嚼的刺激辛辣，数不清冷落亲友、独自品味的委屈心酸，才赢得成绩突破时刹那间的喜悦甘甜。

尝尽苦辣酸甜，在放弃与坚持间彷徨，才有百转千回、峰回路转，更加懂得珍惜，集聚信心直面艰难，充满自信，大步流星，坚毅奔向心驰神往的圣地。

图7　与长江戈赛的 A 队前辈相聚（从左至右分别为：张晓英、高磊、税新、乔新宇、平刚和我）

即将踏上戈壁，迈入一段新的旅程，我们无须紧张和担心，早已告别青春美丽童话的我们，内心已经足够强大。

我们早已懂得，战胜对手，首先要有永不言弃的心，战胜心中的小我，才可能成就集体的大我。"玄奘之路"每个团队包括 A、B、C 三队，构成一个完整的集体，所有成员不可或缺，都是呵护长江形象、捍卫长江荣誉的重要力量。

在戈壁，个人英雄主义，注定没有生存的土壤，唯有团结一致，荣辱与共，同心协力，才能克服不可预知的各种困难，才能圆得冠军梦。

即将踏上戈壁，我们深知，从戈壁启航，只有放下昨天也许有过的自满，才不怕再大的风沙，才不会挡住前行的刚毅和执着；我们深知，只有学会尊重、平等、关爱、互助那些看似再平常不过的常识，才能赢得尊重和胜利。

我们深知，即便有气势如虹的团队、斗志昂扬的气势，也要真心敬重每一位对手，毕竟，比赛只有几日，友谊可以是终生的。

天道酬勤，风雨之后才见彩虹，付出的勤奋和努力总有回报。坚持下去的就是赢者，就会笑到最后。

戈 9，我们准备好了，我们整装待发！

税新、晓英、新宇都留意过我记录的训练体会，不吝赞美之词，新宇说将训练过程中的点点滴滴记录下来很有意义，希望我能继续坚持下去。

2014 年 4 月 26 日，周六

小到中雨。

早上 6 点半出门，冒小雨跑步 10 公里，用时 48 分钟，创造个人最快 10 公里纪录。刚跑完，雨就变得大起来。

晓英等同学在微信上大加赞扬，说我是戈 10 的"A 种"。我太有自知之明，就把大家的赞美当作动力吧，从现在开始，坚持一年。在长江华东站的良好氛围里，我一定会跑得更好，过得更开心。

2014 年 4 月 27 日，周日

早上 6 点 50 分出门，仍下雨，中雨中跑步 20 公里，配速 5 分 38 秒。没带水，滴水未进，跑到最后有些力不从心。

前 5 公里配速 5 分 50 秒，之后基本在 5 分 25 秒左右，与 LSD 应该放慢的节奏不符，下次一定控制在 5 分 50 秒至 6 分 10 秒之间，加强长距离的耐力有氧练习。

10 公里后，雨势变大，雨中一路狂奔。刚跑完，老天似乎被感动了，天色立马放晴，雨也渐渐停下来。

回家吃好早餐，休息 1 个多小时。中午带儿子去游泳。

2014 年 4 月 29 日，周二

晚上 6 点半，天色很亮，准时来到卢体集训。

不冷不热的气温，舒适惬意。做了 3 组核心训练，跑了 3 组 1600 米，分别用时 7 分 3 秒、7 分 12 秒、7 分 15 秒。

晚上 9 点半才出门,到世纪公园跑两圈,共 10 公里,两圈配速分别为 5 分 45 秒、5 分 17 秒。

苏州。

早 6 点 30 分起床。气温比昨天降低 5 度以上,穿着半袖运动服,稍微有些凉意。沿着昨天晚饭后散步发现的土路,跑到太湖边,空气中弥漫着芬芳,回归自然,心情格外愉悦。

越野的路段,狭窄的土路上只有一辆三轮车可以通行,路面高低深浅不一,多是经雨水浸泡后,被经过的车轮及行人反复碾踩再干燥后形成的。为越过各种复杂的地形和长及膝盖的杂草,双脚不得不比平时跳得更高,步幅迈得更大,速度也随之加快。

前后共跑了 10.7 公里,配速 5 分 19 秒。

晚饭后一个半小时,8 点半从家出门。世纪公园雨后的夜晚,阵阵微风掠过,带来丝丝凉意。很久没有长距离跑了,跑了 25 公里,配速 6 分 10 秒,前 20 公里比较轻松,最后两三公里稍微有些累。

跑步过程中,适当分散对于目标的注意力,忘记还剩下多少距离,会很轻松,反之,一味地想着目标,即便是到最后剩下不多距离的时候,仍觉得压力重重,这种心理作用很有意思。

早上起得太早,疲态尽显。

新锋在微信上提醒我:"冲戈 10A,要加油了。你的毅力大,但基础需打实,从五月练起,时间不算充裕。"

N40° 15 '43.30 " E95° 54' 18.00"

心有不甘地花了 20 多分钟，做了 3 组核心训练。小伙伴们的鼓励、教练的期望、老戈友的激励，点燃了我明年冲 A 的斗志。立下决心，为目标努力！

2014 年 5 月 7 日，周三

早上 6 点 30 分起床，在室内做 3 组俯卧撑，屈上臂和大腿，抱头蹬腿够膝。

晚上觉得特别疲惫，打消了跑步的念头。

9 点半上床，睡觉前，做 1 组核心训练，按照今天在微信上新学的方法，躺在床上，做了曲腿、交叉腿等动作。

2014 年 5 月 9 日，周五

阴。

昨夜长长一觉，各种梦，早上 5 点多醒来，有满血复活的感觉。人的精力是有限的，平均分配好固然重要，休息好更重要。

不到 6 点出门，绕世纪公园两圈，10 公里，平均配速 5 分。

到家不到 7 点，又做 3 组核心训练。

2014 年 5 月 10 日，周六

早上 8 点 15 分赶到卢体，冒小雨参加集训。

5 公里用时 23 分 38 秒，再用吃奶的劲，完成 8 个 400 米间歇。

2014 年 5 月 11 日，周日

早上 5 点 30 分起床，6 点冒雨在世纪公园 LSD，跑了 27.55 公里。

一度在瓢泼大雨中奔跑 1 公里多。路上很多地方的积水漫过半只鞋子，雨珠溅落进地上的积水，溅起高高的水柱，鞋被雨水浸透，脚在鞋里泡着。跑到第 5 圈时，本不想再跑了，碰到 DVD、小丹，陪跑了半圈。

中午陪儿子游泳半个小时。下午睡了一小会儿。

晚上下班后去卢体。原本浑身疲倦,一到运动场,倦意很快消散。

3 组素质训练,累得浑身无力。随后,和小丹一起跑了 3 个 1600 米,用时都在 7 分 22 秒左右。跑完一个,就和小丹走一圈,十分佩服有 3 个孩子的她,跑得这么好,坚持陪我们一起训练。作为戈 8 冠军,小丹说非常喜欢跑步这件事,快乐的事情,愿意为之。

教练希望我一个月后跑 1600 米用时要达到 6 分 50 秒,我觉得很吃力。

训练结束,天空下起了小雨。10 点半到家。抓紧收拾明天的出差行李,包括运动装备。

厦门。晚上在环岛路慢跑 11 公里。

阴。周末充电,午间放松睡了两小时。

晚上 6 点 30 半,参加浦江潮戈 9 壮行会。小丹分享:"只微笑,不抱怨,正是心态健康、心胸宽广的体现。"

小雨。

早上 5 点半起床,6 点出门,在世纪公园慢跑 17 公里,意犹未尽。

图 8　与参加 B 队的同期同学合影（从左至右分别为：李从文、我、陆宏达、税素、严伟锋、雷贤英、康桦）

图9 身披红色领跑衫豪气冲天的戈9A队的10名队员（从左至右分别为：陈超、马春美、姚军梅、陈科利、裏存星、王学军、王华锋、康凯、刘力、袁皓）

敦煌

傍晚 7 点，敦煌山庄。

参加第九届戈壁挑战赛点将台仪式，各院校轮番亮相。声势浩大的长江军团群情激昂，和大家一样，为即将出征的长江健儿鼓劲加油。

早上 7 点从酒店出发，驱车两小时，到达戈 9 第一天即体验日的起点塔尔寺。

路况复杂多变，一路风沙、尘土、暴晒，穿过泥土路、黑戈壁、硬河床、砂砾路等，历经 28.59 公里赛程，到达终点大墓子母阙，用时 4 个半小时，比很多学院 A 队、B 队的队员到得都早。起初，今天打算以完赛为目标，且行且珍惜。和同学交流后，我决定尝试以跑为主，事后证明这个选择于我是满意的。

A 队保存实力，体验日放松跑，训练战术配合。碰到队形整齐划一的长江 A 队 10 员骁勇战将，人人自信满满，为他们加油喝彩。

我所在的 C 队小队队长徐如欣一句"简单、友爱、利他"的朴实感悟，浓缩着至深哲理，折射出比赛的目标。她说我们有 A 队的理想，B 队的实力，更有 C 队的快乐，我们就是快乐"维他 / 她命 C"。

时近傍晚，气温骤降的旷野上，如欣不顾长途跋涉的疲劳，一个半钟头望眼欲穿，苦苦盼到队里最后一位队员到达终点后，仍心甘情愿守候在终点近两个小时，迎接依次到来的 B 队、C 队的小伙伴，直到 9 点多最后一批队员安全到达。

夜色中苍茫戈壁的旷野上，当迎风飘扬的长江大旗映入眼帘之际，当明选、启富、关勇等十余位同学簇拥着靖怡，手挽手肩并肩向终点走来时，我和很多迎接的同学都已眼眶湿润。跳进赛道，挥舞双手奔向迎来的队伍，一同迈着坚定的步伐，齐声高呼着"长江理想，生命飞扬，走过茫茫戈壁都是兄弟姐妹"的口号抵达终点。

晚上 9 点半，乘大巴回到敦煌，听同行的同学分享感悟和快乐。C 队团长首席"忽悠官"明选用略带沙哑的河南普通话，主持同车伙伴们分享体验，不遗余力地介绍他的戈 7 冲 A 历程，还不忘吹捧包括我在内的同学的进步，很受鼓舞。

多数伙伴第一次在戈壁行走，感触非常深。有的说"今天收获比挣一个亿还大"，有的说"没走过瘾，明年争取 B 队"，有的说"收获了友谊增长了见识"，有的说"发现了不平凡的自己"……

一路欢声笑语，一路满满的新奇和憧憬，虽历经一天戈壁征途，丝毫没有倦意。在这里，众生平等地与自然对话，尘世间诸多烦恼、纠结被抛弃，30 公里坎坷路留下挥之不去的思想足迹。

今天的主题是"放下"，在戈壁上行走，除了与平常的路相比不太寻常外，其他并不重要，重要的是和谁在一起，以及能否从彼此身上汲取感召，净化心灵。

凌晨 4 点，睡不着。心中念叨："亲爱的长江戈 9 勇士们、玫瑰们，天亮了，该整装待发了。卫冕的光荣时刻即将到来，胜利属于长江！"

上午，得知长江卫冕冠军，激动人心，骄傲感动。目睹并参与 A 队的选拔和艰苦训练，心情难以言喻。每件事对于做事的人来说，只要，努力坚持，持之以恒，就是强者。

A 队英雄存皇、皓子、力哥、学军、华锋、热水瓶、Cici、军梅、春美、科利，各有千秋，和而不同，取长补短，相互成就。在优秀服务保障及指挥团队助力下，在老戈无私传帮带的积极影响下，终于创造了历史。

受到长江夺冠的极大鼓舞，发誓今天起坚持锻炼一年，戒酒！

晚上 8 点出门，21.2 公里的 LSD，配速 6 分 23 秒。

开始 15 公里比较轻松，这几天睡眠不足，加之天气闷热，越到后来，越力不从心。路上喝了两瓶饮料，回家又喝了不少水。

晴，气温快速上升，最高 30 度。

验血指标出来了，间接代表肝功能的一个指标异常得厉害。

晚上 10 点，和校友会及华东站的小伙伴到机场迎接戈 9 英雄凯旋。

连日来持续高温。

早上，上班前，抓紧时间训练，做 3×30 个俯卧撑、3×30 个空中蹬车、3×10 个仰卧起坐。

晚上 8 点出门，绕世纪公园慢跑 15 公里。12 点后上床。

昨天睡眠少，下午愈发疲倦。

晚饭后睡到 9 点，9 点半出门，按教练要求，快慢交替变速跑 10 公里，快的配速 4 分 15 秒，慢的配速 6 分。

第 1 公里快跑便很吃力，边跑边与想放弃的念头做斗争，念及未来训练的艰苦岁月，想到戈 9 英雄为卫冕付出的汗水和毅力，心灰意冷的想法挥之不去。

最终按计划完成训练任务，成就感油然而生。

上床时已经凌晨。

上午卢体集训。

先慢跑 5 公里，再跑 10 个 300 米间歇，存皇带跑，速度明显提升，难受到胸闷喘不过气来，存皇说自己曾训练过 18 个，跑到吐，我自惭形秽。

随后做 3 组素质训练。最后放松跑 3 公里。

冠军精神忘我传承，
卓越品质无私力行

2014年6月1日，周日

中雨。

早5点半起床，6点多出门。

冒雨绕世纪公园跑5圈，完成25公里LSD。昨天间歇跑导致左腿胯部有些不适。前5公里相当吃力，配速6分40秒。1圈下来，渐渐忘了不适。

雨时大时小，最后5公里，老天故意考验我似的，突降倾盆大雨。鞋里雨水漫灌，脚泡在水里，踏在积水的路面上，鞋子嘎吱作响，别有一番韵律。

既然不想逃避风雨中的洗礼，就忘情地置身难得一遇的场景里，享受身心通透的乐趣。联想到上次穿越野鞋在雨中狂跑，找寻到孩童时才有的欢愉。

到家又做3组俯卧撑、3组三种姿势的平板训练。

身体很困倦，从下午3点半一直睡到晚上8点。

2014年6月3日，周二

阴。

清晨6点出门，天色灰蒙蒙，微风略带凉意。在世纪公园跑了10公里，平均配速5分19秒。

晚上参加戈9回归日活动，A队、B队、C队的英雄和历届老戈友以及新朋友齐聚日航酒店，聆听戈9英雄夺冠背后的感人故事，畅谈"后戈壁时代"的运动健康新生活。

A队队员的分享令人感动，队员们的兄弟感情和必胜的团队精神尤其令人动容。

力哥"永不丢失的奖牌"的故事，以及皓子放弃个人荣誉成就他人的事迹，都让我对这个优秀的团队更加肃然起敬。

十位英雄的十句感言，感人至深：

1. 戈壁是一场修行，收获的远不止冠军。

2. 团队让我体会到相互信任、彼此依靠和奋不顾身的力量。

3. 我收获一枚永不丢掉的奖牌、我心中一辈子的姐妹兄弟。

4. 跑步让我收获坚定与信心、快乐与年轻。

5. 光环之美在于转瞬即逝，何不转瞬即忘，终点亦是起点。

6. 戈壁是一生必须去一次的地方。

7. 十人二十条腿一条心，成功就是每一人每一分钟每一秒的全力以赴。

8. 一无所知的人一无所爱，人生需要学习，最大的学习是放下自己。

9. 宁静致远，豁达人生。

10. 奔跑的世界不会束缚心灵与欲望。

连日来，每天睡眠 5 个小时左右，加之持续训练，身体处于疲惫状态中。

下午参加业务培训，抽空就将双脚抬起，练习腹肌。

曾教练给了新计划，愈发恐怖，难以完成：

周一　做 3 组核心力量训练（每组 5 个动作）加双腿深蹲 3 组（每组 30 个）；

周二　素质 3 组，跑 3 组（每组 300 米），跑 12 分钟至 12 分钟 20 秒，组间休息 3 ～ 5 分钟；

周三　跑 10 ～ 15 公里（第一个 5 公里配速 5 分 30 秒，第二个 5 公里配速 5 分，第三个 5 公里配速 5 分 45 秒），核心力量训练 3 组，双腿后蹲 3 组（每组 30 个）；

周四　1 公里变速跑 10 ～ 12 公里（慢的配速 5 分 45 秒，快的配速 4 分）；

周五　慢速僵尸跳 4 组（每组 100 个），核心力量训练 3 组，双腿深蹲 3 组（每组 30 个）；

周六　300 米变速跑 15 ～ 18 个，跑完做弓步走加小垫步回 4 次（每次 40 米），单腿提踵 3 组（每组 30 个）；

周日　长距离慢跑 25~30 公里，双腿后蹲 3 组（每组 30 个）。

晚上 8 点出门，快慢交替跑 11 公里，慢跑 6 公里，快跑 5 公里，慢的配速 5 分 45 秒左右，快的配速 4 分 10 秒左右。

初夏，天气晴朗，阳光灿烂，生机盎然。

早上 6 点半起床，8 点半到卢体参加华东站集训。

戈 9 赛后的第二次训练，人气高涨，20 余人参加。

我和 DVD 在皓子的带领下，以 4 分左右的配速跑了 3 组 1 公里。因左胯伤未愈，无法再坚持。

杨医生处理了我的伤，效果不够明显，让我回头去他那儿针灸。

早上 4 点 45 分起床。吃了两片面包、一碗麦片粥。

6 点到世纪公园 2 号门和 DVD、胡队汇合。

昨天训练，导致左胯伤情有加重的苗头，担心无法完成今天的 LSD 训练。先以 7 分 30 秒的配速慢跑 2 公里热身，

DVD 问我和胡队准备跑多少距离，我说听你的，胡队也如是说。DVD 说天气热就跑 20~25 公里吧。

拖着不舒服的左腿，以 6 分 30 秒的配速跑了 5 公里。随后速度渐快，到 15 公里时配速到 6 分 10 秒，咬牙跟在二人身后。

碰到了一个初一的小男孩，和我们一起跑了三圈，聊天中了解到，他是体校的，今天在爸爸的后勤保障下，要完成 6 圈 30 公里的拉练。感慨这看似弱小的身躯，却蕴藏着极大的毅力和能量，不由得给自己增添了前进的动力。

即将到 20 公里，DVD 回头朝我说："今天跑 25 公里吧！"我说跑不动了。他坚定地说："没问题，坚持！走也要走下来！"我咬咬牙，没说话，继续跟着。

还剩两三公里了，渐渐跟不上 DVD 的步伐，好在胡队一直在身旁，速度没掉，但

是痛苦加剧，原本轻而易举的几百米，对于现在的我来说异常遥远。

终于，看见早到达 2 号门的 DVD 在招手，顿时充满了斗志，加快步伐跑到底。

换下湿透的衣服，立即补给。DVD 和胡队帮我充分拉伸。

又一个成就感满满、感动自我的周日早晨。

2014 年 6 月 9 日，周一

早上 6 点起床，天气晴朗，气温适宜，空气清新。上班前做 3 组核心训练。

中午被杨医生"修理"了一小时，当时感觉轻松了许多，回来又觉伤痛依旧。

晚上参加王正军组织的戈 9 谢师宴，见到很多华东站的小伙伴。

璇静的分享很有代表性：

一群人，因跑步而在一起，无数汗水的流淌，汇聚成了一种特别简单、特别真诚、特别无私付出的精神，很自然的就会融入这个大家庭，每个人脸上都是诚心诚意的笑，眼睛里有黑亮黑亮的光在跳，分享的细节都是浓浓的爱，笑声、掌声、歌声、欢呼声一浪又一浪，滴酒未沾，4 个多小时"嗖"地就没了！还意犹未尽！其实我不是爱跑步，我就是因为喜欢这一群人而跑步。

被大家蛊惑，我和 DVD、热水瓶比拼平板，三人坚持到 7 分钟一起停下，并列第一，赢得众多掌声欢呼声。

与其说我们爱跑步，不如说喜欢和一群志趣相投的人砥砺共勉，当优秀渐渐成为习惯，更需善于接受其实还不完美的自己。

2014 年 6 月 12 日，周四

早上 6 点 50 分起床。一夜睡得不错，比前两天效果好。

晚上 9 点出门，左腿胯部仍然不适，本有理由不跑，但已连续三天没动，想试试状态，应该不影响慢跑吧。

快慢交替跑，坚持了 11 公里，慢的配速 5 分 40 秒左右，快的配速 5 分。

晴转多云。

清晨 4 点 50 分起床，洗漱。吃两片面包，灌好水袋，准备好其他物品。5 点 45 分开车到世纪公园 2 号门和 DVD 汇合。慢跑 800 米，拉伸。困扰两周多的左腿仍不够灵活，动作稍大点儿就酸痛不适。

6 点半开跑，和 DVD 商量，计划跑 25 公里，他说争取 30 公里，最后实在不行就走。我暗自神伤自己的伤痛状况，能跑到什么程度还真没底，心想跑哪儿算哪儿吧。

说来惭愧，惰性使然，一直辜负教练和小伙伴们的希望，平时训练稀稀拉拉、断断续续、懒懒散散，没有整体长远规划。本周才第一次按教练的计划，开始较为系统的训练，昨天刚忍进行了痛 10 组变速。DVD 了解我，体贴地说咱们慢慢跑。

伤痛处被扯动刺激，加之训练疲劳感强烈，刚起步时特别费劲。第 1 圈以 6 分 55 秒如此慢的配速，在气温相对舒适、天气阴郁的周末早上，竟丝毫不觉轻松。

两人并排边跑边聊，我说起左臀部的痛，DVD 显得很有经验地说，兄弟，恭喜你，这地方痛说明姿势没错。闻此我长出一口气，心情略为好转，让他到前面，我跟在后面学着跑。

第 2 圈，配速提高 10 秒，仍未找到轻松感。捱到第 3 圈，任务即将过半，才觉得浑身舒畅起来。边跑边像处身于立体电视中，惬意地观赏着公园周围渐渐多起来的游人以及锻炼的人们。

夏日，公园里到处绿意盎然，生机勃勃。形形色色的靓女酷男按捺不住青春的活力，不吝展现健美的身姿，瞬间飘过的一个侧面、一个背影乃至一款浅笑，都给人平添了不少动力。

身前两米的 DVD，脚步节奏看起来轻松舒缓，我便试图保持和他同样的节奏。我平时步频较慢，步幅较大，跟着跟着就乱了，不得不再调整。记得皓子上周末说过，小步幅比大步幅好，四小步总比三大步快。努力跟着节奏，尽量近身贴近他，完成第 4 圈没费劲，也没出现上周那副痛苦的窘态。

此时，看到带着好吃好喝，从大老远特地赶来督导慰问的存皇，笑呵呵地冲近我们，递上饮料，要陪我俩跑，我们谢说水袋有水，陪 Mily 吧。

补水后，DVD 催我先跑，前面没人带，好像不会跑了。试着找节奏，DVD 和胡队很快赶上来。不久，陪 Mily 跑完 15 公里的存皇也赶上来了，让胡队陪 DVD，他带我。

快到 25 公里时，我对存皇说："今天的任务是 25 公里。"他笑说："宇哥 30 公里吧，你没问题。"我说："太累了，坚持不下来。"他说："你一定行，我陪你到底。"我说："我很慢。"他说："没事，就 6 分配速吧。"

前面的胡队听见，回头回应存皇："让宇哥 6 分半吧。"存皇改口道："宇哥，我按你的节奏。"如此耐心热忱，铁石心肠也会被打动。

即将到 25 公里，第五次经过 2 号门，前面 DVD 和我相距不足 20 米。真希望他能停下来，一看他踏上 25 公里处，仍义无反顾地向前时，幻念瞬间破碎。若不是存皇陪在身旁，我肯定会就此停下步伐。然而，我不能驻足，榜样的无形力量太强大，不由分说牵引着我向前。

第 6 圈开始，速度瞬间滑至 6 分 25 秒，腿像灌了铅似的，体力已到极限。存皇不时提醒我喝水，不断鼓励我，恨不得将自己的力量分一些给我。见我说话费劲，就体谅地说不必回应他的话。为分散我的注意力，他不停地和我讲述自己的经历，无私地倾其所学。

说到年龄对于长跑者来说不是事儿，言外之意，上了年纪的我，不要有压力。"很多马拉松成绩好的选手都是四五十岁，今天父亲节，宇哥你跑 30 公里，也是给自己和儿子的礼物。"

提到跑马拉松的切身感受，他说每当到还有最后难跑的 5~10 公里时，就想象不过是围着世纪公园晃两圈而已，心情就会轻松起来，便会看到胜利的曙光。

他不忘边跑边注视着我的动作，提醒我腰部上提、放松臂膀，注重整体核心力量的协调和用力，调动更多的身体肌肉参与，像汽车的零部件一样，参与的越多，就会越省力。

存皇说，越是临近极点，越要坚持，过了这个门槛，特别是挺过这个夏季，就会有很大的提升。刚开始的这段时间，的确很痛苦，挺住也就过来了。

快到 7 号门时，存皇提醒我还有 2.5 公里，我似乎见到了曙光，但在平时不费吹灰之力的这短短距离，现在每一米的努力都这么吃力，步履维艰。

眼睁睁地看着 DVD 消失于视线之内，不由地看了看表，存皇说不要看表了，尽量用力跑吧。中间无数回闪过放弃的念头，又一次次被不想让存皇失望的虚荣心顽强地粉碎。

还有两公里，心中默念着无非 2000 步而已，边跑便数着步数，绕到锦绣路，拿出水袋吸管，喝了两口水。

只有 1 公里就到终点了，存皇不遗余力地给我加油，我受到鼓舞，不由得加快了脚步。他提醒我不要加速太快，担心我体力透支受伤。

最后几百米，举步维艰，每一米，无论用怎样的姿势跑，抬起脚步都无比沉重，印象深刻。常在世纪公园跑，对"她"的感情越加深厚，每一个角落都闭目难忘，尤其今天最后被我征服的历程，更加回味无穷。

还有 200 米，存皇说："坚持，加油！快到了！平时要养成不到终点不罢休的习惯。"说着说着，带着我没有任何停顿、一鼓作气跑到了终点。脚步停下来的那一瞬间，惯性使然，向前跑的动力似乎仍然强劲。

长江有大爱，我通过跑步这一件事情就体会地非常深刻。自己非常幸运，每当困难出现时，总有浑身充满正能量、不胜枚举的兄弟姐妹，像英雄横空出世，像天使降临人间，及时精准地来到我的身边，让我克服了诸多看似难以克服的困难，一次又一次地帮助我突破自我，一次又一次地让我老泪纵横，感动于无形。

上周原计划跑 20 公里，硬是"受虐"于 DVD，被拖带多跑了 5 公里；在那次刻骨铭心的大雨中，已经跑完 25 公里了，在 DVD 和小丹的"走也得走下来，爬也得完成"的豪言壮语中，硬逼着我苦撑着多跑了 3 公里。

忽悠我下决心跑步的晓英、玉荣、军子、新锋等，总会一针见血地发现我的不足，及时、善意地指出我的错误，并给出中肯的建议。

没与这些热爱运动的同学相遇之前，跑步对我来说或许是一种勉强的被动行为，而今，受到大家的鼓舞和感召，跑步也好似发自内心的一种习惯。

2014 年 6 月 16 日，周一

早上 6 点起床，边看阿根廷对波黑的球赛，边做 3 组核心训练：深蹲 30 次 / 组、俯卧撑 35 次 / 组、空中蹬车 45 次 / 组、仰卧起坐够腿 15 次 / 组、跨腿 20 次 / 组，卧桥、侧桥各两组。

有同学给我发微信："亲眼看到你的坚持和努力，非常感动，也备受鼓舞，汗水铸就的品质不会老去，前行路上定有辉煌。"

感动着别人的感动，感谢无形的精神力量。

晚上去卢体训练，汗流浃背。两组素质，四组高抬腿。只跑了 1 个 1600 米，速度上来点儿便觉左臀附近拉扯得疼痛难以忍受。

晚上 8 点半出门，在世纪公园渐快跑 15 公里（3 圈），每圈配速分别为 5 分 45 秒、5 分 25 秒、5 分 10 秒。身体有隐隐的倦怠感，左腿状况依旧，忍痛坚持，抬腿提速受限。

戈赛 336 天倒计时！再苦再累我也一定要坚持到最后！就把这个过程当作跑 336 天的马拉松吧。

这么多天的坚持，要凭一股劲儿，会耗费很多的时间，势必要放弃一些东西。

晴。轻微污染。

晚上 8 点半出门，到世纪公园跑 11 公里，以 5 分 30 秒的配速，没完成计划。

大雨。

上午到卢体，田径场被某单位的运动会占了。教练带大家在运动场三楼的平台做力量训练。

条件虽受限，小伙伴们的训练热情依然高涨。

我只做了两组核心训练，有事提前离开。

早上 4 点 50 分起床。6 点 15 分在世纪公园 2 号门开跑。

今天 25 公里 LSD，明显感觉比前两周轻松。

本年度跑步从 1 月末开始，至今不到 5 个月，跑量已突破 1000 公里。

存皇、热水瓶、皓子等戈 9A 队员也来陪跑。跑后，杨医生给我做了到位的拉伸，并针对左腿的状况进行了细致的按摩处理。

和大家跑过两三次的饶南，今天完成第一个 15 公里，前 5 公里用时 23 分，后 10 公里用时 49 分钟。小伙伴们都既惊讶又赞叹不已。

得知一位校友同学运动时晕倒，抢救无效走了，不禁为之叹息。生命无常，必须敬畏，身体不适时必须控制运动，量力而行。

晚上参加卢体集训。

教练让我跑 3 组 1600 米，配速 4 分 30 秒左右，不敢太快，其实也快不起来。

从操场回到室内"小黑屋"，做了 3 组素质训练，尽管不能和存皇、热水瓶及皓子他们比，但感觉越来越习惯了，七八个动作完成得还算中规中矩。

训练结束，来之前疲倦的感觉，被两个多小时的挥汗如雨清扫得一干二净。

阴转小雨。

下班到家，妻提前送我生日礼物，是一块佳明 620 手表。抓紧打开摆弄，很喜欢。准备过一会儿就戴上出去跑跑试一试。

晚 8 点半，躺在沙发上，头晕，略显疲态，想出门又不想动，听着窗外敲打在空调室外机上的雨声，滴滴答答，时断时续，愈发犹豫。原本今天的训练计划是 15 公里，这样的天气下这个距离显得比平常都更遥远。

顾影自怜，身体如此疲惫了，还下着雨，是不是该休息一天，一天不按计划训练也没什么大不了的吧。左腿肌肉拉伤的部位仍然隐隐酸痛，似乎给这个想法增添了理

图10 在华东站"小黑屋"与刚夺冠的戈9英雄及教练在一起（后排从左至右分别为：袁皓、曾朝荣、热水瓶、cici、小丹、大静、存星、我、张锐；前排从左至右分别为：王正军、陈江、军子）

114

由。就这么瞎琢磨着，时间飞快地过去了一刻钟。

若今天不跑，连续近三周的系统训练成果势必会打折扣，330 多天倒计时的坚持刚开始就化为泡影，还能成为儿子的表率吗？这点困难前倒下，以后类似的情况是否都得妥协？刚才还想戴着新表试跑，新装备都刺激不了斗志吗？主意岂能说变就变？当然，冲戈 10A，无论主动还是被动，毫无疑问已是接下来 330 天最重要的目标了。

不能虚掷光阴胡思乱想，行胜于言！念及此，"腾"地一下坐起来，头也似乎不晕沉了。很快换好衣服，戴上新表，扣上心率带，攥着一瓶宝矿力，出门。每努力一步就会离目标更近一步，不努力，空悲切。

9 点不算太晚，不大的雨中，跑道比平常寂寥，鲜见跑者。想起那句话："成功并不遥远并不难，因为通向成功路上的人并不拥挤。"就像吃了一个能量胶。

因有伤，慢速跑完 1 圈。第 2 圈速度略有提升，不时调整和注视着跑姿，保持轻松状态，注视着地上路灯下自己的影子，刻意使上半身不随意扭动，累了就给自己加油。

第 3 圈，天气渐凉，自然而然地提速以增加热量，以配速 5 分 30 秒跑完余下的路，15 公里的目标胜利完成。一路下来没喝水。平均心率 150 次 / 分钟，平均配速 5 分 45 秒，配速最快时达 5 分 23 秒。

世界上不缺理论和方法，缺少的是坚持和毅力。迟疑不决时，就大胆跑出一段。生命是一段逐步明白的路，消磨一段珍贵的光阴，攥紧不离不弃的执着，今天貌似平淡无奇的日子，或许就是明日回忆画面中感人至深的风景。

2014 年 6 月 27 日,周五

阴有小雨。

早上 5 点 45 分起床，烟雨蒙蒙的清晨，空气清新舒适，湿度温度俱佳。

到世纪公园里跑了 7 公里，配速 5 分 35 秒。由于时间关系没跑完 10 公里。

晚上到健身房进行一小时力量训练。

阴转多云。气温舒适,轻度雾霾。

上午 9 点,哄着儿子陪我到卢体集训。

第一次带儿子参加训练,小家伙感到新鲜兴奋,跟着大家像模像样地热身拉伸,在跑道上蹦蹦跳跳,初生牛犊不畏虎,持续跑了 11 圈,速度还不慢。训练后,小教练亚萱也给他拉伸,痛得龇牙咧嘴。

我腿伤未愈,只慢跑了 10 公里,做了几组核心训练。

早上 6 点,与小伙伴在世纪公园 2 号门汇合。

完成 25 公里的 LSD,前 10 公里陪人跑,速度比较慢,配速 6 分 30 秒以上,之后独自奔跑,配速 5 分 30 秒,较轻松。

鼻炎犯了,很难受,请假明天不去卢体。

晚上 7 点,带儿子到健身房游泳一小时。一个多月没游,儿子玩得很开心。

疲劳,10 点半上床,睡前 3 组核心训练。

苦心孤诣与伤共舞，
众志成城山水同渡

第十一章

2014 年 7 月 1 日，周二

阴，小雨。

晚上 7 点半到健身房，力量训练 1 小时，跑步 5 公里，汗流如注。

2014 年 7 月 2 日，周三

晚上 9 点多出门，在世纪公园放松跑了 12 公里。

回家后充分拉伸放松，12 点多上床。

2014 年 7 月 3 日，周四

晴，湿度非常大。

晚上 9 点多，才回到家，特别疲惫，没力气跑步。在室内花 20 多分钟做了 3 组核心训练。

2014 年 7 月 6 日，周日

上午 6 点出门，在世纪公园完成 26 公里 LSD，最近最轻松的一次训练。

热水瓶带我跑了 6 公里，边跑边向我传授脚落地的姿势及臀部发力的心得。

训练结束，杨医生为我拉伸、治疗。

良好的医疗保障能够达到事半功倍的效果，有伙伴同行督导可以化难为易，"慢

117

鸟"先跑，让"快鸟"难追。

阴。

昨天睡眠不好，一天萎靡不振，跑休。

晚上核心训练一小时，俯卧撑、靠墙蹲、后蹲、空中单车、仰起触腿、平板等动作各 3 组。

今天，看到厦大戈 9A 队队员戴晶晶的戈壁心路，真切感人，很受鼓舞。每个戈友的"玄奘之路"都是一本书，只因感动值得感动的故事，更愿追寻只有经历苦难才可能得到的珍贵快乐。

有事错过集训，晚上 9 点出门补课。

微风习习，今年的好天气似乎比往年多，就连刚出梅的梅雨季节，也是"冷梅"，没有往年那般湿热难耐。

左腿伤势转好，打算提速试试。第 1 公里热身，配速 5 分 43 秒，第 2 公里提速到 4 分 50 秒，一个月没跑过这么快，身体有种燃烧的感觉。

坚持跑完 10 公里，平均配速 5 分，心率 159 次 / 分，步频 174 次 / 分，感觉良好。

10 点半到家，拉伸、冰敷。12 点上床。

早上看了半场世界杯赛，巴西对德国的比赛，1:7 的比分成为本届世界杯最大的惨案，东道主巴西情何以堪？德国的坚韧和意志力，值得尊敬和效仿，不到最后一刻绝不轻言放弃。

昨天训练提速过猛的缘故，坐久了，左腿便重现酸痛感。

晚上 8 点半出门，跑了 16 公里，配速 5 分 13 秒。出梅后，气温明显升高，每隔

5 公里喝一次水。

第 1 圈最累，到第 3 圈配速 5 分多，反而感觉轻松了许多，步频快到 180 次 / 分左右。平均心率 151 次 / 分，最高心率 165 次 / 分，平均步频为 174 次 / 分。

2014 年 7 月 10 日，周四

晚上 7 点到家，刚想休息会儿，就接到存皇的电话，他和 DVD、小丹、大静、爱华等已到世纪公园，约我有空一起跑。

立马收拾停当，很快开车到公园 2 号门，逆时针跑了 1 公里，碰到了他们。

天气湿热，小雨浓雾中，快慢交替跑了 10 公里，快的 1 公里配速 4 分 50 秒，慢的 1 公里 5 分 50 秒，闷得喘不过气来。

跑完，浑身上下早已被汗水浸透，脱下背心轻轻地拧了几下，汗水便哗哗地落了一地，短裤湿漉漉地贴在身上，很不舒服。

作为戈 10 组委会主席的存皇，送给冲 A 伙伴们每人一本北大戈 9A 队队员汪书福写的《谁能天生就会跑》。浏览书福用心书写的戈 9 的参赛历程，很受感染，北大的人杰地灵绝非虚言，他们备战的认真程度值得学习。

2014 年 7 月 11 日，周五

凌晨两点，似被尿意催醒，感到尿道口刺痛，到卫生间开灯查看，吓出一身冷汗，内裤上已沾了血迹，小便时感到灼烧似的痛。

睡意霎时顿消，花了半个钟头在网上搜索相关症状，没有找到靠谱的答案。用碘伏喷上。

躺在床上，细思极恐，不知究竟是怎么了。是昨晚的高温高湿状态下跑步导致的？流了太多太多汗，跑完只喝了两瓶水。一直胡思乱想着，直到快天亮才又迷迷糊糊进入了梦乡。

早上 7 点醒来，身体下边有点肿胀，但没再出血，仍有灼烧感。

上午去医院做 B 超、验尿，均没问题。医嘱注意休息，不吃辛辣等刺激性食物。

凌晨起来看球赛到 6 点，7 点半晕乎乎地去上班。天气晴朗，阳光灿烂，气候干爽，几丝凉风拂面，不觉炎热。

晚上 7 点 40 分出门跑步，补上周日的 LSD，计划跑 20 公里。上衣 T 恤，下身穿紧身短裤，里面穿内裤。有专业运动员曾说穿了紧身裤就不用再穿内裤，我一直不敢如此，特别是上周出血后变得更加谨慎，尽管随后两三天就恢复了正常。现在回想一下，结合最近在高温天遭遇不幸的某老总的情况，导致窘境的主要原因是酷暑高温高湿，身体严重脱水。

夜晚，气温相比白天降低了将近 10 度。夜色中，公园狭窄的跑道上，来来往往快走、跑步的人们摩肩接踵，如同身处集市，甚是热闹，让人舍不得浪费这习习凉风中健身的好天气。

打算低心率地 LSD，可一跑起来心率很快就到了 140 次 / 分以上，配速才 6 分，汗流浃背。5~15 公里，心率没超过 150 次 / 分，配速 5 分 45 秒至 6 分。到 10 公里时第一次喝水，随后每隔 5 公里喝一次。

跑到第 4 圈，两腿有些僵硬，右膝后窝弯处不舒服，可能是被压缩裤勒的。第 5 圈开始，稍微加速，心率便飙到了 160 次 / 分以上。

最后跑到 26.52 公里，平均心率 151 次 / 分，最大心率 164 次 / 分。

10 点半到家，拉伸、冰敷、洗漱。

12 点半上床，辗转反侧，很久才入睡。

大到暴雨。

晚上开车去卢体集训，迟到半小时。

换好衣服、鞋子，先慢跑热身 3 公里。被白天暴雨洗礼的跑道，低洼之处还有些积水，雨后的空气异常清新，唤起身体的生机活力。

回到力量房，和小丹、晓英、DVD、Mily 等一起拉伸，做三组素质训练，三组卧推。

Mily 身体素质优秀，训练成果喜人，跑 1600 米，用时不到 7 分钟。

几天不见，存皇的肚子爆发式膨胀起来，脸色也越发红润饱满。

曾教练本让我跑金字塔"1-2-3"，1公里4分配速。因昨天训练最后5公里的加速，使原本渐渐好转的臀肌伤痛加重，只跑了1个1公里。

杨医生给拉伸时说："本以为你的伤慢慢会好，哪知你平时太忙，没盯着，目前看最好一周去找我两次。"我点头应允。

晚上11点，教练发来几张练习力量的图片，让我照着练。最近少跑，把伤治好养好再说。

晴转多云。

晚上8点出门，按照教练以腿不痛为原则的要求，跑了16公里，配速5分45秒。每5公里补一次水。

起初，头部左侧有些痛，昨晚也出现过这种情况，是否是疲劳所致不得而知。跑开后痛感渐消，跑完感觉良好。

少了白日喧嚣的世纪公园周围跑道上，不乏众多喜爱跑步的夜奔族。

气温比昨天高些，湿度很大。脱下上身背心，轻易便拧出好几把汗水。

离戈赛还有300多天，前面仍有无数挑战在等着。

三项主要训练内容：长距离、速度、素质。

除速度外，其他两项一直在按计划进行，与速度提高相关的变速、间歇，近期都无法练习。

凡事不能违反规律，过犹不及，应顺其自然。相信坚持就会有提高，过了这个阶段再看。

到家拉伸、洗澡、冰敷。不知不觉已过12点。抓紧上床睡觉。

中午，杨医生给我针灸按摩治疗一小时。问其营养注意事项，答口，主要从蔬菜、鱼、虾、肉等食物中汲取，蛋白粉不建议多吃，会造成肌肉僵化。

晚上7点，按照约定在世纪公园2号门和小伙伴们碰头，完成15公里,配速5分45

秒。

9 点到家，做 3 组俯卧撑、平板训练。11 点上床，一时难以入眠。

早上醒来，窗外空气通透，清新如洗，凉风徐徐。

看到存皇去年跑上马的心得，很受启发：

训练准备要一年，准确说系统训练需要半年，去年 6 月开始至上马。去年 1 月我髌炎发作，基本已放弃追求速度，后读长江，认识戈壁，被戈 8 精神激励，开始系统训练。经验归纳如下：

1. 心怀梦想，勇往直前，从未彷徨。

2. 系统训练，循序渐进，从量变到质变，有付出就有回报。

3. 自律精神，远离酒精，充分休息。

4. 专业保障，教练、队医科学指导。

5. 团队激励，练到最后，清楚成绩不是你个人的，是团队的，彼此的，个体强，团队则强。

与事业比，跑步其实是最简单的事，因为它不需要去协调好其他人，也不用什么资源支持，管理好自己就行！

同学们都很优秀，带一点点在事业等方面的成功经验到跑步中，必能快速提高。但每一行均有其专业性，跑步亦如此，有教练队医会事半功倍。

上午，卢体训练。

杨医生为我悉心调理，每跑一段距离就做一次拉伸和治疗，如此反复 3 次，跑了 3 个 300 米，最快用时 65 秒，比平时稍慢。因心理因素，左腿的步子不太敢迈开。

经杨医生几番治疗，效果明显，后面再跑时感觉轻松了许多，信心陡增。

早 6 点出门。刚跑几步, 又觉不适, 似乎又回到受伤时的状态, 跑了两三公里后, 才渐渐恢复正常, 此时配速 5 分 45 秒, 计划跑 20 公里以上。

艳阳高照的高温天, 太阳刚出来即觉骄阳似火, 闷热无比。DVD 说慢跑 15 公里吧, 别出状况, 我欣然同意并较轻松地完成了。

小静第一次来世纪公园, 跑了 10 公里, 大静、小怪轻松地跑了 15 公里。训练结束, 用胡队带来的冰沙冷敷, 胡队、DVD 分别给我们拉伸。

和大家分手后, 我到健身房, 按照杨医生的指导做了 3 组力量训练, 进一步拉伸。

早上 5 点 40 分出门, 到世纪公园跑步。

空气异常清新, 盛夏的太阳不睡懒觉, 早早便明晃晃地挂在了空中, 毒辣地照射到身上。这种天气长跑, 对身体的消耗无疑特别大。

起步后左腿疼痛, 一两公里后渐渐适应, 此时已汗流浃背。

骄阳下跑完 11 公里, 背心短裤早已湿透, 浑身上下的汗水不住地滴淌, 像刚淋过暴雨一样。

中午找杨医生推拿针灸了一小时, 经过耐心处理后, 感觉良好。

早上 7 点起床, 疲倦。

过敏性鼻炎犯了, 很难受, 不停地流鼻涕, 打喷嚏。连续高温天, 几乎一出门就会被强烈的阳光晒晕, 经过阴凉的地方, 偶尔飘来一阵小风, 才会舒一口气。

晚上到卢体训练, 迟到半小时。贴心的小静带来便携式冰箱, 让医生平时装冰块用, 新郎官长江戈壁功臣帅哥钱程给大家发了喜糖。

3 组素质训练后, 跑 5 公里, 配速 5 分 28 秒。教练观察并指出我跑姿的不足, 身体塌着而不挺拔, 下肢力量不够。让我暑期把伤养好, 加强力量训练。

心思花在训练上, 有的事情就容易忘记, 丢三落四, 昨晚穿着运动服兴冲冲到家后, 才发现把上班时穿的衣裤、皮鞋都落在了卢体的更衣室。

阴，受台风影响，气温凉爽，预报今天有雨。

疲劳感强烈，眼睛倦怠酸胀，睁不开，哈欠连天，最近一直纠结于跑姿，走在路上，时不时调整一下肩膀，试图让自己更放松。

按捺不住跑的冲动，征求杨医生的意见，答复可以跑，注意频率慢一点，步子大一点。

晚上 7 点出门。风很大，吹得空气格外干净，感觉舒爽自在。

放慢步频，加大步幅跑了起来，左腿痛感不算明显。前两公里配速 6 分。5 公里过去，待身体渐渐适应后，速度自然而然也就上来了。

最终跑完 17 公里，平均配速 5 分 36 秒，喝了两次水。特别留意教练说的我腰部挺不起来的毛病，随时注意脚步放轻松落地，抬腿使脚后跟后提。最快 1 公里的配速为 5 分 20 秒。

持续一个多月的伤势，内心不再着急，安慰自己，这也许是身体的自我保护，即使当时没伤到，接下来速度训练增加，受伤也一样无法避免。

现在权当积累和沉淀了，相信跑量上来后，成绩自然会出来。

早上风势迅疾，夹带零星细雨。

晚上 8 点到健身房，跑步 5 公里，配速 5 分，力量训练 3 组。

行百里者半九十。有些事情诸如跑步，大多数人起初的动机也许源自兴趣、尝试、诱惑，甚至随波逐流。

一个阶段后，还能坚持者并不多，决定这一小部分人持续跑下去的因素，可能是他们内心的坚定、毅力和信仰。

晴转多云。

上午到卢体训练。教练安排 200 米接力，担心伤势加重，没敢参加。按照自己的节奏慢跑了 10 公里。

早上开车接上高磊、胡队、陈江，7 点 20 分抵达佘山西山，和新锋、皓子等其他伙伴及教练、队医汇合。

慢跑加 4 组跑坡，共 12 公里，汗流如注，汗水顺着小腿流到鞋里，袜子似泡在水中。

皓子像头上山猛虎，越跑坡越加速，新锋的体力也相当不错，我开始两组还能跟上他，后来渐渐被他落到了后面。

4 组下来，我本有能力再跑一圈的，但是天气实在太热，头脑热得有些发晕，出于安全考虑，理智必须战胜莽撞，决定打住。

翻过这座山，风景那边更好。

昨天跑山的高强度训练没有给今天带来想象中的疲劳，很欣慰，这得归功于一直以来的坚持锻炼，若在往常应该早就痛苦不堪了。髂胫束伤痛没加重，反而感觉略显好转。

晚上 7 点 30 分，一家三口到世纪公园，儿子骑车 3 圈，妻走了 1 圈。

我连跑带走 12 公里，边跑边体会新锋昨天教的动作，趴地腿离地，带动另一条腿自然向前，保持重心在一个水平面上，身体略前倾，保持上半身稳定，肩部放松，手臂自然摆动。

如此机械地尝试着，1 公里配速 5 分 20 秒跑起来很自如。边跑边想，调整并适应正确的跑姿很重要，最近一个阶段，以养伤和纠正姿势为主，先不必追求速度，把基础打牢，相信能够事半功倍。

今年 5~7 月，每月跑量在 200 公里以上，近两个月每月都超过 260 公里。

昨天和胡队交流，他每月跑量 300 多公里，于兴波的文章讲到业余跑者的跑量不必超过 300 公里。我觉得自己目前的跑量正好。

早上不到 6 点醒来，背着训练的衣物到单位。

早餐时与对长跑感兴趣的同事分享最近掌握的跑步知识。

给老妈打电话，我用亲身体会说明运动的益处，劝她坚持锻炼，冬练三九，夏练三伏。

晚上卢体集训，做完两组常规核心训练，教练让我再做两组杠铃推举，3 组站举。本来还有 3 组握杠铃后举，实在太累，呼吸困难，1 组结束，趁教练不注意，抽空溜到操场跑道上，跑了 5 公里。

教练说，训练四周后进入调整周，运动量可减少 30%~50%。

杨医生给我反复针灸三次，随后推拿，痛得我歇斯底里。杨医生边治疗边念叨，一定要让宇哥跑进 A 队。我深知绝无可能，怕他失望没出声辩驳，内心惟余感动。

2014 年 7 月 30 日，周三

昨晚睡眠不足，头晕晕的，特别疲倦。昨天的训练，导致今天臀肌明显酸痛。

晚上 7 点半上床，本想睡一觉再跑，一个小时起来后仍觉乏累。思想斗争了一会儿，既然身体不同意疲劳作战，只有果断放弃。

休息，是为了明天更好地训练。

2014 年 7 月 31 日，周四

早上 6 点 45 分起床。台风来了，空气清爽，阵阵凉风掠过。

昨晚没跑，欠债的感觉不好受。晚上 7 点半无条件出门，10 公里快慢交替跑，快跑配速 4 分 30 秒，慢跑配速 5 分 45 秒，加上热身放松，共跑了 16 公里。

跑之前觉得累，一踏上跑道，立马有种轻松感，吃惊第一次 1 公里跑进 4 分 20 秒，且没尽全力，心率最高 163 次 / 分。

第 2 圈，骑车的儿子赶上我问："爸爸你怎么跑得这么快？"我停顿一下才答："为了比赛取得好成绩啊。"

第 3 圈碰到存皇、DVD 和复旦戈 8 队员沈湲，存皇带沈湲以 4 分 15 秒的配速跑，让我跟，我说跟不上。

结束在终点 6 号门，儿子亲眼看着我从上衣拧出几把汗水，很是惊奇。

9 点半到家洗漱、冰敷，11 点上床。

经风历雨周年飞逝，
走南闯北各处明志

第十二章

2014 年 8 月 2 日，周六

上午带儿子到卢体集训两小时，收获满满，十分充实。

看到一段话，说明跑步是诚实的：

距离与秒表不会说谎，脚下道路与流的汗水不会背叛自己。裁判不是根据造型、服饰或发型来评分，冠军也并非由此产生。在这个复杂、功利的世界，幸好跑步还是件令人欣喜单纯的事情。

2014 年 8 月 3 日，周日

晴转多云。

清晨 4 点 35 分起床，蘸蜂蜜吃了三片面包，穿上竞速鞋和新买的蓝色短裤背心，5 点 15 分到世纪公园 2 号门。没见到熟悉的小伙伴，独自慢跑热身。

天气闷热，跑多少？心中没谱，20 公里还是 25 公里？怎么也不能低于 20 公里吧。

第 1 公里，配速 6 分多，第 2 公里快了些。

跑到 8 公里时，存皇迎面而来，边跑边纠正我的姿势。听我很自豪地讲月跑量 270 公里，他不仅没表扬我，还说至少要 300 公里以上，因为目标是冲 A。

新鞋子很舒服，步履轻松，15 公里后配速不由得加快到 5 分 20 秒。

跑完 25 公里仍很从容，停下喝口水，便继续向 30 公里迈进。这最后 5 公里，调动意志力，速度没怎么掉。

结束后慢跑一小段，倒着走了几百米，没有出现以往的极度疲惫感。

贴心的胡队带来了自制的冰绿豆汤，实在好喝。

事后，存皇分析我的配速，说下次要提高到 5 分。

晚饭后，带儿子游泳一小时。

2014 年 8 月 4 日，周一

早上 5 点半起床，纠结片刻出门，烈日下放松跑了 6 公里。

上午，冲两片泡腾片喝了，肚子不舒服，上了三次卫生间。

可能白天喝咖啡的缘故，晚上 11 点上床后辗转很久才入睡。

2014 年 8 月 5 日，周二

傍晚，酷热的暑气消减了许多，空气中偶尔馈赠来一阵奢侈的凉风。去卢体的路上，脑海中飘过几许倦怠的思绪，心情慵懒。

训练开始，先热身两公里，做两组核心训练，最后以较快的速度跑了 3 公里。

训练结束，杨医生给我针灸、放松，心疼我太瘦，叮嘱我多吃点。

自从开始跑步，特别是今年 1 月底以来持续加大运动量训练后，业余时间被挤占了很多。时间对每个人是公平的，有所得也有所失，自己认为值得便足矣。

离戈赛不到 300 天，目标很明确，路途看起来还很漫长，坚持，必须坚持到底。

本周是系统训练第 2 个周期中连续训练的第 5 周，自上周六至今，连续 4 天没停下，接下来要减量调整。

2014 年 8 月 6 日，周三

气温很高，阳光明亮得耀眼。连日来不间断训练，休息时间有限，今天起床比较晚，7 点半了还睁不开眼。

早餐比平时多吃了一碗面，午饭吃了满满一碗米饭加一碗凉面。

晚上在家花 20 分钟做 3 组核心训练。

早上 5 点多醒来，拉了两次肚子。

早餐刻意增加饭量，一碗面条、一个菜包、半个玉米、两个鸡蛋、一碗稀饭、一杯牛奶。

上周日跑 30 公里后，右膝隐隐感觉不适，这周二训练时跟医生说了，但他当时专注于治疗我的左腿，没顾上给我看右膝。倒是并不妨碍走路跑步，可见跑步中出现的某些疼痛状况，其实更多来自心理暗示。

抛弃顾忌，放下包袱，情况会不一样。

晚上 8 点多，慢跑到世纪公园 6 号门，立秋的夜，热浪仍一浪接着一浪。

跑到两公里，呼吸忽然不顺畅，右下腹岔气了，深呼吸调整了 5 分钟左右才好转，这种情况以前很少见。

本周为调整期，今天虽以放松为主，还是跑了 16 公里，平均配速 5 分 25 秒。

10 点到家，做 3 组平板训练，再做拉伸放松。11 点半上床。

小到中雨。

早上 7 点起床，早餐是半碗清水面、一个鸡蛋、一袋牛奶。

8 点半到卢体，冒小雨热身 3 公里。

9 点后，雨渐渐大起来，大家跟随教练到二楼看台，做 6 组高抬腿。因明天要 LSD，教练让我和 DVD、小静、小怪等练习核心。按计划我今天应该变速跑，想着不能因下雨就放弃。

未及多虑，我几步跳下看台，闯进下着中雨的跑道上，以 4 分 50 秒的配速跑了 5 公里。接着，回到看台做了两组核心训练。跳台阶训练时，不服老、逞强的心态让自己付出了不必要的代价，连跳 3 级的幅度过大，用力过猛，腰部有些不适。

阴。

早上 4 点 30 分醒来，万物尚在沉睡，窗外晨曦中一片宁静和谐。

吃了几片曲奇饼干，喝了一杯牛奶，5 点 15 分出门时，灰蒙蒙的天空渐渐放亮，气温 25 度。公园周围，不时见到更早到来的跑者，有年长者，也有年轻人，是他们，将这个城市唤醒，激起生命的活力。

自从跑步成为我生活的一部分，人以群分，很自然便对其他跑者有种格外的亲切感，每当看到路上跑着的人，不由得就会被吸引，情不自禁地将尊敬的目光投递到他或她的身上，打量着他们跑步的姿态和面部的表情。

慢跑几步，做好拉伸，5 点 38 分起跑。昨天，小教练张锐纠正我的跑姿，强调 LSD 靠"磨"减脂，增加肌耐力。

由于核心训练导致的腰部不适仍未好转，打算用 6 分 15 秒至 6 分 30 秒的配速跑 20~25 公里。前 2 公里，心虚气短，有点儿岔气感。脑海里不断回放着教练、小伙伴们的指导，想着如何让步履轻松，放松身心，调整呼吸到舒服的状态，如何保持手臂和肩部的平衡。

第 2 圈临近终点，DVD 迎面而来，接着和我同方向跑。20 公里处，胡队递给我一瓶水。最终，跑完 30.5 公里，8 点 50 分结束。

完成 LSD，喝上一杯杨医生带来的豆浆，享受痛并快乐着的专业拉伸，简直是天下最幸福的事，还要感谢由小丹提供秘方、胡队精心熬制的绿豆汤。

今天恰好是系统坚持长跑 1 周年纪念日，去年的今天，我连 5 公里还跑不下来，一年的坚持，进步神速，可喜可贺。

继续加油，永远不要把自己今天的模样，简单定义成明天的样子。

<hr>

2014 年 8 月 11 日，周一

晴转多云。

早上上班路上，已经感受不到前些天那般炎热。

晚上 9 点，在家做核心练习。做第 1 组时，前天训练导致的腰部不适发作，我便有了放弃的念头，安慰自己，既然今天是跑休日，做完 1 组就算了。

做完 3 个平板动作、仰卧起坐蹬车 50 下、仰卧蹬腿 50 下、仰卧够腿 10 下、俯卧撑 35 下、俯卧静态伸手脚 1 分钟、靠墙蹲 1~2 分钟，这 1 组下来，放弃的想法早已烟消云散。

稍事休息，赤膊上阵，继续完成了另外两组，汗流如注。

肚子上明显多了些肉，与最近刻意增加主食有关。

阴。

秋意已至，凉风习习，浑身由里到外都变得清清爽爽，安宁舒适。

傍晚 6 点半到卢体。热身 3 公里，见到从北京来沪督战的组委会成员戈 8 冠军主力华旸（铜豌豆）。

腰部仍明显不适，加之在调整周里一直没真正地进行调整，便想减少一些训练量。两组核心训练后，本想结束，存皇说："你是戈 10 种子，再做一组。"

训练间隙，存皇又忽悠我："宇哥你很棒，相信你肯定行，一定会冲进戈 10。"我说如果戈 10A 队需要 20 人，也许有戏。存皇拍着我肩膀正色说："不对，你目前在男生中肯定是前十，也可能前八，努力训练，一定行！"

从力量房出来，到操场上跑了 3 公里多，快不起来。

拉伸时，杨医生高兴地对我讲："宇哥，你的变化很大，刚才我观察，做核心练习时，除铜豌豆外，你的动作最规范到位，别人没法和你比。"我说："其他人练的少，我训练快一年了啊。"

杨医生又说："宇哥，这样下去，你有戏，很有戏。去年戈 9 的时候也就这样。你坚持下去，排名位置基本不会变。"尽管我半信半疑，但还是增添了信心。

晚上 8 点多，晚饭后 1 个半小时，简单做了热身拉伸后，跑向世纪公园。

夜晚路上车辆少，空气干爽清洁，温度适宜。起初，跑道上锻炼的人流如织，我在跑道上左冲右突，就像跑障碍赛一样，多数时间只好跑到自行车道上。

不想跑得过快，以纠正和感受姿势为主。穿着跑郑开马拉松马拉松时用过的美津龙鞋，比昨天穿的虎走鞋更合脚。加上前后热身放松，共跑了 15.5 公里，配速 5 分 21 秒，最快 1 公里配速 4 分 50 秒。

第 1 圈最后两三公里的时候，稍感疲劳，配速稍放慢 10 秒，体会着之前存皇指导过的挺直腰背，核心发力，身体被推出去，想象着热水瓶富有弹性的跑姿，有意将注意力从下半身特别是小腿以下部分分散，加快步频，不由得轻松许多。

睡前收到铜豌豆微信消息：

铜豌豆：昨天走的匆忙，没打招呼，加油啊！很为你感动，练得确实辛苦。

我：谢谢师兄！华东站氛围好，我自己很享受。我菜，重在参与，望您多指导！

铜豌豆：加油啊，为了戈 10 冠军，我觉得你这样坚持下去一定可以。

我：谢谢鼓励，不问结果，我会坚持。

2014 年 8 月 15 日，周五

小雨。

早上 5 点半到世纪公园，外面灰蒙蒙的，气温适宜，雨后的地面湿漉漉的，空气很清新。

热身跑 700 米，跑到湖边。未等到拉伸结束，细雨即飘散下来。空中交织着千条线万条线，湖面上如同千万根针掉落，击起不计其数的细小涟漪。

拉伸后，连续跑 10 公里，最后 1 公里配速 4 分 32 秒，平均配速 5 分 8 秒。

时断时续的小雨一直未变大，不少人打着伞在雨中或走或跑，身处这种天气里，"与天奋斗，其乐无穷"，别有一番乐趣。

2014 年 8 月 17 日，周日

大连。

晴，天气炎热。

陪家人旅顺一日游，游玩间隙见缝插针，沿黄渤海分界线的海岸跑了 3 公里。

大连。

早上 5 点半起床，天已大亮，万里无云。

6 点从酒店出来，天气凉爽。城市醒得比较早，路上已有不少来往的车流和奔波的行人，但如我一样锻炼的人并不多见。

漫无边际地向北跑，快到海边时，被一个工地挡住了去路，在一段长及 500 米的草坪上往返跑了 12 公里，平均配速 5 分 28 秒。

沈阳。

晚饭后 9 点半，拉着身体发福的二弟出门跑步。

和二弟分享自己了解的跑步常识以及一年多坚持的心得，现身说法跑步的好处，陪他慢跑和拉伸 20 多分钟，不一会儿他就气喘吁吁了。耐心劝导二弟生活形成规律，注重身体健康，先减肥再坚持跑步。

延吉。

早餐后出发到帽儿山。

在通往山顶的健身木栈道上，跑了 3 个来回，爬升 300 米，加上放松共跑 9 公里，换了两身衣服。

延吉。

从昨晚直到今日凌晨，拉了 5 次肚子，十分虚脱。应该是昨天晚饭有问题，奇怪妻儿却没事。

昨晚饭后回到酒店就内急，感觉和平时闹肚子没啥不同，便没在意。

N40° 15′43.30″ E95° 54′18.00″

稍事休息后出门跑步，打算沿着河边跑跑。未到两公里，肚子突然疼痛不已，强忍着回到酒店如厕。因明天要起早，便没再出门，不到9点就躺下了。时隔不到15分钟，肚子又先后两次发难。

迷糊到凌晨两点左右，肚子再次告急。坐在马桶上，感觉昏天黑地、天旋地转，腹部一阵阵绞痛，可是肠胃中早已空空如也，拉不出任何东西，口中想吐却吐不出，头上大颗汗珠直冒，噼里啪啦地往下滚，真想身前有个桌面可以趴上缓解一下。

剧烈的痛，让我一度失去意识，待终于缓过神来，脱下半湿的上衣，无力地趴在床上，不久即被冻得钻进被中，被子不薄，刚才那阵汗冷却后，身体冷得瑟瑟发抖，哆嗦了好一阵，再难入眠。天亮前又跑了一次厕所。

一整天，只喝了点水，没吃饭。妻很是担心，盯着我吃了几次治拉肚子的药。

2014 年 8 月 24 日，周日

长白山。昨天身心疲惫，昨晚睡得比较踏实。

早上5点起床，6点出门，天空仍下着小雨。穿着防雨冲锋衣不觉太冷。早餐吃了两个素包、一碗粥、一个茶叶蛋，能正常吃喝真舒服啊。

一家三口近7点乘车去长白山，一路担心雨势影响游览心情。不到半小时，车到山门，此时已见成群结队的游客，多为导游带领，聚集在门前。稍许开始检票。妻提前订好了票，免去了现场排队争抢购票的烦恼。

进入山门，再乘中巴继续上山去主峰。渐近主峰，天色豁然明亮起来，不知何时，太阳从云层中钻了出来，不由得精神为之一振，立刻扫去了心头的乌云。

很幸运，在大队人马到来之前较早地爬到了天池边，神山、圣水、美景清晰可见。走过AB线，细致欣赏。不到9点半，乘车下山去观瀑布。

下午游小天池、绿渊潭、地下森林。

傍晚从山上下来，返回二道白河，全天徒步超过10公里。

长白山。

早上 7 点起床，倦意难消。持续一夜的雨终于消停了，天虽还阴着，但已渐渐发亮，白云堆在很高处，间或露出深远淡蓝的天空。早餐后包车去山上。

上午在通往天池的近 1500 级台阶上，以较快的速度上下连跑 3 个来回，和妻儿上去下来的时间相仿，身体感觉还好。

下午天色转好，由早晨的雾气蒙蒙变得晴朗起来。走在峡谷谷底，呼吸着清爽的空气，心情愉悦。

乘下山车行至山门，突然下起一阵中雨，大家连称多亏老天照应。

长白山。

阳光温暖，丽日和风。本以为可以睡到自然醒，谁知早上 8 点就被窗外耀眼的光线刺醒，再也难以入睡。在房间做了半小时核心训练，大汗淋漓。

考虑月底的热身赛，午饭开始补充碳水。

N40° 15 '43.30 " E95° 54' 18.00"

戈十初选名次失真，
雄关漫道前程不问

2014 年 8 月 30 日，周六

晴。

南京高淳区桠溪镇。上午参加戈 10 热身赛 35 公里组比赛。

跑出不足 1 公里时，发现赛道与之前了解到的地势平缓的介绍有很大不同，略显狭窄的两车道，穿越高淳桠溪慢城，一路上融合了农舍、果园、河流、竹海、参天树木，鸟语花香，浓荫遮蔽，成就了一条非常美丽的赛道。从头至尾是连绵不绝、高低起伏的坡路，陡峭的上坡逼的人心简直能跳出来。

和七八位选手两列纵队，跟着宏达这只"530 兔子"，步伐整齐划一。其间不断有人掉队，也有新人加入，小分队在赛道上很是惹人注目，前半程的配速一直稳定在 5 分 30 秒以内。

当还有两公里到折返点时，迎面碰到遥遥领先折返回来的第一名军强，差不多 1 公里处又迎面遇到江闽。这才发现，自己暂处第三的位置。

折返回来，原报名跑 35 公里的同学中有几位陆续选择放弃，只跑了 17 公里，也有报 17 公里的同学选择继续。宏达带我并肩跑在前面，后面是治平及带他的胡队，前后相距不足 30 米，宏达和我不断给治平打气。

跑到 20 公里处的上坡时，我开始明显掉速，配速已经到了 7 分，之前每个补给点，都是宏达帮我取水，我不加停留，但此刻，望着眼前略显恐怖的大坡，心中实在打怵，趁宏达去拿水的间歇，不由得停下走了起来，宏达见状连忙鼓励我继续跑。

出发时，天还阴着，回程时阳光已灿烂夺目，气温也升高了，体感气温得有 30 多度。宏达不断用水给我浇头，我感觉还不过瘾，自己将整瓶水从头灌到脚，顿觉舒服许多。

图 11 南京高淳戈 10 首次热身赛暨启动仪式

N40° 15′ 43.30″ E95° 54′ 18.00″

137

可能是早餐吃多了，也或许是喝水的缘故，肚子有饱胀感，不由得有点担心，生怕不小心岔气。头上戴着的遮阳帽多少管点用，但被汗水湿透后，身上再轻的东西都是负担，体力透支，帽子便成了不能承受之重，干脆摘下来甩给身后的胡队。

温度持续上升，体能继续下降，步履维艰，万念俱灰。每一步都在想，停下吧，停下吧，别受这个罪了。但每一次，眼前都会浮现出那些默默支持我的朋友们充满期待的眼神，于是心中重新燃起希望的火种，靠着强大的意志力，一次次把自己从绝望的边缘拉了回来，坚持，坚持，再坚持！

多亏了宏达相伴，终于捱到接近终点处。还剩不足两百米时，宏达有意识地隐退，闪出镜头，我加快脚步冲刺，尽情地张开双臂冲线。

前面十几部相机的闪光灯纷纷向我扫来，那一刻感觉自己就像凯旋的英雄，心里美滋滋的。

可是，立刻就美不起来了，体力消耗太大，已然虚脱，症状和郑马开相似，头晕眼花、腹空恶心，身体轻飘飘地欲向旁边倒去。小怪和胡队见状不好，迅速跑上来扶住我，旁边李宏图医生叮嘱我小口喝饮料。停顿一刻钟后，渐渐缓过神来，上了厕所，大便不少。

脱下湿透的上衣，换上一件干净的 T 恤，仍旧浑身发冷，身体不停地颤抖着。小怪不知从哪儿变出一件酒店里那种厚实的睡衣，迅速给我穿上，顿感十分温暖。做了拉伸后，我站起来又想走动，李医生建议不要走动太多。

静坐一会儿，胡队帮我再拉伸。有人递给我一个饼，我咬了一口，实在咽不下去。不久，宏达张罗来一辆车，将我们十来人一起弄上车，半小时后回到酒店。午饭前，我手机关机，让找不到我的胡队好一阵担心。

比赛的最后，我体力明显透支，应该和前几天旅途劳顿，还有拉肚子多少有些关系。尽管今天只是热身赛，但对我来说的确是挑战了一次极限。回想了一下，倘若前10 公里速度能稍慢点，后面可能就不会那么吃力了吧。

尽管最后名次第三，但心中十分清楚，这个排名水分很大，毕竟这次许多高手没参加，自己不能被假象欺骗。

阴有小雨。

虽然我在昨天的比赛中挑战了极限，但并没有造成想象中的身体明显不适。

上午 8 点半，参加 15 公里分组对抗赛。"长江之歌""小苹果"两队各 10 人，模拟戈赛规则，取第 6 名的成绩。

军强是我们"长江之歌"队的队长，昨天晚宴后，他召集大家，讨论确定了比赛方案。但今天吃早餐时，他大改方案，让郑毅前 5 公里拖带我，军强拉人高马大的晓明，意图取晓明的成绩。

比赛开始，郑毅便拉着我以近乎 4 分 30 秒的配速狂奔，尽管我对该战术持保留意见，但依旧无条件执行，事后想想，明知不合适应及时提出。很多人也都认为，我并不需要人拖，有限的资源完全可以都输送给晓明。

2 公里后，郑毅体力下降得厉害，在拖我爬上一个缓坡后，他就让我解开系在腰包上的绳子，催促我自己快跑。

当我以 5 分 15 秒的配速跑到 5 公里左右，经过第一个补给站时，巡查赛道的学军上来说，你们的人都在后面，你跑太快没用。我缓过神放慢脚步，保存体力等等后面的人。

稍后，"小苹果"队的皓子、江闽和张瑜超过我，之后不远处，军强拖带着晓明向我靠近。军强大声对我讲："不要等我们，赶紧咬住他们。"

皓子、江闽搀扶着稍慢的张瑜，速度显然快不了。

我稍微提速就逼近了对方，军强和晓明也赶上来。我仨领先到达 7.5 公里折返点。看到提供服务并猛喊加油的施健大哥、存皇、春美等，心里非常兴奋。

回程，拖着晓明的军强，体力消耗过大。最后的上坡，被皓子他们仨反超。对方通讯保持畅通，10 公里时，他们后队并肩作战的四个女生，减时时间算来已超过前队，于是战略放弃张瑜。

最终，我们仨同时到达终点，慢于对方减时后的女生成绩，双方成绩非常接近，"小苹果"队以微弱的 20 秒优势取胜。

晚上，存皇在微信上酒后吐真言，一个劲儿地念叨长江冠军。看得出压力很大。在夺冠这件事上，存皇的确很执着，甚至在群里说，实现不了这个目标，一辈子都不好受。

存皇感动于我练得辛苦，昨天比赛时我脸色都已经发白了还在拼。我说："我不会跑还不会打酱油吗？"

存皇说："你必须再努力，拼进 A，不然永远别上戈壁。难道你要我们一直内心愧疚吗？想着你这么多天带着儿子骑车奔跑。"

我说："无条件支持你！"

存皇答道："好样的，男人！"

自我总结，下次外出比赛不能嫌麻烦，宁可多带点东西，从南向北，一定得多带衣服，尽量避免在赛前和赛中出现感冒、腹泻等非常不利的意外。

其实我周五晚到南京，在晚宴时就受凉了，宴会厅空调太低，在里面坐了两三个小时，自己穿得太少。严重缺少经验，尤其季节变换之时。

小静很关心我的感冒恢复情况，提醒要注意休息。

2014 年 9 月 1 日，周一

阵雨。

早上 5 点多，被电闪雷鸣和狂风暴雨惊醒，少见的秋雨，少见的自然景观。跑了两天山路，睡了一觉，起床后感觉腿部、腹部肌肉发酸。在南京染上的感冒还没好，咳嗽，有痰。好在其他部位无大恙。

晚上 6 点多早早到家。走在路上，大腿尤其内侧的酸痛感明显。7 点半出门去健身房，游泳 15 分钟，即感到胸口发闷，随即更衣，到跑步机上跑了 3 公里。

奔跑，让身体听从内心的召唤，让世界跟随我们的脚步。许多时候我们做不成某件事情，并非能力不够，而是我们认为自己能力不够而不去做它，所以就永远做不成那件事。

跑马拉松也是这样，有一点点难，但是绝对没有想象的那么难。所以，要坚信自己也是可以的！

只有出发，才可能到达。

昨天的排酸效果明显，酸痛感几乎消失。闲暇时在办公室做提踵。一整天精神还不错，就是咳嗽还没好利索。快下班时，眼皮变得沉重起来，有点儿睁不开眼。

下班后乘 9 号线去卢体。出站时，发现天上落下零零散散的雨星，希望不会影响到训练。

6 点半来到力量房，教练、饶南已也在，随后小伙伴们陆续到了。

存皇给爱华带来了一块 620 手表，我调侃说爱华更要好好跑了。存皇指着一个像电脑包一样的包对我说："这个国外带回来的按摩枪能买好几个 620，先给你用，一定要冲 A。"心中涌上一股暖流，顿感"压力山大"。

考虑到我刚参加南京热身赛回来，教练本打算让我只做 1 组素质训练。存皇让饶南做 3 组，我说饶南只在第一天跑了 17 公里，3 组应该的。存皇正色对我道："你虽跑了两天，但跑得慢，因此你俩都做 3 组。"

今天力量房里人声鼎沸，热气腾腾。这间面积 50 平米上下，没有对外通风的窗户，被小伙伴戏称为"小黑屋"的密闭房间里，几个风扇开足马力同时运转着，也无法驱除闷热。

第一组尚未结束，衣服已完全湿透。传统动作完成后，教练又给我特别加了两个动作：推举 12 次和腹肌练习，心率很快就到了 160 次 / 分。

稍事休息，开始第二组训练，我索性脱下上衣，赤膊上阵认真做完，感觉有点头晕。随即跑到操场透透气，以 5 分 30 秒的配速跑 5 公里，回来再补上 1 组核心训练。

微信上看到，北大一周训练 4 次，他们的刻苦着实让我不敢马虎。新锋说："进 A 队每周跑量要到 100 公里，自己最多一个月才跑 270 公里，还远远不够。"

戈赛倒计时 260 天，自己还有太大的差距，唯有继续努力。

早晨大雨。

白天仍然咳嗽，没有好转。晚上到家躺了半个小时，疲劳感未消，思想斗争了一下，还是决定训练。

计划跑 12 公里，平均配速 5 分 30 秒。跑到 9 公里时，偶遇跟着胡队在训练的

Mily，顺势跟着他们的节奏，轻松跑了 6 公里，配速 4 分 50 秒至 5 分。尽管速度不慢，但不觉难受，还能跟他们聊上两句，状态不错。

跑到 6 号门我刚好完成 16 公里，远超过训练计划，担心再跑对恢复不利，也怕会受伤，就停下了脚步，因没有带换洗衣物，抓紧往回赶。胡队不忘将带来的冰块分我一部分，嘱咐我到家冰敷拉伸。

总觉得自己很幸运，在关键时刻，总有人如天使般从天而降，给予我力量、勇气和自信。如果今天没有 Mily，我最多按部就班、中规中矩慢跑完 12 公里，绝无可能在已跑 10 公里时，仍然被带动着，以较快的速度，舒服地完成后面的路程。

谁说训练苦，其实，还有更多的喜悦，快乐无极限。感谢细致入微的帅哥胡队保驾护航！

今天有个教训，也是近几次跑步时碰到的，晚上吃饭近乎八成饱，跑不到 5 公里，就想上厕所。第一圈下来，匆忙到健身房卫生间，略显狼狈。以后，下午得吃点儿东西，晚饭就少吃两口，训练后再补。

爱华分享了一篇很励志的短文，想偷懒或想打退堂鼓时应读一读：

"真正的强者，不是没有眼泪的人，而是含着眼泪依然奔跑的人。我们要敢于背上超出自己预料的包袱，努力之后，你会发现自己要比想象的优秀很多。"

放下你的三分钟热度，放空你禁不住诱惑的大脑，放开你容易被任何事物吸引的眼睛，静下心来好好做你该做的事。人的一生要疯狂一次，越努力，越幸运。

记住存皇的名言："用你一贯的优秀去成就大家的梦想！"

2014 年 9 月 4 日，周四

晴。

到明年戈赛，倒计时 260 天。

自 6 月 8 日开始系统训练，至今已坚持 12 周。时间过得好快，起初看起来那么遥不可及、无法实现的任务，随着时光的流逝，一步一步地靠进，800 公里路已被踏在了脚下，虽不能和那些大咖们相提并论，但与昨天的自己相比，已取得了梦幻般不可思议的进步。

回头看，困难远没有想象的那么可怕和难以忍受，即便最痛苦的时候，咬咬牙也能挺过去。

不要将有限的时间浪费于纠结能否做好上，行胜于言，每天坚定不移、吭哧吭哧地向前走。不问收获，只求耕耘，一个阶段过去，回首会发现人生已经更加精彩。

南京回来后热情高涨，动力十足。今天和教练讨论训练计划，教练让我加强力量训练，明天去健身房练器械。

晚上陪妻到百安居购物，边逛边做单腿跳和提踵练习，被批评心不在焉。

9 点多回到家楼下，听到儿子在弹琴，妻说等弹好再开门，免得儿子分神。在楼道做了两组核心训练，立卧撑、左右跳、空中交换腿、俯卧撑、平板、靠墙蹲、跨腿走。到家又做了 3 组平板训练，大汗淋漓。

睡前写周六的召集令：

亲，盛年不再来，一日难再晨，及时当勉励，岁月不待人。只要始终怀有一颗追求梦想的宝贵初心，始终具备不畏艰难困苦的顽强斗志，将每天作为新的起点出发，听党的话，态度勤奋，行动积极，成功必定眷顾我们。

今年第 61 次集训，拟于 9 月 6 日（周六）8：30-11：00，在卢体（肇嘉浜路 128 号）火爆继续，热度依旧。教练、队医、精干团队，热忱期待小伙伴及家属积极参与，热情喝彩，不乐不归！让我们共同奔跑，让身体听从内心召唤，让世界跟随我们的脚步，卫冕戈 10，续写辉煌！

接龙：

1. 存皇（面黑若包公；了却君王天下事，赢得生前身后名）。

2. 热水瓶（好久不来了，水瓶快冷了；不畏浮云遮望眼，只缘身在最高层）。

3. 皓子（牛就一个字；为人性僻耽佳句，语不惊人死不休）。

4. DVD（寻欢该歌歌了；男儿何不带吴钩，收取关山五十州）。

5. Cici（美智健天使；宝剑锋从磨砺出，梅花香自苦寒来）。

6. 小静（静是为了更快的动；小荷才露尖尖角，早有蜻蜓立上头）。

7. Mily（纵有天赋更自勉；黄沙百战穿金甲，不破楼兰终不还）。

8. 大静（在他乡还好吗？衣带渐宽终不悔，为伊消得人憔悴）。

9. 饶南（重担已在肩；会挽雕弓如满月，西北望，射天狼）。

10. 新锋（戈 10 离不开元首；大丈夫宁可玉碎，不能瓦全）。

11. 军子（龙虾天敌；先天下之忧而忧，后天下之乐而乐）。

12. 小怪（魔法棒别弄丢了；沉舟侧畔千帆过，病树前头万木春）。

13. 爱华（不坠青云；千江有水千江月，万里无云万里天）。

14. 汪汪（主人不带自个儿来；笔落惊风雨，诗成泣鬼神）。

15. 老骆驼（组织，我来晚了；少壮不努力，老大徒伤悲）。

16. 小丹（天生丽质外柔内刚玫瑰翘楚；把承诺交给你，把微笑当作信，却怎么也抓不住你）。

17. 晓英（快乐妞能干出惊天爷们事，快乐妞也有泪奔时；曾经沧海难为水，除却巫山不是云）。

18. 玉荣（外在微笑坚强内有暖玉锦荣；春花秋月何时了，往事知多少？）。

19. 昌雄（年富力强戈老前辈昌隆雄起；一唱雄鸡天下白，万方乐奏有于阗）。

20. 武宗（小白杨，亲人喊你中秋回站团圆；露从今夜白，月是故乡明）。

21. 程曦（身难常至心从未离；待到山花烂漫时，她在丛中笑）。

22. 高旭（旭日东升；何当金络脑，快走踏清秋）。

23. 宋阳（阳光小伙当自强；沧海横流，方显英雄本色）。

......

多云。

昨晚咳嗽了一宿，早上 7 点 15 分起床。天气不冷不热。

上午卢体集训。教练看我感冒，不给加量了，只跑 8 个 300 米间歇，前几个 65 秒以内，后面 3 个接近 70 秒，好累、好煎熬。速度稍快点儿，左腿的伤痛就更明显一些。

到力量房做了 3 组器械训练，教练纠正我做俯卧撑的动作，指出两臂过于靠前靠头部，要往内收，才能有效练到胸肌。动作一规范，立马觉得很费力。随后慢跑放松，拉伸后结束训练。

早上 5 点 20 分起床，吃了两块饼干。

5 点 50 分开车到世纪公园 2 号门，6 点 20 分开始 LSD。

从南京回来后，除了上周三和 Mily 跑的那次之外，状态一直比较低迷，至今毫无起色。

今天 LSD 本想按照 DVD 的建议，以较快的 5 分配速来跑，但身体僵硬，疲惫感明显，左腿伤处隐痛，昨晚用了存皇借给我的专业按摩枪进行了腿部按摩，没想到弄得右腿小腿也酸胀起来。

7 点多，气温迅速上升，天气开始炎热。费了吃奶的劲跑了个半马，配速 5 分 28 秒。最快的 1 公里配速只有 5 分 15 秒，最慢的掉到 6 分多。

大静、小静、爱华、Mily、小怪五朵金花跑了 15～20 公里。饶南的确厉害，25 公里配速 5 分 15 秒，完成得轻松自如，我难以望其项背。

很多后起之秀不断涌现，今天听到站长和军子聊到一些厉害的角色，自己的信心好像受到挑战，危机感大增，更不敢懈怠。

同时不断告诫自己，不要过于在意别人对自己的评价，如果过于敏感，活在别人指手画脚的世界里，失去主宰自己的生活方式的自由，会很累，得不偿失。

就按照自己的节奏，任尔东西南北风，慢慢积累，不断进步，切不可操之过急。

A 队绝对是我值得奋斗的目标，但能否如愿，只能顺其自然，不可将有限精力纠结于此。

随着比赛的竞技水平越来越高，竞争也越来越激烈，即使自己付出更多的努力，也未必能够达到 A 队的水平，但这并不影响我超越自己的决心和坚持下去的意志。

晴转多云，空气质量一般。

早上醒来仍感困倦，咳嗽依旧，昨夜醒来两次。

大家一早就在群里讨论训练方式。

小静：热水瓶，受伤和跑量好像两难，不受伤肯定跑量不够，跑量够又必然受伤，像我这种天秤座就一直纠结，到底跑多少啊？

热水瓶：小静，我去年因跑量不够专攻强度才受伤，如果不针对选拔，可以以跑量作为第一要务，受伤的概率会小很多！

杨医生：现在吃些保护软骨的药会有作用，但有研究发现，软骨素、氨基葡萄糖之类的营养成份，并没有特别好的效果。所以我觉得还是从以下方面注意：

（1）训练前充分热身，增加关节内温度、促进滑液分泌；（2）训练后冰敷，降低关节内温度，减少渗出；（3）增加膝关节周围肌肉力量、稳定性，注意屈伸肌肉力量的比例；（4）做好肌肉放松，让肌肉保持松弛、柔软状态；（5）日常保护更重要，注意膝关节保暖，不要让空调直吹膝关节。

晚上卢体集训。照例 3 组核心训练，练得只想吐。随后 3 组 1600 米，每组要求用时 7 分 30 秒。因为腿部的伤势，速度很难起来，气喘吁吁使不上劲儿。感觉姿势不到位，应该发力的肌肉没有全部协同好。左脚踝不适，很担心重蹈去年厦门半马前的伤势。

杨医生给我针灸，教我自我按摩的方法。我边接受治疗，边跟医生聊天。

我说最近信心不足，速度上不去，训练疲劳。

146

杨医生说："慢慢来，时间还有。越是有这种感觉，越会有好成绩。"

越来越相信杨医生的话。南京热身赛前，他说如果我发挥好，可能进入前三。结果是在很多人缺席的情况下，我幸运地被他说中。

稍晚，吴军（罗德曼）被忽悠过来，存皇介绍大家相互认识，特别指着我说："非常希望宇哥能跑进 A 队，写出北大和贸大那样的书来，描写长江英雄的故事，激发长江斗志。"

我心想，这可是比冲 A 更难以完成的任务。

存皇的组委会领导及监工角色渐入佳境，对大家的要求比教练还严格，本就黑的脸，一旦板起来，越发黑了。

离开卢体前，教练和医生将戈 9 剩下的半箱营养品给我，叮嘱我日常训练的注意事项，此时已 10 点 15 分，我带着感激之情与大家告别。

2014 年 9 月 10 日，周三

清秋，晴朗，舒适。

晚上 10 点出门跑步，穿着曾经陪我跑过郑开马拉松马拉松的美津浓鞋，没舍得穿虎走，留待下周衡马再穿，加上热身一共跑了 11 公里，平均配速 5 分 2 秒。

时间已很晚，跑步的人不多，路上车辆稀少，白天的喧嚣声渐小。一个人孤单地跑着，不断追上前面的跑者。

随着时间不断流逝，周围更加安静，自己有节奏的脚步声在这静谧的夜晚分外清晰，心跳声甚至依稀可辩。

前 5 公里比较累，随后渐渐找准节奏，用意念摸索着使下肢尽量不用力，由躯干后臀肌肉推动身体向前。

一圈下来，喉咙干得像要冒烟一样，喝了两口水，立刻继续跑。动用核心力量，腿脚能感觉到些许轻松，可是左脚踝内侧隐隐放射出的暂可忍受的痛，以及左大腿外侧被拉伸的较轻微的痛，还是让我无法忽视。很担心继续跑下去，会加重伤势。

到 7 公里的时候，体会到了舒服的状态，速度并没有降下来。

今天的训练，让自己增添了些许自信，5 分以内的配速，能坚持跑 15~20 公里。一直按照自己能承受的较快速度奔跑着，生怕跑到哪里就再无法坚持。

结束后，感觉尚有余力继续跑上 3 公里，此时身体像是拧紧的发条一样，积蓄了一定的能量。

11 点半到家，拉伸，冰敷近一个小时。

上床时已近凌晨 1 点，太难了，下不为例。

<hr />

2014 年 9 月 13 日，周六

小雨。

早上 6 点半起床。

存皇昨晚来电，让我今早顺路接上 25 期一位能力比较强、有志于冲戈 10 的同学，一起到卢体训练。

7 点半出门，开车到酒店接上来自青岛的孙化明，一路交流，得知化明非常牛，目前已跑过无数次全马，是投资大咖、红酒专家。

8 点半到卢体，慢跑 2 公里，8 个 300 米间歇，用时 65~70 秒。踝关节仍不适，训练结束马上冰敷，杨医生给针灸治疗。

罗德曼间歇跑，用时 50 秒，飞人般的成绩，连 56 秒的饶南都望尘莫及。

下午从 3 点睡到 6 点半。

晚上 10 点上床，睡前定上 5 点的闹钟，准备好 LSD 训练的衣裤。

<hr />

2014 年 9 月 14 日，周日

早上 5 点起床，吃了两片面包，水袋灌好运动饮料。上身穿存皇送的紧身衣，下身穿压缩短裤，5 点 50 分开车到世纪公园 2 号门。

昨天预报今天有小雨，出门看到空气清新，晴朗，气温 20 度上下。大家约的 7 点集合，因我家离得太近，加上喜欢更早点天气较凉快时跑，每次我都提前半个多小时到。

按照 DVD、教练、皓子等人的建议，积累了一段时间，自我感觉应该有能力以较快配速跑长距离了。上周本想 5 分配速跑，没能完成。今天打算再试一次，能跑多远就多远。

最终跑了 20 公里，平均配速 5 分 01 秒，中间喝两次水。10 公里前，脚踝隐隐不适，刻意不去理会它，将意念转移到大腿以上部位。10 公里后，痛感渐消，但一跑完停下，脚踝疼痛依旧。

给我拉伸时，杨医生又不吝赞叹："宇哥算是练出来了，等衡马回来，让教练多加强你的脚踝力量。"

中午，军子组织大家聚餐，两桌同学及家属济济一堂：罗德曼，化明夫妻，Mily 一家三口，教练一家三口，杨医生小两口，陈江夫妻，饶南，麟军，小怪，大静，爱华等，我也有妻儿相伴。

席间，存皇和教练给参加衡马的小伙伴下达指标。要求唯一参加全马的我跑进 3 小时 30 分钟，我自知半斤八两，首马郑开马拉松 4 小时 15 分钟，这次一下子提高 45 分钟，显然不切实际，经讨价还价，大家举手通过 3 小时 35 分钟，只好勉为其难接受任务。

勇皓子全马助破界，
老骆驼衡水誓进阶

晴转多云。

早上 6 点半，在家附近的小花园里慢跑 3 公里。

脚踝时不时出现不适，不敢快跑。

上班路上，外面气温并不高，身体有点儿轻飘飘的，走到地铁口虚汗已出来了。

阴，气温 23、24 度。

天气渐凉，路上行人身上的衣服忽然多起来，我穿着长袖衬衣，依然抵不住丝丝凉意。今年的气候不似以往，特别热的时候没几天，这个当年刚来时让我觉得气候难以忍受的城市，而今我已经非常适应，并深深地喜欢上了它。

距衡马还有三天。中饭吃了一大碗米饭、一个包子、一根香蕉。午休半小时。

晚上卢体训练。和小静、DVD 慢跑 6 公里。三周没来训练的 DVD，瘦了不少，我问他是否加强训练了，他说能不练嘛。

休息间隙，DVD 煞有介事地教了我几个跟国家队队员学来的拉伸动作，据说刘翔就这么做，挺好用。

跟衡马拟任"兔子"的皓子适应跑 3 公里，配速 4 分 35 秒，气喘如牛。

曾教练让我明天跑 12 公里，3 公里配速 5 分 15 秒，3 公里配速 5 分，6 公里配速 4 分 45 秒；后天 5 公里快慢交替，两个 1 公里配速 4 分至 4 分 15 秒。

杨医生对我脚踝受伤部位进行针灸治疗，查看了我的伤势，建议我少跑或不跑都行。

早上 5 点梦中醒来，睡眠时间不到 5 小时，完全没有以往曾有过的赖床和犹豫，只有一个念头：赶紧出门训练。

按照教练的要求，我今天应该跑 10~12 公里，担心脚踝的伤势，只跑了 10 公里，前五公里配速 5 分至 5 分 15 秒，后面配速 4 分 45 秒左右，平均配速 4 分 58 秒。

前 5 公里总觉得节奏没有调整好。最后 5 公里，尽量加快步频，总算马马虎虎完成了任务。

跑完后感觉有点儿疲惫，自忖如此状态恐怕难以实现"335"的全马目标。

中午吃了一大碗米饭、一个包子。身体感觉虚弱，出了一身汗。饭后眯了半小时，没睡着。

下午拉肚子，原因不明。

小雨。

早上 5 点半起床。6 点慢跑 1 公里到世纪公园 5 号门和 6 号门之间，在草丛中藏了一瓶运动饮料，拉伸 10 分钟。

按照教练和 DVD 的指导，跑两个 1 公里间歇。沿花木路的健身步道由东至西开始第一个 1 公里，费了好大劲才跑到配速 4 分 16 秒。

快走休息 3 分钟，折返开始第二个 1 公里，配速 4 分 01 秒。

从开始系统训练至今已经 100 多天，一个个看似枯燥痛苦的日子就这么悄无声息地流逝过去了。原本弱不禁风、基础薄弱的我，在教练、队医和小伙伴们的帮助下，在自己持续不断地努力下，俨然有了脱胎换骨的改变。

中午去看杨医生，他给我的小腿和大腿做了 1 个小时的针灸，中午在他的学校食堂蹭吃了两大碗米饭。

N40° 15 '43.30 " E95° 54' 18.00"

衡水。晴转多云。

昨晚 11 点半上床，早上 4 点半就起床。

起床抓紧时间如厕，冲了个凉水澡，唤醒自己。

请杨医生在我的左小腿打上肌贴。穿上存皇特意送我的战袍—— 一件白色紧身 T 恤。

5 点 15 分吃早饭，蘸着果酱和蜂蜜，吃了五六个小馒头，喝了两小碗稀饭。

6 点，乘上大巴车，半小时后到达赛场。上身套着皮肤衣，下身是比赛短裤。

秋后北方的气温温差很大，早上最低气温仅 15 度。小教练张锐怪我穿少了，将身上的外套脱下来给我，我把它系在腰上御寒。慢跑，加速热身，拉伸，15 分钟后，身上已有一层细汗。

7 点 15 分，和皓子挤进起点处，密密麻麻的人海里，大家像沙丁鱼一样偎依着，感觉不到冷了。

至今参加两次全马，没有一次是准时鸣枪的。郑开马拉松提前 5 分钟，弄得措手不及，这次衡马，领导讲话多，则延误了 5 分钟。

刚一起跑，浩浩荡荡的人流涌过出发点，滴滴答答的电子打卡声此起彼伏。我和皓子说前几公里跑慢点儿，他说不能太慢，不然后面赶不回来。经两人讨价还价，定下前 1~2 公里配速 5 分 30 秒。

跑道拥挤，前面即使想快也快不起来。起初几百米，配速只有 6 分 30 秒，渐渐快起来，1 公里不知不觉间以配速 5 分 22 秒完成，呼吸还算顺畅。

皓子不时看着腕上的表，沉稳地控制着速度，我在他左后方相距一两米的地方，尽量和他的节奏保持一致。

2 公里后，跑在前面的选手渐渐少了，我们的配速不由得提到 5 分，赛道上争前恐后的选手、路边呐喊着加油的观众人群，让人格外兴奋，提前提下速似乎也没什么不可以吧。

不断提醒自己注意节奏，感受着踏出每一步后的身体反应。大海在我身后，和我们处在一个小团队里。

大约 5 公里左右，江闽和带他的"兔子"，从后面赶上我，配速估计 4 分 50 秒，江闽关心地叮嘱了我几句，并鼓励我加油，他的目标是 3 小时 30 分钟，看着他渐渐跑到我的前面，我们一前一后，相隔三五百米的样子，一直这么跑了很久。

10公里前，赛道是双向四车道、笔直的柏油马路，之后进入平坦舒缓、蜿蜒曲折、较为狭窄、双向两车道的环湖地带，两旁均是高可及人的茂密草木，极目远眺，映入眼帘的是充满生机活力的一片片黛绿，丝毫看不出这已是北方的秋天。

多雾的时节，天空中笼罩着一层灰蒙蒙的雾气，太阳躲在厚厚的云层里懒得出来，这种宜人的环境和凉爽的气候非常适合进行马拉松比赛。

前5公里是热身和适应阶段。对于3小时35分钟的目标，即以5分配速到底，心里一直没底，带着几分恐惧心情就踏上了跑道。

郑开马拉松时，DVD以3小时33分钟的成绩突破个人记录，已让我惊叹不已，以为自己今生只有羡慕的份儿。奢望下次成绩能突破到3小时50分钟足矣。可是，时隔不足半年，我已经带着一股不可思议的冲动，朝向几乎难以置信的目标，奔跑在突破极限和憧憬匪夷所思梦想的路上了。

看着身前轻松跑着的皓子，我一点儿也放松不起来，内心清楚地知道，才刚出发，前面一定有不可预知的坎坷在等着我，结果显然只有两个，不是我被困难难倒，就是我把困难打倒。

随着步履越来越沉重，身体越来越疲劳，一个念头瞬间闪过："这样的速度下去，根本无法坚持到终点，好难熬啊，能跑到哪儿算哪儿吧，什么3小时35分钟的任务，完不成又能怎样。戈10，冲A，本来就是离我很远、并不相干的事情，这次赛后，就与它们告别吧，我不是这块料，也没决心坚持到底。存皇、教练、医生及所有小伙伴，抱歉，顾不上你们的感受了，我要撤了。"

就在暗自神伤、颓废消沉之际，脑海中另一种声音响起，强大到不由分说，战胜了刚才的自暴自弃："6月系统训练至今，这么久的艰苦训练，各方面准备应该很充分了，大家都相信你能行，为什么你却对自己没信心呢？你完全有能力拼搏下去，别辜负大家的期待，别让皓子白白付出，不能丢人，绝不轻言放弃！"

念及此，心头的乌云顷刻间灰飞烟灭，不再胡思乱想，我把所有的意念都用在了跑步上，发动核心力量，躯干尽可能放松，脚步尽量轻盈，让躯干推动身体向前。

6公里左右，身后有熟悉的声音在喊皓子，皓子无心应答。几分钟后，只见热水瓶从后面快速赶上来，并喊着我的名字，让我加油。他是参加半马的Mily的"兔子"。

伙伴的鼓励，犹如一剂强心针，让我顿觉浑身增添了力量，眼睁睁地看着他们逐渐远去的背影，我虽心有不甘，但没急躁冒进，老老实实地按着既定的配速前行。

不时有人从后面追上来，也不断有被我们超越的人。每经过 1 公里，默认设置的手表都会震动提示配速，皓子能够非常精准地控制速度，5 分配速非常均匀。这次比赛之前，平生以 5 分配速跑过的最长距离就是上周末的半马，所以 20 公里之前的路程，心中还算有底，之后会怎样真的是非常忐忑。

皓子规律地每隔 3 公里左右就给我递上拿在手中的饮料，让我喝上一两口，保持喉咙湿润。10 公里后，每到补给站，无论我想不想要，他都提醒我补点儿能量。在 15 公里、25 公里、35 公里三处，他都将撕开的能量胶、盐丸递给我吃下。

与浮躁的社会环境不同，马拉松赛场，对每个人都是公平无私的，不夹杂任何个人色彩。无论性别、年龄和美丑，还是地位、学识和出身，漫长的赛道上，每一米都无法逾越，必须规规矩矩地一步一步从脚下经过。

我保持着呼吸平稳有节奏，步伐轻盈有弹性。以均匀的配速跑着，20 公里路没费多大力气就被甩在了身后。这时，心头不由得一阵小小得意，琢磨着照这样轻松有韵律的模式坚持下去，3 小时 30 分钟可以期待。

步伐轻松心情愉快的时候，跑起来并不觉得吃力。但维持这种状态，的确需要长久的修炼，而像我这种打酱油一样训练了一年半载的初级入门者，必须心无旁骛地专注于跑步的本身。

有时一得意就忘形，被喝彩的人群或其他选手干扰一下，思想就容易溜号，节奏便小有凌乱，配速有所偏离，必须赶紧回过神来，调整回到正轨。

20 公里之前，不断调整，不断适应，渐入佳境。20 公里之后，机械动作的惯性使然，身体就像巡航的机车一样进入了舒服的自动驾驶状态，忘记了疲惫。眼看着前方的一个个指示牌，自己义无反顾坚定、自如地迈过，没有停下来的意思。

时间不断推移，路程不断累积。30 公里处，进入中间被不高的绿化带隔开的宽阔马路，沿着左边的路放眼望去，前面是一眼望不到头、平缓而漫长的赛道，右手边是折返的通向终点的赛道，看到几个即将到达终点的运动员，羡慕至极。

跑到 32 公里处，也就是传说中的开始集中"撞墙"的区域，我的速度仍旧维持得不错，还剩 10 公里，就像存皇常说的，无非是围着世纪公园晃两圈而已。但是想归想，仍然不敢掉以轻心。

也许因为一直在上坡，导致身体疲劳加大，刚经过 35 公里处，右小腿突然急速抽筋。此前未到 20 公里时，右膝后面就有不适感，但抽筋始料未及。小腿抽筋的一刹那，心情糟糕到谷底，剩下 7 公里，看样子只有走下去了，目标彻底没戏了。

我拖动着抽筋的腿本能地尝试着跑了十几米，无济于事，腿痛得几乎无法站立，根本跑不起来。我着急地冲着前面的皓子喊："不行了，我抽筋了，不能跑了！"说着便原地停下，用脚抵着路边的栅栏做拉伸。

未及我停顿 10 秒，皓子回过神来冲我大声呼喊："加油，不能停，放松跑起来！"

我只好硬着头皮，忍着难以名状的痛，咬牙继续跑，好不容易熬到 38 公里，速度变得更慢了，人也更加疲惫，实在没有力气再提起速度。尽管皓子在前面不遗余力地喊着加油，我努力使出了全身的力量，也只能勉强将配速提到 5 分 20 秒。

每一米路程，都分外的漫长，每一次迈腿，都是绝望的痛苦，如果没有皓子一路上的陪伴和鼓励，没有他精神上的牵引，我不知道自己早已经崩溃了多少回。

距离终点还有两公里多，道路两旁的观众开始多了起来，皓子说："加油加油！不然真完成不了了，宇哥，证明你的时候到了！"

尽管右腿的疼痛仍在加剧，但不知哪来的力量，我忽然加快了速度，臂膀积极摆动，步幅加大了起来。仿佛自己是在进行平时变速跑的训练，暂时忘记了痛楚。

终于看到终点的拱门，越来越近，越来越清晰，伴随着路旁观众们热情的呐喊声，我犹如神助，奋力向前，超过一个在我前面几十米的选手，跟着皓子用力冲向终点。

还有 100 米左右，我听到了长江同学用力呼喊的加油声，头顶的显示屏清楚地跳出 3 小时 34 分，后面的秒针在快速地增加着。在我的脚踏在终点线的瞬间，枪声时间定格在 "3：34：34"。

人生第二场全马，比半年前首马整整缩短了 40 分钟，Personal Best。

抵达终点线，曾教练、杨医生、存皇、热水瓶，以及顺利实现各自赛前目标的大静、Mily、晓楠等同学都开心地迎上来，向我由衷道贺。存皇格外兴奋，用力将我抱起来。

走在去休息区的路上，双腿就像灌了铅一样，无法正常挪动，努力试着慢慢走了几小步，右腿的不适依旧未消。伙伴们帮我脱下湿透了的衣服，换上干净的，杨医生为我做了拉伸。

吃了些食品，喝了几瓶饮料，一小时后，被伙伴搀扶着上了回酒店的大巴。华北站的张乐平医生，看我拼得这么惨，好心建议并提醒我后续加强营养，教我在车上将

155

双腿擎起休息。

翻看微信，感到无比温暖的是，就在我比赛时，华东站的军子哥、小怪等小伙伴们，都在后方密切关注着我的动态。

赛后看着证书上的数字和手表的记录，回顾赛程的配速情况，前35公里，几乎完美地保持在5分配速。

下午，在衡水工作的同学新德、文勉分别来看我，感慨并惊讶当年的体育弱者，竟然也能跑完全马。

受小卡熏陶知天高，
蒙金源调教展鲜貌

第十六章

2014 年 9 月 21 日，周日

大雾。

昨天赛后兴奋过度，凌晨 2 点多才睡着，早上 6 点就起床。

抽筋的腿拉伤反应更加明显，本想慢跑排酸，但连走路都费劲，甭提跑了。

下午 3 点多到达虹桥火车站。回家放下行李，开车带着妻儿参加军子哥安排的接风庆功宴。

大家都顺利完成赛前设定的目标，愉快地分享比赛的情况。经过两次聚会，感受到华东站小伙伴们家人般的温暖，妻对戈赛开始有所认识，对我跑步这件事儿也放心支持了。

也是今天，经新锋的启蒙普及，妻才知道戈几是什么意思，之前看到我 T 恤上印着的戈 9，还以为是哪个跑团的名称。

晚上 9 点半到家。一天没休息，右腿肿胀得厉害，睡前倒在床上，将双腿跷起休息了 10 几分钟。

存皇和我微信交流。

存皇：兄弟今天感觉如何？昨天拼的很凶，真为你高兴，朝梦想越来越近，继续加油，跑得更自信！

我：你给了我动力，送的战袍给力。别的正常，除抽筋的小腿肿胀厉害。尽力了，能实现既定目标还是很开心。

存皇：抽筋可能是昨天短裤太冷了。

我：有可能，浇了好几次凉水会受影响。主要原因是能力不够所致。5 分配速跑最远的一次就是赛前头一周的半马。

存皇：很不错，多给自己信心，一定要跑出自信，心有多大，梦想就有多远。

我：经典！跑步，起初并没有非得参加戈几，最简单的想法，是给儿子做个坚持的榜样。

同事汪青松来电，祝贺我跑进"334"，同样对我的进步表示惊讶。

有时做不成某件事，并非自己的能力不够，而是自认为能力不够而不去做。马拉松也是这样。

晚上用泡沫轴和按摩枪放松，右小腿抽筋处肿胀仍明显，肌肉的紧张和筋膜的疼痛，在按摩后略有缓解，但没有根本改观。

2014 年 9 月 23 日，周二

上午台风登陆奉贤，早上中雨，风力 3~4 级。晚饭后，台风的影响逐渐减弱，雨停了，风小了。

晚上 6 点半，卢体集训。以极慢的配速跑了 5 公里，做了两组核心训练。冒着小雨在操场跑步，在湿漉漉的空气中感觉非常舒服。右腿走路不够灵便，慢慢跑起来却能坚持。

今天卢体的人气爆棚，有人说，是因为受到伙伴们衡马好成绩的鼓舞。真实的情况是，国内著名的户外运动"女神"小卡大驾光临。

饶南第一个到，默默地完成规定的任务。大静、小静、爱华、Mily 整齐亮相，大家衡马归来信心百倍。

杨医生看了我肿胀的腿，叮嘱最近几天休息为主，放松肌肉不能用泡沫轴挤压，筋膜连结处肯定有炎症。

训练结束，存皇和小怪买来 20 多份大桶冰激凌分发给大家，小卡很喜欢。

小卡酷爱登山和极限运动，首马轻松跑进 3 小时 10 分钟，上周带伤情况下，取得宁海 50 公里越野赛冠军，4 分 30 秒的配速在山路上像玩儿似的。

瘦弱柔美、谦虚低调的小卡，不知哪来的超能力，有人说来自火星。听小卡分享运动生涯，大家都唏嘘不已，所有人的努力都无法和"女神"相提并论。有幸和大咖共同训练实属荣幸。

晴转多云。

早上 7 点半起床。在家做 3 组原地踏腿,每组 40 次,左右分跨每组 30 次。

傍晚到杨医生处待了一个半小时。杨医生看着我仍然肿胀的右腿,说不应该用泡沫轴按摩,不过情况看起来还好,我觉得有像伤口结痂的刺痛感。医生说恢复两天不会有问题,就怕炎症消不掉。

杨医生给我按摩了一阵,开始针灸,扎针 10 多根,针扎上时很痛苦,有的针扎上像通电一样,酸麻感从小腿瞬时波及到脚跟。

晚上在家花半小时做 3 组核心训练:平板 3 个动作,平躺蹬腿、卷腹、仰卧起坐够腿、仰卧起坐蹬车、俯卧撑、俯卧伸臂。

有时候,不少事之所以做不成,绝非我们的能力问题,而是没有信心,不敢、不想、不愿做。

长跑,就是最现实的例子,似乎有一点点难,但绝对没有想象的难。

烟台。晴转多云。

中午在酒店继续冰敷伤处 15 分钟。下午徒步 11 公里。

晚上临睡前,又跟服务员要了一桶冰块,反复冰敷了半小时。

整晚睡得很踏实,但是早上 7 点多起床,仍显疲惫。

在房间里做了 3 组跨腿,每组 60 次,2 组深蹲,共 200 个。

微信得知,罗德曼柏林马拉松的成绩是 2 小时 54 分钟,遗憾的是他在 36 公里处开始抽筋,大小腿都抽搐,我对此感同身受。

多云。

南通。

傍晚，沿着市区马路慢跑 13 公里，右膝外侧略有不适。

晴转多云。

南通。

早上 9 点起床，醒来做 3 组核心训练。

上午在通往狼山山顶的台阶上跑 3 个来回，5 公里，气喘吁吁。

晴。

南通。

傍晚，沿着人民东路向西再向北，慢跑 15 公里。右腿膝盖后侧的筋及髂胫束不适。

无锡。

傍晚，一人跑了 5 公里山路。

无锡。

上午参观灵山大佛。

下午等家人时，不忍浪费时间，在路边草丛中跑了 4 公里。

杨医生询问我的伤势。

杨医生：腿怎么样了？明后天参加训练吗？

我：去啊。假期分别小跑了两次5公里山坡，慢跑两个12公里。小腿基本没问题，除了膝盖内侧及大腿外侧不适。

杨医生：嗯，明天弄。宇哥，在跑步这事上，你们怎么用、怎么麻烦我们，都没有关系，就一个目的：大家跑的开心、健康！

我：感动！谢谢关心、理解、支持！我的每一次进步更有赖于良医的保障。

杨医生：你的精神感染了大家。上次存皇喝多了，说起你经常自己跑，我们都很感动的，以前不知道。

我：这个集体很温暖，给我增添了额外的力量。我有时是笨鸟先飞，尽可能提高，不想太辜负大家给我的鼓励和关心。

杨医生：我有时候比较粗，跑步这事咱们慢慢来，就是自己跑，大家的鼓励不是负担，响应身体的呼唤，要轻松。好多队员退役后再参加比赛，反而成绩更好，和他们心理轻松、享受比赛有很大关系。

我：我会尽量把握好，学会和自己对话，享受过程，轻松些，愉快些，这更重要。

2014 年 10 月 6 日，周一

青浦。

上午10点从无锡开车返沪。一路顺利，两个半小时到家。

下午稍事休息，开车去青浦，4点半到达酒店。

晚上6点，教练在健身房带大家做了两小时核心训练。

2014 年 10 月 7 日，周二

晴。

早上5点50分起床，6点半吃饭。7点从酒店出发去淀山湖，爱华等伙伴安排了充裕的后勤补给。

8点15分开跑。跑道一大半是在淀山湖边，路上几乎没车辆和行人，偶尔有锻炼的骑行队伍。湖光秋色，气温凉爽，阳光灿烂，跑步的好天气、好环境。

我作为第一梯队，跟着金源、DVD、饶南，胡队。前5公里，配速5分40秒左右，随后渐快，一度跑到5分10秒以内。

胡队不时提醒，太快了，30公里LSD不必这么快，6分以内即可，Tempo最多就跑20公里。

之前一直跑在前面的饶南，因为昨晚睡得晚，早上吃得少，体力不支，15公里处突然掉速，我和DVD、金源三人排成一列纵队。阳光照在身上本就很温暖，加之湖面的光线折射，整个人被阳光包裹得严严实实，前面的道路一片光明，三人脚步整齐划一，轻松向前迈进。

饶南吃了些食物，很快增添了动力，大约3公里后，渐渐从后面追上了大部队。

20公里处，杨医生关切地问我："还跑吗？"我原本打算跑到这里就算了，现在感觉还好，就说再继续。

胡队让我放慢，我考虑到自己的腿伤，渐渐降低配速到5分45秒，看着前面DVD和饶南越跑越远，逐渐拉开了与自己的距离。

最后，加上热身我一共跑了27公里。右腿的不适并未加重。阳光炽热，汗水未等流下就干了，在皮肤上形成一层薄薄的白色盐霜。

大家的表现都非常好，值得一提的是三位"玫瑰跑将"——大静、昌雄和陈江，跑了25公里。爱华和小静非常轻松地跑完20多公里。

节日这些天去外地旅游，饮食没有规律，尽可能坚持运动，倒是不感觉饿，吃得并不多。这个国庆节，为备战即将打响的戈10第一次选拔赛，各地小伙伴都在暗自加强训练。

从时间和强度看，华北站的重视程度明显强于华东站，他们连续4天拉练，里程超过80公里。

如万凌所言：

雄关漫道真如铁，而今迈步从头越。国庆4天的长江长跑训练胜利结束。4天80公里，32公里的白沟翻越，380米的直线落差。人生的又一次挑战。风景，都在路上，只是我们是用脚一步一步地丈量。风景，总是在最高处，只有用另一种角度去品味。风景，一直就在这里，你去了才知道。跑者的风景，只有跑者独享！白沟，再见，白沟，10天后再见！

华西站的江闽，以 2 小时 48 分钟的成绩完成高难度的 32 公里白沟山路，配速 5 分 15 秒，让人惊叹！

多云。

昨晚睡得早，早上 6 点半醒来，昨天 LSD 后疲劳感强烈，偏头痛。

上午，杨医生提醒我去治疗。

傍晚，抽空去看杨医生，赶上他今天特别繁忙，有好几拨人在等他。花了一个多小时，杨医生先给我的大腿及髋部做了细致按摩，然后给大腿进行针灸理疗 15 分钟，再对小腿处重点针灸 20 多分钟，最后，对大腿、后背等处进行了按摩，他发现因我近日因动作变形导致右侧肌肉明显僵硬起来。

晚上，疲劳感打消了出门的念头。做了 3 组核心训练。

早上 5 点 55 分，被闹钟叫醒，左边头痛晕沉，依旧没有缓解。我本计划起床跑步的，改变主意决定再睡一会儿。

和杨医生说感觉轻松些了，小腿略酸胀，影响不大，准备今晚快跑试试。杨医生说不可，还是先慢跑，拉伸，然后速度慢慢上，因为周六训练、周日跑山，不能出现新的疼痛，要不白沟选拔赛就来不及了。

我说："那按 5 分怎样？"杨医生说："一定得先跑到感觉可以了，没疼痛了才可提速。如果跑的过程中觉得比较酸胀，那就跑一段，拉伸，再跑，酸胀感慢慢消失了，再提高速度。"

晚上 6 点半，小伙伴们在世纪公园 2 号门集合，配速跑。胡队和馒头带 DVD 按 4 分 15 秒的配速，金源带我按 4 分 30 秒的配速。

听到 4 分 30 秒这个速度，我内心异常紧张，担心肯定跑不下来。

热身两三公里，感觉身体无大碍，于是硬着头皮继续，不想轻易放弃向专业老师学习的机会。金源可是全国城运会女子 3000 米障碍赛的亚军，并且是奥运参赛选手。

跑前，她看我不自信的神情，很体贴地安慰我放松。跑起来后，我专注地跟着她轻盈的步伐，努力保持着同样的步频，唯恐被落下。

很辛苦地熬过前两公里，才渐渐适应了她的节奏。我对自己的腿伤仍然不敢大意，扛过一圈又一圈，最后跑到 10 公里，想着杨医生的提醒没敢再继续。

DVD 跑完 20 公里，配速 4 分 13 秒，非常开心。我也很开心，不仅创造了 10 公里个人最好成绩 45 分 59 秒，而且跑后没出现明显不适。

第十七章

拉练佘山备战大考，
再征白沟跻身前茅

2014 年 10 月 12 日，周日

早上 5 点 20 分开车出发，7 点到达东佘山停车场和伙伴们汇合。

6 公里慢跑热身，随后跑 8 个 420 米坡间歇，金源带我竭力跑了 6 个，自己放松跑了两个，最后大家集体全力冲了两个 170 米坡。

训练结束，我有事先离开。虽缺席了军子安排的午餐，却被定了白沟选拔赛的目标：男子前 5，跑进 2 小时 43 分。

下午 6 点，带儿子游泳近 1 小时。

晚上做 3 组俯卧撑，平衡球上做 50 个深蹲，睡前用泡沫轴滚压了 20 分钟大腿小腿的前后侧。10 点半上床睡觉。

2014 年 10 月 13 日，周一

早上起床时头仍然晕晕的，前两天的偏头痛症状已不明显。昨天跑坡后，今天的腿没有出现预料中的那种酸痛，只是臀部有些感觉。走在路上，两腿膝盖和正常的时候相差不多，但愿这几天能休整好，顺利完成白沟比赛。

下午和热水瓶交流。

我：昨天存皇在我缺席的情况下定的目标 "243"（即 2 小时 43 分），很难完成啊。

热水瓶：我去年才跑 "255"，哈哈哈。可暂定 "245"。我去年跑时，从未跑过长距离，第一天冲了 15 公里，第二天就被逼上 32 公里。

我：你真不容易，去年我跑 20 公里，都觉得很难了。

热水瓶：听说国庆训练，江闽才跑了 "248"，他跑得放松，没尽全力。按照你马拉松"334"的成绩完全，"245"完全可以。好在第一天32公里，拼一下试试，军强目标是"230"。跟DVD一样，他要我帮做"230"以内配速表。

我：那我就奔着"245"去吧，请也给我弄个配速表。

热水瓶：对，就一天，可以试试发点力。你会发现，拼一次能力会提升一些，另外要注意这个礼拜多去杨医生那放松，调整肌肉状态。周六比赛，周五不能做大力的按摩了！最晚周四下午放松完毕。我有空了弄分段配速表。

晚上8点半出门，秋意已浓，穿着长袖运动服、压缩长裤，仍感到了丝丝凉意。慢跑12公里，配速6分。

2014 年 10 月 14 日, 周二

早上开始补充碳水：两个馒头、两个菜包、两碗稀饭。

晚上卢体集训，慢跑2公里，做拉伸和1组素质训练。随后跑"3+2+1"，3公里配速4分35秒，间歇5分钟，2公里配速4分30秒，间歇3分钟，1公里配速4分25秒。最后放松跑1公里。冰敷拉伸结束。

DVD和我相互鼓励，努力过，不后悔！看到他的训练计划，我惊呆了，一个月跑量350公里，太勤奋刻苦了。很幸运遇到这样的兄弟，一直被鼓励，没有理由不坚持下去。

2014 年 10 月 15 日, 周三

晴。

早上6点半出门，穿着长袖速干衣，也敌不过秋意愈浓的冷风，慢跑6公里。右膝内侧略有不适，跑到4公里时，小腿有抽筋感。

早上吃两个菜包、一碗面条、两碗稀饭、一杯牛奶。

和杨医生对话：

我：今早右腿膝盖内侧略有不适，小腿则有抽筋感，小腿按上去酸痛。

杨医生：明后天白天拉伸，冰敷，全身拉伸，要跑的话就得非常慢。

我：从到淀山湖开始，最近头一直晕沉，跑步时倒不影响，不知是否是休息不好

导致的。

杨医生：有可能，睡得怎么样？

我：睡得比较晚，最近都是 12 点左右睡，质量不高。

杨医生：多休息调整，这两天玩吧，要不就加班，换个方式累。

我：我还是觉得补觉是最现实、最急需的。

杨医生：那就睡，可以喝啤酒。

我：啊，不是不能喝酒吗？

杨医生：偶尔喝没事，喝一瓶，好睡觉，两瓶也可以，喝了开心，为什么不可以呢？红酒也可以，但是不能喝一瓶啊，半杯就行。

晚上喝了半杯红酒，10 点半上床。

睡了 8 小时，早上醒来头紧绷绷的，间或有些痛，与前几天相比没见好转。

气温降低，冷空气吸进鼻子，连打好多喷嚏。猜测头痛与过敏性鼻炎有关，用盐水洗鼻子，稍微缓解。

热水瓶提醒跑白沟的小伙伴，一定要记住相对的地形变化趋势，对心理判断和预知很有帮助。有预期至少不会出现最后 28~29 公里以走代跑的情况。他调了去年白沟的数据，让大家关注几个数据，心率，上升距离和下降距离（每公里）：

1. 15 公里开始连续 5 公里上坡，每公里分别上升 30 米、45 米、60 米、40 米、60 米；接着 1 公里下坡，坡度 4%；

2. 21 公里开始有连续 4 公里的缓坡，接着 2 公里下坡，坡度 4%；

3. 27 ~ 29 公里最困难，分别上升 24 米、65 米、40 米；

4. 29 公里后是 3 公里下坡冲刺，下降坡度 6%。

晴。早上到世纪公园慢跑 5 公里。充分拉伸。

傍晚抵达北京，又见熟悉的秋高气爽，难得的优良空气质量，夕阳余晖，霞光万道。

早到的 DVD 接上我，与几名伙伴一同直奔白沟。黑龙潭，即 G310 的一端，也是明天的赛道。

时隔一年，故地重来，心境与去年比大有不同，那次是孤军奋战，经过一年的训练，加上熟悉的伙伴相伴，这次信心满满。

整个赛道是双向两车道的狭窄道路，沿着山腰盘山而上，蜿蜒曲折，一路风景如画，靠近山的一边，多是巨大的岩石峭壁，上面或垂下鲜红的红叶，或挂着绿色的枝条。

另一边望去，则是高低起伏的山峦，下面可见细长的河流，像锦绣玉带一样自然舒展，环绕于望不到尽头的山谷。穿行于山路之上，仿佛置身人间仙境。

车缓慢行驶，仔细体会着高低起伏的路面，时而突然变陡的坡道，时而变得很长的缓坡。在两处停下，忍不住在柏油路上小跑两步，感觉亲近自然。车行至整个路段的最高处，大家下车赏景，壮美的起伏山峦，尽收眼底。

晚上入住云湖度假村。杨医生顾不上休息，给大家放松治疗。

10 点半上床，早早休息。

——————————————— 2014 年 10 月 18 日，周六

怀柔。晴。秋高气爽，天高云淡。

早上 6 点，到饶南房间吃了 4 个小面包，找医生打好肌贴。7 点到餐厅喝了两碗粥，吃了点儿面食。

9 点 15 分比赛开始。刚冲出起点，第一梯队 3 人就跑在了一处，军强和他的"兔子"白斌、DVD、饶南。

我紧跟着带我的金源，转过一个山脚，第一梯队人马已无踪影。1 公里配速 4 分 36 秒，化明和另一位不认识的高个男子，从后面赶上来，相持不长距离，就从容地超过我。

我和金源按照既定节奏跑，听到身后有人一直跟着，回头看是戈 9B 队的晓亭。进入 2 公里，心里默念：第一个难坡来了，是给新手的下马威。我缩小步幅，控制呼吸平稳，以配速 5 分 27 秒越过 2 公里高点。

第 3 公里依然是上坡，高度差 24 米，看起来不算高，但连续上坡，难度不容小觑，配速 5 分 11 秒。

之后 3 公里下坡，顺势放松，配速 4 分 43 秒、4 分 33 秒、4 分 40 秒。

第 7 公里，高度差 30 米，配速降为 5 分 27 秒，随后 2 公里平地配速 5 分 01 秒、4 分 39 秒。

第 10 公里，略有坡度，高度差 24 米，配速 5 分 11 秒。

第 11~12 公里，高度差 15 米、20 米，配速 5 分 07 秒、5 分 13 秒。

第 13 公里，平地，配速 5 分 08 秒。

第 14 公里，下坡，高度差 –30 米，配速 4 分 43 秒。

第 15~19 公里，一直在上坡，高度差最高 60 米，配速 5 分 30 秒至 6 分 40 秒。

第 20 公里是下坡，高度差 –40 米，配速 4 分 56 秒。

第 21 公里，平地，配速 5 分 03 秒。

第 22~24 公里，长上坡，高度最高 60 米，配速慢到 6 分 15 秒。

第 25~26 公里，下坡，高度差最低 –60 米，配速 4 分 45 秒。

第 27~29 公里，上坡，高度差最高 65 米，配速最慢到 6 分 50 秒。

第 30~32 公里，长下坡，高度差最低 –60 米，配速 4 分 32 秒、4 分 30 秒、4 分 23 秒。

赛道经过两个 300 多米长的隧道，里面比较黑暗，志愿者开着手电筒，为运动员照明。

路上巡逻的车辆往来穿梭，给运动员加油打气，提供流动补给。热水瓶等在最后一个大坡前，关键时候，递给了我半块香蕉，吃下觉得很快就有了能量。

晓亭一直跟着我和金源，呼哧呼哧的喘息声，夹杂着不同节奏的脚步声，有些干扰，由于他跟得太紧，无意中踩了我两三次脚后跟，搞得他连呼不好意思。我虽说心中有点不舒服，又想这是修炼中的考验吧。一转念，心情好了很多。

每到补给站，金源就拿上饮料，分给我俩。三人相安无事，一路跑，基本无话。前不见人踪，后无人影。目光望着前方，偶尔分心眺望一下右边的山谷里，玉带一样曲折流淌的河水，看一眼左边山体的光秃石面，以及缠绵其上的如血红叶。

这条一年前曾经跑过的难忘赛道上，风景十分优美，京郊景色怡人，秋色斑斓。全是柏油路，若不考虑高低起伏的地势，这里非常适合跑步。也正是因其连绵山峦的独特路况，才成为历届长江戈赛选拔的首选赛道，是长江的福地。

如愿到终点，32公里，历时2小时47分钟。去年跑了20公里，用时两个半小时，距离增加12公里，用的时间几乎相当，进步斐然，尽管没有完成大家给我设定的2小时45分钟的目标。

颁奖晚宴，我以第六名的身份登台领奖，收获人生第一座体育项目奖杯，特别珍惜。南京热身赛虽是第三名，也没有今天的奖杯分量重。第五名化明，仅快我1分钟，第四名江闽，也只快我2分钟。

冯平、晓亭、万凌等很多伙伴来向我祝贺。

成绩是预想的水平，达到了比赛目的，但也留下了遗憾。即便如此，体力也发挥了八成以上。腿部力量不够，爬坡能力欠缺，上坡速度降得有些快，下坡没充分利用势能。

衡马回来后，休息两周没怎么练，担心抽筋受伤的阴云未散，特别是怕后程跑崩，开始阶段略谨慎，偏于保守，没跟紧化明，中间阶段拼得不够，后面爬坡稍显保守，均影响了水平发挥。

怀柔。

白沟第二日比赛。

早上8点半，乘上大巴前往黑龙潭起点。路上，存皇将队员分为两组，模拟戈赛进行20公里对抗。

两个队长DVD和江闽，各选9名队员。DVD先选我，接着挑了陈侦、舒翎、汤浩、光平、慕容、大苹果、李莉、雪梅；江闽的队员是宏达、张瑜、彦杰、Mily、晓楠、小怪、德勇、华昕老公、辉凯。江闽组实力超出一大截，胜负毫无悬念。

9点半开赛。我和DVD、陈侦在前队，以配速5分50秒轻松起步，跟着对方4名前队队员。

当距离10公里折返点还剩两三百米时，对方4人和我们迎面相遇。尽管综合后队实力，全局胜负早定，我们仁还是憋着劲儿想超上他们的前队，此时开始暗暗加速。

13公里，超过对方掉队的彦杰。又过3公里，最后一个上坡，两队距离缩短到仅

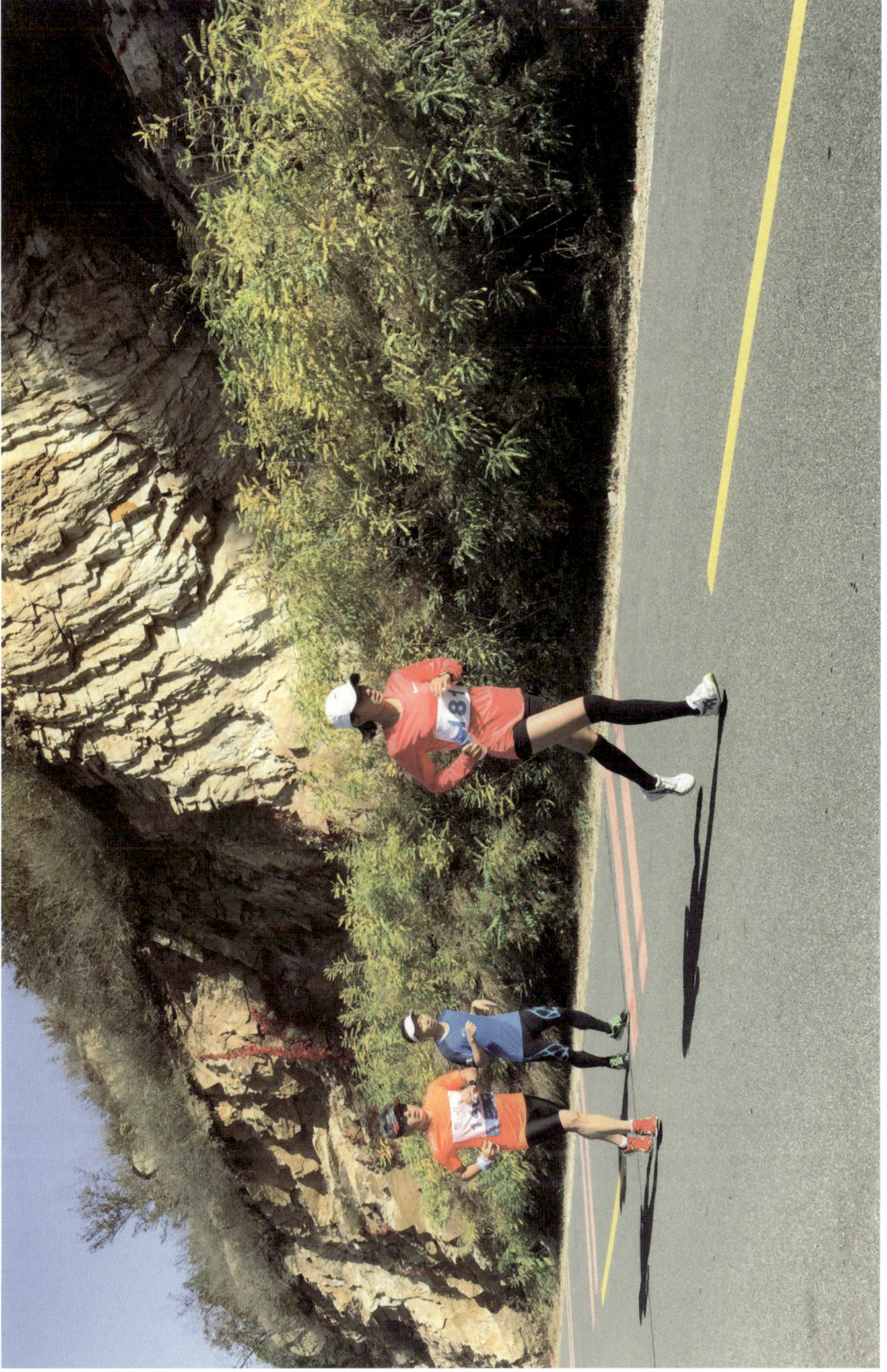

图 12　金源老师带我在秋时跑步的白沟村的襄道上

N40° 15 ′43.30 ″ E95° 54′ 18.00″

百米，实力较弱的张瑜已被宏达、江闽拖带跑。

接近隧道口时，趁对方放松之际，我们猛然提速，一鼓作气超上来，在黑咕隆咚的隧道里继续快速飞奔。

对方岂肯善罢甘休，穷追不舍，将出隧道时，光线渐亮，脚步声渐近，追兵几乎就要撵上来。

此时，陈侦已掉队，DVD用右臂有力挽住我左臂，边提速边说："我们用两个加速，一定会拉爆他们，就像昨天热水瓶带我一样。"

顾不了许多，我任凭他全力拖拽，完全用不上自己的力气，充满紧张地保持平衡，唯恐跌倒，借助一路下坡的势能，整个身体飞似的，风声在耳边呼啸，嘴巴大开几乎窒息，两臂缺氧到双手指尖发麻，以难以想象的3分50秒的配速猛冲1公里，直到下坡尽头，筋疲力尽恨不得就此趴下。

距终点尚不足1公里，我很不自信地回头瞄，发现宏达、江闽正拖着张瑜玩命地狂追，离我们相隔不足50米，DVD一刻也不放松，恨不得输出他全部的力量给我，换了个胳膊拖我加速冲刺，不断给我打气："咬牙到底不放弃，坚持，坚持，快到了，还有500米，还有300米……"

我尽力以肩膀压着DVD，希望能给他一些力量。对方见实在无法追上，为争个人第一，江闽一人快马加鞭在最后时刻追了上来。随后，DVD和我俩携手冲过终点。

和DVD同机返程回沪，一路聊。我说："今天后来居上太刺激，那个节骨眼儿拼的就是一口气。"他说："你体会到极限和崩溃的感觉就好，有了这个坚持超越的体验，会增加自信。"

他恨不得将至今所学毫无保留地讲给我，总结跑步的关键：速度、强度、能力和耐力，建议我定期做计划，训练要兼顾到这些。腹肌通过仰卧起坐，背肌通过卧地抬胸等训练加强。

平时抽空做提踵等简单易行且重要的小肌群训练，说着他摸了我脚踝后面的肌腱，让我比较他的，一比吓一跳，他的粗壮结实，我的单薄柔弱。

五湖四海人旺卢体，
千回百转气贯天地

2014 年 10 月 20 日，周一

早上 6 点起床，气候温暖，穿皮肤衣到小花园草坪，跑了 3 公里。

存皇转发晓亭的信息："老骆驼我很推崇，完全是练出来的，进 A 的话是'政委'好人选。要防止受伤，他已瘦得不行了，衣服松松垮垮的，速度还得至少提高 5%，这次白沟应用了九成力，路上一起跑，看得很清楚。"

存皇：这是老戈友对老骆驼的点评，宇哥，继续加油。朝 A 努力！

小怪：小鸟（晓亭绰号）居然表扬人，不容易啊。

爱华：老骆驼是我们新戈友的励志榜样，看到他我们没有理由不好好跑啊！

军子：去年的力哥、热水瓶，是我心中的偶像，我很钦佩他们，今年的老骆驼同样也是我心中偶像。

我：存皇经又念歪了吧？最近忙得没空得罪您，为何大清早就开始捧杀？很赞同搞区域联合集训，增进了解，加深友谊！

小怪： 难得这次他念对了，我最崇拜你啦！你的精神一直鼓励我啊，不然我打死也不会跑第二天。

我：军子哥过奖了！实在无法和力哥、瓶子相提并论。群里所有人都值得钦佩！十分感动于您的默默奉献，用心良苦的勉励，让大家凝聚在一起，享受快乐，团结一致，捍卫荣誉。

晚上下班后找杨医生治疗，9 点半到家。11 点半上床，睡前做两组核心训练。成绩在稳定上升，越来越体会到天道酬勤的道理。

晴转多云，预报有雨。

早上 6 点半起床。做了 3 组绕椅子跨腿，好久没练了。

体检报告显示总体正常，检查的项目多了，尽管反映不正常的指标比以往多了几个，但无关大碍。

看化明的朋友圈，敬佩这哥们的毅力和坚持，衡马结束后短短一个月，又先后参加了柏林全程、青岛半程、白沟 32 公里、北马全程，实力绝对雄厚，除了江闽，我还要向他看齐追赶。

晚上集训。华东站的默默奉献者军子和我一起慢跑热身 3 公里，他经常夸奖我是大家的榜样，今晚说我比刚来时进步明显，但跑姿还要提升。由于刚参加完选拔赛，教练没让我进行大强度训练，做了 4 组小肌群力量训练，3 组杠铃卧推和俯身提拉。随后慢跑 4 公里。

与以往的比赛相比，白沟赛最让人欣慰的就是没有受伤，右膝后侧的不适，在跑后好像比之前略有好转，这两天就没去看医生。训练后，为缓解腿部肌肉的僵硬状态，杨医生给我的两个小腿进行了针灸。

外地赶来的凯哥、晓楠、万凌慕名参加了晚上的训练，大家对华东站家庭般的氛围交口称赞，对"魔鬼"般的训练强度更是由衷感叹。

晴。

早上在家做了 3 组绕着椅子跨腿，每组每腿 20 个。

上班路上，天空湛蓝，空气清新，微风轻拂面颊，感觉世界真美好。

在单位见缝插针做了 3 组跨腿踏地，每组每腿 40 个。

晚上 8 点半出门，按照教练要求，慢跑 9 公里。回家做了 3 组核心训练：俯卧撑、平板、侧桥、背桥、仰卧蹬腿、仰卧起坐，仰卧起坐手碰腿、俯卧伸展四肢。

晴。

早上做了 3 组绕椅跨腿，每组每腿 20 个，原地踏脚 3 组，每组每腿 40 个。

晚上 6 点半，开车到世纪公园 2 号门，气温适宜，不冷不热，身上穿着短衣裤。计划跑 3 圈，头两圈 DVD 和我一起被馒头和金源带着，配速 5 分 30 秒。最后一圈，DVD 和馒头加速，我和金源被拉开了，以配速 4 分 45 秒保持到最后。

训练结束，大家去吃面。商量去崇明的安排，我希望被胡队带。得知我最近间歇性头痛，金源说应该是白沟赛后没恢复好，劝我休息两天。

我就即将到来的上海马拉松相关事宜向热水瓶请教。

热水瓶：江闽叫我带他冲"320"，你怎么考虑，针对崇明的比赛来说肯定是要有点速度了，崇明没有坡，就是匀速竞速跑。

我：打算长距离慢跑呢，金源说带我冲"330"，我担心这次冲速度会影响后面的计划和崇明的选拔赛。"320"目前对我来说比较难，计划元旦大鹏时再冲。

热水瓶：可以，你就跑"330"，看看和上次相比有啥不同，有个对照也好。注意体感，如果上马前感觉疲劳厌跑就再调整。

胡队询问我上马的想法。

胡队：上马决定怎么跑了吗，冲成绩还是 LSD？

我：原打算 LSD，金源让我争取"330"，不知道行不行。你觉得呢？

胡队："330"肯定没问题，主要是考虑后面的训练周期，11 月 29 号的崇明选拔赛。

我：为了后面的选拔赛，你倾向上马不冲成绩？

胡队：对。如果上马冲成绩，这两周到上马后两周的强度都要调整，这么算马上 11 月底了。上马不冲成绩，今天正常跑 Tempo，4 分 30 秒的配速；冲成绩，周日 7 点配速跑半马，今天不能 Tempo 了。

存皇同意我的上马安排，对我讲，这次白沟你没发挥好，现在名次较尴尬，这个阶段好好练，争取崇明选拔赛进前五。我清楚，崇明选拔赛竞争注定更加激烈，化明、江闽实力不容小觑，追赶他们要付出相当大的努力，况且他们也在时刻不停地训练着。冬炜等也在不断赶超。到现在这种境地，我没有放弃的理由，必须按部就班地朝着目标迈进，前提是不能受伤。

图13　与外地来华东站集训的小伙伴们合影［后排从左至右分别为：杨杰（医生）、罕子、王凯、万凌、长江同学、我、陈江、DVD、晨光；前排从左至右分别为：高旭、长江同学、张晓楠、Mily、张爱华、程曦、亚萱］

晴。早上 7 点起床。吃了三片面包、一根香蕉。开车去卢体训练。浦东天气非常好，天空湛蓝如海，上了南浦大桥，往浦西望去，远方的天空和浦东形成了不小的反差，如扬起的灰尘，弥漫在空中。

高手如云的戈 10，今天又听说有高人出现。上午到卢体训练。热身跑了 2 公里，和存皇一边慢跑一边聊天。提到白沟比赛，说我的处境不利，排在后面的冬炜进步很快，他的肌肉结构也发生了很大的变化，和我仅相差 4 分钟。

存皇让我努力冲出重围，今年的种子选手个性都很强，需要我这样性格柔和的人在团队里。虽然竞争激烈，但越是在对自己不利的条件下，越要付出比别人更多的辛苦，这时比的就是坚持。最后，肯定会有各种情况出现，有的人甚至可能因故无法参赛。我说我会坚持到最后，绝不放弃。

存皇赞赏地看了我一眼，又说："参加上马，你会看到，很多年过半百的老头，都跑在你前面，他们 3 个多小时跑下来很轻松。他们平时都不会有太好的保障，就是靠平时 5 点多起床，日复一日的积累，就是跑，不断地跑啊。你没有其他选择，就是要干掉江闽。我也这么和江闽说，让他努力干掉饶南。每个人都需要不断超越，不断进步。"

对于冲 A，我真的一点儿底都没有，准确地说是根本没戏。但每念及存皇、军子、DVD、小怪等人的鼓励，就有莫名的力量涌上心头。他们经常发自肺腑地给我打气，尽管这让我或多或少被动地承载了一定的责任，但感受到更多的是快乐而非压力，在大家的陪伴和殷切的注目中，我不停地跑在路上，但我知道，我不是一个人在跑。

离上马还有一周，今天做针对性训练。拉伸后，做两组踢腿，加速跑。教练看我的动作不到位，便带我跑了两个。考虑让我明天跑配速，跑 6~8 个 300 米间歇，每个 63 秒。

存皇陪我跑，第一个 300 米，58 秒，过快，累得气喘吁吁；第二个 61 秒，筋疲力尽的感觉；第三到六个 65 秒上下，心率最高到 180 次／分。头冒金星，恶心想吐，已经力不从心，本想就此结束。在存皇的鼓励下，坚持完成了最后两个，速度已经超过了 70 多秒。每一个，存皇都跑在我身前一两米，盯着手表，专注地给我打气加油，提醒我注意动作和发力。

训练后，教练再次单独给我示范，抬腿踏地的方法。做了 3 组负重深蹲，1 组核心训练。杨医生给我的右腿做了放松按摩。

早上 5 点 15 分醒来。吃了两片面包、一根香蕉，喝了些水。

6 点刚过便出门，晴天，温度适宜，穿着短衣短裤也不觉得冷。6 点 20 分第一个来到世纪公园 2 号门。馒头陪我跑，按照 5 分配速。刚跑了两三公里，存皇和皓子从后面飞奔上来，他俩备战香港毅行，今天要跑 50 公里。

从第 2 圈开始，我每隔 5 公里左右就喝两口水，踏着节奏往前奔。脚下的路太过熟悉，我没有任何新鲜感。开始跑得较快，但中间开始掉速，前两圈平均配速 5 分多。

到第 3 圈，馒头说加速赶回来，平均配速尽力控制在 5 分以内。从第四圈开始明显感觉力不从心，努力控制着速度和节奏。坚持到还剩最后 3 公里时，我的脚步愈发沉重起来，头晕恶心的感觉再次袭来，自忖既定的时间目标难以实现，真想就此停下，管他后面被谁追上呢。然而想归想，脚步依旧没停，心中默念着："坚持、坚持、再坚持。"

轻松跑着的馒头不断给我打气："最后要冲一冲，拉一拉，拉爆就拉爆，刺激一下心肺。"他说得容易，我跑得艰难啊，不是我不想努力，是体力真的有限。还有不足两公里，我提起精神，甩开双臂，用尽力气，向前冲。只觉得双手发麻，呼吸急促，大腿发酸。手表被馒头攥在手里，他在前面边跑边不时回头，催促着我加油。

最后五六百米，本应冲刺的关头，可我怎么也提不起速来，只想 21 公里赶紧结束。终于，跑下来了，平均配速 5 分 01 秒，与目标相差一秒，感觉比较辛苦。

做完拉伸已经 10 点多，一行十多人到附近的面馆吃面。存皇念叨戈 10 人选基本有数了，说起我的处境尴尬，还要和冬炜、张珏、大龙等高手竞争。大家安慰我，选拔选手不仅看成绩，还要考虑综合素质。

我很清醒，在这个以实力说话，以成绩论英雄的年代，不具备力量和速度都是白扯。杨医生问我："平衡球买了吗？"我说："买了，但没怎么用过。"他说："那跟没买有什么区别呢？"我说："回去马上就用。"

临睡前，在平衡球上做了 2 组深蹲，做了 3 组俯卧撑、卷腹。

晚上 8 点多到小花园，穿着存皇去年送的所罗门山地鞋，在草坪上绕圈慢跑 5 公里，配速 6 分 30 秒。回家后做了 3 组核心训练。

问胡队今天慢跑 5 公里可否？回答说可以，慢跑就是休息。这周后面几天的训练计划如下：明天卢体训练，减量减强度。周三彻底休息。周四跑 10 公里变速，1 公里快 5 分，1 公里慢 6 分。周五彻底休息。周六慢跑活动加拉伸。吃的方面，平时多注意增加主食，如果可能，每天都吃番茄炒蛋。

曾教练问我最近是否体检了？血红蛋白的指标如何？我说体检了，指标正常，但其他几个肝脏的指标显示异常，他说得和杨医生商量一下。不久，杨医生来电，让我明天复检验血，加查睾酮和皮质醇。

面对激烈竞争的局面，大家在群里给我心理"按摩"。

罗德曼：老骆驼跑步从零基础能练到现在的程度，而且还在不断进步！值得钦佩的其实是你！一起训练，让咱们携手进戈 10！

小丹：老骆驼每周 LSD 五点就开始了，风雨无阻，跑完还要送孩子去上学，好男人。

小怪：老骆驼，人各有长处，你是我心目中真正敬佩的人。继续加油，给我个再去戈壁的理由。看来我得好好表现，努力工作，到时候跟黑队白队求一个啦啦队名额，去给冠军们来个大大的拥抱。

存皇：向老骆驼学习，等待宇哥明年的大作。

我：谢谢亲们！有幸与优秀的教练、医生以及兄弟姐妹为伍，三生有幸。作为"菜鸟"，在大家的帮助鼓励下，进步大大超乎本人预期，非常享受和大家一起玩的过程。同时也对可望不可及的目标保持谨慎、客观、理性的乐观。大家过奖了，群里的每一位都相当勤奋。是大家的精神感召了我。

上午去医院，肝脏科，验血，肝功指标复检后显示正常，医生说可能那段时间疲劳，导致指标异常。其他指标周五才能出来。

看了存皇发给我的戈 9 回归日视频，十分感动，眼眶湿润了好几次。他的用意明显：想方设法激励我，帮助我，触动我。我自己深深地为团队的精诚合作、个人的刻苦训练所感动，华峰每月四五百公里的跑量，学军一天两次（上午、下午）练习，军梅克服伤病终成正果，热水瓶带伤坚持到最后……

晚上集训，来了很多小伙伴，存皇、热水瓶、Cici、大静、军子、新锋，陈江等20多人。DVD在外地，小静开会，饶南腿伤未愈。今天训练强度较小，1组核心、素质训练，随后跑3公里，配速4分40秒。

针对我的几个异常指标，杨医生说问题不大，让我多休息，减量，学会偷懒，休息好，跑得会更好。新锋和军子拉着我说："你现在已积累了一段时间，与别人相比有一定基础，想弯道超车就要加强营养，不要怕胖。要提高成绩，四分靠训练，四分靠营养，接下来的就是心态了。"我说还有要注意休息，养成晚上11点前睡觉的习惯。

胜利是继续胜利的能量。

金指导倾力带上马，
土学生如愿创佳话

第十九章

2014 年 10 月 30 日，周四

小雨。

早上，认真地注视着镜子中的自己，这张脸庞似熟悉又陌生。精神状态比前几天好些了。

人生匆匆，恍惚一夜间已活到45岁。世界在变，心态在变。活着的意义就是做自己喜欢的事情。因为喜欢，所以愿意。

报名参加上马赛中赛。

晚上7点，胡队冒雨陪我在世纪公园快慢交替跑10公里，配速快5分，慢6分，结束后为我拉伸，一起吃了碗牛肉面，9点半到家。

10点半上床，半夜醒来，咳嗽了两声，吓了一跳，担心感冒了，想起昨天回来后，光着膀子洗完衣服后才洗澡，可能是着凉了。

2014 年 10 月 31 日，周五

小雨蒙蒙。气温比昨天上升，空气稍微有点儿闷。

早上，妻给我煮了碗红糖姜汤。

昨天冒雨和胡队跑，差点儿感冒，现在看样子应无大碍，今明两天就休息了。赛前找缺点改错误，不用刻苦训练了。铜豌豆发来两张我在南京和白沟拍的照片，照片上的自己显得很疲惫。

有人说，跑步这种无聊、孤独的运动，谁逼你都没戏，只有自己心中那把火点燃了，心甘情愿了，才会坚持下去。深以为然。

晚上去看医生，为身体做放松。

上午集训暂停。早上 6 点半到小花园草坪上慢跑了半小时。

陈江安排了明天比赛的伙伴们的晚餐，每人都狂补碳水，饭店的米粉不够，存皇跑出去，到附近的餐馆里打包了七八盒米饭。

晚上入住上马起点附近的茂悦酒店。杨医生到房间给我右小腿又做了下放松，扎了两针。

阴有小雨，午后间晴。

早上 4 点 15 分，酒店的叫醒电话准时打来。睡了不足 5 小时，但睡眠质量还不错。

5 点在酒店大堂吃打包的早餐：一个白煮蛋、两个面包、两个小包子、两根香蕉，喝了一瓶果汁。边吃边让杨医生给我打肌贴。

大家陆续从房间下来，各个商学院赛中赛的选手成群结队地从各方汇集过来，空旷的酒店大堂很快人声鼎沸。尽管外边还处在黎明前的黑暗时段，但藏在每个人心中的运动激情却通过一张张容光焕发的脸庞透射出闪耀的光芒。

今天注定是一个难忘的、值得纪念的日子。

赛前几天自我感觉良好，身体没有大的伤痛，能吃，也能睡，疲劳感不强，总有一股想动的冲动，体会到了医生所说的那种既想刹车又想加油的感觉。

6 点，穿着雨披走出大堂热身，刚出门，湿冷的风便迎面扑来。天空灰蒙蒙的，空气质量还好，没有担心的雾霾。

酒店周围马路上仍旧亮着的街灯，像没睡醒一样，发着暗黄的光。跑了 500 米，身上开始热起来，顺势又跑了一公里，回到大堂，跟随一早特地赶来的教练做拉伸。

6 点 15 分，和铜豌豆、胡队往检录区跑去。交警拦住了很多路口，行人只能按照规定的路线通行，我在拥挤的人流中穿梭着，15 分钟后慢跑到起点。

挤到靠前的位置，距离起点不足百米。身旁有一男一女两位年轻教练，热情奔放，非常有鼓动性地带动选手们动态拉伸、热身，我不由自主地跟随着一起跳跃、舞动、拉伸。

起跑前3分钟，天公有意增添意境似的，下起了及时小雨。

3.5万人齐唱国歌，雄厚、高昂、激奋，一场雨中马拉松即将鸣枪。每个人都在激动地数着10秒倒计时。枪声响起，人群躁动着穿过拱门向前涌去。

尽管处于较早出发的位置，但一离开起点，前面街道上就挤满了一眼望不尽的人山人海，起点外滩的马路不是很宽，必须格外注意前后左右的人流，以避免发生意外，马失前蹄。

跟着金源、铜豌豆穿梭于人浪中，忽然风急雨骤起来。在有限的跑马经历中，第一次碰到这种天气，也不知道雨还要下多久，原先轻松愉快的心情已经消失得无影无踪，能否跑下来，跑到什么程度，全都不得而知，心头顿时笼罩上一层阴云。

不过，雨中跑对我来说并非第一次，倒是并不畏惧。想着青松去年在台北，全程淋雨也跑下来了。如果不得不一直在雨中跑，也算是多了一次不同的体验。

以4分40秒的配速跑出500米后，赛道已经不太拥挤了。路面湿滑，渐渐放慢了节奏，第1公里，不到5分的配速，有点超乎预期。

第2公里，金源开始控制节奏，配速下降到5分10秒，我有些担心，跟她说，这样"330"完不成啊。她坚定地说没关系。

又过了两公里，雨越下越大，路面低洼的地方已经有了积水，踏在湿滑的路面上，我不由得加了小心，雨水从头浇到脚，上衣、短裤、鞋子很快湿透。

落到眼镜片上的斑驳雨滴，挡住了本该清晰的视线。我顾不上留意跑到了哪里，只管紧跟金源，随着前面的队伍向前奔。身边是速度接近的一群选手，都在奋力向前跑着。

恶劣天气并没浇灭助威人群的热情，路两旁的加油声此起彼伏，敲锣、打鼓、扭秧歌的大妈尽情地表演着，淮海路上一群穿着性感、年轻貌美的女孩，伴随动感十足的乐曲，像NBA篮球宝贝一样跳着灵动的舞姿。

当跑到7~8公里，雨渐渐小了。微风不时掠过，不冷不热，十分舒适，这种天气很适合跑马。我尽可能地调整着跑姿，控制着节奏，保持着较稳定的速度。12公里时，金源递给我第一个能量胶。

刚出发时，我和铜豌豆紧紧跟在金源的后面，前半程，基本维持在 5 分以内的配速。豌豆敦实的身体，粗壮的小腿，似有用不完的劲儿，像个小豆子一样毫不费力地向前滚动着。渐渐地，我和他们俩相距 100 米开外了。

金源为了让我跟上，在一个补给点放慢了脚步，顾不上去操心豌豆在前面"滚"到了哪里。每到一个补给点，她都十分贴心地加速提前跑过去，给我拿饮料，或拿吸足了水的海绵。

半马，21 公里，用时 1 小时 42 分，速度保持得不错，万里长征已过半。就把接下来的赛程当作另一个半马吧。

我保持着匀速状态，跑得比较轻松。照此速度下去，跑进 3 小时 30 分问题应该不大，但衡马的痛苦记忆一直提醒自己丝毫不敢大意，32 公里后才是真正的考验。

25 公里处，金源递给我第二个能量胶，体贴地问我感觉如何，我硬着头皮说没事。她说："你今天跑得很好，照此下去，心无旁骛地再跑几公里就胜利了。"

按照巡航的配速继续跑，不时超过赛道上一个个速度明显下降的跑者。接近第 30 公里的时候，本已看不到影子的豌豆，忽然出现在前面不足 50 米处，金源鼓励我追上他。很快追上了豌豆，他嘟囔着："抽筋了。"我说："兄弟坚持！"

32 公里之后，我的双腿疲劳感越来越强烈，呼吸也越来越重，两条腿完全是机械地在跑着。我一边跑一边默默地数着路牌…… 每一公里都比之前付出更多的辛苦。

当跑到 35 公里，这正是衡马时的伤心处，我不由得暗示自己小心，刻意放松双腿。衡马曾经抽筋过的右腿没有报警的迹象，左小腿却有一阵隐现抽筋征兆，不敢大意，下意识地调整步伐放松。

36 公里后，明显感觉力不从心。金源看出我的困境，又掏出一个能量胶给我，本来只有两个能量胶是属于我的，这个应该是她自己唯一的一个。一路上，她没吃任何东西，只喝了有限的几口饮料，不仅体质好，还乐于奉献，不愧是顶尖的职业高手、专业老师。

金源不时地看手表，计算着时间和距离，目标是"330"。看我疲态渐增，速度下降，就反复地鼓励："这个时候谁都累，现在放弃，多可惜啊！快追上豌豆去，你们俩一起跑。"

金源激励的话语让我增添了无形动力，心想咬牙也要努力到底，不能辜负她的一片苦心。于是下意识地尽可能挺起上身，调动身体核心动力。关键的时候，金源用一只手推着我的腰背跑了几百米，带来了强劲的真实动力。

总算可以和铜豌豆肩并肩了，发觉他并不比我轻松，但在顽强地坚持着，他的拼劲大大鼓励了我。金源说："你们俩就这样拼着，别放弃！"

路上不时听到金源的粉丝高声呼喊着她的名字，但她一心一意带我，顾不上回应一句，多是匆匆和熟悉的人示意一下而已。

最后的 3 公里，最艰难的一段，我尽力保持着 5 分的配速，这得益于金源一路上不停地给我加油打气和鼓舞。

盯着身轻如燕、轻松自如带跑的金源，她的每一步奔跑，都像用一根无形的绳子在拽着我，叫我紧紧跟随着。

尽管赛前并没有强烈冲击"330"的意愿，但比较如意地跑到这个份儿上了，绝对不能轻易在最后的节骨眼掉链子，与衡马时的状态相比，今天体力充沛多了，有条件完成既定的目标！

终点越来越近，阳光越来越灿烂。一直没有感觉饿，虽然很累，但并未"撞墙"，被金源带着，速度也没明显掉，从头至尾一直在跑，一步都没走。

还剩 1 公里，已看到赛道右边通往体育场的终点。还有 200 米，开始加速冲刺，甩开双臂，昂着头，微闭着双眼，配速提到 4 分 30 秒，铜豌豆的速度明显快过我，眼睁睁任他飞速向终点冲去。

用时 3 小时 29 分 15 秒踏上终点线，顺利跨过"330"大关，非常满足！

如果没有金源老师从头至尾的倾力带跑、鼓励，我绝对不可能取得这样的佳绩。比赛开始和结束时，都有几台摄像机围着金源，是为某品牌拍摄广告宣传片。我也荣幸地沾了名人的光，入了几个镜头。

小怪到达终点后，累吐了，被搀扶着回到了房间，她的坚持让人心生怜惜。DVD 带着小感冒还跑出了"320"的好成绩。

妻儿 10 点就来到终点等我，但错过了我冲向终点的时刻。他们等了一个多小时才电话联系上我。

回家路上，午后的暖阳温馨惬意，这一天的气候变化真快，早上阴转雨，雨后有阳光，不过短短一个上午的时间，我已经完成了人生第三个全马，取得了值得骄傲的成绩，有妻儿迎接，有伙伴的陪伴，内心充盈着十分的感动和感恩。

看着熟悉的街道，竟然如此之美，每个人看起来都那么可亲可爱，整个世界都让人如沐春风，我的内心充满了幸福和愉悦。现在，我已经站在了新的起点。下一步目标"325""320"……

人生中注定有些难忘的遗憾，尤其对今天刚结束的上马，除了运动，还有工作，马上要出差的我无法参加伙伴们的庆功宴，赛后不得不赶往机场，晚上搭乘7点40分的航班，出差一周。

和大家在群里分享比赛的感受，以及相互的赞美。

饶南：老骆驼还有半年的时间，凭他的刻苦，毅力，进入"310"也是可以的了，一步一个脚印，每次都有进步。

我：饶南兄弟高估我了，感谢金源倾力带我"329"。太感动！

小怪：谢谢今天全程给我当"兔子"的Mily，谢谢"元首"新锋站长最后7公里，又是讲故事，又是各种照顾，没有你们我估计倒在半路了，谢谢终点教练、杨医生无微不至的照顾。谢谢所有小伙伴给予的正能量。今天没跑到预期，但是尽力啦。

我：小怪，你已经很棒啦，在感冒状态下坚持完成，非常了不起，大家都看到你拼得很凶呀，参赛的每位兄弟姐妹都值得鞠躬致意，尤其是个个精彩的豪华"兔兔"们！

爱华：感谢胡队给我请的超级豪华"大兔子"红宇，一路速度控制得非常好，并科学的补充能量和饮料。最困难时一直表扬和鼓励我，在最后的3公里全力冲刺坚持到最后，才有了今天连自己都不敢相信的成果，感谢"元首"后面几公里的陪跑并及时纠正姿势，感谢杨医生和教练无微不至的付出，让我们无后顾之忧。你们都是榜样。

铜豌豆：感谢老骆驼兄，你的坚持让我无比佩服。感谢美女金源，没有你的帮助我无法超越自己，感谢华东站的兄弟姐妹们，戈10冠军，长江必胜！

小丹：胡静好样的！今天身体有状况，赛前轻描淡写，赛中和赛后都不拿这个做借口。30公里处还保留"350"的可能，后来有所降速，但一直拼到终点。最后两公里冲刺很给力，超过的男人无数！第一次全马3小时58分！今天长江的娘子军们个个都很了不起！恭喜大静、小静、爱华、Mily、小怪！为你们骄傲！

大静：小丹一直来陪我们锻炼，虽然家里和工作都忙，担从不间断，就是为了给我们当榜样。小静和爱华都带伤跑，拼到最后。还有开心果小怪，周五还在打点滴，怕大家担心，不让我们声张。咱们的美女Cici就是为了给大家加油，杭州、上海两头奔忙。

小静：今天首马跑了5小时09分。早上下雨，鞋里进水，左脚磨了两个水泡，

15公里时挺不住进医疗站贴了创可贴，18公里时创可贴磨得更疼，又进医疗站加了两片。

25公里后腿开始抽筋，膝盖也巨痛无比，三次拉伸！感谢罗德曼为我安排的"兔子"风暴，非常Nice！怕我受伤，一直耐心陪我！最后10公里咬牙跑到终点！成绩虽然不理想，但也是我的首马！今后多参加训练，多听教练和队医的！

罗德曼：今天路上问小静，跑几个月什么感受。小静说，总受伤的感觉。跑白沟就有疼。我听了有点鼻子酸酸的。赶紧岔开话。很佩服很感动一直坚持隐忍的兄弟姐妹。无论最后成绩如何，都赢得尊重和感动。

存皇：老骆驼真棒！今天又再次保留了实力，冲"310"指日可待。

爱华：小静，你坚持得很棒，我体验过受伤跑的滋味，在南京看着大家跑心里痒痒的就是跑不下来。你首要任务和我当时一样，认真找杨医生治疗，听教练话练习薄弱力量环节，不着急跑。后面还有时间我们一起努力靠近大静。

大静：小静，现在首要任务是不受伤，然后再看速度。我这几次参赛到最后观察自己没受伤最开心，也没刻意追成绩。

小静：经验告诉我必须听教练和医生的。

爱华：我的能量都是大家挖掘鼓励出来的，第一次在世纪公园存皇耐心带跑10公里，我跑得上气不接下气，他还鼓励我好好跑，有潜力，那时看大静和小丹轻松自如就能跑20公里，就想存皇是安慰我，现在看，关键时候安慰也很重要。

还有每次比赛前教练都充满信心地给我定我自己也不敢相信的目标，但赛中想到教练鼓励的眼神，我就想努力试试！结果证明教练是对的，现在看来关键时候制定正确的目标特重要。

存皇：爱华一直习惯了在目标压力下工作。

铜豌豆：爱华女人跑步开始需要安慰，然后需要鼓励，然后需要关怀，本群做得很好。

赛后得知意外之喜，我和小丹、伟峰等组成的混合队，为长江夺得汇添富组织的商学院赛中赛亚军。

不觉一载又入深秋，
但存壮心重温旧酒

2014 年 11 月 3 日，周一

厦门。

金源昨天和我讲今天可以休息，早上我还是耐不住性子，在环岛路排酸跑了 5 公里。

DVD 提醒我，今明两天有时间做一下按摩与自我拉伸。后天继续休息，6 号可慢跑 30 分钟以内，配速不超过 6 分。7 号休息拉伸。8 号慢跑 30 分钟加核心力量训练，主要是脚踝与腰腹背训练。10 号开始为崇明训练。睡觉要足，营养要补充好，一定要把自己的兴奋劲降下来。

春美得知我上马个人最好成绩，发微信祝贺。

春美：太佩服你了，你真了不起！

我：向你学习，你的拼搏精神一直激励着大家！

春美：惭愧，跟你没法比！今年我一定陪你们上戈壁，见证你们夺冠的伟大时刻！

我：先认真"打酱油"，争取去戈壁，无论 A 或 B，期待长江的辉煌。

春美：你这还"打酱油"？

2014 年 11 月 6 日，周四

龙岩。

早上 6 点多，从闽西宾馆出来，沿着河边慢跑半小时，4 公里。

晴转多云。天气转凉,空气清爽,心情舒畅。

下午收到上马赛中赛团队亚军奖品——一双亚瑟士 GT2000 鞋子,非常开心,人生少有因运动而收获奖品的机会,弥足珍贵!感谢组委会,感谢汇添富细致入微的工作。坚守信念,忠诚梦想,且跑且坚持。

春美发来大连训练营的计划:

请重视营养和体能恢复,你现在速度、能力都很强了,建议更多地注意保持,不要再急于提高了,尤其要绝对保证休息,最简单、易行有效的就是睡觉,保证睡眠!你有时间吗?欢迎来参加,集训的效果非常好,来吧!江闽后面也会来的,上次国庆集训,他们感觉效果很明显,你来吧,这次有很牛的体能教练和运动康复博士。

我:您的建议在秋风渐起的早晨显得格外温暖,但是我的时间可能不太允许。

春美:能来几天算几天吧,一定有收获的。

我知道身不由己,注定要错过这次训练活动,只有遗憾了。

小雨。今天请假没去卢体训练。

上午 9 点多,试穿胡队帮我选的新越野鞋。

所罗门 Sense,冒小雨在小花园跑了半个小时。感觉不错。回家做了 1 小时核心训练。

晴转多云。

早晨 6 点起床。6 点半出门开车到世纪公园 2 号门。

今天本计划恢复性慢跑 15 公里。见到 DVD,他果断纠正了我偷懒的错误想法,目前已进入冬训,训练要格外刻苦,跑量也要注重积累。

得知其他女性小伙伴无一例外都是计划跑 20 多公里,我便没有了讨价还价的余地和理由,决定 30 公里 LSD。

出发，跟着馒头、陈江、小丹老公一起跑。有"大师"陈江的地方有更多无拘无束的欢乐，一路上大家谈笑风生，相互吹捧，不知不觉便转了3圈。我也分享了跑步心得和一起奔跑的愉悦，说要活到老，跑到老，聊到老。

受"大师"气场的带动，不觉间，轻舟已过万重山，30公里的快乐时光悄然逝去。

晚饭后，带儿子游泳半小时。

阴。

经过昨天的长距离慢跑，今天略显疲劳。前天练核心，腹肌受力，打喷嚏时震得肚子痛。

曾教练让我今天按要求做核心训练，平板、深蹲和后蹲均做3组，每组40个，每天见缝插针地做脚踝和摆腿练习，还有60次俯卧撑。

白天抽空在会议室做了深蹲、后蹲和脚踝练习。

晚上，在家做1个小时核心力量训练，教练要求按图索骥做4组7个动作，自己增加了3个动作，只做了3组。

在秋冬季节的室内，气温不算高的环境下，一组做下来已是大汗淋漓。忍着前两天力量训练导致的腹部隐隐的酸痛，想着DVD对我的动作提出的纠正意见：在注重质量的前提下也要提高数量，尽量将卷腹动作做到位。

晚上到卢体训练。教练和伙伴们都看出我最近一周胖了不少，肚子周围明显长出了肥肉，这就是多吃少动的结果啊。

慢跑5公里，做两组核心训练，快跑5公里，教练要求配速4分30秒，未能实现，只跑到了4分49秒。

看到跑圈"大神"卡卡马拉松"破3"后的心路历程，很感动，深受启发。

存皇及戈9的兄弟们即将征战香港毅行，祝福他们。

N40° 23′29.30″E95° 35′41.40″

若要问我为何进步这么快，是因为我有幸和优秀的人在一起，他们让我找到了自信，少走了很多弯路。如果说我勉强算优秀，这都源于更加优秀的他们。

2014 年 11 月 12 日，周三

雾霾深重。早上 6 点半起来，很困倦。

傍晚时分，气温下降到 10 度以下，刮起了 3~4 级的西北风，白日的严重雾霾，已大多被风吹散了，能见度立刻提高了很多。

晚上到家躺了半个小时，睡不着，没吃饭，按照教练布置的任务，7 点半出门，计划以 5 分配速跑 14 公里，以 4 分 30 秒至 4 分 45 秒的配速跑 2 公里。

气温较低，穿着长压缩衣裤，上身还套了一件 T 恤，后来证明自我保护意识过强，对气温过于敏感，这样的穿着跑起来后很不舒服。

也许因为身体还在恢复期，状态不佳，前 14 公里中最快的配速为 5 分，有几公里配速慢到 5 分 23 秒，最后两公里分别是 4 分 49 秒、5 分。16 公里均速 5 分 09 秒。

天气渐冷的夜晚，跑步的人明显少了。不由得想起那句话："成功的路上并不拥挤，因为坚持的人并不多。"

9 点半到家，吃了一个苹果、一个海参，喝了一杯牛奶。

"双十一"买的仰卧起坐板到货，组装起来，趁热练了练，效果不错。

整理日记，发现多年往事的一幕幕就在眼前。人生马拉松，说长也不长，如果一年算一公里，能健康地活到两个全马便很了不起，一个百公里就是奢望了。

2014 年 11 月 13 日，周四

早上出门，空气清新，天空晴朗，心情不错。

罗德曼激励我跑进"310"，这是戈 10 男 A 的指标。我暗下决心努力去实现这个看来还很遥远的目标，在网上搜跑进"310"的帖子，看了几篇跑者的文章，作者的运动基础都不错，但最少也要训练两年才能达到这个成绩。

达不到"310"的成绩，戈 10 就没戏，可是剩下的时间太少，要做到在这么短的时间内实现弯道超车，快速提升，看似很恐怖很不可能，自己心中实在没有底。

晚上按既定计划训练。出门前有些惰性，最近这种心理斗争较频繁。天气转冷，绝对不是想要逃避的主要原因。主观意识暗示身体有些疲劳，这种暗示若听之任之，只会传导出更多消极的思想。

小伙伴们约的是6点半在世纪公园2号门开始，此时，手表已经指向7点多，容不得再继续胡思乱想，我赶紧行动起来，去完成10公里快慢间歇跑，快的配速4分15秒左右，慢的配速6分。

刚开始，速度比较快，中途略微掉速、速度的把握不够均衡，下次要注意，争取将配速差缩小10秒。

持续跑步已一年多，客观说自己进步很大。原来看到别人5分50秒配速都自叹不如，如今自己轻而易举跑到4分50秒。

昨晚跑步时注意领悟双腿的弹性和轻松跳跃，向前滑行的感觉。一个好的现象是速度加快后，没像以往一样受伤，或脚踝、膝盖等部位出现不适。这就是从量变到质变吧。

正因进步过快，对于这么快的速度还不够适应，心存恐惧，主要的原因是体能不够，配速快于4分30秒便难以游刃有余。

--- **2014年11月15日，周六**

晴。

气温继续下降，阳光却无比灿烂。前晚跑后身体没太大反应，右脚下有个水泡，导致跑的过程中受到影响，跑后拉伸不够，小腿有些酸痛。

上午到卢体训练。5公里，4分50秒配速。5个300米间歇，用时67~69秒。胡队说，这样间歇跑的训练意义不大，刺激强度不够。如果速度提不上来，不如少跑或不跑。前几个速度控制在一定范围，最后两三个要提速才有效。他还耐心地对我说要加强腰腹力量的训练，强调训练时动作规范比训练数量更重要。

世事无常，总该有一段日子是用来浪费的，总要有一些让人无能为力的不愉快，让你短暂停下脚步，在你今后闪闪发亮的时候回忆过往，感谢这些糟糕的日子对你的磨砺。

慢慢跑，新路慢慢跑旧，旧路慢慢磨平。人生如是，跑步如是。

崇明。小雨。

早上 8 点，冒着蒙蒙细雨，与 DVD、饶南、志宏、大静、爱华、Mily、晓楠、小怪、馒头等 10 余人，从崇明会议中心酒店出发，跑到东滩湿地进行 LSD，为即将开始的崇明选拔赛探路，做赛前准备。

我以 5 分 30 秒的配速跑在前，后面不远处是 Mily 和志宏，我穿着新鞋所罗门 Sense，跑在由泥土路、砂石路、水泥路组成的路面上，并不舒服。

跑到 12 公里附近，碰到一条大狼狗，距我不足 10 米，边作势向我冲来边狂吼，我的内心非常恐惧，想到"狗怕弯腰狼怕蹲"，马上哈腰假装捡石块，这招很好使，狗顿时停下并后退。这时 DVD 也跟上来，狗见人多，连叫都不叫了。两人结伴跑到 17.5 公里折返，雨势渐小，边聊边慢跑回起点。共跑 35 公里，平均配速 5 分 59 秒。

中午在东滩公园吃饭。下午 4 点返回市区。

重度雾霾。睡了 8 个小时，早上起床后仍显疲惫，眼睛干涩肿胀。

看到陈江发的文字，很有感触："你的脸上云淡风轻，谁也不知道你的牙咬得有多紧。你走路带着风，谁也不知道你膝盖上仍有曾摔伤的淤青。你笑得没心没肺，没人知道你哭起来只能无声落泪。要让人觉得毫不费力，只能背后极其努力。没有改变不了的未来，只有不想改变的过去。努力，皆有可能。"

晚上在家，花 45 分钟做了 3 组核心力量训练。起初，特别没有动力，实在不想动。但一想到大家的成绩都在飞快进步，自己却有些停滞不前，离目标还有很大的差距，于是努力打起精神，克服惰性，专注地投入训练。

在仰卧起坐板上做了 3 组仰卧起坐，每组 50 个；3 组背肌训练，每组 15 个。在瑜伽垫上做了 3 个锻炼腹肌的动作，1 个静态练习背肌动作，背桥，侧桥等，在平衡球上做了 3 组深蹲，每组 30 个，最后靠墙静蹲。

晚上到卢体集训。做了两组核心训练，动作尽可能做得标准规范，一组下来已经筋疲力尽，气喘吁吁，心率到了 170 次 / 分。第二组时心率 160 次 / 分。

这段时间以来的速度练习，今天是最刻苦的一次。按教练要求，3 公里成绩要达到 12 分钟。我跟着跑 5 公里的 DVD，以 4 分配速跑到 1.3 公里时，速度就开始往下掉了，坚持至 2 公里。

接下来又跟还在跑的 DVD，以 4 分配速跑完 1 公里。拼命跑完 3 公里，成绩接近 13 分钟。痛苦的过程是提升蜕变必须的经历。

晚饭后到世纪公园跑 12 公里，前 10 公里配速 5 分，最后两公里加速，配速 4 分 36 秒。晚上 9 点半到家，做了 3 组俯卧撑，每组 40 个。

晴朗，空气清新，阳光灿烂，气温回升，最高 19 度。

晚上 8 点，世纪公园 2 号门和馒头碰头，他陪我跑 12 公里。其中间歇跑 10 公里，5 个快的 1 公里配速均在 4 分 10 秒以内。不由得越跑越有信心，馒头边跑边纠正我的跑姿，身体整个向前稍倾斜，跑起来费力相对较少。

到家用按摩枪放松酸胀的右小腿，11 点多上床。

N40° 23 ′29.30 ″E95° 35′ 41.40″

续战两日怅者遇险，
入木三分胡队应验

第二十一章

晴。空气轻度污染。

跑休。

大家赞扬爱华最近的刻苦训练成果。

小静：爱华瞬间就让俺觉得受伤是小事，别老矫情了！有伤也得跑，太励志了！俺还打算这个月去崇明之前都不抬腿了，像爱华，像老骆驼，都是超级能拼的，俺也得努力跟进啦！

皓子：累是相对的，只有平时足够努力，比赛时才不那么累。

爱华：小静，一起加油，你行的，每个人最大的敌人是自己。只要战胜自己，哪怕每天一点点的进步，累积起来都是超乎你想象的。我就是这样安慰自己的，才让自己起步成绩差也不那么悲观。

杨医生：疼痛有时候不一定是伤害，有损伤、有修复，才会进步。日常的放松不能少，大家有时间就到我这来。

就训练安排事宜咨询 DVD。

我：本周是上马后状态稍好的一周，周三跑 12 公里，昨天馒头带我 10 公里，配速慢的 5 分 50 秒，快的 4 分 10 秒，最后 1 个是 4 分 03 秒。今天没以往因速度导致的异常和伤痛。请教崇明选拔赛前一周如何准备？训练咋弄？两天 32 公里、25 公里咋分配体力？

DVD：若感觉状态不错，且无伤痛，建议本周六去世纪公园或张江中医大能力课，跑 16 公里或 20 公里，配速 4 分 35 秒；周日慢跑 50 分钟，无速度要求，身训腰腹背素质各做 3 组（不要有腿部深蹲）。

下周一场地强度课，慢跑 2 公里后拉伸加 3 个加速跑，然后 5 公里配速 4 分 25 秒至 4 分 35 秒，间歇 8 分钟，跑 600 米加 200 米为 1 组（600 米跑到 2 分 24 秒内，间歇 2 分钟后 200 米跑进 42 秒内），再接下一组 600 米加 200 米，共 3 组，组与组间歇 5 分钟；

下周二放松跑 8 至 10 公里，无速度要求，重点拉伸休息；

下周三慢跑 50 分钟，按 5 分配速，加速跑 3 组，拉伸；

下周四上午或早上，慢跑 6 公里，然后跑 2 公里，配速 4 分。晚上按摩放松；

下周五 40 分钟随意跑，加速跑 2 个即可。

下周六比赛，注意 32 公里用八成力，因为还有第二天 20 公里。

我：周六我跟你，以 4 分 45 秒配速跑 16 公里。下周一如有空，也去中医大。

又向热水瓶请教装备问题。

我：去年你在崇明取得好成绩，建议穿什么鞋？上周探路，我和 DVD 穿 Sense 均觉不舒服，两天比赛策略有何建议？

热水瓶：有没有试过亚瑟士的路跑鞋？减震略好的那种，如 K19。注重第一天对信心提升有好处，先不用想第二天。另外，像参加马拉松一样准备崇明的比赛，提前一周用比赛配速以内的速度来跑个 20 公里。下周减量，平日做做核心和小肌肉群训练，周四完成放松。

我：K19 我去年刚打酱油时穿过，馒头建议我穿亚瑟士 Trainer。那么，本周日就可以 4 分 50 秒的配速跑个 20 公里，崇明配速肯定要比马拉松低半分钟左右吧？像我 5 分 20 秒左右的配速比较合适吧？

热水瓶：不会，至少得达到马拉松配速，做好心理和身体上的准备。

胡队同意崇明选拔赛带我跑，心里顿时有了底。

睡前，做 3 组深蹲、3 组俯卧撑。

路，越跑越宽；梦想，越跑越近。

N40° 23 '29.30 " E95° 35' 41.40"

2014 年 11 月 22 日, 周六

早上大雾，上午雾气散去，透出太阳耀眼的光芒。最近气候反常，气温回升，颇有春天的味道。

上午 9 点多，和 DVD、馒头到复旦张江校区的田径场训练，天太热，身体也不在状态，原定以 4 分 35 秒的配速跑 10 公里的计划没完成。

热身 2 公里后跟馒头、DVD 一起以配速 4 分 25 秒跑了 2 公里，随后 8 公里配速 4 分 40 秒至 4 分 50 秒。跑的过程中不断掉速，最后 1 公里配速只有 4 分 40 秒。

下午从 1 点半开始，熟睡两个半小时，做了不少梦，昏天黑地。

──────────────────────── **2014 年 11 月 23 日，周日**

晴转多云。

早上 7 点半到世纪公园 2 号门，和 DVD、爱华到公园里面越野跑，经过小树丛、柏油路面、草坪，一路上有说有笑，不觉间跑完了 15 公里，6 分配速。之后和 DVD 到健身房，做了两组腰腹背肌力量训练。

晚饭后，带儿子游泳半小时。

看到引起共鸣的一段话："总是看到比自己优秀的人，说明你正在走上坡路；总是看到不如自己的人，说明你正在走下坡路。与其埋怨世界，不如改变自己。人生如跑步，目光多久远，境界多宽广。"

──────────────────────── **2014 年 11 月 24 日，周一**

小雨。

早上 6 点半，到小区附近小花园，穿越野鞋慢跑 5 公里。做俯卧撑 3 组，每组 35 个。

──────────────────────── **2014 年 11 月 25 日，周二**

小雨。

早上 5 点 50 分起床，6 点 15 分到世纪公园，快慢交替跑 6 公里，快的 3 公里，配速分别是 4 分 05 秒、4 分 17 秒和 4 分 15 秒。

跑完做左右跳、弓步跳、深蹲、后蹲各 40 个。

晴。

早上 5 点 50 分醒来，忍住困意起床跑步。气温较低，刚出门时身体冷得有些发抖，6 点半慢跑到世纪公园湖边，身上渐渐热乎起来。

拉伸后跑了两圈总共 10 公里，最后，冲刺 500 米，没完成计划。

早上在小花园慢跑 20 分钟，2 个加速跑。

晚饭后，开车接上晨光、馒头，8 点 40 分到达崇明东滩会议中心。入住离会议中心 15 分钟车程的瀛东度假村。

多云。

崇明。

早上 4 点多从梦中醒来，上完厕所，再也睡不着。休息不好，给比赛蒙上一层阴影。时隔一年，第二次参加崇明选拔赛，心态大不一样，去年是"打酱油"，今年是带着目标而来。

气温 12 度，预报有雨，却没有下的意思。

7 点半到起点会议中心，热身，排空，拉伸，合影。

8 点整比赛开始，发令的枪声一响，高手们便如离弦之箭飞出去，化明冲在最前面，后面依次是罗德曼、军强、江闽、大龙、DVD 等。

胡队和我并排跑在第二梯队之前，他手里拿着给我准备的饮料，两公里后我将身上的皮肤衣脱下甩给了他。

尽管多数选手都有高手带跑，但可能大家都对地形有所忌惮，从起步后直到折返点，多数人的速度都比较保守。前半程，Mily 和带她的热水瓶，紧随着我和胡队。张珏在 8 公里处超过我，不到 15 公里处又被我反超。这时，稳健的治平后来居上，5 人形成一个团队。

N40° 23 '29.30 "E95° 35' 41.40"

折返后，军强位居第一，后面依次是大龙、江闽、腿伤未痊愈的罗德曼、DVD……刚过半程，治平如有神助，冲出队伍跑到了前面。

离终点 12 公里处的补给点，力哥迎上治平，带他飞奔起来。我和他们一直相距不到 300 米，一心咬着，打算终点前赶超。

老天也许故意考验我，就在我胡思乱想时，意外突然出现，我摔倒了，至少影响了 3 分钟成绩。

跑到距终点 7~8 公里处的砂砾路时，为躲避连续经过的第三辆土方车，我的身体被逼向马路右边，平常往来的车辆将路中间压得较平坦，而路两边则布满大小不一的乱石，高低起伏不平。

在狭窄的单车道上显得更加高大的土方车，扬着一阵尘土缓缓地驶过去，我的眼睛仍盯着前方，以平稳的配速跑着，没回过神留意脚下，猛然间，迈出去的右脚，被压在路面凸起的硬石头或砖头之类的东西绊倒，整个身体毫无征兆地飞了出去，来不及反应，出于自我保护的本能，手臂撑地，身体却结结实实地趴在了地上。

突如其来的意外，让我一时不知所措，第一反应是这下摔得可不轻，脑海里几秒钟内闪过许多情景：妻儿看到自己时的心痛表情，无奈爬上收容车的狼狈样子……

来不及多想，赶紧伸手够到离脑袋有一米远的眼镜戴上，好在眼镜完好无损，虚荣心催促自己赶紧爬起来。试着以正常的速度跑出十几米，除了皮肤肌肉的不适，关节似乎无大碍，很快提到了比赛配速。

跑到终点，距离 33.42 公里，用时 2 小时 48 分 55 秒。排名第八，前面是军强、江闽、DVD、大龙、罗德曼、化明、治平。

很疲惫，下午没参加老戈友分享会，抓紧时间休息补觉，然而翻来覆去一个多小时睡不着。索性起床，到杨医生房间做放松。

晚饭前，爱华已恢复如初，大静看起来也不错。今天华东站小伙伴的成绩都不理想，纷纷出现各种意外及受伤，气氛有些低落，七嘴八舌地相互安慰着。分析造成低迷状况的原因，主要是前期训练比较密集，没有调整恢复好，大家对选拔赛的准备不够重视。

DVD 不赞成在选拔赛中拼命。热水瓶话不多，但很有见解，他说平时的系统训练很重要，受伤与近期疏于训练有很大关系，要坚持参加每周集训。只在选拔赛上拼，平时不拼，怎么可能保证在戈赛能出成绩。

晚宴后，和难得聚在一起的 19 期十几位同学叙旧到 10 点多，聊的话题始终不离跑步。

相比而言，19 期坚持长跑的人并不少。长江参加戈赛的规模快速壮大，蓬勃发展，发端于 19 期作为主力的戈 7。

得益于东道主陆树林大哥的默默奉献，有赖于同学们的倾力参与，许多同学都有行走戈壁的经历，戈 7A 队队长税新，3 年去过 8 次戈壁，他今天乐跑，开始一直在前面给我加油。我提议建个 19 期乐跑群，活到老，跑到老，大家齐声同意，鼓掌通过。

除了摔倒受伤的原因，也许还有高强度比赛的创伤，走起路来，感觉两膝不舒服，特别是左膝盖内侧，很担心明天能否参赛。

晚上 11 点多躺下，预报的小雨终于下起来了，辗转一会儿便进入了梦乡。

崇明。阴。

早上，天空一如昨天阴郁。气温陡降，风势 3 级以上。穿着长衣长裤仍觉寒意侵人。

6 点醒来，抓紧到杨医生房间，打好肌贴，穿上护腿，腿部顿时感觉有了明显的保护支撑，很后悔昨天没做这些安排。

不苟言笑的胡队仍专心陪我，我穿着亚瑟士慢跑鞋，出发不到 1 公里，鞋带就松开了，闪到路边赶紧打了个死结，确保不会再松开。

前 5 公里是硬路面，腿部的不适很明显，忍着伤口皮肤被扯动撕裂和膝盖摔伤处的疼痛，以 5 分至 5 分 15 秒的配速顽强坚持着。

进入土路，昨夜雨后的积水，处处可见，路面十分湿滑，难度增加不少。跑出芦苇荡，左侧的来风忽然猛烈了起来，大得几乎能把人吹倒。10 公里后，渐渐进入较舒服的状态。

一看到我稍微掉速或溜号，言语不多的胡队就鼓励我两句："把今天想象成戈壁最后一天的比赛，大家都很累，只管跑就好了。"一到平缓好跑的硬石子路上，便提醒我加速。

两人不时回头望下后面的追兵，折返时，尽管已领先治平 1 公里，仍丝毫不敢麻

N40° 23 ′29.30 ″E95° 35′ 41.40″

痹大意，除了注意脚下的路，避免再次摔倒，还要绝对防止像昨天那样给后劲十足的治平以反超的机会。

越到后面，越筋疲力尽，越不能掉以轻心，追兵无形中给自己增添了拼搏的动力，总觉得治平越来越近，最后几公里，身体已经相当疲惫，脸上的热度非常高，完全凭着意志在坚持。

胡队不时递给我饮料，他自己也补充了能量胶。他的环保习惯非常好，随手将吃剩的能量胶的袋子塞到裤袋里。

接近终点 2 公里左右是水泥地面，胡队开心地说："宇哥，没人会追上你了，你肯定能把昨天丢的时间赶回来。"

距终点还有不到两百米，看到两旁蓝白相间、随风招展的长江旗帜，伴随着阵阵激荡人心的锣鼓声音，听着终点线迎接人群的呐喊欢呼声，我兴奋起来，激发了冲刺的念头，不由得加速，轻松冲向终点。

最终，到终点距离为 25.5 公里，配速 5 分 09 秒，用时 2 小时 08 分 52 秒，排名第五，前面是军强、大龙、罗德曼、化明，昨天在前的治平、DVD 和江闽都被我甩在了后面。两天综合成绩第六名。

尽管今年的赛道因雨后泥泞比去年更不好跑，但与去年的成绩相比，仍旧提高了半个小时。江闽昨天拼得厉害导致受伤。DVD 拉肚子，身体非常虚弱，距离终点还有 5 公里的时候，我追上他，想拉着他一起跑，他和馒头不让我管。胡队催着我继续。

中午颁奖，我讲了几句话，感谢组委会的辛苦付出；感恩教练医生及小伙伴的用心帮助；感慨与"六"有缘，上次白沟第六，这次幸运也是第六。高手如云的环境下，竞争激烈，冲 A 难度越来越大，大家能力都提高才是好事儿，下一步训练必须更加刻苦。

下午 3 点半到家。

傍晚，躺在床上休息，儿子学琴回来，高兴地搂着我说："老爸好久没见了，好想你啊。"两天的疲惫一扫而空。

新手坦诚分享心酸，
老戈热肠点拨迷幻

───────────────────────── **2014 年 12 月 1 日，周一**

本年最后一个月的第一天，时光留不住，太阳照常升起。初冬，气温骤降10度，穿着半长大衣上班，仍觉阵阵寒意。

大家回顾崇明选拔赛得失。

存皇：这次大家在崇明岛出现的不同状况，提醒大家下一步要针对各自弱项进行系统训练！加油，阳光明媚的早晨，为梦想前行！

铜豌豆：我是第三次跑崇明岛，体会如下：

崇明岛不好跑，直线多、枯燥、路不平，和普通运动场、跑步机、公路、奥森都不同。膝盖、小腿、大腿、核心要求都高，需要通过综合训练提高。崇明岛和戈壁很类似，需要大家多体会复杂路况的练习，多积累经验，尤其比赛经验，出状况如何调整？如何避免出问题？如何在比赛中心中有数？如何气定神闲地跑完？

高磊：2011年戈7时就开始在崇明选拔。当时主要为了模拟戈壁路况。之前大家的训练重点还是公路跑、长距离和速度。戈赛中，地形和气候适应能力至少占30%。这次大家发现了问题，找到了差距，说明达到了训练目的，开始正式进入"戈壁节奏"。后续训练已安排了地形和高温针对性训练。目前，防伤治伤是当务之急。

大静：两天的崇明跑结束了，现在心里还和自己过不去。第一天出状况，第二天没能跑，真是很惭愧。有几点和大家分享：

第一，认真系统训练是本质，靠比赛冲成绩，有时会有奇迹，但不会次次如此；

第二，要相信科学，无论赛前准备、赛中补给还是赛后恢复。我长距离跑的经验少，不能听自己的，比如觉得不渴就不喝水是很大错误；

第三，每次大运动量的比赛或训练都得充分重视，都要像是第一次一样认真对待。

其实崇明第一天我觉得比马拉松距离短，思想上不像上马那样紧张，第二天觉得只有24公里，应该跑完没问题，所以周六下午既没好好休息也没好好放松。

高磊：大静，你是队员，第一天有老戈友，有"兔子"陪跑，还是应该多听他们意见。这次是很好的一堂实战课。还有半年，积极治疗，总结经验。有神教练、神队医、神队友，自己勤奋坚持。一定行的。

昌雄：戈壁是一个目标，在往这个目标前进的过程中都会遇到各种各样的问题，今天遇到的，其实在往届都有发生。长江人天生就是敢拼，所以比赛的意志从来就不缺，有些时候还挺过剩的。不过训练中的伤病的确是一个大问题，好多人因此受了很大的罪，甚至会影响到后面的生活。

每个人的身体状况不一样，要自己根据自身的状况主动寻求教练的帮助，制定适合自己的训练计划，确保在不受伤的情况下进行能力提升。不要被动地去跟随别人的训练进度和安排。

戈1陈洪在比赛冲刺时晕倒，当时为了荣誉他觉得值。回来后每次聚会他都说，差点儿把命丢了。戈3，我是受伤最重的一个，脚底全是泡，比赛前先把脚踩麻木了，脚底没感觉了，才能跑，非常痛苦的过程，所以我说再也不去戈壁比赛了。

为荣誉而战，长江人绝对是宁愿向西就死，绝不东归而生。不过，生活还是要快乐，快乐的基础在健康。各位冲A的兄弟姐妹们，健康的冲A成功才是真正的成功，冠军路上肯定没有清闲，肯定要付出巨大的努力，健康，努力，拼搏。

Cici：台上一分钟，台下十年功，功在平时。胜不骄，败不馁。调整心态，从崇明岛重新出发需要更踏实一些，系统、打卡、长距离系统训练等落在实处。平时要夯实内功，有一百分功力，在比赛发挥二十分的拼搏，就是"一百二"。

Mily：这次崇明选拔赛，我的感受也很深，明显觉得自己跑量不够，第二天地貌复杂些就出了各种问题。有个师兄说得对，我们现阶段的训练是为了在戈壁上3天都能跑出好成绩，不是为了马拉松取得好成绩。现在要做的是踏踏实实打好基本功，积累跑量，而不是马拉松有个好看的成绩。

存皇：对标去年崇明成绩，可能是由于第一天距离增加以及近期伤病等原因，男生的整体成绩比去年低一个档次，我昨天也一直在反思，貌似同期公路跑成绩基本接近，但为什么崇明成绩会相差这么大？到底存在哪些问题？现在仍在找答案中，我也希望大家一起找，并积极设法在冬训中共同解决。

组委会也会后期加强对准A选手的重点投入，教练组也在关注大家，争取大家能在冬训中再度提升一个档次，同时也希望准A小伙伴能和各地的选手多沟通，有竞争也有促进，比赛最终靠的是整体！

教练：小挫折是很好的事情，一路顺利容易骄傲。

存皇：建议教练、医生、准A队员和老戈一起开个会，大家互相坦诚些，敞开心怀，找问题。状态出现阶段性低迷很正常，养好伤，冬季训练不要松懈，春天来了必将又上一个新台阶，急不得，上戈壁要打持久战！

爱华：选拔赛出状况睁开眼睛第一句话就是："明天不跑了，以后也不跑了。"但戈壁的魅力就在于当你能再次站起来的时候，召唤的力量远远大于受过的折磨。这次的教训需要好好总结，需要有空杯心态，忘记过去，不要盯着别人，制定适合自己的计划和目标，扎扎实实练好基本功。

听很多老戈友的分享，确实是一分耕耘一分收获，当跑量够了，身体素质提高了，好成绩自然就是水到渠成的事情了。否则靠一次比赛的突破只会昙花一现。戈赛是系统工程，绝不是迈开腿傻跑那么简单。

从今天起重新出发，一步一个脚印往前走，相信每阶段都有进步就是最大的进步。相信有教练、杨医生的科学指导，有老戈友的经验传承，有小伙伴们的相互扶持和鼓励，大家一定会收获不一样的自己。加油吧！小伙伴们，为了能在戈壁上留下那道靓丽的风景！

小静：崇明选拔如果不是大静、爱华出状况，华昕没有完赛。我也不会在第二天即将崩溃的状况下侥幸完赛。我以准A"菜鸟"的心情总结如下：

第一，崇明路面的确难跑，有一段铁丝网路面，我几乎没抬过头。而且还要躲避运石车辆，我相信成绩好的伙伴们很难持续保持配速，老骆驼摔跤也是因为躲避车辆吧？重要的是我听到大家都说这样的路面接近戈壁路面。以后我们是否可以在冬训期间多跑这样的路面？穿最重的鞋，自己背水袋，不请"兔子"！自力更生，适应恶劣地形！

第二，最近在白沟、上马、崇明连续受伤！中间甚至停止跑量，试图恢复，但收效不大，这次崇明一样还是伤了！我的困惑是到底伤好了跑？还是跑中恢复？怎样克服伤跑可能会带给身体一生后遗症的恐惧心理？总之就是有担心，越担心越不敢跑！

最后，几个女生忙起来了、出差了，还有照顾家庭等很多因素都会导致难以保证训练量，这也是无奈的事实，我们要以什么心态，什么训练方式去克服、去弥补？

希望老戈友们给些经验上的支持！最重要的是老戈友的很多独门诀窍，第一天分享时热水瓶说"穿最重的鞋训练"，"男生背沙袋"的训练方式等我都是第一次听闻。最后还是回到自身，跑量不够，持续训练不够，冬训我会认真坚持，听教练和队医的指导！

存皇：大伤休养，小伤慢跑，同时加强核心训练。

曾教练：训练出来的伤痛一定要通过针对性的肌肉力量锻炼来解决，靠养很难好透，下次一跑还是要疼。

杨医生：关于伤病我们会给大家控制的，分为几种：（1）有伤痛，不影响训练；（2）有伤痛，能部分完成训练内容；（3）有伤痛，需要教练、队医帮助；（4）有伤痛，需要完全休息。

就跑步这事，不会留下对身体造成特别伤害的伤病，如果有，我们会第一时间让大家休息。比如，感冒了要不要跑步，如果是病毒性感冒，肯定需要休息。如果只是一点感冒症状，没有发热得厉害，是可以跑的，跑完出个汗，感冒也好了。所以要根据情况定。在整个训练过程中，伤痛是一直伴随大家的，有伤痛——修复——提高，是一个螺旋上升的过程。伤痛不一定就是伤害。

DVD：不得不说，要以每个人的实际情况去把握。群里应该没人不具备拼搏的精神，更没人偷懒，但要知道什么是安全第一，知道什么是尊重生命，知道除了你自己还有你最亲近的家人不希望你因此而有安全隐患，知道科学系统的平时训练是一切比赛拼搏的基础。

这次崇明，我认为大静第二天不跑是完全对的，我第二天最后走了3公里，是因为知道身体严重虚弱，缺水与抽筋，包括饶南受伤这次不参加也是对的。大家需要科学系统的训练与营养补给，而且要知道这里跑步人员的年龄的大小与工作的性质，大家恢复慢，工作忙，要想提高，不能光具有蛮拼的精神。

这是个人观点，未必能得到所有人的认同，但谨以此祝愿群里的伙伴们一直安全健康一起跑到老，冠军对每个人都很重要也很期待，但绝对不是唯一，唯一的只有我们对生命的尊重与对亲人的责任！

杨医生：大家确实忙，训练可能会有中断的地方，还有自身年龄、基因的原因，所以要更加注意科学训练。科学训练包括：训练，休息，饮食，赛前、中、后的准备。

我们可能在身体和年龄方面不占优势，但是我们可以通过其他方面弥补，比如装备、补糖来源、恢复手段等。运动性低血糖症是指在运动中或运动后由于血糖降低导致的头晕、恶心、呕吐、冷汗等不适的现象，严重者可出现休克或者死亡。常见于长跑、马拉松、滑雪、滑冰等项目，以女性多见。晚上训练，建议大家每人泡一瓶补糖运动饮料，远比宝矿力好。

自我静思崇明厄运，
瓶子亲陪亚索专训

第二十三章

2014 年 12 月 2 日，周二

早上 6 点半，到家附近的小花园慢跑 4 公里。上月 29 日摔倒导致的左膝内侧不适明显，连正常走路都受到影响。

晚上 7 点半到卢体，虽没训练，但看到小伙伴们也是开心的事情，杨医生为我针灸治疗。

抽空总结分享崇明选拔赛的感念：

一是未曾想两天成绩取得"奇迹"，与白沟同样名列第六。赛前设定目标保证完赛，不盲目拼别人，只和自己较劲儿，尽量进前八。一个多月前，白沟选拔历历在目，因为罗德曼等高手未参赛，其他选手受伤，自己侥幸在和偶像热水瓶去年差不多的时间，挤上领奖台。

随着高手雨后春笋般地冒出来，加上最近进入训练疲劳期，不敢痴心妄想再进前六。"奇迹"出现，有很大的偶然成分。比赛中，按照教练、热水瓶等人的指导，以及胡队的贴身照顾，体力得以合理分配。

第一天配速 5 分 03 秒，第二天 5 分 09 秒，排除第二天风疾路滑等因素，速度仍和前一天相仿，是真实水平的客观反映。这样的结果，除下文的意料之外，并未出现其他大的伤痛，连续作战能力得到检验。当然也清醒地看到诸多不足，与大咖们的巨大差距，以及下一步的努力方向。

二是第一天比赛，最后 7～8 公里布满砂砾路，为躲避土方车而受到干扰，毫无征兆地摔倒受伤，两个膝盖全然蹭破，伤口足有半个手掌的面积，鲜血立即渗出来，右臂大面积擦伤，右手掌蹭破了三四处。胡队大惊失色地扶我，他难过的表情似乎以为我无法继续跑了。

忍着疼痛爬起来，皮不糙肉不厚的我，仍坚持到终点。赛后，前半程一直在我身后仔细观察过我的"女神"Mily告诉我，我在复杂路况上的跑姿相当不稳定，抬不起脚来，腿部力量、核心能力都欠缺。

尽管明知摔倒是能力问题，但若无旁观者关注，自己很难意识到。戈赛拼的不是个人能力和单打独斗，而是团队的齐心协力，由衷感谢小伙伴知无不言、言无不尽的中肯指正。

三是本次组委会精心安排的崇明选拔赛，投入很大精力，老戈友出钱、出力、出谋划策，施健大哥等人多年一贯地默默付出。

值得一提的是，戈9十位兄弟姐妹齐刷刷精彩亮相，为戈10服务、呐喊和加油，这一幕，作为比较了解他们的我，怎能不为之动容，很羡慕他们在沙场奋战结下的情同手足的情谊。

戈10于我也许终究是个梦，但梦想总该有的，万一实现呢？由衷感谢戈9的兄弟姐妹们，在崇明，你们给我上了非常重要的一堂课。

很多伙伴对我给予了热情鼓励。

晓亭：宇兄，参加跑步活动以来看到最努力、进步最大的就是你，你从今年年初深圳选拔赛的"打酱油"，到现在维持在了较高水平，后面的辛苦和坚持让人动容！你是我的励志偶像，支持你，加油！

小静：刚刚细细读完你的分享！一直觉得你是最刻苦训练的一个，说句私心话，看到别的站后来有传说中横空出世的高手，心里都默默地念叨："你们去戈11吧！"如果宇哥进不了戈10A，就觉得这是一件让人无比难过的事！竞技残酷，但梦想始终要有，只要努力一定会实现的，老骆驼，励志哥，继续加油！

存皇：大赞宇兄，一定要相信梦想的力量，你已看到自己的不足，下定决心去改，你会越来越强大。

爱华：才有时间细读宇哥的分享，敏锐的视角，朴素的文字很有感染力。你已经是我们的榜样了！不要给自己太大压力，放松心情，也许有不一样的收获。

Cici：很爱文豪的真实、视角，受了那么大伤不声张，默默优秀地跑完。

江闽：你的精神一直感染着我，是我尊敬的跑者，现正在医院核磁确证，谢谢仁兄关心，我会注意的，争取一起上戈壁。

军强：宇兄好文，更励志加油！怀感恩之心，把自己彻底归零，和宇兄共进步！

化明：哥们儿，我感觉我们能否跟着胡队从跑姿上改进一下？我们这个年龄都不缺意志品质。

宏达：老骆驼其实原来的身体基础是一般的。戈7怀香现在也能力非凡。看来任何人经过努力都能练出来。

多数同学：你很棒的，一份付出，一份收获，我们看好你，喜欢你的文字，享受你细腻的心灵感受，谢谢你无私的分享……

我：多谢兄弟姐妹们！努力坚持不懈，如我这样菜鸟都会有很大进步！大家更应加油，为健康，为快乐，为荣誉！你们是我前进强大的动力！

晚上加班到9点半。睡觉前，做了两组核心训练。

2014年12月4日，周四

阴。

早上，送儿子上学，他很自豪地说，昨天在学校，上下午共跑了两公里，我对他进行了一番夸奖。

尽管杨医生不主张有伤未愈就跑，而且慢跑两圈强度也不够，起不到训练的作用。但到了傍晚还是没忍住，7点半来到世纪公园，碰到军子、罗德曼，馒头陪我慢跑了6公里。

临上床前，做了3组俯卧撑，用泡沫轴放松半小时。

2014年12月5日，周五

晴。

早上睡不醒，7点了仍不愿起床。气温接近冰点，穿着薄羽绒服，仍难敌寒意侵袭。

昨天跑后，早上走路觉得膝盖伤处略有影响，看来不能一意孤行。

晚上在家做了1小时核心训练。

你常说要做自己的主人，可说来容易做起难。我们无疑能主宰思绪，在思想王国自由随性，恣意遨游，尽情飞扬，却很难依意志支配力所能及的行动。趁激情犹在，趁

209

比明天年轻一天，排除没看起来那么困难的困难，努力，再努力，朝着目标向前冲！

晴。

上午卢体集训。膝伤影响，只能慢跑 7 公里，做 3 组针对性素质训练。

暖暖的冬阳里，运动的心情让人舒畅放松。

训练结束，杨医生耐心地为我放松，并对膝伤作针灸治疗。

晴转多云。

早晨 6 点半起床，在家做了 3 组绕椅子跨腿，100 个俯卧撑。7 点半来到世纪公园，上身里面穿长运动衣，外面穿皮肤衣，下身穿压缩裤。膝伤的痛时隐时现，情形仍不容乐观，打算跑多少算多少，不勉强。

存皇跟着我的节奏，边陪我慢跑，边开始给我念经，要尽一切可能养好伤，继续进步，强化冬训并取得突破。存皇太能讲，不厌其烦地说，不知不觉一起跑完 4 圈，加上我自己单独跑的 1 圈，上午共跑了 25 公里，配速 6 分 25 秒。

中午，小伙伴们餐叙交流。

高磊结合戈 7 经验，分享了运动模型：40% 训练、30% 气候环境、30% 组织领导及团队团结。去戈壁的有三种人：A 队是和别人拼，干掉别人；B 队和自己较劲儿，干掉自己；C 队自娱自乐。若将目标锁定冲 A，必须发心坚定，一切以冲 A 优先，才有可能实现目标。

大家纷纷就各自情况总结反思，坚定冲 A 目标，明确具体计划，誓言不到最后绝不放弃。

罗德曼建议我，由于我的跑量已有一定积累，周日训练应侧重于速度、强度，而不是慢跑，这样的刺激不大。我觉得非常有道理。

N40° 23′29.30″E95° 35′41.40″

中度雾霾。

距离戈 10 比赛还有 160 多天，从 6 月份开始倒计时，那时觉得离比赛的日期比较遥远，还有 340 多天，时光毫不留情地迅猛闪过， 180 多天，一半多的日子，未曾觉察便偷偷地飞逝而去。这期间，经历了许多的艰辛磨难，我都一一挺过来了，流过很多汗水，也换取了一定成绩。

决定性的时刻也许已经到了，就在这个冬训。咬牙坚持、坚持、再坚持！努力、努力、再努力！尽己所能，朝着目标的方向不动摇。明天开始，加大训练量，早晨 5 点 50 分起床，争取一天两练。

微信群里，大家的训练热情高涨，打卡此起彼伏，小静虽然受伤，但仍憋着一股劲儿在训练。爱华、Mily、大静也都不甘示弱。罗德曼、饶南更是加倍努力。

晚上做了一个半小时核心训练。

不是因为有希望才去坚持，而是坚持就一定有希望！

早上 6 点，被闹钟叫醒，发现膝盖伤痛状况仍未有实质性改善，果断放弃训练计划。

看到大家都在积极打卡训练，心急如焚。下午，按照杨医生的建议，到东方医院拍 X 光片，检查结果没见异常。

晚上卢体训练。做了 3 组核心训练，教练改变和增加了几个动作，除因膝盖不适，交换腿跳无法做以外，其他动作都完成了。

晚上 8 点多出门，冒着冰凉的小雨，在世纪公园放松跑 16 公里，平均配速 5 分 40 秒，最后两公里提速到 5 分。

膝伤的感觉已不太明显，心情大好。

晚上 7 点，世纪公园 2 号门。

穿着皮肤衣、压缩裤，慢跑了一个半马，最后一公里配速 5 分 20 秒左右，前面配速 6 分至 6 分 30 秒。

跑完后，用手按压膝盖，仍有痛感。

10 点半到家后做了拉伸，用泡沫轴滚动放松，12 点睡觉。

下班 7 点半到家，身心俱疲，在床上躺了半个多小时，睡不着。

晚上 8 点多，忍着倦意出门，在小花园慢跑 10 公里，穿着棉绒卫衣，全身被汗水湿透。

拉伸，洗漱，用泡沫轴放松，磨蹭到 12 点后才上床。

晴。空气不错，阳光明媚，格外耀眼。

昨天睡得晚，加之最近持续疲劳，8 点才起床。

上午卢体集训。在慢跑热身 3 公里时，热水瓶跟我说，每周周一、周五还是要跑休调整，以做核心力量训练为主。

随后，热水瓶陪我跑了 8 个 800 米，每个都是艰难的挑战和新的纪录，他给我设定了切合实际的目标，跑的过程中不断给我打气。

尽己所能，紧跟在热水瓶的后面，没有他的带动，我绝对不可能按照用时 3 分 10 秒，间隔休息 3 分钟，连续 8 个 800 米跑下来。想想去年他的蜕变，就是通过无数次忍受这种高强度的痛苦训练才实现的，令我十分感动，充满无以言表的感激。

强度跑完，跟热水瓶、DVD 慢跑两公里，配速 4 分 45 秒还能自如地说话，我说很惊奇，热水瓶说，这就是训练的效果，惯性使然。

骤降的气温，被冬日的暖阳消融，清凉澄澈的世界里，有种别样的美丽，绝色的韵致，正是华东站"玫瑰"们的笑靥如花和青春蓬勃，在激情律动的运动场竞相绽放多姿的绚烂。

昨天华昕和 Mily 在京 47 公里顽强拼搏的训练精神，感染和鼓舞了大江南北的小伙伴们。大家纷纷誓言："远学帝都华昕，近学魔都 Mily。"

感谢所有一起来训练的同伴给我们彼此带来的欢乐，感谢小教练晨光辛苦付出的专业指导，感谢身在云南抚仙湖服务的曾教练的遥控指导，感谢超超"女神"为小伙伴们精心准备的礼物，特别感谢热水瓶康凯老师不厌其烦的鼓励、带动我完成了历史性突破。

中度雾霾。

6 点半出发，前往佘山集训。

8 点 15 分，伙伴们跟着热水瓶开始佘山拉练。围绕东西佘山环山跑了两个来回，共计 22 公里。

最后一圈，临近终点，我的膝盖报警，跟不上大部队了，独自沿着西佘山通往教堂的阶梯跑了两个来回，罗德曼、DVD 等则在长台阶上下三个来回。女生们不甘示弱，顽强地坚持完成了和男生们几乎一致的里程。

忽明忽暗阴云笼罩，
否极泰来阳光高照

第二十四章

-- **2014 年 12 月 15 日，周一**

晴。

昨天佘山跑坡，对膝盖造成了很大的负面影响，有伤的左膝疼痛明显，走路稍快便有不适。

晚上在家做了 1 个多小时核心训练。

一年半前，没有踏入跑者行列时，我觉得长跑，哪怕半程马拉松，与自己的距离就好比月球和地球的距离。如今，不可思议的梦、遥不可及的目标，居然梦幻般实现了，尽管一路一直与或大或小的伤痛相伴，但简单、平凡、快乐的生活方式，已让身体焕发出新的生机。

-- **2014 年 12 月 16 日，周二**

晴。

清晨 5 点 45 分被闹钟叫醒，6 点多出门。昨晚开始降温，迎着扑面而来的寒风，即便穿着抓绒长衣长裤，戴着手套，头上缠着魔术头巾，浑身上下仍瑟瑟发抖。

慢跑热身 1 公里，身上渐渐热起来。忍着左膝的不适，围着世纪公园跑了一圈多，小花园又跑了两圈，加上往返的路程，一共慢跑近 1 小时，8 公里多。

晚上到卢体集训。热身慢跑 7 公里，练 3 组核心，两组静态力量训练。今晚是入冬以来最冷的一个夜晚，但是冲 A 的小伙伴们在存皇、热水瓶等老戈友的带动下，训练热情高涨。

大家都在为半个月后的大鹏马拉松备战，令自己忧心的是，伤势届时能否痊愈？

是否允许参赛？

晴。

7 点多起床。半夜做梦，感觉像被施了魔法，不能自主。冰冷的早上，天空澄澈，瑟瑟寒风中世界显得通透。

与杨医生交流身体情况。

我：杨医生，听说你出差了，啥时候回来？我膝盖摔到的地方仍不见好，上周末 8×800 及佘山拉练后，似乎严重了。昨天慢跑 10 公里，不适更加明显。

杨医生：我周末回来。每次跑完冰敷吗？时间久吗？

我：昨天跑得慢，觉得不需要就没冰敷。

杨医生：每次跑完要冰敷啊！

我：感觉很可能骨头有问题，需要休息一段时间吗？

杨医生：休息也用处不大，现在对跑步影响大吗？实在不行就去我那拿点药，每天晚上敷。上次给你的一小瓶涂抹用的红色药膏有用吗？你什么时候有空？我安排人给你准备好，快递给你，但不能涂多。

我：慢跑倒是可以，你那药有用，今天我走不开。晚上我还想跑跑看，不知道大鹏能否跑？

杨医生：可以跑。

晚上下班到家，膝盖隐痛得厉害，决定不跑了。

清晨不到 5 点便醒来，5 点半出门，天寒地冻的气候下，绕世纪公园跑了 13 公里，因膝伤困扰，只能慢跑，平均配速 6 分 15 秒，前几公里配速 6 分 30 秒。跑完时，戴着棉绒手套的手仍未完全暖和起来。

上午和下午用冰袋隔着裤子冰敷了两次膝盖。

下班后到单位健身房，在跑步机上慢跑 6 公里，力量训练 20 分钟。

阴，气温有所回升。

昨晚睡前将跑步装备备好，本想早上跑步的，但是懒惰和膝盖伤痛打消了计划。起床下地，发现膝盖的状况比昨天还要糟糕，看来忍痛坚持跑对恢复不利，心中很是失落。

杨医生说可能是髌骨面和股骨内侧摩擦导致肌肉内侧疼痛，造成髌骨磨损，让我休息一下，今天不要跑了。

下午到医院预约核磁共振。医生的话让我心里一凉，说是伤势严重，要休息好几个月才能好，最近千万不能运动，尤其不能剧烈运动。

和杨医生交流。

我：预约到了下周一的核磁共振。明天我还去卢湾训练吗？

杨医生：去的，做腰腹力量，上肢训练，只是不做跑步运动。先拍片，如果是软骨有问题，必须要理疗。

我：慢跑也不行吧。

杨医生：不可，先拍片子确定了。

我：医院的医生说严重的话，可能好几个月都好不了，不是半月板问题吗？

杨医生：半月板不会有这个表现的。

晴。

早上醒来，第一件事情就是面对伤痛暗自神伤，这样去训练效果也不大，还不如在家休息。可看看天气不错，小伙伴们都会去训练的，若自己一上午啥也不练肯定心有不甘。犹豫片刻还是决定出发。

卢湾体育场，温暖充分的阳光洒满整个操场。教练要求我，不能跑的这段时间，就专心做素质训练，刚好弥补薄弱的环节。让美女小教练亚萱指导我单独做 6 组素质练习，1 个多小时的训练，不比跑强度好受，特别是腹肌撕裂十分虐人。

曾经是专业运动员的亚萱宽慰我说，运动员受伤无法跑时，只要坚持素质练习不放松，伤愈后，用一周时间恢复跑步，就会跟上大部队了。听了此话，让我松了一口气，也增添了坚持下去的勇气。

回家的路上，心情轻松愉快，身心收获满满。今天若不来，一上午就虚度了。

阴。

早上 8 点 40 分起床。昨天训练导致大腿和臀部的肌肉反应明显。

上午，杨医生到家看我，送来一些口服药。他有个队员的伤是骨水肿，跑完马拉松后，膝盖受伤一年没好。但他说我的情况应不会那么严重，等检查结果出来，再决定治疗和训练方案。

下午 1 小时素质练习，3 组腰腹、俯卧撑、侧平板力量训练。

晚上一家人到龙阳广场吃饭。一天没下楼，走了十几分钟，双腿似平常无恙。还来不及高兴，膝盖的隐痛就来了，撞伤的疼痛转到了膝盖前面。

外面风势很大，天空中黑云翻滚，身上的棉衣难以抵御寒冷，瑟瑟发抖地走到饭店，等了近 1 小时才有座位。伤痛缠身，心情犹如天气一样，时而会阴云笼罩。

冬至。一觉到天明，睡得很熟，做了几个梦。

从床上下来，膝盖伤处隐痛依旧，心头的阴云如影随形。

下班后到东方医院做核磁共振。回家后花半个小时做了 3 组素质训练。连续 3 天练体能，腹部肌肉酸痛感强烈。

跑步的过程，不可能没有坎坷崎岖，有欢乐也注定有痛苦。正是有这样那样不可预知的艰难存在，才让我们的坚持与众不同。

晴朗，空气优良。

下午取到核磁报告。

217

报告上放射学表现：

左侧股骨内侧髁，内侧半月板后角内可见不规则形长 T2 信号影，达关节面，内外侧半月板后角可见线状稍长 T2 信号影。前后交叉韧带形态、信号未见明显异常；内外侧副韧带形态、信号未见明显异常。

放射学诊断：左侧股骨内侧髁挫伤；左侧膝关节外侧三级信号，考虑撕裂。左侧膝关节内、外侧半月板 1～2 级信号，半月板变性考虑。

医生解读诊断情况，我心头就像是在寒冬中被浇了一盆冰水。他指着电脑上的片子说，看到没，膝盖内侧是伤到了，半月板撕裂，骨头有的地方有裂缝，按照医学理论，受伤前两周应该紧急处理，诸如石膏固定、理疗处理等。目前你的情况已介于两者之间，先理疗，没有效果恐怕要手术。

医生给我开了每次 50 分钟的 5 次理疗方案，今天做了一次。

晚上和朋友绕世纪公园一圈，边走边聊。10 点半到家。

中度雾霾。存皇从杨医生那里了解了我的伤情，马上和我联系。

存皇：宇兄，抱歉崇明第二天不该让你跑，先养养看，是否要决定手术？

我：没事儿，昨天去医院理疗了，尽可能保守恢复，让你担心了。

存皇：都是我不好，逼得太狠，让兄弟你受累。

我：千万别责怪自己。是我最近练得不够科学所致。

存皇：先养好伤，辛苦兄弟！你的精神会激励大家赢得冠军。

隐约感到存皇对我的失望，自己也很无奈。哎，辜负他了。

下午又做了一次理疗。经存皇引荐，咨询了国家体育总局运动医学研究所体育医院运动医学科张乐伟医生。

平安夜，晚上回家吃饭团聚。做了 1 小时核心练习，3 组腰背肌、俯卧撑、侧平板、提踵、静蹲、跨腿等。

晴。天气格外好。不能跑步，真对不起这奢侈得过分的好空气。

下午到医院理疗，看特需专家。医生用手转动观察我的膝盖动作的灵活性，看了核磁报告，诊断为左侧股骨内侧髁骨挫伤，左膝内侧半月板损伤。需要休息 2~3 个月后复查 MRI，加强股四头肌及腘绳肌训练，避免剧烈运动，行走时佩戴护膝，继续理疗。

我问杨医生多久能跑，他建议我明天去瑞金医院做冲击波治疗，一周 3 次，做了看看情况。可能需做两周。

收到张医生的回复：

从你受伤的情况来看，伤病应该不会很重，只是受伤初期可能没有处理好，又接着跑步致使伤情加重。受伤后应该短暂休息和治疗一下，再进行训练可能会比现在要好一些。核磁报告的情况一定要同局部的症状及体格检查的结果结合起来考虑，才能判断伤病的具体情况。核磁报告上的结果：

1. 股骨内侧髁有挫伤（应该是股骨内侧髁有骨髓水肿可能更准确，说明有撞击伤），这与你有摔伤史及压痛相符合。

2. 内侧半月板Ⅲ级损伤信号，说明半月板有变性及损伤，不知你的膝关节内外侧关节间隙是否有压痛？若没有，也没有膝关节积液，说明你的半月板没有大问题，即使影像学有异常，但只要没有症状和体征，我们都认为它没有问题。只是今后得引起注意，大运动量运动时要加以保护，运动后要及时冰敷，防止有变性及损伤风险因素的半月板出现滑膜炎等症状。我不知道你的理疗做的是什么？

建议如下：

1. 做低频的理疗如超声波，高频的如短波可能效果不好；

2. 局部可以做冰敷（15 分钟／次，每日 1～2 次），内服消肿止痛的药物，外敷活血化瘀、消肿止痛的中药，针灸治疗。

3. 停止跑步，或可进行慢跑，但距离不能太长，跑步时一定要固定保护，跑后冰敷。

4. 练习膝关节周围肌肉力量：股四头肌、股二头肌等，方式是蹲马步、直腿抬高或器械练习等。

5. 再观察一周再决定下一步的治疗情况。没有见到你本人也没进行检查，大致给你几点建议，不知是否合适及是否对你有帮助？

晚上在家里做了 3 组核心训练。

2014 年 12 月 26 日，周五

晴。

一早到瑞金医院，挂号理疗科，想做冲击波。医生很好，告诉我做冲击波要看专家，让我重新挂专家下周三或元旦后的号。

下午看杨医生，他用仪器为我理疗了 1 个多小时，教了我几个用弹力带锻炼肌肉的动作。感觉情况似有好转，索性暂不去瑞金医院了。

晚上在家用杨医生给的弹力带，做了 20 分钟训练。因明天集训，没再多做核心练习。

2014 年 12 月 27 日，周六

晴。阳光明媚，空气优良。

早上开车去卢体，慢跑 8 公里，跟亚萱做 3 组力量训练，最后放松跑 2 公里。一周没跑了，忽然跑这么多感觉还不错。

午饭后，一家三口到建平西校，陪儿子玩了 1 小时篮球。

2014 年 12 月 28 日，周日

晴空万里。

下午，在建平西校操场 200 米的跑道上，慢跑了 11 公里，膝盖无大碍。

晚饭后做了 3 组多核心训练，汗流浃背。

2014 年 12 月 29 日，周一

重度雾霾，上午去东方医院，做完最后一次理疗。

收到晨光自己录制的体能训练视频，照着在家学做一组。

晴，中度雾霾。

跑休。找杨医生做治疗及放松，他给我的大腿后侧及臀部以下进行了针灸，又用理疗仪给我放松了 1 个多小时。臀部的酸痛基本消除，右膝还有点儿不舒服。征询杨医生的意见，大鹏马拉松能跑吗？他说应该可以，还有两天呢。

盘算着到时候可以慢跑，以 5 分 20 秒至 5 分 30 秒的配速，争取用 3 小时 50 分左右跑下来。

临走时，杨医生给了我 10 粒从香港带回的膝关节损伤特效药。

机场休息室碰到存皇，同一航班。他又不厌其烦地鼓励我写本书，像北大汪书福那样，给小伙伴们以激励。我说怎么可能写出来呢？他说："他们都能写出来，你肯定没有问题。"提醒我现在就动手做准备。

傍晚抵达深圳宝安机场，乘学军的车入住大鹏曼湾酒店。

和万凌一个房间，定好明天凌晨 4 点 15 分起床，11 点多上床睡觉。听着万凌在床上翻来覆去，自己也难以入眠，琢磨着明天到底以怎样的配速来跑。

第三卷 2015/01—2015/05

人生活在希望之中，
旧的希望实现了，
或者泯灭了，
新的希望的烈焰随之燃烧起来。
如果一个人只管活一天算一天，
什么希望也没有，
他的生命实际上也就停止了。
——（法国）莫泊桑

大鹏从容以赛打磨，
良缘如约用心撮合

第二十五章

深圳。

元旦，凌晨 4 点早早醒来。

5 点，下楼吃饭前，请杨医生给我两膝、脚踝打好肌贴，顺便和他聊咋跑。他答道："320 吧。"吓了我一跳，还真把我当正常人了，其实他比我还了解我的身体状况。

6 点，乘组委会安排的大巴，十几分钟到达赛场，此时夜幕尚未完全褪去，气温10 度左右，参赛服装外面套着长衣长裤不觉得冷。

找到华东站的小伙伴，大家一起热身拉伸。20 分钟后，天空渐渐露出曙光。

原本不明确的计划，一瞬间就因被改变而确定，这次改变注定不虚此行。热身时和 Mily 及带她的胡队聊天，得知我恢复顺利，胡队建议我们一起跑，Mily 的目标是"330"，让我视情况能跟就跟，能快就快。

就这样，犹疑中用 LSD 安全完赛的想法，赛前不到半小时就被改变了。三人挤到队伍靠前位置，有目标的 Mily 面色略有紧张，我则一副无所谓的样子。

7 点 30 分，比赛准时开始。万众齐跑，气势如虹，人群沿着较狭窄的赛道，洪水般汹涌着朝前奔去。Mily 跑得比控制着节奏的胡队还快，我跟在两人身后，不敢懈怠，三个人如同三条泥鳅，在人缝中钻来钻去，闪转腾挪，很快冲出重围。1 公里，配速 4 分 45 秒，太快了！

10 公里前，我们一直保持 5 分以内的配速，我在他俩身后，相距不足 5 米，胡队不时让我喝两口给 Mily 准备的饮料。

我一直提心吊胆地担心着伤势，祈祷能平稳完赛。

将到 15 公里时，跑圈顶尖大神白斌带着冬炜，从我身后超越而去，我看着冬炜稳健快速的背影，冲他高呼加油，片刻工夫便不见其踪影。

23 公里左右，右膝有些不适，反倒在崇明伤过的左膝没问题。

我和胡队、Mily 的距离渐渐拉开，最远时有 100 米开外。30 公里前，配速基本在 4 分 55 秒上下，照这个速度，不难实现 Personal Best，但后程还有大坡，马虎不得。

33 公里开始，是一道又长又陡的 5 公里伤心坡，此时进入"撞墙"期，体能已到极限，速度明显下降。即便如此，我还是坚持着一步步追上了一直在前面的 Mily，显然，她看起来透支得更严重，我和胡队都不断地鼓励她，顽强的 Mily 又跑到了前面。

35 公里左右，忽然注意到，不知什么时候，治平从后面稳步赶超上来，和我一起跑了几十米，见他跑得很轻松，我就告诉他我有伤不敢快跑，催他加油，目送他渐渐远去。

即将爬到最后一个坡顶，距终点只有 3 公里的时候，再次撵上 Mily，愈加强烈的疲劳感全面袭来，配速掉到 5 分开外，要实现个人最好成绩除非开始拼命提速，但这太冒险，也不值得。

下意识地调整跑姿，找到尽可能舒服的节奏，一步一步踏实向前。跨过终点线的那一刻，人生第四个全马用时定格在 3：31：43。尽管带伤跑下来，却没有前三个那么苦，那么拼，那么累。虽然差两分钟未能实现个人最好成绩，内心还是很欣喜。

首马郑开马拉松，一个人的战斗，没有任何经验的一次体验，丝毫不敢松懈，一路艰难跑到底，成绩"415"，到终点已崩溃；第二次衡马，皓子带我跑出逼近"330"的成绩，最后 7 公里小腿抽筋，死撑到终点；第三次上马，金源带我闯进"329"，最后 3 ~ 5 公里是咬牙拼命坚持下来的。

今天，身上带着伤，跑得却比前三马都轻松自信，幸运的是跑完身体几乎无恙，伤痛并没加重。

赛事休息区，遇到取得"316"佳绩的赛事主办方万科老总郁亮，郁总看上去怎么也不像年近半百之人，身上洋溢着青春活力，脸上笑容灿烂，待人和蔼可亲，这是爱好运动、阳光自信的烙印。早就了解了很多有关他跑步的励志故事，今天合影留念后，暗下决心以偶像为榜样，争取有朝一日跑过他。

赛后 Mily 感言：

有人用一顿美食迎接 2015，有人用陪伴家人迎接 2015，有人用一本好书迎接 2015，我用一场拼尽全力的马拉松比赛迎接我的 2015。前 30 公里很轻松，30～35 公里感觉到身体的疲乏，35～38 公里处的大长坡咬牙坚持，39 公里处开始岔气，腹痛不止。

最后三公里，身体有再多的痛楚都咬着牙，不敢停下走一步，因为明白一旦停下来走了一步，也许就再也跑不起来了。

平时跑步是种享受，每次全力以赴坚持到底的比赛是自己对自己一次次的超越。感谢一路陪伴我，鼓励我的"兔子"——胡尧新队长，感谢给予我鼓励和信心，陪伴我训练的队医、教练、队友们和戈九的组委会成员们。团队协作努力是取得一切胜利的基石！

曾教练和杨医生对我的表现比较满意，自我感觉能力又提高了，无伤情况下实现"325"应该不难。热水瓶夸赞我说，这个 LSD 杠杠的。化明和冬炜成绩很好，均为"322"，治平"329"实现了个人最好成绩。

晚上 9 点，飞机准点落地虹桥，10 点半到家。

2015 年 1 月 2 日，周五

早晨睡到自然醒，9 点起床，小腿肌肉明显酸痛。

下午，到世纪公园慢跑排酸 8 公里。

2015 年 1 月 4 日，周日

晴，中度雾霾。

上午，在客厅按照晨光录制的视频，做 2 组 45 分钟核心练习，随后用泡沫轴放松。

曾教练提醒大家：大鹏、厦马结束，华东站队员本次比赛没有做特别的调整，出发前就说是去 LSD，但"玫瑰们"表现出色，老骆驼也轻松完成"331"，总体有进步，但需要总结：

1. 逆水行舟不进则退，进步小了就是退步。

2. 每周两次的集训尽量确保，并咬牙保证质量，顶到强度了，水平就上台阶了。

3. 科学系统训练，不要蛮干，完成计划，好成绩顺理成章。

4.有伤痛要积极处理，但不要停练，脚疼可以练腰腹肌……

陪儿子看大鹏马拉松参赛资料，解释号码布上不同年龄的分组规则。告诉他我45岁，分在36～50岁的B组。忽然意识到，岁月无情，一大把年纪了！

一年来的跑步，几乎成为业余生活的全部，也难免挤占了工作和学习的部分时间。有时也会反思，为了跑步，失去的时间和机会值得吗？

如果一件事值得做，是预期内有分晓的正事，就拼尽全力搏一把。不尽力，还不如一开始就不去耗费精力。尽管进A队是小概率事件，但只要有1%的机会，就要按100%去努力，结果无论如何，经历过就不后悔。

至少到今天为止，我的收获远远大于付出，享受痛并快乐着的过程。且不说铁证如山、令自己引以为傲的成绩，更重要的是生活方式变得健康了，何况还与伙伴们结下了深厚的友谊。

未来，这种运动方式，我也许能一直持续下去，影响更多认识和不认识的人，这也是一种积极的生命力量抑或功德吧。

睡前泡脚，打算明早慢跑，闹钟定到5点30分。11点上床。

2015年1月5日，周一

气温15度以上，很温暖。

凌晨，右膝隐约不适。犹豫一番，用休息是为更好地锻炼作为自我安慰的理由，决定偷懒一早。

晚上7点，到世纪公园。皮肤衣系在腰间，跟着胡队、馒头、小怪慢跑16公里。稍后，Mily和DVD也来了。

结束后，大家一起去面馆吃面，分享小怪带来的水果。馒头和胡队让我这个月要多积累跑量，每周保持100公里。

最近，我和爱华不遗余力地配合，分工明确，努力撮合胡队、小怪两位上进好青年的姻缘。在胡队陪我跑步的过程中，我的话比平时多了很多，都是与赞美小怪有关的，尽管我唠叨，但不善言辞的胡队基本不怎么接茬，除了傻笑。

阴有雨夹雪。

气温变化无常，今天气温骤降七八度。

晚上冒小雨到卢体训练，提前一刻钟，第一个到。不一会儿，罗德曼来了，两人一起到操场热身慢跑 7 公里。

拉伸后，做了一组素质训练，再跑 3 公里，右膝略感不适。杨医生给我又带来一板治疗关节的药。

自己能掌握的，无非是按部就班训练，将跑量积累到位，水到渠成。选拔赛不带包袱，轻松上阵，从明天回看今天，一切皆已安排，顺其自然，不纠结现实。

我们总是高估自己的体能，忘我地投入到工作和生活，低估了运动对于生命的意义，忽视举手之劳的锻炼。

擅长从旁观者的角度妄加评价他人者众，仔细思索善于内省者寡；时常喜欢告诫和教导他人者众，疏于给自己提出严格要求、认真执行者寡；以为明天很多很漫长，浑然不觉、自欺欺人者众，看透冷暖、认清形势，始终保持清醒者寡；浅尝辄止者众，有毅力、恒心者寡。

能够让我们的生活更轻松、更快乐的源泉，首要的就是身心健康。每天挤出不多的时间，合理坚持一种运动，享受只有锻炼才能体会的快乐，是对自己很好的奖赏和投资。

不断激励不断自驱，愈加努力愈加进取

第二十六章

2015 年 1 月 7 日，周三

晴。

早上 6 点半起床，较疲惫。

晚上 7 点，到世纪公园 2 号门和伙伴们汇合，慢跑 16 公里。

胡队和馒头都鼓励我，为了月底的海南选拔赛，本月跑量堆到 400 公里以上。此前胡队想带我每周跑个速度，鉴于身体状况，伤势未痊愈，改变策略，让我慢跑。

9 点到家后，拉伸，做 3 组核心训练。10 点半上床。

2015 年 1 月 8 日，周四

晴，轻度雾霾。

早晨气温较低，太阳升起后，很快温暖起来，没有风的世界宁静安逸。

傍晚，顺时针沿花木路由东向西绕着公园，阳光直面照耀到身上，好似在温度舒适的光海里徜徉，丝毫不觉冷。

小腿酸胀，配速 5 分 35 秒至 6 分之间，跑不快，也不想跑快，听着脚步的声音，身心游动在属于一个人的时空里。

跑到 10 公里，右膝隐痛，立即放慢速度，最终跑完 16 公里。

2015 年 1 月 9 日，周五

晴。轻度雾霾。

写了一段感想，引发大家共鸣：

从去年6月8日，即戈10倒计时346天开始，正式投入训练至今，7个月悄然飘过无声无息。210多天，起初那么令人煎熬的时光，不容片刻喘息和稍事停留，一瞬间，滴答滴答，悠然从容地从指尖滑过，离我远去，永远不会倒流。

那时，多希望痛苦的日子快一点儿，再快一点儿过去。回首昨天，转战南北，由夏至冬，历经暑寒，一路跑过并不短暂的征程，竟无暇欣赏沿途缤纷的景致和自己清澈的心境。

早已逾不惑之年的身躯，受存皇等为代表的兄弟姐妹的感召，怀揣挑战自我，超越平凡的梦想，一次次将并不优雅的身影和无数汗水留在世纪公园、卢体、佘山、高淳、衡水、白沟、崇明、上马、大鹏……2000余公里的路，一步一步，一米一米，实实在在地跑过。

没有哪一次训练，不够卖力；没有哪一次比赛，不够投入；没有哪一次伤痛，不够揪心。

越是卖力，收获越大；投入越多，热爱越久；揪心越紧，珍视越重。一门心思地努力、坚持、历练、忍耐着……甚至时常忘记纠结"打酱油"的自己到底行不行，不再恐惧训练的艰苦，不再担忧比赛对意志的考验有多么可怕。

粗略算来，离按惯例4月份举办的戈壁探路，只有短短3个月，时间不足100天。那时，我们将给大家展示努力成果的阶段性正式证明，那也将是多数人如释重负的时候。

210个日子说长不长，说容易也不容易，跑过了，也就征服了。念及此，接下来100天，实在太短暂了。早已习惯和小伙伴们相处训练的珍贵日子，正在一天一天、一次一次地减少。

从今天开始，定当倍加珍惜、尽情享受余下的集训，不留遗憾。只为日后回想，心安理得对自己讲："无论结果如何，毕竟和你们一起跑过的日子里，我奋斗了，没轻言放弃。"

想到人生能有几回搏，此时不搏何时搏？不禁信心倍增。训练原来是可以更美的，也是值得追忆和感怀的。

小怪：老骆驼，我在开会啊，把我看哭了。我想好了，从现在开始、要珍惜每次跟你们一起"打酱油"的训练、选拔、探路，如果组织允许，希望能跟你们一路去戈壁，虽然不能去赛道，我会在赛道外为你们默默加油，在终点迎接你们夺冠凯旋。完整地走一回，无怨无悔。

小静：喜欢宇哥写的这段！读到这里眼泪就止不住！即使无法进A，奋斗过，拼搏过也痛过的这段日子因为有大家的陪伴、支持、鼓励，变得甜蜜而美好！会让我珍惜一生！

存皇：老骆驼，一路走来，实属不易。正能量。

小丹：戈壁只是开始，不是结束。很多人总批评有夺冠之心的人，说什么要感悟不要赶路，他们哪里能体会？……这种感悟岂是随便走路的人能体会的。反正不管上不上得了A，这一年虽又苦又累，但绝不会后悔。

爱华：感动并有共鸣，正在杨医生这里积极疗伤，宇哥给了我满满的正能量，没有任何理由可以放弃。

罗德曼：写得太好了，感动！无论结果如何，拼过就不后悔！借宇哥的文章，吹个牛，我无锡马拉松跑进"250"。

宏达：感触颇深，感动不已。

高磊：老骆驼好样的。

海平：老骆驼，你真棒。

璇静：文武双全的老骆驼兄！

新锋：感人至深！有人格魅力、有拼搏精神、有团队精神的好兄弟，我会为认识你而骄傲一辈子！

我：从伙伴们的身上，感受到了前进的强大动力！一起努力！！！

晚上6点15分，和馒头跑20公里。13公里时，左脚外侧疼痛加重，落地刹那感觉神经抽搐似的刺痛，馒头紧张地望着我，关切地询问："怎么样？"我说疼得跑不了了。放低速度试着缓缓走上几步，剧烈的疼痛明显减弱。逐渐慢跑起来，隐痛犹在，可以忍受。

到家后，群里看到饶南和罗德曼打卡俯卧撑，受激励，做了150个。睡前用泡沫轴放松身体。

今天看到一段励志的话：

人生最遗憾的，莫过于轻易地放弃了不该放弃的，或者已经在奋斗路上坚持了很久，因为一些困境而放弃了。

可以不拥有任何东西但不能放弃对生活的激情和对未来的希望。

人生只有一条路不能选择，那就是放弃的路。

只有一条路不能拒绝，那就是努力奋斗持续成长的路。

成功的人之所以成功，是因为他与别人共处逆境时，别人失去了信心，他却下决心实现自己的目标。希望总是出现在绝望之时！美好的一天从不放弃开始！

晴，中度雾霾。

一觉醒来已是 8 点，抓紧出门，路上买了两个菜包填肚子。

9 点赶到卢体。小教练晨光见到我说："宇哥你看上去很疲劳。"我说鹏马至今连续 10 天几乎没休息。

慢跑了 2 公里。沿足球场对角线跨步跑 5 组，1 公里多，右腿膝前侧和外侧不适，左脚伤仍困扰，不敢加大训练量。又慢跑了 3 公里。

抓住杨医生，让他花了 20 分钟，重点为我僵硬的小腿放松。

午休两个小时，本想补觉充电，其间被几个电话吵醒，效果打折。

晚上不到 9 点半上床，定好闹钟到 5 点半，明早 LSD。

晴，重度雾霾。

5 点半起床，吃了半碗面。6 点半出门，天才蒙蒙亮。眼前烟雾缭绕，浓密的雾霾啊。内心纠结：这可怎么跑啊？ 10 公里，15 公里，还是原定的 30 多公里？

管他呢，跑起来再说吧。先让身体暖起来，双手塞进衣袖里，向公园跑去。周末清晨的马路上没几个人，对于多数人而言，很难抵抗热被窝的诱惑，尤其是相比于在寒冷且空气不佳的室外锻炼这种"傻事"。将手中的饮料藏到草丛中，以慢跑代替拉伸。

跑到七八公里，平均配速 6 分 15 秒，后面上来一位 30 岁左右的年轻人，速度 5 分 30 秒左右，很轻松随意，跟在他身后，比一个人跑轻松，不紧不慢一圈多后，自己加快步伐超过他，此时配速 5 分 20 秒，两公里后，年轻人不服输似的，又加速跑到我前面。

计划还没完成一半，不想被他的节奏带快，二人距离不断拉大。有时候，哪怕不认识的人，在你身边跑过，在前面带着，成为你追逐的目标，都是一种激励前行的力量。内心经常会为此流露出感激之情，今天亦如此。

跑了一个半小时多，已经 8 点，停下补给喝了两三口饮料。芳甸路上，太阳已经挂到老高，耀眼的光芒穿透厚重的雾霾，从东方的天边普照大地和万物，包括我。

暖阳驱走了寒意，雾霾也被吓退了八成，浑身上下顿觉平添不少动力。保持 5 分 45 秒左右的配速，均速下降到 6 分以内。最终完成 33.33 公里，配速 5 分 58 秒。赶时间送儿子学琴，不然 35 公里应不在话下。到家后，冲了一袋蛋白粉喝下。

晚上，做两组仰卧起坐，一组背肌。

2015 年 1 月 12 日, 周一

晴。空气质量优良。

中午看杨医生，为我左脚做超声波处理，双腿进行针灸。

晚上，不想辜负好空气，决定将慢跑当做跑休。7 点和馒头在世纪公园 2 号门开跑，慢跑 16 公里，配速 6 分 20 秒。未现不适。

到家做 200 个俯卧撑，一组腰肌练习。拉伸，放松。

身处人生的赛道，不会总是艳阳高照，每个人不可能一直高歌猛进。偶尔必要的等待，是为了更好前行。

面对必须面对的困苦，保持平和的心态，汇聚足够的力量，一定会见到心中那缕曙光。

2015 年 1 月 13 日, 周二

晴。小到中雨。空气不错。

早上醒来，右腿膝盖略感不适，走路不够灵活，戴上护膝。

晚上下班，冒雨去卢体。慢跑 3 公里后，在室内训练，做 3 组核心训练，每组十几个动作。没尽力的缘故，心率只有 150 次 / 分。

今天训练的人不多，10 多人，包括 DVD、饶南、Mily、爱华。大连凯哥没受天气影响第一次来华东站，训练热情高涨，态度积极认真，他平时是打卡的模范，出差间隙来刻苦训练，赢得大家交口称赞。

杨医生为我右膝针灸治疗20分钟，躺在垫子上，昏昏欲睡。伙伴们围着我留了张合影，照片上的我显得很是苍老疲倦。决定明天跑休。

2015年1月14日，周三

中雨。

晚上本想跑休，7点多和馒头、胡队联系，他们表示理解，让我明天再多跑跑。可是一听说Mily和他们约今晚8点跑，倦意瞬间挥发。窗外的天空清澈诱人，雨几乎停了，空气一定清新可人。

心动，行动，立即出门。逆时针跑了7公里，碰到馒头，跑到10公里，碰到Mily，顺时针跑到12公里后和他们道别。

最终完成15公里。

2015年1月15日，周四

阴。

早上6点被闹钟吵醒，其实早就处于半梦半醒状态，有些困倦，犹豫是否起床。迟疑一小会儿，行动执拗地指挥着思想，快速穿好衣裤，系好亚瑟士越野鞋的鞋带，6点15分出门。

出门一步，即成功一半。训练至今，每次锻炼，只要离开家门，从未半途而废过。气温五六度，没有风感觉不到实际那么冷，天空仍拉着黑幕，路灯亮着。

晨光似金，不忍虚掷。距上班的时间短暂，决定跑1小时，10公里，在家门口的小花园里跑，花园地形略有起伏，忽高忽低，我辗转腾挪于半越野的路面、草丛、草坪上，起初两三公里较累，共慢跑8公里多。

人的幸福感，建立在相比较之上。普惠式的资源分配下，人的幸福的满意度要打折扣。人的一生要疯狂一次，无论是为一个人、一段情、一段旅途，或一个梦想。努力后，会发现自己比想象的优秀。

记住一句话：越努力，越幸运……

山外有山奉贤被激，
人外有人万宁垫底

第二十七章

2015 年 1 月 16 日，周五

晚上 6 点半，世纪公园 2 号门，与 Mily、DVD、馒头约跑。

DVD 和馒头跑得快，Mily 和我以 6 分配速慢跑，边跑边聊，跑了 15 公里。

2015 年 1 月 17 日，周六

上午 9 点到卢体训练。冬日暖阳里，人人心中充满着阳光、健康和爱。

先慢跑 6 公里，拉伸后跟罗德曼跑 5 公里，配速 5 分。

还是没法跑出速度，曾教练让我跟随小教练亚萱，做 4 组腹肌、背肌力量练习，最后慢跑 2 公里。

训练后，亚萱帮我拉伸，她用力踩我大腿、小腿上僵硬的肌肉，我强忍着阵阵疼痛，换来腿部肌肉的放松。

下午，带儿子到建平西校踢了 1 小时足球。

2015 年 1 月 18 日，周日

早上 5 点 50 分被闹钟叫醒。

7 点半，乘 DVD 的车到奉贤沙滩训练。

教练、存皇、爱华、小丹夫妻、杨医生夫妻、小静及她的儿子，Mily 及她的女儿，馒头等一同参加。

所谓的碧海金沙沙滩，着实让人大跌眼镜。"沙滩"是人造的不说，长度还不足

1 公里，且很多地方较硬。即便如此，聊胜于无，大家尽量靠近有限的松软沙子跑。

短暂的跑道，往返 1 公里，大家在狭小的场地上来来回回地跑来跑去，像是在操场上枯燥地跑圈。跑得快的 DVD，以 5 分配速，不断套圈超越其他人。

平时在公路、操场等硬地面跑习惯了，换成踩上去似棉花的沙子，很不适应，深一脚浅一脚，拔不动腿，使不上劲儿，速度自然提不起来。跑了 15 公里，DVD 觉得差不多了，张罗大家结束。

其实，刚开始的两三公里，我的确对这种跑法很头大，跑到此刻却似乎已经适应了，再跑个 5 公里并不在话下，当然速度可能不会一直这么快。

看小静还没回来，馒头跟我说再跑一圈，正合我意。无暇顾及已停下休息的 DVD，我俩分秒必争地继续跑着。馒头说，再多跑 1 公里，可能就会提高马拉松成绩 1 分钟。返回时，看到 DVD 陪着 Mily 过来，我又跑了一圈才结束，加上往返酒店的 10 公里，一共跑了 26 公里。

午饭时，大家说起复旦戈 8 沈湲进步很大，接连参加完大鹏、厦马和港百，信誓旦旦要在无锡马拉松突破"315"。小丹说："宇哥也可以。"罗德曼说我"310"没问题，存皇、教练等也附和，我表示力不从心。

小丹激励对我说："你可以的，跑进'310'，DVD 的很多'特权'就归你了。"

明知大家说的都是玩笑话，但这么多人一起鼓励我，却让我突然间信心倍增，暗下决心今天开始要更加努力。

本月到今天，我已跑了 261 公里。刚结束港百的胡队，似乎对我的跑量仍不满意，说怎么只有一次超过 30 公里？

晚饭后，兴奋劲儿按捺不住，又到世纪公园跑了 12 公里。加上鹏马，本月已经有 3 天的跑量超过了 30 公里。

今年的港百，化明、静云、晓亭、沈湲、子富等都参加了，这对我激励不小，一定要坚持锻炼，争取自己也参加一回。

2015 年 1 月 20 日，周二

晴。大寒，气温不冷不热，天气不错。

晚上到卢体训练。和存皇慢跑 7 公里，他有说有笑，即便工作和生活中遇到不顺，也从没见他流露过烦恼，一直保持着健康、阳光、坦诚的形象，常常让我自惭形秽。

途中，他边打电话边跑，看上去丝毫不费力，从戈壁回来，他胖了十几斤，大家都笑称他"肥皇"。宝刀不老的"肥皇"仍然取得了上马"310"、鹏马"316"的骄人成绩。他的耐心、宽容和忠厚，他的敢于担当和默默无私的奉献精神，令许多人汗颜。

慢跑结束，我来到力量房，做了两组素质训练。十几个动作下来，筋疲力尽。

测试10公里。饶南跑出38分20秒的好成绩。大静48分，小静56分。我没跑速度，担心伤势加重，以舒服的状态跑了6公里。

时间过得飞快，从卢体离开时已近晚上10点。

早上7点起床，儿子上学前到床头亲了我一下，心头不由得非常温暖。

上班路上，走在晴朗的天空下，腿脚比较轻松，心情不错。

在办公室抽空做了2组静蹲，200个提踵。

晚上下班开车去世纪公园，和馒头、Mily慢跑20公里，8点多结束。到家做了拉伸，用泡沫轴放松1个小时。

罗德曼鼓励我："最近跑得很好，大跑量慢跑，水平绝对会在不知不觉中上涨。"曾教练也说："慢慢跑，过一段时间配速提高一点，慢慢提高，最后的累积就很可观了。"

阴，大风，重度雾霾。

连续堆积跑量，身体疲倦，早上不愿起床。空气不好，但愿下午大风能把雾霾拾掇干净。

馒头说好晚上带我以配速4分30秒跑20公里，整个下午一想到这事儿，心里就直打鼓。

下班后急忙开车到源深体育场中心。眼前的场地翻整一新，干净规整的暗红色跑道上，白色的线条分割鲜明，足球场的绿茵焕发出运动的活力。与卢湾体育场相比，源深大不少，站在空旷的场地上，感觉天地很大，自己非常渺小。

气温较低，北风已将雾霾基本驱散。往常比较热闹的场地上，今天过来锻炼的人屈指可数，跑步的人不多，以散步快走的为主。

慢跑拉伸，做了几个激活动作后，6点半开跑。耀眼的灯光分外明亮。不知何故，脚步沉重，速度始终快不起来，一度怀疑手表的GPS不够精准。

操场跑圈很挑战耐心，一圈又一圈，馒头不断给我鼓励，煎熬中我好几次想放弃。见我速度掉得厉害，馒头在前面用力拽着我的衣领，我拼命跟随着他。

最后，20公里的距离虽然凑够了，速度却大打折扣，平均配速5分左右。馒头拽我跑的那1公里配速达到4分08秒，已实现突破，内心对他充满感激。

2015年1月23日，周五

早上醒来稍感疲倦，不过一直担心的膝盖没出问题。

晚上8点，和时间赛跑，跑完16公里，抓紧时间去接儿子。

2015年1月24日，周六

晴。

上午9点到卢体训练。面带倦意，慢跑热身5公里。

曾教练指导我进行拉伸，激活后，在足球场上跑了10组对角线。

存皇本打算带我进行"亚索800"训练，只跑了一个，右膝就特别不适，不敢再折腾。跟着亚萱做了两组核心训练。

2015年1月25日，周日

阴，小雨。

早上8点25分，馒头陪我到郊区慢跑完一个半马，曾教练边给我拉伸，边心疼地说："拼到现在不容易啊！"

吃完午饭，开车回家的路上，困得睁不开眼。下午睡了1个多小时。

整理本月跑量，已经跑了 376 公里，创了新纪录。

接下来的选拔将越发残酷，依次是下周海南选拔赛、春节集训、戈壁实战。无论如何，到了这份儿上，没有理由不继续往前冲。

晚上 10 点半上床。

阴有小雨。气温舒适，空气还好。

醒来浑身上下酸软乏力。跑休。

晚上，和军子及来沪出差的冯平小聚。看起来年轻俊朗的平哥，常年坚持运动，看起来比实际年龄要年轻 10 多岁，已培养了两个非常优秀的学霸女儿，其本人是资本市场的低调"大咖"，各方面都堪称楷模。

初见平哥，是在 2013 年白沟选拔赛第二天前往起点的车上，坐在最后排的他，低调谦逊。我随随便便、非常不专业的装束，在他高大上的装备面前，相形见绌，但对于我这个"菜鸟"，他有问必答。

戈 9 结束后，平哥进入戈 10 组委会。之后，我参加衡马、白沟选拔赛不断取得进步，他都给予了喝彩。尽管相处不久，但他曾给予的无形力量和支持，我都铭记在心。今晚，两位老兄又给了我很多鼓励。

N40°23′29.30″E95°35′41.40″

阴有雨夹雪。白天中度雾霾，夜间空气质量优良。

昨天跑休一天，今天仍觉疲乏，哈欠不断，格外厌跑。

晚上下班在单位食堂随便吃了点垫了下肚子，6 点半准时到卢体训练。凄风苦雨将空中的雾霾一扫而光。今天来训练的小伙伴不多：DVD、饶南、小静、小怪、胡队、晓慧、昌雄、同军等。

夜色下，我在淅淅沥沥的冰雨里慢跑 6 公里，然后进训练房拉伸。临近比赛，只做了 1 组核心训练，就上气不接下气。接下来的硬骨头，是要跑两个两公里的强度。

足球场上有球队正在比赛，在十余个射灯的照射下，场地亮如白昼，流光溢彩。

天空忽然开始下雪了，久违的雪花飞舞在光线里，分不清谁是谁的点缀，飘飘洒洒的雪花纷纷扬扬，我和我的心驰骋在漫天飞雪的操场上。

对于极限速度，我抱有一贯的恐惧心理。晨光带着饶南和DVD跑，叫我尽量跟着。我没打算跟，觉得根本就跟不上，只想尽可能地完成跑量就行。不等他们出来，我已跑起第一个。一开始，腿脚绵软无力，兴奋不起来，意识督促自己加速，才让脚步被动地向前。

跑了3圈，听见他们已来到身后不远处，不想被轻易超越，于是加快了脚步，后面的脚步也越来越近，最后一圈，自己的速度明显加快，直到终点，也未被超过。教练说我最后那圈的配速是4分05秒。

第二个2公里，杨医生帮忙计时。有了前面的热身，这次一跑起来，感觉立刻轻松许多。身体很快适应了节奏，比慢跑时更加舒适，把自己融入雪花和光线构成的画面里，汗水挥洒，体力消耗，一度忘记了累，也不觉得痛。5圈很快跑了下来，前3圈稍慢，后面逐渐加快速度，最后还有余量。

训练结束，教练将年会的奖品分给大家。杨医生叮嘱大家回家煮姜汤喝。小怪特地从美国为我带回一双轻便的越野鞋，由胡队转交给我。

到家时，飞雪仍在空中舞蹈，地面湿湿的，气温不够低，落下的雪没来得及沾地就消融成水，雪花留在视线中的美好，转瞬即逝。

大家睡前还在群内回味训练情况。

饶南：今天跑崩了，我每次比赛前的周二，都是状态最低迷的时候。两个2公里分别才用时7分48秒、8分。

热水瓶：可以了，状态不用出的太早 饶南。

饶南：练完1组核心，天旋地转。本来第二个2公里都不想跑。

曾教练：热水瓶，宇哥跑得不错！都是4分15秒的配速。以后你带他必须带快，快了后动作都漂亮了，慢跑时的摇摇晃晃都不见了。

慢不是问题，只要能找到快的诀窍，就立马能快起来。基础打牢，期待一飞冲天。

小静：今天又感觉进步些了！我明天慢跑时，再体会一下抬腿时小腿放松的感觉。

阴。

早上 7 点起床,儿子已经上学了。

上班的路上,天空阴晦,有种还要下雪的迹象。

晚上 7 点,穿着小怪买的越野鞋到世纪公园 2 号门,和馒头、Mily 慢跑 3 公里,拉伸。又和他们慢跑 2 公里。然后试着加速,以 4 分 25 秒的配速跑 1 公里,又降速到 5 分 40 秒跑 1 公里。

不久,胡队和 DVD 从后面以 4 分 45 秒的配速赶上来,我跟着他们,跑了 4 公里。最后冷身跑 3 公里。总计跑了 16 公里。

回家后拉伸,洗漱,放松,睡觉时已经 11 点半。

新鞋感觉良好,非常轻松,鞋底较软,不像 Sense 那么硬。让胡队帮忙转付费用给小怪。

胡队:小怪本来应该上周带回来的,她还加急的,但那边亚马逊邮寄出了问题,结果她回来也没收到。后来又让美国那边寄回来,昨天刚收到。她说鞋子是送你的,等你进了 A 再收双倍的钱。

这个鞋的第一代我穿过,也很喜欢,就是保护会少一点。先试试,如果感觉好,再想办法。我觉得那个 Sense 不错,你们都觉得硬。

我:这鞋在沙滩、硬地、土路应该都可以穿,肯定比 Sense 舒适。

胡队:这鞋我穿着跑过港百的,号称全马"310"以内的才可以穿,宇哥你穿了就一定能跑进"310"。

阴,小雨。

早上 6 点半起床,到二期小花园草坪跑步 6 公里,用时 40 分钟。7 点半急忙到家洗澡更衣,赶着去上班。

头晕,乏力,哈欠连天。担心感冒,喝了两袋板蓝根冲剂。

午饭后找杨医生,治疗放松。

N40° 23 '29.30 "E95° 35' 41.40"

万宁。晴转多云，17 ～ 22 度。

早上 5 点 50 分起床，打肌贴，6 点半吃饭。

上午 8 点，艳阳下，戈 10 神州半岛 30 公里选拔赛正式开始。30 公里赛道先后为 1.5 公里公路、1.5 公里土路、7 公里软沙滩、9 公里公路、3 公里土路、8 公里公路。

今天的比赛，作为戈壁探路前的最后一次选拔赛，高手基本齐聚，我仅排在第 10 名，赛中一度处于 12 名的位置，后来赶超了两名。由于自己明显缺乏沙滩实战经验，赛前对体能的评估过于保守，导致前面未尽力，补给不够，后面追赶不及，留下些许遗憾。客观上，最近体重增加了三四斤，对成绩也有一定的影响。

赛后看自己在各个赛程的配速：

公路 4 分 35 秒、4 分 38 秒，和大部队差距不大；

沙滩 5 分 47 秒、5 分 25 秒、6 分 13 秒、5 分 19 秒、5 分 01 秒、5 分 10 秒、5 分、5 分 53 秒、5 分 19 秒、6 分 11 秒，消耗大；

公路 4 分 56 秒、4 分 59 秒、4 分 48 秒、5 分 01 秒、4 分 58 秒、4 分 59 秒、4 分 56 秒、5 分、4 分 58 秒，慢至少 15 秒；

土路 5 分 08 秒、5 分 06 秒、5 分 09 秒，继续掉速；

公路 4 分 55 秒、5 分 03 秒、4 分 56 秒、4 分 57 秒、4 分 58 秒、4 分 57 秒，速度提不起来。

晚饭后，组委会召集 20 位准 A 队员商量明天对抗赛方案。

低调大咖无私付出，诚挚队友有目共睹

第二十八章

2015 年 2 月 1 日, 周日

早上，与昨天一样的时间醒来。

先吃早饭，再打肌贴。7 点半从酒店出发，和队友跑到比赛的起点。

上午 8 点，有三支队伍参加的对抗赛正式开始。赛道与昨天同样，只不过多了两个隐秘的打卡点，意在考验大家使用 GPS 的能力。

团队比赛，既有竞争又有乐趣，经验和教训都有。比赛结束，我在由罗德曼作为队长的团队中取得第二名。

组委会的各项工作细致入微，选拔赛完美落幕。参赛同学纷纷感谢学校的支持及朱睿教授、白老师、汤老师的全程参与，特别是低调的罗德曼，不仅参赛，还提供了赞助，但很多人并不知晓。

长江的优秀传统和基因薪火相传，不断发扬光大。同学们发自肺腑地感慨："深深感受到团队的力量，""长江就是这样，一波又一波地传递着正能量。"

下午返程，在机场候机时，碰到热水瓶、皓子。热水瓶说："比赛要将自己放到相对位置中考虑，能追上一个算一个。每次比赛只要尽力了，能力就会比此前提高一个台阶。"

这次选拔，自己的排名太靠后，输在重视不够、拼劲不足。

2015 年 2 月 2 日, 周一

阴。

早上 6 点 50 分被闹钟叫醒，拉开窗帘一看，天空还灰蒙蒙的。

昨晚一直被梦境困扰，应该是受了前两天选拔赛的影响，成绩差强人意，留下不小的遗憾。

今天身体感觉正常，就像平常的训练一样，没有明显的伤痛，也没有哪个部位出现特别的酸痛。自己心中有数，这并非说明能力有提高，而是恰恰印证了自己在比赛中没有尽全力。

晚上到世纪公园，馒头陪我和 Mily 跑了 20 公里，前 3 公里 7 分配速热身，随后以 6 分配速跑了 7 公里，再后来，馒头拉着我快速跑了 3 公里，本以为最快配速也就 4 分 30 秒，跑完看表才发现速度已提到 4 分 15 秒。

膝盖附近的肌肉很快有了酸胀的感觉，馒头说这就达到了效果。

大家在群里总结昨天的对抗赛：

存皇：昨天沿途看到不少问题：

1. 帮队友背水袋的；

2. 请非比赛同学帮忙带对讲机，GPS 的；

3. 早上集合严重超时，找不到队友的；

4. 出发前水袋未装水的；

5. 比赛中不断使用对讲机，耗费体能；

6. 号码牌随意调整；

7. 乱扔瓶子和能量胶包装；

……

戈壁比赛时这些动作均会被罚，会加时；罗德曼到终点再回去推青菊也不合规。

和罗德曼一路聊天过来，对我们的队伍实力进行了客观分析，比较担忧。与戈 9 比，男女整体平均实力是更强一点儿，但戈 9 时我们比其他院校实力高一截，从跑马成绩看，戈 9 时其他院校的男生基本没有进"310"的。但今年不一样了，各校均有很出色的高手，我们今年更多的要靠团队综合优势。

江闽：这次大家对对抗赛的重视程度不够，对抗意识没有足够强烈，变成了悦跑，收获便小很多，组委会需要加强引导。

罗德曼：是的，其实头天存皇也提醒我了，但我不够重视。

学军：有些事情不要靠组委会，比赛就是比赛，戈 10 整体实力到今天为止比戈 9 要强，但内在的神和气需要你们自己去建立。戈 9 分组对抗，存皇都拼到抽筋，每个队都在拼。组委会希望大家不要受伤，我们总不能说，你们必须拼，拼伤了有医生。但你们自己要知道，比赛不是乐跑，是需要去拼的，特别是团队赛。

饶南：分组赛前的讲解工作，感觉仓促了一些，大家对于分组赛的意义，能学到什么，没有想好，还没有学会正确使用 GPS。如果今天再来一次分组赛，大家对待比赛的态度和严肃性就会不同。

存皇：戈壁是团队比赛，要赢在综合实力，今年比赛变数多，打卡点是前一天才公布，所以对于前队的要求更高，不仅要跑得快，更重要的是要知道怎么跑，往哪跑。大家多向学军学习，他去年对线路很了解，我们都说第一个入选 A 的应该是他，而不是我和皓子。

我：昨天比赛，在罗德曼有力的调度指导下，面对复杂多变的局势，队友们齐心协力，同甘共苦，我们队的收获远大于不足。

让我近距离看到大咖罗德曼更多人性的光辉，看到身患重感冒、体力透支的化明带着竭尽全力的青菊奋力达到终点，看到虽摔伤仍坚持不懈的张珏兄顽强拼搏的军人精神，以及少壮派江闽老弟前冲后突、穿针引线地默默奉献。当然，遗憾也很多，下面是自己的主要不足。

第一，我的主观能动性差，依赖队长、队友的思想严重，欠缺 GPS 使用经验，突发状况下方案的调整和队员分工转换不及时，不合理。比如，折返后，队长后撤接应江闽和张珏，让我找到打卡点原地等待。接近打卡点，GPS 已显示出大致方位，但我不敢确认具体地点，后面饶南他们离我只有 300 米，我放慢速度，意图根据他们的去向印证自己的判断，但对手也放慢速度，以至于靠近我时，队友江闽、罗德曼和张珏也赶了上来。

正当我和江闽朝道路右方跑，队长带着张珏向相反方向跑时，饶南他们瞬间加速，朝丁字路口深入，直奔打卡点。我刹那间有弄巧成拙之感。需要反思：为克敌制胜，必须熟练掌握生存本领，提高特殊环境下发动自卫战的能力。

第二，比赛没有得到全体队员的足够重视，游戏的成分似更大，团队建设尚有提升空间。

一是队长开会时，尽管已根据大家的成绩做了认真分析，制订了两三套方案，但未对对手可能采取的策略进行深入分析，没有做到知己知彼；

二是队内虽然布置了任务，但没有足够的时间进行讨论反馈，至少对队员们第一天赛后的真实身体状况不够了解；

三是未统一必胜的信念，哪怕喊句口号鼓舞士气也好，没感受到处于千钧一发的临战氛围。值得反思：每次对抗、比赛，必须以实战态度认真对待，高度重视，不留遗憾，这样到实战中才有更大胜算。

第三，侧重于信息单向反馈，基本是队长发起指令，大家跟随执行，中队、后队及各队员主动反应不够。比如，上公路后不久，我为保存体力，将对讲机放到了罗德曼的包里。当队长后撤时，我就成了聋子和哑巴。

还有，利用外脑不够，尽管江闽已提前找了宏达，但后来宏达被其他队挖走，我们也没再找其他外部资源。

华锋：老骆驼总结得很好！大家都可以将自己的心得写出来，这是我们戈10最重要的心路历程啊！以实力作基础，加上永不服输的精神，再配合有效的临场应变，长江戈10团队将无往而不胜。

我：好在昨天张珏关键时顶得上，孤注一掷，背水一战，表现超乎预期，最后还能冲刺，值得大赞！大家都应该有这种不服输的精神。

冬炜：张珏的意志品质绝对赞，为空军争光了。昨天我们组取胜，主要靠三点：

一是团队作战，充分发挥全体队员的个体优势，明确了队员的具体分工；

二是战术得当，明确了寻找打卡点为致胜关键；

三是临场应变，根据前后队情况，及时调整、明确第五名队员，全力提高成绩。

通过实战，相信每个人都会有深刻体会，这对大家熟悉戈壁赛制、积累经验非常重要。作为我们组的第五名，我还有一个体会，饶南在前半程带我时，尝试了推后背，后半程军强用手臂拖的方式带我，对提高成绩帮助很大。

饶南：但是昨天的问题也不少。首先是我掉速了，几次变速以后，我的速度拖了后腿；第二是忘记年龄减时的规则。

张珏：看了大家的总结，尤其是老骆驼的，体会有三点：

一是高度重视。平时重视训练，提高实力，毋庸置疑，这是保证胜利的基础和必要条件。这次挑战赛名单确定后，可能老骆驼或我的成绩就是我们队的成绩，队长也是按这样的判断来制订计划的，这是好的方面。但总体上来说重视不够，我从知道对抗赛时就从心理上放松了，抱着参与就行了的态度，只要保证老骆驼正常发挥就行了。

在临跑得知华昕因伤不能参赛的决定之前，我还在想主要看老骆驼了，思想上没把自己真正摆进去，我想可能不仅我一个人有这种想法。开跑后才意识到，我的成绩会关乎团队的成败，紧张之余才开始调整状态，但自己实力不够，基本决定了成绩。当时只是想正常发挥别出意外，否则必输，前半程体力做了些保留。如果一开始就重视，准备得更充分，或许成绩会更好。同样，团队研究时若能想得更全面，就会更好地应对意外。

二是熟悉装备。在打卡点我们耽误了时间，没有熟练运用GPS，对打卡点的位置信息没有做到心中有数，加上跑起来紧张，更容易犯错，好在队长临阵不乱，没有大错。我对GPS使用方式知道一些，但没有更多的针对性研究。步话机也一样，有什么情况说什么，如何适度表达、准确表达，都很重要。包括水袋，很多人背着水去背着水回，浪费了体力。

三是团队意识。我们队取得这样的成绩也属不易，多亏队长大胆指挥，队员服从安排，相互鼓励帮助。前半程江闽一直带着我跑，不断鼓励我，帮我打开能量胶，给我端水，在我摔倒时搀扶，帮我拿步话机、GPS，队长不断通过步话机关注着我的状态，后半程队长带我跑，看我没力气，就挎我胳膊，推扶我腰，老骆驼也不时鼓励我，这些都激励了我的斗志。

化明在感冒未好，极度疲劳的状态下仍然陪青菊按计划目标完赛，队长带我跑完，又折回带后队。为了让我更自信，最后冲刺阶段鼓励我自己跑完。这些都反映了团队意识和互助精神，这可能就是我们追求的戈壁精神吧！包括老戈友、师兄、师姐以及组委会的付出，都是在诠释这种精神。这些会永远激励我！感谢大家！

大静：昨天我在第三队，体会深刻的一点是要充分发挥每名队员的作用，互相无条件地信任。我们做了相对充分的准备，前晚组长召集开了会，第二天早起也碰了头。由于大家是第一次配合，中间还有些瑕疵：有一段时间后队没有对讲机，无法和前队联系；后队在速度上没有和前队及时沟通调整，导致出现无效的7～8分钟，本来可以节省些体力；另外，建议人人都学会用GPS。

大龙：事后看，我们队的战术与实力还是比较对应的，但在GPS的使用、对讲机保持沟通方面还有值得提高的空间。每位队友都在忠实地全力执行战术，从这个层面看，团队精神已经感染了每一个人！

治平：满满励志和进取的群！好像一下从地方队进了国家队。感谢精英的队友和教练们，珍惜和大家在一起的每一天。坚持！加油！

饶南和我讨论：

饶南：前天和昨天时间分别多少？

我：2 小时 35 分、2 小时 44 分。

饶南：2 小时 35 分其实不坏，跑完觉得难受吗？

我：以前都是有"兔子"带，比较快。这两天没尽力拼，昨天在机场和热水瓶聊天，很佩服你比赛的斗志，这是我欠缺的。

饶南：不是斗志的问题，这次我跑得也不累，没尽全力。我觉得是和赛前确定的目标有关系。

我：我也没有设定目标，比如跟着谁。积极的一面，是通过比赛，检验了实力，没尽全力的情况下，仍然和对手很接近。能看出来，你的优势很明显，后几个月再积累，增加持续战斗力，降低受伤的概率，你就是王者。

饶南：我第五，也没啥优势，近来总找不到兴奋点，感觉大家都差不多，没拼出来。

我：我这次有遗憾，不像参加比赛的状态。

正视不足自我剖析，
激发斗志前辈勉励

第二十九章

2015 年 2 月 3 日，周二

阴。

早上 7 点 15 分起床。

白天倦意很浓，显然是前三天累计跑了 80 多公里的反应。

晚上 7 点赶到卢体，和已训练近 1 小时的热水瓶一起跑了 10 公里，边跑边聊，配速 5 分 15 秒。

热水瓶现身说法，认为增加有氧跑非常必要，不仅可以预防伤痛，还能增强耐力。他让我练习臀部发力，经他指点，才发现我此前从未刻意用过臀肌。

随后，到训练房做了两组静态力量训练。小静听我反馈之前她从日本带回的中药帖效果不错，今天又特意送了我两盒。

小伙伴们在群内分享万宁选拔赛的得失。

存皇：爱华从不服输，特别有杀气、有毅力。

小静：努力训练！尽人事，听天命！

爱华：有点惭愧，我确实把参加挑战赛想得简单了，赛场上的成绩一定是平时积累后的体现，靠拼是不科学的。我的工作很难支撑高频率的训练，平时跑量不够是根本原因。加上性子急，一个多月受伤痛折磨却不敢休息，伤处反而反反复复，还不知道什么时候能好。

前面几个女生的实力都很强了，替组委会高兴，长江能拿冠军就可以，我参与这个过程已很幸运了，不是想找借口退缩，但确实还伤着，已经没有太多时间等好了再练。

昨天我老板的一些话让我这个很坚强的人想流泪了，他说："你一瘸一拐地拖着一条腿走路，疲惫不堪地和我们开会到深夜。好像我这个老板特别没有人情味，我很惭愧。但这段时间集团比戈壁更需要你，跑步能让你开心快乐我没意见，但我不希望看到跑步带给你太多的伤痛和负担。如果你还坚持，我只能放手让工作不成为你的负担，再苦再累我自己扛。"

这个无形的压力让我更加进退两难。

小静：第一天洋仔带我，沙滩配速比较慢。公路配速在"530"左右，土路和后程掉速了。主要是公路时速度降不下来，土路时想追赶华昕，脚崴了一下。跑下来脚很痛，医生处理后第二天接着跑对抗，沙滩"630"配速。公路、土路"600"配速。按这个配速，脚跑得也很难受！

存皇：我心疼爱华的是，看到你如此努力了，但比赛却晕倒了。

军子：爱华，你是从零开始的，现在已经有基础了，距离戈10还有一段时间，你的实力应该不错。

新锋：尽管这次选拔赛大家都有点轻视，留有遗憾，但还是为大家骄傲、感动！我们都肩负很多角色！人生有很多维度的目标值得追求！每个人的精神闪闪发光！我们的情谊靠汗水凝聚！坚持锻炼和冲A的过程就是最大的历练，付出越大，收获越大！无论如何，希望大家快乐地做着一切手头的事！

目前工作忙碌是我们最大的挑战，不是别的，尤其如小静、爱华、老骆驼，他们年底的时候忙……我们先把工作和身体照顾好！顺其自然地奋发图强！见缝插针地努力训练，请教练根据这个实际情况提出一些因地制宜的训练计划和办法，这个也需要创新！无论如何，你们都是大家的榜样！

子良：离比赛还有两个多月，到5月再调好最佳状态。现在拼伤了就大错了。还有三个月，足够改变一切。提醒大家科学训练，不要练伤。

新锋：爱华赛前一直在疗伤！出发前还在治疗。宏达说她是"拼命三娘"，这次不该来参赛。

子良："520"（5月20日）是唯一目标，不能在中途的选拔受伤，精神可嘉，但做法欠妥，有所保留的应该表扬。我看华东站的队友不一定是重视不足，是不是必须以"520"为目标？这个和曾指导沟通下？

我：每个冲A的人即使现在成绩比较靠后，也不要轻易放弃，水平到了，组织需要，当仁不让！还是那句话，即便进不了A队，也是一段值得珍惜的经历。

早上 7 点半起床, 窗外, 重度雾霾, 令人郁闷, 决定跑休。

昨天反思万宁选拔赛, 思想深处惊起不小波澜, 睡梦中似乎也在琢磨比赛的情景。离 4 月 20 日的终极选拔, 仅剩 75 天, 离 5 月 20 日的正赛, 也只有 105 天。练到这个份上, 临近最后时刻, 必须尽全力一搏。努力过, 不留遗憾。

2 月份跑量争取到 450 公里, 3 月更关键, 跑量争取到 500 公里。

晚上做了 1 小时按摩。

在优酷上看到金源和苏里跑步的视频, 视频中有金源老师带我在上马赛道上的两个镜头, 回味无穷, 很幸运。

存皇: 戈 10 要夺冠, 要靠在此群的 20 位兄弟姐妹了, 就 3 个月的训练时间了, 昨天华东站的总结特别感人。

小静: 冲 A 也是我的梦想之一, 不管我这次能否成功进 A 队, 我都想尽力一搏, 即使进不了, 我努力过了也不后悔!

爱华: 会力拼到底, 今年进不了 A 队, 也不去 B 队! 明年再战, 起点就高了。

大静: 学会了跑步, 懂得了放松心态和控制节奏奔跑, 要锻炼自己的持续作战能力, 并在队伍中承担更多的责任, 把自己的年龄优势发挥出来。

满志: 我们对手有四个: (1) 长江戈 9; (2) 中欧戈 10; (3) 厦大戈 10; (4) 长江戈 10。你超越他们了吗?

华峰: 大家一起好好努力! 能进这个群, 说明每个人都有机会, 现在还有时间, 大家一定要珍惜, 不受伤, 踏踏实实, 每天进步一点点, 3 个月之后, 成为最好的自己!

铜豌豆: 今年的赛制就是增加不确定性和激烈程度, 要早做准备。

灰狼: 今年更需要经验丰富的老戈友。

存皇: 不能全部依赖老戈友, 今年规定领队不能上赛道, 更多还是要靠比赛的十人, 团结一心。

晴转多云。气温 1 ~ 6 度。空气质量比昨天好多了。

N40° 23 '29.30 " E95° 35' 41.40"

早上6点半，被闹钟叫醒，又睡了半个小时，仍觉疲惫，前两天没有疲劳感，也许是赛后仍处于短时期亢奋的原因。

戈7B队及戈8组委会的同期同学张杰来公司看我，送我一双Hoka越野鞋，鼓励我加油冲A。

晚上慢跑27公里。7点出门，沿世纪公园逆时针开跑，不久就在6号门碰到馒头，一起继续，3公里后碰到小丹，3人顺时针跑了不一会儿，胡队出现了。馒头让我体会节奏感，找到身体轻松的状态，我渐渐悟出一二来。

9点半到家，用30分钟简单做了3组核心训练，拉伸，洗漱。

不知不觉间磨蹭到12点才上床。

<hr>

2015年2月6日，周五

晴，空气不错。

早上7点起床，疲倦。

上午会议间隙，见缝插针，做了3组静蹲，每组3分钟。

中午睡了半小时。

晚上和馒头跑了15公里。

群内小伙伴们相互鼓励。

小静：我是落后分子典型。有人和我说我进A没希望的。让我还是算了，我说梦想还是要有的，万一实现了呢。

爱华：鄙视说这话的人，我停了一个多月，现在不能跑，都没放弃。

杨医生：不到最后，谁都说不清，我们努力，总会进的。

爱华：我现在重新理清思绪，工作要安排好，除此之外唯一重要的事就是戈壁冲A，直到实现为止。也不纠结训练有没有时间了，时间就像海绵里的水，挤挤总会有的，最多放长周期而已。

饶南：我们只是和业余选手在竞争，包括罗德曼，也是业余选手。差距没有大家想象的那么大，全力以赴的话，一个月可以上一大截，无论何时都有希望，战略上要有信心。大多数时候，失败是因为自己选择了放弃，有股狠劲就够了。

我：海南选拔体会深刻，跑量非常重要！周六、周日两天跑了30公里，再加上回来后周一任性跑了 20 公里，感觉跟平时训练差不多。这和以往参加诸如白沟、崇明等连续两天比赛后累得像个丧家犬的状态迥然不同。下一阶段，仍然要注重跑量。

杨医生： 跑吃、跑吃。不要有忌口的，各种类型的东西都要吃，鱼、羊、牛肉多吃，主食不能少。

现在就吃鱼、虾，蔬菜色拉就放盐和醋做调料，然后每顿吃一碗米饭或面条，三餐不可以少，水果的话你自己安排。运动饮料只有在跑的时候喝。你可以用鸡汤、鱼汤下面条。

我：体重也不必太刻意，要保障早餐和午餐要吃好，晚餐适量，营养足够。我上个月跑量创纪录，担心摄入不抵消耗，多吃了不少，体重增加了 3 斤。这个月就有数了。

杨医生：强！我们要学会和自己的身体对话，什么样的跑量、强度、饮食适合，身体的哪里会产生的酸、疼，这个很关键。

2015 年 2 月 7 日，周六

晴。轻度雾霾。

早上 7 点多，起床时好生不情愿，多想再美美地睡上一两个钟头，可是，训练不能耽误。

上午 8 点半到卢体。先慢跑了 10 公里，随后，教练安排跑 12 组 400 米间歇，跑第 1 组时就觉得右膝十分不适，只好放弃。剩下的时间，做了 3 组素质训练。

2015 年 2 月 8 日，周日

早上 7 点半出门，气温接近冰点，刮着上海冬天少见的寒风，阳光灿烂，天空湛蓝，戴着墨镜，才不觉得太耀眼。

今天 LSD 的任务是 30 公里。顺时针沿着花木路，迎着强风，孤独地拖着疲倦的身躯慢慢地腾挪。起初想到路途漫漫，一股颓废无助的情绪便涌上心头。可是马上就警惕地告诫自己，断断不能容忍这种力量滋长，得及时打消顾虑，将信念聚焦到目标上，既然已在路上，那就只有一个选择，跑下去，按照既定的目标和方向，不管有多无奈，无论天多冷、风多疾，都没有理由放弃和退缩。

跑到世纪公园 2 号门，3 公里，配速 6 分 15 秒左右，听到后面有人喊我，回头一看是谭军。我包裹得够严实，头戴帽子，罩着墨镜，都能被他认出，不愧是 15 年的朋友，又是长江的同学。

两人边跑边聊，谭军通常只跑一圈，然后练习打坐，他夸我进步很大，我说哪里哪里。有人陪伴，路上不再那么枯燥，时间过得很快。谭军也是同样的感觉，不知不觉多跑了一圈后，和我告别，剩下我一个人继续在路上。

接下来的路程，我以 6 分以内的配速跑着，用心体会着韵律和节奏，消磨、享受着独处的美好时光。每到芳甸路，就到草坪上跑上几百米，有意在不同地形上训练越野能力。东方的阳光撒到身上，分外温暖，呼吸着一年来十分稀罕的好空气，通体舒适，身心愉悦。

32 公里，绕公园转了 6 圈多，出发时看似好漫长，却在眨眼间即结束。一圈一圈周而复始，太过熟悉的一草一木，愈发觉得世纪公园变小了。

罗德曼和我交流，给予专业指导：

罗德曼：建议你不用每天跑，每周给自己放 1～2 天假，可以休息或交叉，不然身心会厌倦，月跑量在 500～600 公里之间都没关系。

我：嗯，是感觉有点儿累了，周一跑休。

罗德曼：然后每周至少一次高强度的训练，3 个 3 公里就可以，或者长距离配速跑。

我：好的。15～20 公里？

罗德曼：20～30 公里。

我：我进 A 希望几乎为零，之所以坚持，就是不想辜负存皇等老戈及很多兄弟姐妹们的鼓励。如果我这么傻的行动能多少激励大家不放弃、更努力，也算为戈 10 尽点儿绵薄之力。你是旗帜，保护好身体，别受伤，你不单单是为自己跑，团队也需要你承担更多更大的责任！

罗德曼：不到最后一刻谁也说不清，3 个月的坚持和科学训练后出现什么结果都有可能。你速度不行咱就认了，现在你的耐力已没有问题，接下来需要提高专项耐力。

长距离跑步配速就很关键，如果开始不行，就分三段，每段加速，最后一段达到或超过配速。如以"310"为目标，第一段配速 5 分，第二段 4 分 45 秒，第三段 4 分 30 秒，从 21 公里搞起。21 公里、24 公里、27 公里、30 公里、33 公里慢慢往上加。

我：好！下次就这么搞。

第三十章

年关独练有爱相随，
佳节合训无志难为

2015 年 2 月 10 日，周二

北京。中度雾霾。

凌晨 1 点半才睡下，睡得不踏实，梦境不断。

早上 6 点半到酒店健身房，在跑步机上渐快跑 10 公里，用时 46 分钟，浑身湿透，满脸都是大颗的汗珠。跑完右膝略有不适，看来强度训练带来不小的挑战。

傍晚落地虹桥机场，本想马上去卢体训练，但身体强烈反射的疲劳信号，让我打消了这个念头。

2015 年 2 月 11 日，周三

晚上 9 点，到世纪公园，完成了一个半马，用时近 2 小时。

刚开始，浑身疲乏，迈不动腿。跑了两公里后，碰到胡队，于是跟着他的节奏，听他绘声绘色地边跑边讲周末参加松花湖冰雪马拉松的经历。

回家后拉伸、放松、洗漱，11 点半上床。

2015 年 2 月 12 日，周四

晴，重度雾霾。

早上 7 点 25 分，被闹钟叫醒。努力睁开了眼睛，好困啊！

存皇转发中欧的励志文章，激励大家。他昨天和老戈友讲起爱华的故事，还说到我的努力，大家期待戈 10 因为伙伴们的奋斗而更加精彩。

晚上 6 点 45 分出门，空气相比白天清新多了，能见度转好，雾霾已经消散得无影无踪。

胡队、馒头带我和 Mily 跑了 20 公里，前 10 公里 6 分多配速，后面渐加快至 5 分 50 秒至 5 分 30 秒，回家的路上我又跑了 2 公里。

晚上 11 点多上床，辗转反侧到 12 点多才入睡。

2015 年 2 月 13 日，周五

气温回升。早上 6 点半起床。

由于睡眠质量不高，白天哈欠连天。

晚上 8 点到世纪公园，慢跑 13 公里。

2015 年 2 月 14 日，周六

晴。

上午，带儿子到卢体训练。

依旧不敢跑强度，陪着儿子慢跑了十几圈。儿子和一个女生一起跑了 6 个 300 米间歇，前两个他还冲在前面，后面就累得气喘吁吁了，教练、医生及小伙伴们纷纷不吝将各种赞美之辞给予了小骆驼，小家伙很受鼓舞。

2015 年 2 月 15 日，周日

小到中雨。

上午，雨中独自在世纪公园里钻树丛、跃草坪跑了 30 公里。平时周末热闹非凡的公园，由于下雨及春节临近，如今异常空旷寂寥。

曾教练和杨医生在 2 号门外守候到我结束，见我跑出来，教练马上递来提前准备好的热姜茶，催我赶紧脱下湿透的衣服，换上干的，杨医生帮我充分拉伸放松，非常用心。

两位亲人啊，今天是我年前最后一次重要训练，你们为了我一个人而特意过来陪

伴保障，无以为报，只有无以言表的深深感动。

苏州。

上午，陪家人参观博物馆。见缝插针在马路上争分夺秒慢跑了 5 公里。

很晚才吃午饭，在一家小店吃了灌汤包，又要了一碗荠菜馄饨。

傍晚到家，拉肚子，没吃晚饭。9 点半就早早睡下。

除夕。

凌晨 3 点，肚子闹急。坐在马桶上好久，双腿都有些麻了，却拉不出任何东西，冷汗湿透了长睡衣睡裤。

站起来想返回床上，突然一阵恶心，急忙向走廊走去，想到小卫生间去吐，没等推开门，未及憋住的秽物，一口就喷了出去，只觉一阵眩晕，天旋地转，头脑瞬间失去知觉。

不知过了多久，待睁开眼，只觉周围一片漆黑，像在梦中，像置身冰冷的海水里。人趴在地板上，手上身上都是吐出来的未消化的秽物。左大腿靠近臀部的部位有些疼痛。

隐约听到妻在房间里不断叫我，我说摔倒了。妻急忙出来，看到满地满墙的脏东西，吓得喊了出来。她费力地扶我起来，帮我脱掉脏的睡衣睡裤。待稍缓和后，冲了个澡再上床。妻一直收拾到 5 点多。

早上，妻给两位弟弟发信息："今天凌晨，你大哥不舒服，在去卫生间的路上呕吐了，吐的地板和墙上到处都是，然后晕倒摔在地上，过了不知多久我才发现他不在床上，还是我把他叫醒的。这么大的人，躺在满是呕吐物脏兮兮的地板上，又恐惧，又可怜，太让人心疼了。"

这次突发状况，想想很后怕，当时如果撞到重要部位就会出意外，如果不是妻及时发觉，我还不知道得趴到什么时候才能起来，肚子痉挛失去意识的感觉，和去年秋天在延吉的情形很像。应该是吃东西吃坏了肚子，很怀疑是最后那碗馄饨的问题。

N40° 23 ′29.30 " E95° 35 ′ 41.40"

258

早晨喝了一碗粥。身体比较虚弱。

青岛。

下午，在海边慢跑 5 公里。

睡眠不足 4 小时即起床赶飞机。

中午，航班抵达三亚，午饭时和提前三天来集训的小伙伴们汇合。

下午，胡队陪我和 DVD 在酒店旁的软沙滩上跑 5 公里，折返回来跑硬路。

晚餐，蔡永军（大灰狼）代表组委会请客。灰狼既热情又很有血性，给大家打"鸡血"：夺冠就是英雄，不夺冠就是狗熊。存皇强调，团队的十个人要成为一个人才是最理想的状态。

三亚。

阴。

上午训练 25 公里，软沙滩 9 公里，硬沙滩 16 公里。我在软沙滩上一直处于前三名，但是由于天气炎热及路况难度大，导致体力消耗过大，以至于后来在硬沙滩上被化明、治平先后超过。

越到后来，小腿抽筋的感觉越明显，一直不敢加速。到终点时，双腿都抽筋了，缓了一阵才和治平一起往酒店走，抬脚上路面的台阶，小腿又立刻变得僵硬无比。

下午，皮医生带着大家做核心训练。皮医生提醒：（1）碳酸饮料禁喝；（2）自然环境要考虑，营养补充要结合；（3）网上很多跑步信息只能做参考，最好不要参考，大部分不科学。

团队分享，治平讲得很好："将跑步当成一种愉悦和享受，听着海浪声音，与自

259

图14 杨杰医生耐心地给我进行康复治疗

N40°23′29.30″E95°35′41.40″

然融汇。"化明已将跑步变为一种信仰和事业，他说原本没有戈 10 的概念，今年若不成，明年还会继续。

三亚。晴。

早上还是阴的天空，9 点刚过，阳光立刻十分耀眼。

今天分组对抗。尽管我队有饶南、DVD 等高手，但因打卡点设置有问题，大家一个都没找到，影响了成绩，更影响了心情。稀里糊涂地跑了近 30 公里。我和饶南、大静、Mily 等人，都有中暑的征兆。

下午，大部分小伙伴返程。此次集训大家纷纷感受到了艰辛、炎热、疲惫，收获了坚毅、能力和信心。

新锋：存皇，我在三亚待的时间有点短。戈 9 有你是长江的幸运，你老早就开始组织准 A 队员备战了，为组委会省了不少力气。还有我知道的，你自掏腰包为戈 9 默默赞助了有 30 多万元吧（另外还拉来赞助 40 万元左右），你还没结婚，私房钱得留着结婚啊，为你感动！

存皇：很感谢戈 9，让我有了一辈子的兄弟姐妹，且让我在整个比赛中成长很多；也很感谢戈 10，让我从队员的身份转换为服务生，是人生的又一种经历，给自己新的成长。

小静：落地上海！零星的小雨让上海空气很清新！春节七天集训，是人生中永远难忘的经历。第一次深一脚浅一脚地踩过那么多沙子，第一次看到小伙伴们顶着烈日在沙滩上挥汗如雨。很幸运亲身见证了大家为戈 10 拼搏的过程。

所有人洒下的汗水都在诠释着戈壁精神！为准 A 们渐入角色赞一个！最想感谢在沙滩上来回奔波、不断抓拍美照的存皇，精神、物质两手抓的春美，红包装备有啥给啥的大灰狼，来探班的铜豌豆、新峰站长，以及送吃送喝支持准 A 的三亚校友会和同学们，以及教练、队医和陪跑的胡队，你们为了帮大家圆梦，每天陪着早出晚归，分享，开会，接受烈日暴晒。准 A 们的每一次进步离不开你们的支持和无私付出！

存皇：下午一个人在沙滩上晒了两小时太阳，给自己独立思考的空间，看到沙滩上的脚印，想起这些日子小伙伴们为梦想流下的汗水。

感动于爱华与青菊的姐妹情，电梯里那句"来上海训练，我包吃包住"，足以说明在跑步中急速上升的感情；

感动于军强反复念叨，我相信DVD、饶南、江闽能火速赶上；感动于分享会上军强、晓楠、化明的泪水，他们更多是因为小伙伴的坚强表现而落泪；

感动于小品兄和小静在最后一刻到达终点时的释怀；感动于晓楠的强大内心与思想成熟；感动于小静带病为兄弟姐妹递水……

不一一赘述，谢谢大家所给予的这份感动的力量。

小怪：又要出发了，脑海中不停闪过过去一周汗水、泪水交织的种种画面。这是一个终身难忘的新春。从第一天沙滩"酱油跑"1公里就跑哭了，到最后一天替补组队，跑完30公里，深刻感受到团队的强大力量和给人带来的变化。

"你不是一个人在战斗"，队友的声声鼓励，化作了前行的动力，就是这样的一份责任，一路陪伴、一个不少、一起跑完的坚持，让我们坚持到最后。非常幸运，能跟准A们一起经历训练选拔，有机会见证小伙伴们夺冠路上的辛勤付出，执着努力。

爱华：每个人一生都有很多难忘的经历，相信这次的春节集训一定会是每个人最难忘的。坚信冠军之路是用汗水浇灌而成的，今年冠军之路形势更加严峻，接下来的80多天，如何让我们离冠军更近一步，几点思考与大家分享：

一是态度决定命运，三连冠一定是所有人的共同目标，不能有任何动摇，有人在低谷或者能力未达到的时候产生惧怕心理，会偶尔冒出其他想法也很正常，但终极目标要始终在心中坚守，没有共同的目标，形不成有凝聚力、战无不胜的团队。

二是团队的力量及早发挥。听老戈友说上了戈壁时长江是11个人对10个人，现在是否在上戈壁前把20个人的不同能力转换到最后10人，让他们更强大。

不管现在处于什么位置，都必须坚持拼到最后，每个人都能再上一个台阶，最终选出的团队也会上一个台阶；还有现在20人有各自的不同优势和资源，要毫无保留地分享给其他的小伙伴，这样最终不管谁去代表，这个团队也会有你的痕迹。如果每个人的心里都有"我为夺冠可以做点贡献"的信念，相信团队的战斗力会更强。

三是教练一直强调的科学、系统、刻苦训练。队员要充分信任教练，这是基础；每个人的情况不一，能否辛苦教练团队给每个人制订有针对性的目标和计划，全过程监控，随时调整，不浪费宝贵时间，一达到训练效果就安排进入下一阶段训练，有利于整体实力的提高。

我：很遗憾，个人原因，集训只参加不到三天，但仍百感交集。训练场见证了准 A 们在烈日炎炎的沙滩上，顽强拼搏的斗志；交流会上，从前辈对形势的客观研判和经验介绍中，和各位准 A 坦诚的互相批评和自我批评交流中，学到很多比赛的经验和训练知识，也看到了自身的问题和明显不足。同时，也与小伙伴们增进了友谊，加深了了解。

必须看到蝉联冠军的积极因素，即长江戈壁精神。戈 8、戈 9 夺冠，绝非偶然，决定成败的关键，是长江人自然彰显的独特精神品质，是团队通力合作的力量。

以存皇、春美、华旸为代表的在场组委会成员，为训练倾力提供服务，营造优良的训练环境，更有默默奉献、无怨无悔的灰狼、新锋等老戈友，以及宋阳等新生代的专程探班，用心鼓励打气。感谢大家的无私付出！

挚友忠言用心良苦，
兄弟暖意驱云散雾

第三十一章

2015 年 2 月 24 日，周二

傍晚，世纪公园渐快跑 10 公里，配速 6 分 30 秒至 4 分 30 秒，平均配速 5 分 11 秒。

2015 年 2 月 26 日，周四

阴。

结合三亚集训情况，根据组委会及小伙伴们的意见，曾教练对训练计划及时做了调整，发出了近一周的训练计划，增加训练量，丰富了训练内容，曾教练和杨医生还与每个冲 A 的小伙伴分别建群，督促大家打卡训练。

今天休跑，晚上在家做了 4 组静蹲，每组 1.5 分钟。2 组各式蹲起，每组 40 下。3 组提踵。

组委会发布通知，将戈 10A 队两次戈壁探路暨选拔赛时间定为 3 月 27 至 29 日和 4 月 24 至 26 日。

2015 年 2 月 27 日，周五

小雨转中雨，阴冷。

早上 6 点 15 分出门。放松跑步 12 公里，平均配速 5 分 45 秒。

晚上下班后，冒雨到爱华提供的长宁健身场所集训，跑步机上以 135 次 / 分的心率慢跑了 10 公里，做了 2 组力量训练。

中雨。

昨晚后半夜才睡，早上 9 点多起床。

下午在楼道跳绳半小时，2000 多个；做了半小时核心训练。

晴转多云。

早上 7 点起床。前两天练习各种蹲步，导致大腿的酸痛仍未消退，心里有种抵触情绪，很不情愿去卢体训练。最终，还是意志战胜了懒惰，说服自己走出了家门。

穿着越野鞋训练，刚开始慢跑就有点儿力不从心，两三公里后才渐渐适应。跑到 5 公里，饶南从后面赶上来，边陪我边提醒："宇哥，步频加快些，跟上我的节奏。"三亚训练时他就提醒过我的步频过慢，让我增强信心，"信心比黄金重要"，跑出"310"的成绩肯定没有问题。

我尽量跟着饶南的节奏，很轻松的状态下配速就到了 5 分，在他的指导下，我试着提高步频，配速很快达到 4 分 30 秒、4 分，一度要过 4 分，此时甚至还能说话。二人不知不觉跑了 20 圈，又进行了 40 个 100 米大步加速跑。

随后，又以 4 分 45 秒配速跑了 5 公里。最后，做了一组臀肌动态训练。

今天收获很大，克服了倦怠，增加了信心。

每一次坚持下来的训练，都不曾让我后悔，都值得。

阴，雾霾。

上班路上，在地铁上练习提踵。大腿酸痛依旧，是昨天练习静蹲的反应。

下午，热水瓶给我买的负重衣到了，感觉好重，就摘掉了几片沙袋，先从轻到重，循序渐进。

晚上，穿上负重衣去卢体训练。先慢跑 5 公里，再做素质练习 2 组，最后是"3+2+1"间歇跑，基本达到了教练的要求。3 公里自己跑的，步频 183 次 / 分，基本达标；饶南带我跑了 2 公里，他不时提醒我提高步频，步频最高 193 次 / 分；最后 1 公里，胡队鼓励我自己跑，用时接近 4 分钟。

看似很难的事情，只要肯踏踏实实去干，不仅仅停留在胡思乱想上，咬咬牙，坚持下去，也就离成功不远了。有的时候，我们完成不了目标和任务，多数是因为个人心理的羁绊，而非自身能力不足或受到外界的干扰。只要决心足够大，就会朝着目标，坚定地一步步跑下去，谁也阻拦不了一颗勇敢的心，除了我们自己。

热水瓶、皓子、Cici 这些戈 9 的主力来作陪练，榜样的力量是无穷的，他们的出现就是推动我们向前的巨大洪流。

饶南训练后分享：

感觉有点找到姿势跑法的重力感觉，加上曾教练说的用髋送腿的意识，觉得跑起来比过去轻松了。同时，军强建议的用力呼气，而不是吸气的办法对我也有效，好像循环改善了。

老骆驼今天表现特别猛，保质保量完成训练计划的同时，信心一下子提上来，求战欲也强了！ 4 分 15 秒至 4 分 20 秒的配速随便搞。如果步频再调整一下，4 分至 4 分 05 秒估计一个月内搞定，然后上戈壁探路。

我带着收获满满的愉快心情，10 点半到家。

2015 年 3 月 4 日，周三

晴。少云。微冷。多日少见的无雾霾天空。

穿着负重衣上班。

在办公室见缝插针做了两组半各种蹲，大汗淋漓。

晚上，独自一人在世纪公园渐快跑 3 圈，各圈配速 5 分 45 秒、5 分 15 秒、4 分 30 秒。最后 5 公里碰到胡队，他带我跑完后，教我提踵的正确方法，按照我以前的错误动作，一次能做 100 个，而在规范的动作下连 30 个都做不了。

2015 年 3 月 5 日，周四

元宵节。晴转多云，冷空气来袭。

晚上 7 点半出门，和胡队、Mily 绕世纪公园跑了 15 公里。前 9 公里配速 5 分 25 秒左右，接着 2 公里配速 4 分 20 秒，最后 4 公里配速 5 分 35 秒。

Mily 斗志昂扬，和我比着跑，速度不断加快，胡队制止了好几次，也没拉住我们，快速稳步推进的 Mily 不愧为"小坦克"。

阴。跑休。

受饶南影响，这两天看了不少关于跑步的视频，受益良多。跑步是将自身体能、肌力和技术这些关键要素有效挖掘、合理运用的系统工程，各个要素要协调发展，若有短板会制约整体的表现。就像开车一样，好车要由好驾驶员来开才能发挥出最佳功效。

书到用时方恨少，以前只知一味跑，回过头看理论，书中的知识甚至常识都很重要。自己已经有了一定的经验积累，现在学习，无须担心邯郸学步，掌握科学的跑姿和跑步规律，对信心的提升也会有好处。

化明：每个人的特点不尽相同，短时间内很难达到完美跑姿。徐国锋我们也一起跑过，姿态不如郭教练和胡队，建议抓住自己最弱的一点全力去提升比较好。

我：明白，谢谢兄长的提醒，现在看些理论，是想多少弥补一下自己在运动科学方面的空白，我会取长补短。

罗德曼：老骆驼，你以前看了也不一定能明白，你现在跑得多了，有实践，再反过来看理论，体会会更深刻。就跟读 EMBA 一个概念。

饶南：每个阶段对完美跑姿的认识不同，很多细节是逐步意识到的。

多云。

空气较为清新。

上午卢体训练，今天来参加训练的同学爆棚，操场上欢声笑语，好不热闹。粗略统计，来了不下 30 人。宏达也来督军，青菊等从深圳特地赶来合练。

热身跑 6 ~ 7 公里，拉伸 15 分钟。接着就是 400 米间歇跑，跟着男生组，原计划跑 15 组，最终坚持着跑完 18 组，每组配速 1 分 22 秒至 1 分 25 秒，实现了突破，跑完累到想吐。以往跑 300 米间歇都不超过 10 组，800 米也只跑过 8 组。

罗德曼：饶南和老骆驼跑得这么好，我很振奋！加油！老骆驼现在就差层纸了，戳破就上一个大台阶。饶南、DVD 搞到"300"以内，老骆驼 搞到"310"以内就太完美了。

饶南：反正今天跟几个高人跑，没怎么掉队，我还是挺高兴的，不知道你们尽力了没有。努努力，争取 4 月再提高一点儿。

我：谢谢大家的鼓励，今天真是很开心，理解罗德曼和饶南对我取得进步的高兴，我看到爱华今天的出色表现也有同样的心情。愿大家都在不受伤的前提下稳健提高。希望小静快快好起来，尽快归队。

2015 年 3 月 8 日，周日

小雨。

上午 7 点 45 分，我和爱华、青菊、饶南、罗德曼、热水瓶等小伙伴到新锋的汤臣高尔夫别墅集合。

8 点多，大家背着水袋沿着新锋前两天在附近找的野路上负重开跑。

往返 3 公里，并不长的路上，有土路、草甸、田埂、水泥地面，除了几处进入田野的小坡，几乎都是平路，尽管地势没有太大的起伏，但路面不断变化还是有越野的特征，必须留意并跨越脚下的各种障碍物，不时会踩到瓦砾石块以及树木枝杈，低洼的路面上还有积水及泥泞，稍不留神就会崴脚。

有了上回崇明的惨痛经历，我跑得格外小心。

1 小时后，天空飘起蒙蒙细雨，细雨又逐渐变成小雨，新锋、教练、杨医生一直伫立在折返点附近，给大家加油、拍照，提供补给。

前面和饶南一起跑了 10 公里，他边跑，边用 GPS 打卡标记航点。中间自己随性跑了 10 公里，最后 10 公里，被热水瓶在前面带着，速度快了许多，配速达到 4 分 30 秒至 5 分。加上热身的 1 公里，一共跑了 31 公里。

晴。

跑休。距戈壁第一次探路还有 17 天，距第二次探路还有 46 天，距离比赛日还有 72 天。

午饭后，在杨医生处碰到热水瓶。杨医生给我的右膝做了理疗，并对我的大腿、小腿及腰部进行放松。问我为何右手腕上贴着风湿膏，我解释是春节三亚集训时摔的伤还没好，他说风湿膏用处不大，摘掉后给我抻拉了几下，立马感觉好些了。杨医生分析我的验血报告，皮质醇和睾酮指标都不好，要注意休息和营养。

最近，思绪不宁，没有及时认真记录训练的心得，目标有些漂移。但上周的训练状态不错，小伙伴们都给了我一致赞叹，自己也因速度训练未增伤情而高兴，增添了信心。

饶南不断鼓励我，说认识我以来，这周是我最自信的一周。我说努力吧，希望不辜负爱我的人们。

想起发心，迄今为止，一直认为自己能力有限，进入 A 队是非常遥远的目标。想起热衷于"玄奘之路"的宏达、存皇，很自然便与热血沸腾、志在高远、不夺冠誓不罢休这些激动人心的关键词联系起来。

男儿当自强，一年来，自己受环境的影响何其深远，在恰当的时候，遇见了一群值得认识的、奋发有为的人，走上了一条艰苦却又快乐的路，尽管这条路上的人不多，却并不感到孤单。

一年来，跑步作为一个契机和纽带，让我交往了很多之前接触不到的人。这群人简单、纯粹、积极、乐观，一门心思放在训练提高上，相处很久了，谈论的话题依然是跑步。

饶南评价昨天的训练情况。

饶南：昨天的 LSD 算是探路，下周日大家尽力跑一下，看看能跑到什么程度，心里有个数。

我：昨天新锋找的那个荒地，爱华越野跑得十分好，下次，玫瑰们都来跑吧，那个环境挺锻炼人的。

饶南：昨天老骆驼越野跑得十分好，连续跑了 31 公里，一点都不痛苦，真佩服你啊，两片面包扛 31 公里，说啥我也不行啊。

爱华：老骆驼，谢谢鼓励！昨天确实恢复得差不多了，还有一点小小疼痛已经不影响跑了。学会慢跑就不那么吃力，心情也就比较轻松。下周争取30公里。饶南教的方法比较有效，我不担心速度上不来，现在就是要不断固化跑姿，找到轻松慢跑的感觉，拉长距离。 昨天跑姿应该好多了，跑完主要是屁股酸疼。

皮医生关于戈壁探路 & 比赛的温馨提示：

1. 现在起不饮用碳酸饮料和含有酒精的饮品，不要吸烟；

2. 近期多补充优质蛋白、碳水化合物以及新鲜蔬菜，运动时注意补水，到戈壁前让身体处于较好的营养状态和良好的水合状态；

3. 防晒，戈壁的阳光直射下，人体所失的水份是平时的3倍多，做好防晒，不但是为了防止晒伤，也是为了减少不必要的水分流失；

4. 衣物，所带衣物以浅色为主。早晚温差大，最好携带长款羽绒服，不但保温好，而且也可减少热身时间。帽子、头巾、太阳镜、手套、沙套必须带，同时还要自备补水面膜，出发前选择舒适的越野鞋袜，尽量减少因不合脚而磨出的水泡；

5. 饮食饮水，早餐与出发时间间隔最好2小时以上；赛前2天适量多饮水；能量胶之类的营养品不可能替代膳食，饭吃好是前提；出发1.5～2公里后饮水，少量多次，每10～20分钟一次，切忌少次大量饮水；呼吸要用鼻吸口呼的方式，尽量不用口直接吸气，如果用嘴吸气就把舌尖顶住上牙膛，嘴巴微张来吸气；

6. 补充电解质，每30～60分钟补充一粒盐丸。

今天提前订好了第二次探路4月23日到26日，以及比赛时间5月19日到26日的往返机票。

加油，向着理想和梦想进发。

群情激昂模拟备战，
一腔热血继续彼岸

第三十二章

晴。气温降到 5 度左右。

背着沙袋上班，路上拿着 GPS，按照昨天的航线线路，走到单位。

一大早，"超越梦想戈 10 冠军群"里，春美为治平拍照打卡，清晨在健身房里训练的治平，汗水淋漓。

张珏、军强、罗德曼等，也都晨练了 15 ~ 20 公里不等，让我汗颜。小品最近练得非常刻苦，无论跑量的积累还是强度的加大，都让人赞叹。

下班后抓紧去卢体训练。狭小的训练房人气爆棚，斗志高昂。军子、冯平、存皇、热水瓶、皓子、青菊、小怪、胡队、宋阳等都来了。

我跑在操场上，脸上挂满疲惫，厌跑情绪挥之不去。背着沙袋热身慢跑 7 公里，配速 6 分 15 秒。跑完，感觉浑身轻松了很多，疲劳感似乎给跑没了。

拉伸后做了一组核心训练。稍顷，再返操场，完成间歇"3+2+1"跑，配速分别为 4 分 10 秒、4 分 15 秒、4 分 10 秒。一个人跑避免不了随性而为，最后慢跑 2 公里放松，共完成 15 公里。

晴。气温回升了几度。空气非常清新。

与胡队约好晚上 7 点到世纪公园见。

担心若疲劳过度，会影响明天的强度课。胡队建议，按自己舒服的配速来跑，于是前 3 公里配速 6 分，然后 5 分 30 秒跑了 3 公里，最后阶段都在 5 分左右，平均配速

5 分 20 秒。

跑的过程中注意审视自己的跑姿，不断下意识地放松肩膀，挺直腰背，重心上移，加快步频，尽量拉起小腿，以舒服的姿态跑到 4 分 50 秒并不感到累，能感受到身体自如运转的愉悦状态。

跑到 15 公里时，右膝外侧的筋出现痛感，便稍微放慢节奏进行调整，好在并不太严重。考虑到今天训练的目的，就不再提高速度。跑完 16 公里，果断停下。

到家后，做了 3 组核心训练。

2015 年 3 月 12 日，周四

晴。气温回升，中度雾霾。

因持续训练，且睡眠不足，疲劳感强烈。

午饭前，在办公室做了 2 组各种蹲起。

晚上 7 点 15 分，到世纪公园慢跑 3 公里，胡队、馒头带我以平均 4 分 29 秒的配速跑了 15 公里，放松跑 3 公里，创了新纪录。

群里打卡，被杨医生等人批评，不该连续疲劳作战。

2015 年 3 月 14 日，周六

中度雾霾。预告有雨。

起床后仍觉身体困顿，犹豫挣扎片刻后，还是毅然决定去卢体训练。

老天很成全勤奋的人，一上午都是阴天，没下雨，直到傍晚才落下小到中雨。

观察细致入微的晨光发现我的脸色不太好，建议我加以调整并注意休息。曾教练没让我跟着饶南跑 800 米间歇，于是独自一人在足球场跑了 15 个来回的大步跑。

结束后，赶上饶南跟着他跑了最后一个 800 米，配速 2 分 55 秒，我拼了命跑，最后仍被他拉下近 10 米，而且他还穿着越野鞋。

下午回家睡了两个小时，仍未解乏。

N40° 23 '29.30 " E95° 35' 41.40"

阴, 小雨。

上午, 在汤臣高尔夫别墅东边的菜地, 和饶南、爱华、大静、小静 5 人越野 LSD, 共 33 公里。教练、医生及新锋做后勤保障。开始大家一起跑, 前 10 公里速度非常慢, 6 ~ 7 分的配速。之后分头跑, 我保持心率 135 次 / 分, 配速 5 分 30 秒, 很舒适的状态。

为试一下新越野鞋的效果, 13 ~ 15 公里的时候, 我逐渐提速, 中间以 4 分 20 秒的配速保持了 1 公里, 心率达到 158 次 / 分, 考虑到后面的路还很长, 便放慢了节奏。

跑到 25 公里左右的时候, 突然出现了饥饿感, 是前所未有的饥肠辘辘, 好像不吃点东西, 就会随时断电一样, 疲劳感随之而来, 速度略有下降。

吃了医生递过来的香蕉, 胃里舒服了很多, 解决了大问题。饶南热情地表扬了我, 但我清楚, 自己还没有大家想象的那么好, 还要继续努力。

下午 3 点多到家, 到床上躺着休息一会儿, 还不到 1 个小时, 就起身陪儿子到建平中学羽毛球馆, 练球 45 分钟。一年没打了, 右手腕的伤还没好, 带着护腕勉强接发球, 权当排酸了。儿子很兴奋, 小家伙好久没这么过瘾了。

今天无锡马拉松, 捷报传来, 华峰取得 "309" 的好成绩, 化明紧随其后, 用时 "312", 伙伴们的佳绩很激励我。

跑休。

饶南谈训练感悟:

1. 昨天周日大跑量以后, 还处在恢复期, 一开始两公里配速 7 分, 但心率仍然很高 (175 次 / 分), 以为心率带坏了, 用手摸脉搏计时发现数据准确, 直到 3 公里才开始降下来, 稳定在心率 135 次 / 分、配速 6 分 40 秒; 大家今后可通过心率的检测了解身体状态, 决定正确的计划, 调整节奏;

2. 大家对我共同的建议就是增加有氧耐力的训练, 一方面通过慢速堆跑量来增强后半程的耐受力, 另一方面继续降低体脂比。所以今天本来是跑休, 但打起精神压住速度坚持了。以前觉得慢跑浪费时间、质量低, 要么不跑, 要么就在热身完毕后尽快提速, 事实证明低速长距离跑对于调整状态帮助很大。

图15 教练、队医陪伴苦练的小伙伴们［从左至右分别为：杨杰（医生）、饶南、爱华、大静、小静、我、曾朝恭（教练）］

N40°23′29.30″E95°35′41.40″

3. 12公里后感觉里外都热透了，开始逐步提速，在黑夜里穿梭在摩托车和自行车中间小心避让，配速逐渐提到4分15秒，突然发现嘴都还没张开，完全依靠鼻孔呼吸，这种感觉特别好，记得之前瓶子跟我说过他4分配速不用张嘴，当时特羡慕。

我一直以来配速提到4分30秒就情不自禁想张嘴，今天虽然距离不长（2公里多），但第一次找到了配速4分15秒不用张嘴的感觉，应该和今天的有氧训练有很大的关系；

4. 前12公里慢跑的过程中，突然想起前几天化明跟我说他终于找到学生时跑步的感觉，我也回忆起那时的跑动，虽然没有经过训练，心肺和耐力不够，依稀记得跑动时的弹性和灵动，已很久没这种感觉了，即便通过跑姿跑步法进行调整，改为支撑为主不主动发力，还是没有改变身体沉重的感觉。

下阶段有氧慢跑，就要找回蹦蹦跳跳的年轻记忆，恢复肌群弹性，寻找轻松灵动的感觉，对于增强后半程的耐力一定会有很大的帮助。

罗德曼：是的，每个人的状态不一样，你就要增加跑量。而老骆驼要适当多进行一些乳酸门槛跑。

我：跑休中，学习了很好的分享。最近按教练医生意见，听从兄弟姐妹们的建议，侧重挑战内心很抵触的强度训练，不敢或逃避，就难以克服之，可能永远不会有质变。

这一周多，和饶南一起跑，准确地说是硬着头皮跟跑，并且交流颇多，受益良多。上周胡队、馒头带我完成了突破，也检验了自己的能力。

多云。气温明显上升，最高温度19度。

报名戈10并交了报名费。

晚上卢体集训。爱华最近热情高涨，5点就到了，等我赶来，她和饶南已跑完10公里，还要再跑10公里。

小静自春节从三亚回来后一直咳嗽，上周六，爱华给她配了中药，今天基本痊愈，训练也非常卖力，很好地完成了教练给的任务。

我先跑了7公里热身，接着2组素质训练，差点要了老命，汗如雨下。

硬着头皮来到操场，见胡队和热水瓶在跑节奏，配速 4 分。我跟着他们，跑 3 公里后，休息 6 分钟。胡队又带我分别跑了 2 公里、1 公里。"3+2+1"间歇的配速分别是 4 分 15 秒，4 分 15 秒、4 分 05 秒，教练对这个成绩比较满意。随后冷身跑 3 公里。

最近连续三次每周二进行强度训练，自己每次训练前都有抵触心态，但是每次挺下来后都很有成就感，很开心地认识到一个全新的自己。

热水瓶和我聊天，说戈 10 的团队中最佩服的人是我，我能坚持至今非常不易，这么执着的人非常少见。我连说他才是榜样。

饶南说我最近训练突飞猛进，说我现在的实力就好像是 3.0T 的汽车，以前是没发挥好，只要变速箱调整好，就会有很大的飞跃。

很感谢一路陪伴并时时给予我很多鼓励的兄弟姐妹、教练和医生等。小静也和我有同样的感觉，跑到现在为止，进不进 A 已经不重要了，历经一年多和大家一起艰苦奋斗的训练过程，确实是弥足珍贵的收获。

从没有为一件事如此坚持过，忍受着诸多伤痛的煎熬，克服着工作、家庭、生活方方面面的困难，一步一步走到现在，更不必说自己先天基础十分薄弱。牺牲了很多，但是得到的更多。

10 点多到家，泡沫轴放松，11 点半上床。

2015 年 3 月 18 日，周三

阴，小雨。气温最高到 24 度。

7 点 15 分起床。凌晨做了很多梦，都是和跑步有关的。不是自己在操场刷圈，就是被人追杀，教练赶来施救的梦境。

出门闻到湿漉漉黄梅天的味道。

下午去金桥三夫，搞定了眼镜。看着 GPS 上自己预先设定的几个航点形成的航线，徒步 5 ~ 6 公里走回家。

晚 6 点半，和胡队、Mily 在世纪公园慢跑 11 公里。结束不久，天空下起了暴雨。

N40° 23 '29.30 " E95° 35' 41.40"

阴。气温明显下降了几度。

晚上 7 点，馒头带我和 Mily 跑节奏。

起步配速 4 分 40 秒，前 3 公里跑得上气不接下气，真怀疑能否跑到 10 公里。看着身前的 Mily 气定神闲、生龙活虎，穿着越野鞋也丝毫不影响速度，我不由得激起内心动力，全神贯注跟着，想能坚持到哪儿算哪儿。

接近 10 公里时，Mily 忽然加速，与我拉开了大约 50 米的距离，接着她在 2 号门停下了。此刻，尽管身体已相当疲劳的我也想跟着停下，但是意念还是催促自己继续向前。12 公里时开始掉速，馒头见状不断给我打气："快快快，跑起来，跑出节奏来。"

我原计划最多跑 15 公里，在馒头的带动和鼓励下，最终硬生生扛到了 20 公里，平均配速 4 分 30 秒，过程很虐，每次感到达到了一种舒服的状态，就会掉速 5 ~ 10 秒，就会与前面的馒头拉开 5 ~ 10 米的距离，必须再努力，必须忍受煎熬，才能达到既定配速。

今天实现了一个重大突破，打破边界，闯出舒适区。特别感谢平时少言寡语，训练时尽心尽力帮我的小兄弟馒头。

20 公里配速如下：

4 分 35 秒、4 分 27 秒、4 分 31 秒、4 分 26 秒、4 分 28 秒、4 分 31 秒、4 分 24 秒、4 分 26 秒、4 分 26 秒、4 分 32 秒、4 分 36 秒、4 分 40 秒、4 分 36 秒、4 分 35 秒、4 分 36 秒、4 分 34 秒、4 分 33 秒、4 分 34 秒、4 分 31 秒、4 分 23 秒。

在冲 A 群里，杨医生和教练都对我进行了表扬。

Mily：给老骆驼赞一个，配速 4 分 30 秒轻松跑完 20 公里。

罗德曼：真棒！老骆驼有种脱胎换骨的感觉！

爱华：老骆驼量变到质变，功夫不负有心人！严重为他高兴。

学军：那一定要严重赞扬老骆驼，真心不容易。

小静：老骆驼现在超厉害！周二跑变速嗖嗖地！我们现在叫他刘大飞。他一个月三四百跑量，的确是从量变到质变了。

爱华：小静，一起努力向他看齐。

存皇：小静，你一直在坚持，你的精神鼓舞着大家。

小静：存皇，看来我的成绩还不够惊喜！继续坚持，加油！

军子：老骆驼，成绩要看年龄跟天赋，你没天赋，全靠刻苦努力。

我：环境更重要，要不是大家给予的激励和华东站的良好保障，自己很难坚持下来的，早就放弃了。

爱华：确实环境和氛围很重要，昨天后面腿有点疼，跑不动，看到你就能跑完了；受伤时不能跑，有着急给我治疗的，有不厌其烦告诉我要调整的，有鼓励我说好了不会落后，反而会跑得更快的，才没有失去信心。这些过程经历真的比结果更重要。

我：跟着 Mily 后面咬牙多跑了一会儿，终于实现了小突破，在各位"大咖"面前不值一提，但内心挺高兴。纵前面千山万水，也没几天拼命的日子了，一起加油，为许过的诺言、吹过的牛！

2015 年 3 月 20 日，周五

阴。中雨。

昨晚也许跑后兴奋过度，一晚上没怎么睡着。早上起来很累。

中午去杨医生处治疗，听他无意中自豪地聊起夫人无锡"首马秀"，一人轻松谈笑间跑出 4 小时 15 分的好成绩。真不得了，回想去年 3 月自己首个全马郑开马拉松，拼尽全力才跑到 4 小时 13 分，临近终点身体几乎虚脱。

晚饭后，刚想到小花园跑一会儿，就听到窗外的雨声又大又疾起来。在走廊跳绳15 分钟，1200 下。本不会跳绳，最近才开始学，水平提高不少，一次不间断能跳 300多下。然后用泡沫轴放松半小时。

2015 年 3 月 21 日，周六

早上 6 点 30 分起床。

上午卢体训练。热身慢跑 7 公里。下周即将去戈壁探路，1200 米间歇跑 6 组，晨光让我压着跑，用 85% 能力，第一次进行这个项目训练，前三个比较慢，最后两个，和饶南一起跑，快了不少，配速 4 分 45 秒左右，未完成计划的 4 分 26 秒；跑完做核心力量训练 2 组；放松跑 5 公里。

278

今天训练时间有一点儿长，11 点 45 分结束。又是收获满满的一上午，不由想到那句话："比起后悔，我更喜欢第二天的酸痛。"

晴。

阳春三月，春暖花开时节，处处一派生机盎然。带着遮阳镜，也遮不住春光明媚。

上午依旧到汤臣高尔夫别墅后的荒地越野跑 20 公里，平均配速 5 分 45 秒。

晚上，带着儿子参加军子组织的探路壮行宴。

晴。空气清新。

晚上卢体训练。慢跑热身 7 公里，配速 6 分。拉伸后，硬着头皮来到跑道上，穿着越野鞋以 4 分 18 秒的配速费力跑到 5 公里。

教练给我计时，跑完一圈，报一下时间。

操场上各色人等像赶集似的，穿插跑动，不时变速，本身就是一种挑战。

跑完后，做了两组腰腹力量训练，两组卧推和俯卧撑。最近的强度训练导致肌肉疲劳，酸痛加剧，杨医生给我拉伸，小腿外侧按摩，按到足三里穴，反应强烈。

今天是爱华生日，她仍在坚持训练，最后 1 公里配速 4 分 26 秒，令人刮目。小静的速度也上来了，以 5 分 10 秒的配速跑了 5 公里。大静独自跑了 16 公里。罗德曼 15 公里慢跑，5 公里配速 4 分以内。热水瓶、胡队以 3 分 50 秒的配速跑完 20 公里，让人惊叹。

第三十三章

二上戈壁激情澎湃，
三场争锋大漠豪迈

2015 年 3 月 27 日，周五

早上 6 点起床，早餐后，新老戈友乘越野车从瓜州宾馆出发，8 点 30 分到达戈赛正赛首日比赛的起点，参加第一天探路选拔。

9 点，比赛如期开始。按规则，两人一组出发，组间相隔 30 秒。我和化明一组，跑了还不足 1 公里，就被他 4 分 30 秒起步的配速拉爆，一时间方寸大乱，速度瞬间掉到 5 分 30 秒。

很快，晚出发的冬炜、DVD、小品纷纷超过了我。我无助地看着他们与自己的距离越来越远，直至他们的身影消失在一望无际的黑戈壁上。孤孤单单一个人，我越跑越沮丧，情绪无比低落。

进入骆驼刺地带，前后均无人迹，我紧盯着 GPS，急切地试图找到赛前老戈友说起的便捷小道，在长及身高的骆驼刺里穿行，手臂不时被尖锐的刺扎到，直至糊里糊涂地闯出这段最难的路，也没找到传说中的小道，短短两公里路程却耗时超过 15 分钟。

跑上被深厚尘土覆盖的土路后，提醒自己要努力打起精神，不由得提高了速度，脚下生风，尘土飞扬。看到前方有个人影，越来越近，也越来越大，定睛一看，正是小品，追上他后，两人并肩一直跑到终点。

最终跑完 34.5 公里路程，用时 3 小时 17 分。自己努力了却没有竭尽全力，平均心率 154 次 / 分，最大心率 168 次 / 分，平均步频 171 次 / 分。

晚上开会，通过航迹回顾比赛线路，我排名虽不靠前，但除了我和 DVD 是按照既定导航线路在跑，其他很多人都跑错了路，或跑过了。

罗德曼在群里讲：

我跑错路了，跑了 36 公里，骆驼刺和后面浮土路掉速厉害！但是 6 分配速也不行，跟不上大部队！很痛苦！和其他女生减时后的成绩差距挺大的。军强 2 小时 55 分，我跑错路了，最后两公里才赶上他。老骆驼是 3 小时 17 分。今天路线对的四个人，包括 DVD、老骆驼、饶南三位，赞！我是后进生，惭愧。

第三名饶南两脚底各磨出一个很大的水泡，皮肤脱落的地方皮开肉绽，血迹斑斑，令人目不忍睹。

今天最大的感慨和教训，即细节决定成败。刚一出发，便发现水袋前面的一个小挂件随着步伐不断晃动，注意力受到极大干扰，不时得低头调整，影响了心态和速度。

2015 年 3 月 28 日，周六

第二天探路选拔。

早上组委会通知：

基于本次探路目标是实地演练，而非终极选拔，为避免伤病减员，经教练组集体商议，对今明两天男生跑法作如下调整：（1）依据昨天成绩，男子前 5 名今天继续跑前队，不作成绩要求，依个人情况而跑；男子后 5 名跑后队，负责陪女生，明天两组人员对调；（2）如有伤病因素，可私信提出，临时调换。

今天，我在后队，跑了 35 公里，用时 4 小时 12 分。

赛后群里分享：

军子：小静，像你这样的基础通过你的努力和坚持现在成绩已经很好了，世界冠军只有一个，千千万万的选手参与竞争，除了努力之外，更需要天赋和正确的训练方式。

饶南：小静今天特别顽强，前 11 公里跟得非常好，骆驼刺那里比较吃亏，但也跟下来了，到盐碱地和风车阵，一边跑一边抽筋，仍能坚持到底从未放弃，这就是我们追寻的戈壁精神。

小静的内心已是冠军了。经营企业也一样，绝大部分人都无法成为李嘉诚、乔布斯一样的人，但这并不妨碍每个人用自己的方式追寻理想。只要是自己的梦想，坚持都有意义！

小静：今天前面老骆驼带我，在骆驼刺里拖着我跑，他自己被骆驼刺刮着、刺着

还一直带我，没有他，我骆驼刺那一段都跑不完！后面在盐碱地我掉速厉害，老骆驼被安排到前面找路，饶南留下来拖我，后面他体力消耗特别大！老骆驼、饶南带女生特别用心，没有他们我跑不下来，特别是快要崩溃的时候，队友无声的陪伴就是最大的支持和鼓励！

非常感谢老骆驼、饶南！我的实力的确比其他女生差些，即使无法进 A 队，但在戈壁有不放弃、不抛弃的队友，也是最大、最宝贵的收获和财富！我会用一生珍惜我们一起跑过的路，洒下的汗水，流过的泪。

今天让我一生都无法忘记！快到终点时，眼前都是老骆驼拖、饶南推的一幕幕画面，无法也不想忍住泪水。在风车阵时，远远地看到最后一辆等我们的吉普车，却怎么也跑不到，心里想了无数次放弃，可饶南飞一个胳膊拖着我，另一只手查 GPS，极为冷静。

我几次抽筋，他蹲下来帮我拉伸，其实他的腿也很痛，我强忍着泪水，心里告诉自己爬也得爬到终点。因为有你们，才让我有如此大的收获！DVD，你的蛋白粉太给力了，本来快虚脱了，喝了以后还能挪进大帐。

我：小静表现特别棒，真是好样的，值得尊敬！终点相拥的那一刻，小静终于忍不住激动的泪水，感染了所有在场迎接的人。

爱华：我看你们的分享都要掉泪了，每个人都那么棒，这次我没能一起去有点遗憾，一定加倍努力把能力提高，争取下次不留遗憾。

我：饶南前面很早就开始带晓楠，体力已有相当大的消耗，后来再倾力带小静，难度可想而知。他有大境界，极冷静，内心强大，否则很难在烈日当头的茫茫戈壁的午后，拖带已处极为疲惫、几乎虚脱的小静，凭着顽强的意志，一步一步踏过让人无比崩溃的漫漫风车阵。兄弟，你昨天牛，今天牛，明天还牛，永远牛！

罗德曼：老骆驼、小静回来那一刻我也没忍住，真心不容易，感觉这时我才体会到什么叫真正的戈壁精神。DVD 跑得特别棒，净用时与我和军强差不多！饶南和老骆驼更是让人感动，都累得一塌糊涂了，还不忘帮助别人。兄弟们，还有两个月，拼了！

罗德曼：今天过疏勒河后，GPS 被我搞乱了，军强在芦苇荡里钻的时候，我站岸上等 DVD，忽然对自己好失望，想到如果是正赛，我他妈真是该死啊，有一瞬间甚至都想放弃。26 号点前错一次，爬了铁丝网；火车隧道错一次，跑了回头路；这里再错一次，踌躇不前，想死的心都有了。

N40° 23 ′ 29.30 ″ E95° 35 ′ 41.40 ″

图16 探路第一天出发前合影 [后排从左至右分别为：学军、大灰狼、皮尚伯（医生）、华峰、春美、治平、小静、冬炜、化明、罗德曼、菁菊、我、铜豌豆、子良、袁皓、Mily、小卡、华昕、军梅、DVD；前排从左至右分别为：郭光辉（教练）、饶南、晓楠、小品、军强]

圖 17　和小品奔跑在戈壁沙海的浪花里

DVD：小静的泪水是幸福的泪水，是感动大家的泪水。饶南与老骆驼那么辛苦带大家，到终点后却默默离开。老骆驼是所有探路人当中最后一个做拉伸、最后一个上车的。罗德曼，你跑那么快，希望能多带我们跑，后续我先把户外的一些地理方位常识告诉你，不管把你放哪儿，你不用看任何仪器就基本可判定方向与坐标。

2015 年 3 月 29 日，周日

戈壁。第三天探路。23 公里，用时 2 小时 21 分。

比赛一开始，小品、冬炜、江闽和我 4 人以两列纵队前进。不久，本跟着罗德曼和军强的饶南，从前面回撤，于是变成了 5 人一起跑。最后一天路程虽短，但海拔高度不断攀升，并不好跑，加之经过前面两天高强度拉练，不少人都是带伤上阵，我也如此。饶南甚至在临近终点前果断放弃了。

我坚持完赛，连续三天和小品一同携手到达终点。经过一个小缓坡冲上终点时，杨医生见到我，非常兴奋地冲上前将我抱了起来。三天探路，中规中矩，算是画上了一个比较圆满的句号，感谢自己能够坚持下来，内心激动，不由得热泪盈眶。

小群里大家交流这两天的探路情况。

小怪：我这几天看群里的对话，看得好激动，每天都热泪盈眶。我也要争取去。

罗德曼：老骆驼表现不错！第三个回来的。女生还要加油啊，目前成绩有优势的就小卡和 Mily。大静这次没来，其他人减时都没能灭掉我和军强，形势严峻啊！我也暴露了好多缺点，回来后要虚心改进，不能只会傻跑平路。

热水瓶：在软沙上跑得好的人在黑戈壁上更有优势，核心能力、腿部力量（大腿及腰腹）强的人在戈壁上整体能力就强。

饶南：看皓子和瓶子穿越骆驼刺，感觉很过瘾！弹性十足，虎虎生风。看华峰和学军拖带女生，举重若轻，崎岖沟壑谈笑间一晃而过。戈 9 冠军名不虚传啊。我还得努力！这次觉得腿部肌肉特别紧，第二天就已经有明显不适，第三天就出现严重刺痛，目前只能保证第一天的成绩，这个问题还得想办法。

我：饶南，你出现今天的状况原因在于昨天消耗太大。

饶南：老骆驼，你昨天一样地累，但是身体能承受！你的勤奋给了你回报，跑量不是白堆的。

罗德曼：饶南的伤要治好，你的实力肯定没问题。昨天如果是我带女生，今天就废了。老骆驼昨天那么累，今天能第三个到，不简单。

我：出发前热身那一刻，右腿膝外侧仍疼痛到不能以正常步伐跑动，当时十分难过，担心跑不下来。忍痛持续跑了5公里，才渐渐转好些，这主要得益于杨医生昨晚的治疗。今天特别难过，感觉对不起饶南！

饶南：老骆驼，和你有啥关系啊，你还一直让我躲在你身后给我挡风来着！

我：饶南，想和你一起冲到终点，步伐也不敢加快。你停下来后，我回头一直喊你。虽只剩5公里，挺遗憾的，但是很理解，你一开始就独自默默忍受伤痛的煎熬！不是万不得已你绝不会停下的。回来后，周日让重出江湖的DVD带我们好好跑山。争取有个大的提升！

饶南：老骆驼，当时的想法是不能冒险。虽然差几公里没完成全程，但万一伤情恶化，影响更大，所以决定停步上车。在这方面你绝对是我的偶像，无论何时均全力以赴，绝不给自己留退路，就像三亚分组赛，我思想上觉得只是集训，不必尽力，而你则毫无保留。

另外，感觉长江目前内部的竞争意识挺强的，昨晚有的人好像也有点着急，这对于整个团队有点不利，我们应该大气一些。

Mily：大家其实已经是一个大团队了，没有华东站和华北站的分别了。而且我看后队所有男生对女生都照顾体贴、呵护备至。不过今天在前面，有的时候所有男生都去带女生，我一个人带跑的时候，还是觉得不如有个男生在边上踏实。

饶南：如果我们身在一所小商学院，知道自己无论如何努力都无法拿到冠军，我们会如何看待戈10这个赛事？又会如何决定我们的参与方式？……如果这里有我的兄弟姐妹们，我肯定不会再去其他地方了，没有对错，一人一种选择。

存皇：我不想去戈壁，因为那里有太多深藏心底的记忆，是那么地纯粹。每每想起，心情就无法平静。又一次去戈壁，又多了鲜活的记忆，又不争气地再次落泪，只是这次更为心痛，不为别的，是为你们的坚持与努力，不想去阐述所见的一点一滴，只想把它们暂时封存在记忆里。

我：从瓜州到嘉峪关300公里的返程车上，我很累却睡不着。3天93公里看上去极艰难的路，终于咬牙勉强坚持了下来，实在不容易。心境历练的感悟和感动，胜似体力征服困难、战胜伤痛的欣喜。

之所以能完成看似不可能完成的任务，是因为我不是一个人在战斗，感谢兄弟姐妹的热情鼓舞和激励，尤其感谢戈9前辈为代表的组委会成员倾力提供的优越保障体

图 18 伙伴们携手并进，奔向终点（从左至右分别为：Mily、小吕、晓楠、我、青菊、冬炜）

系，存皇、春美、灰狼、铜豌豆、热水瓶、军梅、学军、华峰、皓子……你们每个人都闪烁着美好人性的光芒，是我们学习的好榜样。还要感谢教练、医生为代表的在关键时候总会出现的贴心服务团队！

三天的探路告一段落，通过实地演练，我对自己的水平也有了更清晰的认识。不论最后结果如何，到今天为止，通过一年来积极参与戈10的训练选拔，我得到的太多太多，在这些收获面前，付出的时间精力等显得不值一提。这里有纯粹的情谊，有彼此默契的互动，有发自内心的关怀……又站在新的起点了。

有些事明知不可为却为之，为的不是终极目标，而是追寻过程中的真切体验，这才是拼搏的意义。时间进入倒计时，只争朝夕，努力加油吧，伙伴们，坚守出发时的誓言，让我们的人生绽放出辉煌的光彩！

新锋：老骆驼坚韧，大气，包容，"骆驼精神"，值得钦佩！

小静：老骆驼说出了我们很多准A的心声！为你的努力拼搏和坚持赞一个，为戈9A队陪练、陪跑的豪华阵容赞一个，为组委会的辛苦付出和蔡永军（大灰狼）的强大后勤保障赞一个，感谢替我们排除伤痛的教练和队医，谢谢大家！

华昕：老骆驼的坚韧、毅力让我特别感动，今天在山坡上远远地看到三个人一行跑过来，特别整齐，你的绿衣服特别醒目，三个人步伐整齐、轻盈，特别帅！

郭教练：老骆驼，这是一名参与过、体验过、付出过、努力过、拼搏过、奉献过、痛苦过、享受过的跑者的感悟。老骆驼是好榜样！

皮医生：这是戈10队员第一次到戈壁探路，有些许不适应很正常，但大家都敞开心扉交流感受及所得，却很珍贵，虽然仅仅只有3天，但我看到了大家的意志和品质。

第一天南哥双脚足底均磨出大水泡，依然奔跑在戈壁。经历了两天鏖战，治平今早出发前的感言让大家很感动，董婷婷默默无闻的服务，江闽忍痛完成全程探路，老骆驼宇哥的坚韧精神，Mily、青菊、晓楠、华昕、小静 等"戈壁玫瑰"巾帼不让须眉的表现，还有组委会全身心的投入及各位无名英雄的默默付出，体现了长江这个大家庭的温暖和爱，能看到戈10的冠军在向我们招手了，坚持就是胜利！

曾教练：英雄们辛苦了！虽不在现场，但我这几天为大家的努力、坚韧、无私、坚守而感动，时常热泪盈眶！从戈8到戈10，一路走来，总有不同的英雄在为长江荣誉而奋斗，故事一样让人动容，相信冠军一定属于我们。

图19 三天探路结束，在清泉附近拍摄的"光猪"照（后排从左至右分别为：罗德曼、军强、我、化明、冬炜、江闽、DVD、饶南、治平、小品；前排从左至右分别为：Mily、华昕、青菊、小静、晓楠、小卡）

历艰难论冠军意义，
经沧海诉人生真谛

第三十四章

小雨。

7 点 15 分起床。

昨天跑前身上疼痛的地方，早上感觉轻松缓解多了。午饭后，到杨医生处放松治疗。膝外侧筋膜疼痛，一直以为与髂胫束有关，如果是真的话，可不是小问题。杨医生认真查看了一下，明确说不是髂胫束问题，不禁松了一口气。

晚上在小花园里排酸慢跑 7 公里，配速接近 8 分，但因为气温高，身上的长袖运动服和皮肤衣都湿透了。

群里围绕上周末的探路及训练进行讨论。

小品：准 A 们快速行动，跑快的加强力量耐力训练；跑慢的，快速跟上；不熟悉、不重视规则的，赶紧重视起来；团队加强磨合协同，取长补短。我们任务艰巨！立即行动，一定可以成功！

曾教练：探路回来，精神还在高度亢奋状态，但身体已疲劳，免疫力较低，而上海的天气像过山车，请大家一定注意保暖，切忌感冒；充分补充营养，利于迅速恢复体力；早睡，保证充足睡眠。

热水瓶：大家不要忽视戈壁下来后累的感觉，一定要好好休息恢复。

我身体是完全没啥感觉，戈 9 后再跑戈壁都跑不出感觉了，昨天 5 公里后稍微有点累就不想跑了，所以准 A 们一定要珍惜这段时光，走过之后永恒的记忆唯留心中，但脚下已无戈壁，珍惜！珍惜！

饶南：曾经沧海难为水，除却巫山不是云。

我：特别疲惫，这几天都不想训练了。

小静：我虽然两天像蜗牛一样地完赛，不过这也是我自参加选拔赛及马拉松以来，唯一的一次两天跑完后没啥特别累的感觉。而且也是唯一一次没有瘸着、拐着跑完，珍惜这段时光，坚持到终极选拔赛结束，为自己努力的过程划个圆满句号。

饶南：昨天退赛的感悟：跟着老骆驼跑了17.6公里，一直郁闷，速度在5分50秒至6分10秒之间，始终提不起来，而且还觉得心肺很难受，这个速度也让我完全找不到兴奋点，一点成就感也没有，越跑越沮丧。

可是当我退赛后，站在原地望着老骆驼的背影不一会儿就消失在蜿蜒山丘间的小路上，我们在后面开车追上了他，提前到达最后一个补给点，才一会儿老骆驼他们又到了，华昕上去给他们送水，老骆驼边跑边大口喝完水，帅气地把水瓶扔到补给点的垃圾箱里，又迅速消失在我的视野里。

继续驱车追赶，到了营地，下车才刚跟杨医生打了个招呼，连衣服都没来得及披上，老骆驼他们就开始出现在我们的视野里，他们到达了！我从来没有觉得6分的配速原来这么快，这么强大，这么牛！

其实我觉得，参加戈10，最重要的不是跑出4分配速，而是体会这种坚持的强大力量！人生路又何尝不是如此，谁又能以4分配速贯穿始终？越是艰难越要坚持，6分配速又如何？终点转瞬即至！我以前只喜欢快跑，快带给我快感，以后也许不一样了。

小怪：关键是不回撤，想想复利的力量，就明白了。老骆驼，你一直很"高大上"，我是你的脑残粉。

DVD：以前只知道戈壁是个跑步比赛，但这次我觉得戈壁挑战赛应叫"戈壁自我挑战赛"，冠军很重要，相信每个人从小都有争做第一的梦想，但是大部分冠军是赢给别人看的。

不忘初心，不抛弃，不放弃，这时候赢得的冠军才具有真正的意义，否则只是个名次而已。感谢这几天同在戈壁的伙伴们，坚持才是真正的力量，快乐才是幸福的源泉。

冠军与第一名，本质上是有不同的，就如女人的漂亮与美丽，男人的帅气与魅力。小静你永远最美丽，老骆驼永远最有魅力！我们对于第一名可以无所谓，但有意义、有内涵的冠军是一种精神象征，是凝聚了我们友谊的灵魂，这样的冠军哪还有理由去放弃呢？

存皇：可能大家对夺冠还是有各种想法和各种声音，但其实大家都在表达一种共识：我们要尽力做到最好，要完全展示出冠军精神，无论是个体还是集体。戈壁探路最后一天我看到了，无论是前队、中队、后队，每个人都在想着如何通过自己的一份力，去让团队有所提高，这就是戈赛的真实魅力。

此刻我的脑海里回放着太多感动的场景，我的内心还是拥有一个冠军梦，不是为了所谓的荣誉，而是想给每一位为冠军付出过梦想和汗水的小伙伴一个交代，你们值得去拥有！

DVD：所谓的戈壁比赛，原本以为只是简单的一个跑步，只是一个无聊的名次，但当看到第二天小静说："我终于回来了。"看到第三天早上春美在送大家出发时流下的泪水，我突然觉得"第一名"与"冠军"是无法相提并论的，"第一名"仅仅是个名次，是个输赢，但是冠军却是凝聚了能力之外的更多内涵，是一种坚持，一种执着，一种信念的坚守。

宏达：戈壁能触动人！我们现在这个年龄、这个阶段，已经很少有事能让我们如此投入地坚持和拼搏了，戈壁算一个！和小伙伴们的这段经历，绝对一辈子难忘，是老了躺在床上还能美美回味的永恒记忆！

小静：这次探路也让我深深地体会了戈壁精神、兄弟姐妹情！也见证了所有人的拼搏！为大家加油，无论我多快多慢，都会完成终极选拔，为自己的拼搏划上完美句号。我会鼓掌目送踏上夺冠赛道的伙伴们，为一路承载了我们夺冠梦想的 A 队队员呐喊加油！

存皇：感谢小静！你的精神唤醒了冠军情怀。戈 10 夺冠和群里的所有"A"们都息息相关。坚持走到今天的，都是戈 10A 队成员，每个人都有"A"的高度，且在这个团队中激励和感化了大家。

军梅：融合、协同和对抗是体育精神的精髓，把他们串起来的"牛缰绳"就是夺冠的进取之心。

我：总有一种力量，让我们泪流满面，总有一个目标，让我们奋不顾身……原来以为长江玩戈赛，是一群"土豪"简单地聚在一块凑热闹，谈不上什么文化。

后来，渐渐懂了，冠军基因不是一个人一天能创造的，是一大批热情参与这项活动的爱好者，经历一年一度的训练、选拔和比赛，通过老戈友传帮带，新戈友前赴后继锤炼出来的。

长江戈赛文化，其实无须刻意为之，与学院的治学理念紧密契合，与学员追求卓越的动力一脉相承。

晴。最高气温比昨天急速上蹿 10 度至 27 度。

晚上不去卢湾训练，在群里向教练请假。

小静：宇哥的身体估计还在亢奋状态！今天开始恢复常态后会更累！要多睡！

存皇：是的，去年我在回来的第三天早上突然发现，自己爬不起来，发烧了，然后就咳嗽……当时在戈壁上一点事都没有。我应该当时比较大意，体力有透支，没及时补充营养。

饶南：我也是昨天没事，今天虚脱，心慌，大家要引起重视！累得连排酸跑都无力支撑，两天没挪一步，我看也不用再排了。跑完戈壁跟生完孩子一样，消耗太大，需要调养。不休息不合乎逻辑。

询问江闽戈壁探路的伤势：

我：兄弟，膝盖附近的伤好些了吧？我昨天到医生那儿治疗放松后，今天感觉好多了。建议抓紧调养，尽快好转！另，周日时 GPS 没给你，因三人只有两部好用的，是大家为确保线路准确的共同意见，向你再说声不好意思。

江闽：谢谢大哥关心，昨天去治疗了，好了一些，这次你跑得很好，节奏也控制得不错，这 24 天好好调整，争取选拔跑出好成绩，GPS 的事不要放在心上，我能够理解，你的精神一直激励着我，是我尊敬的大哥，我们共同努力，加油！

我：可能你第一天跑伤了，看你第二天仍疲劳作战，内心不想让你第三天再硬拼，加重伤势不值得，但你仍然顽强拼搏，非常不容易！这些天，千万别着急，和热水瓶多交流，他去年探路导致筋膜炎发作后一个月没怎么跑，改用其他方式练核心和腿部力量。加油！

晴热。气温最高达到 30 度。

早上 5 点醒来，这两天睡眠质量不高，夜里总会醒两三次。尿急。

早餐时和妻儿说戈壁挑战赛的意义，打算有空将一年来的经历讲给儿子听，给他鼓励。

杨医生在微信上看了我的化验单说："皮质醇比上次低，睾酮还低，乳酸脱氢酶更

N40° 39 '45.60 "E95° 34' 57.40"

高了，肌肉还是有损伤，合成不行，表现为疲劳消除的时间长。要吃营养品，海参、虾什么的都要吃，每天用大枣、枸杞、西洋参泡水喝。"

午饭后散步，阳光非常耀眼，晒不多久，就流汗了。

下午抽空做了300个浅蹲，100个俯卧撑，心虚气喘。

饶南： 不知怎么有点厌跑，咱们去喝酒吧。

我：我还没完全缓过来，今晚打算进行恢复性训练。今天开始按照杨医生指导，采用DVD的配方，泡大枣、枸杞和西洋参了，喝这种饮料估计比酒提气，你也尝试一下。

原计划晚上出去跑15公里，可是晚上到家后一点儿精神都提不起来，只好作罢。在平衡球上站了半小时。

2015 年 4 月 3 日，周五

阴。5点50分起床。6点出门，到小花园跑步。

第一次沿着围墙跑进由高及膝盖的茂密长草覆盖的地带，往返近500米，地势起伏不平，时而是落叶形成的软路，时而是泥土块散落的硬路，挑战难度不小，类似越野道路，能训练到小肌群。这个训练环境，还是DVD推荐给我得。

跑了不到两公里，右膝叫急，还是探路时疼的那根筋，忍痛坚持了一会儿，感觉好转了一些。做了简单拉伸后，再继续跑。一共跑了7.5公里，配速7分30秒，最后1公里配速6分20秒。

中午到杨医生处，治疗放松了两个多小时。针灸膝关节两次，然后按摩痛处附近，再用理疗仪器放松腿、腰。杨医生转述小伙伴们的看法，认为我进入A队的可能性大。

但大家认为我近来的自信心还不够强。的确，几次下来，特别是探路时，第一天我没尽全力，明显掉以轻心，最后阶段，和小品一起"佛系跑"，没有全力冲击好成绩，尤其一些小细节上没做到位。

大家的看法对我触动很大，最后的机会，无论进与不进，一定展示自己应有的水平，全力一拼。

罗德曼力行带兄弟，
施大哥豪言振士气

第三十五章

2015 年 4 月 4 日，周六

阴。清明时节雨纷纷。

早上 6 点 15 分，乘胡队的车去佘山，路上稍堵，7 点 40 分到山下。

罗德曼倾心带我跑了 10 组长约 700 米的缓上坡，上坡冲，下坡放松，上坡的配速 6 分 10 秒左右，我累得上气不接下气，罗德曼气定神闲地在我身前保持两三米的距离，轻松自如地给我打气加油。

加上前后热身冷身，今天一共跑了 25 公里。跑完去附近的酒店洗澡拉伸，中午吃了一顿农家菜，下午 3 点半到家。

2015 年 4 月 5 日，周日

小雨。

早上 6 点多出门，在家附近的小花园，忍着右膝后窝处时不时传来的疼痛，在杂草落叶覆盖的泥泞土路上跑了 13 公里。

晚上军子组织餐叙，欢迎小品和治平来上海训练、分享。

存皇传达刚在北京开完的组委会会议意见，学院很支持戈 10，希望动员一切能动员的力量，力保戈 10 夺冠。

我说自己从一个"菜鸟"成长到现在的"准 A"，全由大家无私给予的各种感动力量促成，不辜负大家的期望，坚持到底。探路回来，责任感更强了，每个人都要做好自己，才能成就集体的荣耀。

小品：今天感受到了军子无私的奉献，更感受到了戈壁探路后，准 A 队员悄悄、

295

巨大的变化，大家意识到团队合作的重要性；并开始积极行动起来。打开了心扉坦诚交流，相互促进，现在训练不再只为自己进A，而是一切为了长江夺冠！有钱出钱、有力出力，有感悟、有心得，则相互分享，共同提高！这样的团队，不夺冠都难！

热水瓶：忽如一夜春雨来，这次会师后，感觉小伙伴们夺冠的语气从前段时间的稍有焦虑变为今日的笃定。在众位的齐心协力下，戈10服务团队进入状态很快，有点真正团队的意思了，渐入佳境，在戈壁上直达高潮啊。

2015 年 4 月 6 日，周一

中雨。

早上起床后头痛，担心昨天淋雨感冒，没去佘山集训。

罗德曼、饶南、Mily、小静等人陪着小品、治平冒雨到佘山跑山。

训练结束后，治平感慨：

愉快的上海之行很快结束了，不到48个小时的停留，十上佘山、飘过长风，领教了爱华的豪华会所和专业教练，学习了DVD哥的创业之家和治业之精，享受了军子哥的龙虾宴，还有小怪的全程照顾、胡队的借衣送暖之义、曾教练的赠衣和送行之情、杨医生的恢复再生之恩。

更有存皇、新锋、小丹、Cici以及队友兄弟姐妹们放弃休息、家人和球赛来雨中陪跑、陪吃和各种分享交流。

长江戈10是一个充满爱的团队，爱的力量让我们更强大，风雨无阻、戈壁无敌！

下午3点，和DVD去健身房，在跑步机上慢跑3公里，右膝窝处仍疼痛。跟着DVD做3组力量训练，用时45分钟以内。

2015 年 4 月 7 日，周二

阴转小雨。

清晨4点醒来，再难睡熟，6点半起床。晨脉50，疲劳。

下午做1200个浅蹲起，分3组。

晚上去卢体训练。外面下雨，在室内不足百米的走廊慢跑6公里热身，做1组核

心训练和 3 组负重踏板和跳箱子。

杨医生为我右膝内侧针灸，效果不错。

华北站郭光辉教练提醒大家：

训练水平已经达到一定高度，晨脉一般应在每分钟 50 次以下，如果忽高，一定与疲劳、饮酒、休息等有关，因此要注意调节。

现在是应战期，请大家多多关注自身的变化。晨脉低，说明心肌收缩有力，血液携氧量大，血氧供给充裕。晨脉 50 次 / 分以下，这是高水平马拉松选手的标志性指标。

2015 年 4 月 8 日，周三

晴。

早上 6 点半醒来，乏力头晕。

一出门，便是乍暖还寒的清凉世界，淡蓝的天空，轻描淡写的流云，空气十分清新。

经常会碰到朋友问我："还在跑步吗？"

我说："跑啊。""坚持得真好，对自己要求真高啊。"

我说："一直跑，已成为习惯，也是生活中的一部分，不觉得是负担。"

昨天训练导致今天浑身酸痛得厉害，中午到按摩店做推拿。

晚上 7 点多到世纪公园，和罗德曼、小静、Mily 一起跑。室外气温略低，跑两公里后身体便暖和起来。

按训练计划，渐快跑 25 公里，在中途，膝盖老地方出现状况，最后 5 公里掉速明显，均速 5 分。

9 点到家。做 1200 个浅蹲，冰敷、拉伸、放松。11 点半睡觉。

2015 年 4 月 9 日，周四

晴。

晨脉 53 次 / 分，困倦。

膝痛处不适明显，中午找杨医生。

碰到受伤严重的小静也在治疗，听她针灸时的惨叫，心生不忍。

针灸、放松治疗1小时后，稍觉轻松。杨医生又教我踩在平衡球上练习腿部及本体的感觉能力。我问晚上能跑吗？他说没问题，要适应痛也能跑的状态。

傍晚，根据自身情况，征询了胡队的意见，决定彻底休息。

2015 年 4 月 10 日，周五

晴。

睡了9个小时，仍觉不过瘾，醒来感觉膝盖稍有好转。

不跑步愧对连续三天的好天气。中午饭前到单位健身房，跑步机上渐快跑6公里，配速由6分到4分15秒，加上前后热身冷身一共10公里。浅蹲起4组每组做300、700、200、300个，俯卧撑做2组，每组做50、60个。膝盖仍略有不适。

晚上，施健大哥组织戈10"准A"和戈7部分队员等人餐叙，为小伙伴们加油鼓劲，聊到10点多才回家。戈A队的高磊、晓英、怀香、大V，在沪冲A的戈10伙伴们基本都到齐了。

作为长江戈赛组织的幕后英雄、灵魂人物，施健大哥的影响力、号召力、各种奉献无人堪比。施健激励戈10"准A"们，发扬长江优秀传统，运用团队的力量，拧成一股绳，在戈壁沙场誓夺冠军。

施健大哥的讲话虽朴实却极具感染力，让人热血沸腾，容易激发男人的血性。

心里憋着一股劲儿，暗下决心要把最后这段冲A的日子走好。最近两周，抽空就要仔细研究前两届的戈赛线路。

2015 年 4 月 11 日，周六

晴。

春意盎然，耀眼的阳光洒在身上，感觉就像裹了一层薄被子，通体温暖惬意。上午因卢体有活动，临时到交大医学院训练，一折腾耽误40分钟。

训练任务400米间歇跑，15～18组，跟着罗德曼和饶南抗下18组，用时在82～90

298

秒，前几组稍快，中间有些吃力，到第 10 组时，右膝不适明显，当时真想停下不跑了，但又不甘心，毕竟离终极选拔的日子所剩无几，在饶南和晨光的鼓励下，终于第一次跑完 18 组，小有成就。

放弃和坚持就是一念之间的事情，咬住牙挺一下也就挺下来了。发现今天似乎没有以往那种对间歇跑的恐惧了。若今天跑第 10 组时在中途停下，不仅训练效果大打折扣，对信心也是打击，训练越到最后越有效。

曾教练和晨光看我完成计划，都很高兴。最后，教练从西门双铭那儿拿来了十几个 Bosu 球，摆在操场上，变幻着间隔，让大家在上面来回跑着跳着十几次，做平衡练习。

训练结束，我趴在瑜伽垫上，小教练给我踩比较僵硬的双腿，疼痛难忍，但是放松后立马觉得浑身轻松许多。

2015 年 4 月 12 日，周日

晴转多云。天气格外好。

上午 8 点前到佘山公园一号停车场。先热身跑 2 公里，再做拉伸。然后和饶南一起跑山，忍着膝盖疼痛，上坡下坡，爬台阶下台阶，穿树林越草坪，共跑了 26 公里。爱华和大静非常强悍，跑了 30 ~ 32 公里。

下午有事情，跑完便和大家告别，错过了小静精心准备的饺子宴。

2015 年 4 月 14 日，周二

晴。

昨天跑休，到饶南介绍的一家康复机构治疗膝伤，今天感觉效果不错，上下台阶基本无大碍。

晚上 6 点半，卢体训练。慢跑 7 公里，1 组素质训练，1 组卧推，负重蹲起，跳箱子。再到操场跑时，膝盖又叫急，只慢跑了 3 公里。

训练结束，军子顺路送我，一路上感慨我练到今天不容易。

晴转多云。

倦怠感强烈，特别不想跑步。

晚上在家做了 3 组浅蹲起，共 2100 个；3 组俯卧撑，共 150 个；3 组扶墙高抬腿，共 200 个。10 点半上床。

晴转多云，气温上升，闷热。

昨晚睡了 8 个多小时，意犹未尽。

早上看到昨晚群里大家对我的期待，非常感动，信心大增。最后一次探路，终极选拔，一定要将两年来的训练成果呈现出来，无论结果如何，过程不留遗憾。

细节决定成败，给自己提醒，必须处理好几个关键问题：

1. 信心，信心，爆棚的信心！

2. 斗志，斗志，顽强的斗志！不做到最好，誓不罢休！

3. 按时补给，2 公里喝水，10 公里补充能量胶和盐丸；

4. 合理把握节奏，前快，中慢，后冲。

5. 装备，水袋不要太满，准备好适合的服装，打好脚踝、膝关节的肌贴，将魔术头巾缠在于腕，校准 GPS。提前用电脑再熟悉一遍路线。

大家在群里给我鼓励和建议。

饶南：只要把配速计划定好，肯定能跑出好成绩。

罗德曼：实力绝对够，下次选拔先把速度提起来，到骆驼刺反正都快不了，你权当调整，你耐力好，恢复快，到后面的好路再冲。

DVD：老骆驼能力是够的。上次最后一天，我与他一起带女生看得出，这个得多向他学习。

杨医生：今天我们一个队员因为护手绷带没有带，上场后裁判直接判他输了。所以细节很重要，DVD 说得对。

我：昨晚睡得早，睁眼就看到大家对我的关心期待，倍受鼓舞，终极选拔一定尽力发挥好，兄弟姐妹们加油！将一年来的训练成果真实展现出来！

存皇：老骆驼，比赛一定要有信心、要有拼劲，我每次赛前都会给自己心里暗示。比赛前还会默念下目标。DVD说的很对，细节特别重要！比赛比的是综合能力。一旦发生意外，就容易引起心里紧张与失衡。赛前一晚一定要先作好准备。

热水瓶：我的经验是选拔比赛中不要过分依赖配速，相对位置名次和相对速度更重要。

我：康老师所言极是。那天罗德曼告诉我比赛出发前，要将状态调整到兴奋，斗志昂扬才有冲劲儿，而我欠缺这样的状态

饶南：我比赛前固定听两首歌，听完热血沸腾开搞。《我们是冠军》《向太阳怒吼》。

小静：宇哥加油啊！你的实力绝对可以，而且你还有另外一大优势：带女生超强。终极选拔赛你一定要像风一样跑起来，一定可以！

罗德曼：老骆驼藐视所有对手，输赢要等搞了再说。

杨医生：宇哥把第一次探路最后一天冲线的气势拿出来。比赛就要像狼看到了肉……两眼要放光，要坚定，要有这事没有我就不行的霸气。

晚上7点，约馒头一起到世纪公园试着恢复跑。慢跑2公里后，稍微加速就感觉右膝受限，以5分40秒的配速跑了5公里，膝盖不适加重，不仅外侧筋脉有被拉扯感，关节的活动也不自如了，心想今天就跑10公里吧。

找到能忍受的较为舒适的节奏，以比6分稍快的配速跑，到10公里时，感觉还能再跑。这时，碰到晚来的Mily，不由得一起又跑了5公里，加上热身，一共跑了16公里多。

跑完，做了3组腰背核心训练、500个浅蹲、100个扶墙高抬腿。

三上戈壁身心俱疲，
戈十征尘无语凝噎

第三十六章

晴。

清晨 5 点半出门，原计划跑 10 公里，膝盖疼痛难忍，只慢跑了 7 公里。

马拉松一程一程，最难的是后面的几公里，生活工作中的一幕一幕和赛道上的经历何其相似。

群里大家针对战术及心理展开讨论。

罗德曼：饶南能力已足够，就是长距离跑得少，你不知自己在全力跑 30 公里（戈壁可能在 25 公里）以后会出现什么情况。

存皇：饶南要学会控制与平衡，以防后半程掉速太多。你优势在于杀气足，基本属于比赛型选手，斗志强，有舍我其谁的霸气。DVD 要注重细节管理，卸下心理包袱，从零开始。

罗德曼：宇哥的间歇和长距离跑都够了……马拉松 "310" 以内不在话下，然后就是比赛信心的问题，上场只能一个念头：搞了再想，舍我其谁！

存皇：宇哥，你就想一点：我练了这么久，得全部发挥出来，不能让自己的人生留有遗憾！即使进不了 A 队，也要抬高队伍的门槛，助力长江冠军。

你还是有实力的，跑量这么大，我如此说，是想帮你放松心态。去年遇到再大的委屈，我也愿意忍，愿意坚持，唯一的动力就是我不能让兄弟姐妹们的汗水白流，要以冠军的荣耀去感谢他们！

饶南：宇哥，19 个人里面变速能赢你的没几个，长距离更是你的优势，你理应排名前六。存皇知道你付出多，不容易。有些事情需要时间来理解和融化。回头看看又算什么。

我：存皇，你把我们拖上"贼船"，无论如何，我感激你好兄弟，我们没啥委屈，反而是你承受着与你年龄不相称的诸多委屈。

罗德曼：选手在长距离比赛的半程左右会有假象，以为自己状态奇好，如果这时候冒进，后面"撞墙"会非常厉害！……在没时间积累的情况下，就保守一点，你数着名次搞！就掐着你的假想敌搞，他快你也快，他慢你也慢，不超，等到最后再决战，那时你的霸气和能力就有优势了。

我觉得到这份上了，谁都没有放弃理由，小静也一样，死咬大部队，直到崩溃为止，说不定会有人比你先崩的。

我：罗德曼，非常同意！这个时候先不要说"如果""万一"啥的。小静上次表现就很棒，这次一定会更好。

罗德曼：不能上来就示弱，不装怂，心理暗示很重要，装怂就真怂了。

存皇：我属于严肃型跑者。举个例子，赛前充分作好准备，上马前一夜我压力很大，因为 Cici 批评我，说我成绩不及中欧，所以我当时就想必须进"310"！不然会影响大家的士气。

赛前我就订了外滩酒店，出门去测试手表定位；请了杨医生陪同，请小胡陪跑；提前 2 小时起来吃早饭，冷热水淋浴唤醒身体，积极排空，提前充分热身，准备好提前检录。比赛中坚决不和任何过往熟人打招呼耗费体能，严格控制配速，按时补充水、能量胶和盐丸。坚决不超速。大家要学会严肃对待，如果你有实力，在比赛中不能发挥出来，其实是对团队的一种不负责任。

存皇：我觉的饶南现在心里是有这种状态了，所以要表达出来，让你的兄弟姐妹认识你。不只是认识你的长相，还认识你真正的为人。

罗德曼：我建议 Mily 等人从戈壁回来还是要多点 LSD，20 公里以上的，每周搞个三次以上，最后一周减量，Mily 的速度我是见识了，完全不用再练了。得到戈壁才能看出弱项，我对大静还是很有信心的，正常发挥就没问题了，所以这次也只需跟随跑，锁住心中的名次跑。第一天和第二天的路线最后都有决战路段，按住躁动，前面不能急。

饶南：我的经验，进入自己的困难路段时，一是要尽快调整好呼吸，二是要放松身体减少体力消耗，三是在困难路段要尽量跟随跑。另外，跑轻松路段时给自己留有余力很重要，前 20 ～ 25 公里尽量不张嘴，用鼻子呼吸，在进入困难路段或者决战时再张嘴呼吸。

罗德曼：补给方面，最后一周拼命吃主食，还可以吃甘蔗或其他食物补充糖元。前一晚至少吃九分饱。早饭其实就意思一下，喝点稀饭，就点干粮，暗示自己吃过就好。一起来就喝白水和运动饮料，大便最先解决掉，小便一有机会就上。

比赛前半小时吃一个能量胶，然后每隔一小时吃一个，盐丸也每隔一小时吃一粒，每2.5公里就要补两口水。脚容易磨破的地方贴上胶布，乳头贴创可贴，身上容易磨的地方抹上凡士林。跑之前晚上穿上全身装备（所有东西）在房间里试试，哪里不舒服就调整哪里。

我：建议最好带上心率带，我以前不带，受饶南影响才带，可随时监测心率，心中有数，对赛后分析有用，以前我也怕磨、怕掉，穿紧身衣就解决了。细节决定成败，遇到不舒服的情况，哪怕停下来快速解决了，也比一直受干扰地跑划算。

热水瓶和胡队今天去波士顿，参加著名的波马，祝他们好运。

2015 年 4 月 18 日，周六

早上原计划6点半起床，带儿子一起跑步，闹钟响时，看到小家伙睡意正酣，不忍心叫他起来，直到7点30分才起床。

儿子很不情愿地跟着我来到家附近的小花园，跑了不到3公里，气喘吁吁，有呕吐感，实在缺乏锻炼。

一大早，逼着平常不锻炼的小家伙跑这么多，的确勉为其难。边跑边和他絮叨身体健康的重要性，提醒他平时就要坚持锻炼。

随后我独自又跑了两公里，右膝开始有反应，只好结束。

2015 年 4 月 19 日，周日

阴。气温25度。

上午8点，开车到大宁灵石公园，与大静、饶南、爱华、罗德曼、小怪等人汇合。

今天在新锋的指导下，训练团队合作拖带技术。背着饶南送我的新水袋，和大家合练了10公里。天气闷热，很快就汗流浃背，跑到6公里，膝盖不适感加重。

304

训练后餐叙，军子、新锋等老戈友们，鼓励即将出征终极选拔的选手们赛出水平。

越到最后的关头，气氛越加紧张，妄加揣测的言词此起彼伏，我暗自下决心尽力一搏。饶南鼓励我，他说观察我最近的训练，觉得我的变速能力并不差，耐力也可以。

今年的内部竞争非常惨烈，2:1 的淘汰率，注定会让很多人失落。昨天大组委会宣布 3 天女子减时规则：43、43、20，女队员的优势明显。但长江的选拔规则尚不明朗，给人的感觉是组委会比较纠结，估计到 4 月 23 日才会最终敲定。

2015 年 4 月 21 日，周二

晴。天气晴好，阳光明媚。

波马昨晚 10 点开赛，中国籍选手 140 人，包括热水瓶和胡队，在手机上看了 1 小时，早上醒来得知热水瓶跑了 2 点 57 分，他的个人最好成绩，来之不易，真为他高兴。

热水瓶：感谢小伙伴们的关心，终身难忘的波马体验在瑟瑟发抖中结束了，一路寒风凛冽雨水倾盆，一路热情似火的美国民众尖叫不断，各种坡道如同山地马拉松的赛道，虽然没有跑出预期的成绩，尽力而为的 Personal Best 仍让我可以自豪、坦然面对过去半年的付出，谢谢大家关心！

晚上很晚到家，做了一组静态核心训练。泡脚，11 点半后睡觉。

2015 年 4 月 24 日，周五

晴。

今天是终极选拔赛的第一天。昨天下午从上海抵达敦煌，带着隐隐的伤痛。一年前开始渐渐进入训练的状态，不知不觉熬到今天，想想还真不容易，有小小的自我感动。我对于这次选拔的结果有基本的判断，不报太多幻想，心态释然。

组委会安排"快马"饶南和罗德曼突前，测试前队的理想成绩，其他队员包括化明、江闽、DVD、治平、冬炜、小品和我 7 人结伴同行。7 人以 5 分 30 秒左右的配速，经过黑戈壁、骆驼刺，一起跑到 26 公里，也即出山口处。

深受伤病困扰的我，起步不久就开始吃力，忍受着动作的明显变形，努力跟着队伍。经过截山庙爬向小山坡时，感觉愈发艰难，有心无力，不由得掉到了队伍的最后，化明见状，急忙到我身后，伸出援手推我到坡顶。

一出山，后面六七公里就是冲刺阶段。小品、冬炜等率先加速疾奔，其他人更是快马加鞭，互不相让，原来的两列纵队立马分出层次，冲在最前面的是治平、化明、江闽、DVD，我渐渐落在了最后面。膝盖不适，使我很难按照大脑的指令做出正常动作。

没等跑到公路，冬炜就累得崩溃了，偌大的身躯倒下的那一瞬间，我在后面不远处，看得清清楚楚，不由得替他捏着一把汗。恰好在冬炜身旁不远处，正在巡视赛道的大灰狼及时赶过来，将躺倒在地上的冬炜扶起，搀着他上了车。

更令人揪心的是，不久后，在戈壁滩正午的烈日之下，作为种子的饶南持续近200次/分的高心率，不幸晕倒到水渠泥塘里，好在老天有眼，兄弟大难不死。后面的罗德曼、江闽、DVD、治平等人发现了饶南，大家拼尽全力将整个身体几乎陷入泥塘里的饶南抬捞出来。

我一个人在后面沿着水渠朝向终点的方向孤独地、慢悠悠地跑着，隐约看到左侧50米开外，好几个人聚拢着，事后才知道那是饶南出事的地点，大家当时在积极营救。

饶南在失去意识的状态下，偏离了GPS轨迹，要不是被和他相距不远的罗德曼及时发现，后果不堪设想，据说那个泥塘最深处能淹没一个人。

我到达终点时，发现化明以外一众高手都没到，这才知道出大事了。浑身被泥浆浸泡得似泥猴的罗德曼、DVD、江闽和治平携手来到后，我才了解刚刚发生的一切。此时，比赛成绩在友谊面前已微不足道，身处苍茫戈壁，每个人比任何时候都更加敬畏生命。

两个重大突发事件，使选拔的时间比计划延迟了两个小时，饶南很快被送到瓜州医院去治疗，直到傍晚才恢复过来，大家心急如焚一直为他暗暗祈福。冬炜的情况好得多，稍事休息很快好转起来。

两兄弟的遭遇在我的心头阴影，挥之不去。从下午到晚上，心情异常难过、失落，为自己，也为别人。

图 20　前半程途中组队前行 （从左至右分别为：治平、小品、代明、冬炜、江闸、我、DVD）

图 21　前半程途中组队前行

多云。终极选拔赛第二天，全程 35 公里。

早上起来，髂胫束的影响愈发明显，昨天的消耗无疑加重了伤势，热身时很慢的速度仍牵扯着膝部的刺痛，不敢发力。出发前和同病相怜的江闽交流，经过大运动量的连续训练，历经几次残酷选拔，我们二人都已是强弩之末，犹豫着是否参赛，然而最终大家还是随着发令声冲向了赛道。

经过村庄，过了涵洞后，前面的大部队基本看不到了，包括女生。我自己导航到疏勒河前。过河后，是风车阵前的一段土路和盐碱地，找不到羊肠小道就很难跑，此时，小卡从天而降，跑在我前面带路，她像一只小鹿一样蹦蹦跳跳，没多久就停下来等奇慢无比的我，腿伤使得我实在跑不起来，心有余而力不足。

当剩下我一个人，瘸着腿独自跑到铁丝网前，组委会的满志和其他志愿者帮助我压着铁丝以便钻过来，他们感慨又怜惜地冲我竖起大拇指，以为我一路上很拼命很坚强很痛苦。其实我自己一点儿也没有孤单和痛苦感，边跑边静心想了很多事儿，体会到了完成一项阶段性目标的快乐。

历经 4 个半小时，终点已在眼前，早就到达营地的罗德曼和春美远远地迎过来，挽着我的手臂跑到终点。我深刻地感受到坚持完成一项阶段性目标后那如释重负的快乐，尽管结果早已预知。

这种快乐绝不仅仅源自走完既定的程序，还有"幸好"没有进入 A 的"侥幸"。自己这心理活动矛盾丛生，真是很讽刺啊。

晚上组委会召集全人员开会，A 队最终 10 人选出炉，4 男 6 女：孙化明、吴军（罗德曼）、郭永（DVD）、陈治平、马妍星（小点）、田青菊、胡静（大静）、胡玲玲（Mily）、张晓楠、华昕。

多云。

终极选拔赛第 3 天。

A 队入选队员演练，落选的个别人员参与。经过两天大运动量比赛，我伤势愈发加重，医生建议我不要勉强了。

图 22　在终点前我被罗德曼和春美搀扶着

与同样落选且受伤的冬炜、江闽，坐在车上沿着赛道看赛况，同是天涯沦落人，相逢何处不相识。三人一年来的经历相仿，感同身受，曾经沧海，均无意明年再战。

　　冲 A 选拔终告一段落，收获且享受了过程中的痛及快乐。

　　下午返程。

爱子陪好习惯相遇，
兄弟伴真精髓延续

第三十七章

2015 年 4 月 29 日，周三

阴。

晚上 7 点到世纪公园，跑 10 公里，平均配速 4 分 56 秒，右腿膝盖略有隐痛，影响不大，重拾跑步的快乐。

群里因戈 10 队伍的人选纷争不休，我对此保持同理心，不要太快对他人做出评价，你永远不会了解故事的全部，以及他人行为背后的原因。

学军有高度的发言很理性、客观、中肯：

昨晚几乎一宿未睡，中欧、厦大、北大厉兵秣马，虎视眈眈，尤其是厦大。

我们每个人的心里都有一个心魔，因为 A 队的规则就是一个大魔咒……那些笑话长江、中欧的院校，是因为他们不具备条件，当他们具备夺冠实力，一样避不开这个魔咒。A 队有 A 队的感悟和欢乐，B 队、C 队有 B 队、C 队的感悟和欢乐，A 队的感悟融会在平时的一滴一滴的汗水中，融会在从一个普通人向准运动员演变的艰辛中。

大敌当前，我们内部还有各种各样的杂音，说得严重点，是对不起自己及周围的小伙伴们一起洒下的汗水和泪水。团体项目上，国家足球队入选队员有明确规则吗？每个俱乐部的球员会追问主教练凭什么选人？虽然组委会在戈 10 开营前就宣布了初步规则，这也是历届选拔的规则。但考虑到每届有每届的特点，我们几个几天来一直在设计优化方案，但最终因为各种意外根本无法执行方案。

无论新老戈友，无论是否入选，有些人觉得心里不痛快，但最委屈的人从来没有叫屈，有人说他偏心，他照样激情投入，活动经费不足，他抱着马桶吐完继续筹款，戈 9 的兄弟姐妹包括我说他婆婆妈妈，瞎搞，他没有任何辩解，继续默默地去做。老戈友有人看笑话的，他也不去辩解。我想大家都知道他是谁，他为了啥？为了戈 10 冠军？戈 10 是否冠军和他没有一点儿关系，他为的是心中的一份责任和承诺。

希望新老戈友，为了我们一起走过的戈 10 之路，为了当初冲 A 代表长江夺冠的单纯梦想，放下自己的得失，精诚团结，全力以赴做正能量的事情，人心齐，泰山移。

戈壁是女人的天下，但归根结底是男人的天下，女人在男人的全力协助下可以轻松打败最强的男人，这是规则导致的必然结果。我有信心，组委会有信心，希望所有人一起正向推动戈 10A 队成为全面代表长江精神的最强"戈壁军团"。

2015 年 5 月 6 日，周三

晚上下班后，到健身房慢跑 6 公里。

2015 年 5 月 8 日，周五

晴间小雨。

早上 5 点半醒来，6 点出门，和胡队到世纪公园慢跑 8 公里。

2015 年 5 月 9 日，周六

天气凉爽。

早上 7 点半到世纪公园，放松跑 12 公里。

晚上，热水瓶盛情安排邀请冲 A 落选的小伙伴及教练、队医聚餐。

2015 年 5 月 10 日，周日

晴。

早上 8 点，带儿子出门。初夏的早晨，旭日和风，淡蓝的天空似画布，上面似不经意地留下几抹淡云。世纪公园外面的跑道上，被来来往往跑步、徒步、游玩的人流占据得拥挤不堪。

按照和儿子这周五的约定，周六、周日须有一天跑步，周六跑 4 公里，周日跑 5

公里，哪天跑，由他选择。

儿子的心理是能拖就拖，即便选周六，只要绕公园跑，事实上肯定不只 4 公里，因此，他毫不犹豫地决定周日跑。有了上周第一次跑的经验，我觉得他今天完成任务应该不在话下。

跑了不到两公里，儿子头上就冒出了大粒汗珠，开始感到疲惫，我拧开手里的饮料瓶盖，让他喝了两口，他说要停下走走休息一下。在我的反复鼓励下，最终没停，降速到快走的水平，不时有人从后面超越我们。

人潮中，自然而然地会被随波逐流的力量带动着，被自己的求胜心激发着。坚持到 3 公里多，儿子跑不动了，身体摇摇晃晃，偶尔眼睛甚至会闭着。我在他身边我丝毫不敢大意，提醒他不能闭眼睛，就跟开车一样，如果开车闭眼要出大事的。

跑到 4 公里多，让儿子又补了两口饮料，鼓励他不要放弃。

看到终点的希望近在眼前，儿子忽然打起精神，提速跑到我身边，二人并肩跑到 5 公里为止，平均配速 7 分，比上次提高 20 秒，状态越来越好。

在许多商学院跑步的人心中，都有一个戈壁梦。曾经，马拉松对我来说是多么遥不可及的目标，但当自己在短期内超额实现了这个目标后，却理所当然地有了新的、更高的目标。时时回想起点，振奋前进的壮志！

听很多前辈老戈友讲述过他们曾开辟的辉煌。风起的时节必须扬帆起航，来不及想前路荆棘密布，顾不上积攒足够的能力，壮志未酬，再多的付出都心甘情愿。

2015 年 5 月 12 日，周二

晴。

早上 5 点半醒来，天色已大亮。有些慵懒，起床前做了半小时的思想斗争。

气温虽不低，但有清风拂面，煞是凉爽，穿着皮肤衣正合适。绕世纪公园跑了两圈，第 1 圈用时 28 分钟，为赶时间，第 2 圈稍快些，用时 26 分钟。

2015 年 5 月 13 日，周三

晴。

早上 5 点半，世纪公园，慢跑 13 公里。

早上 6 点半，在家附近的小花园，慢跑 7 公里。

傍晚，到世纪公园，跑步 15 公里。渐快跑，从第 11 公里开始，配速 4 分 30 秒左右，最后 1 公里配速 4 分 25 秒，气喘吁吁。

晴朗。

早 6 点 40 分起床，叫儿子跑步，推三阻四。妻帮我动员半个多小时，儿子才很不情愿地和我出门。

爷俩儿第三次到世纪公园，跑了 6 公里，一次比一次好。

中雨。

戈 10 队员陆续出征，祝愿一起奋斗过的小伙伴们平安顺利，放下负担，轻松迎战。

雾转晴。

本来定好了 5 点半的闹钟，计划早上跑步，醒来仍感到很疲劳，于是改变主意，睡到 6 点 40 分起床。

傍晚的空气看似不错，晚上 7 点到世纪公园 2 号门，碰到小丹、老胡、小怪、馒头，慢跑 17 公里。

2015 年 5 月 21 日，周四

晴。万里无云，阳光灿烂。

早晨 6 点多出门去世纪公园。跑了 7 公里，以 3 分 35 秒的配速跑了 3 个 1 公里间歇，尽管已很久不跑强度，跑完感觉尚可，底子还在。

2015 年 5 月 23 日，周六

晴。早上 5 点 30 分，按照昨晚和儿子商量的时间起床，6 点出门，去世纪公园跑了 1 圈。

带动儿子连续第 4 周跑 5 公里了，感觉小家伙的状态越来越好了，尽管节奏的把握、体力的分配能力还要加强，开始时偏快，导致后面就有些吃力。

2015 年 5 月 24 日，周日

阴。

早上 4 点 30 分起床，乘首班地铁到东方明珠下，参加上海半马比赛。

舒适的天气，和爱华、小丹、饶南、馒头等一起乐跑，带着爱华携手到终点，用时 2 小时 18 分，完成自己的第三个半马。

2015 年 5 月 25 日，周一

晴。

早晨醒来有些困倦。

听闻长江戈 10 在出现重大突发状况下仍争得季军，着实不易，令人感佩。赛事遭遇极端酷暑天气，参赛队员面临极限挑战，长江团队彰显了长江人的坚定信念、坚强

意志和超强的拼搏精神，用实际行动践行理想、行动、坚持的戈壁精神，最后一天实现逆转，单日排名第一。

受戈10精神鼓舞，晚上下班，我从单位跑了7公里回家。

小雨。

读了两遍一位个人能力很突出的北大戈10A队队员的赛后回忆，他在这次极端天气下参赛，因对困难估计不足，过于自信而遭遇突然状况，所幸无大碍。

我与这位"大神"并不熟悉，仅与他在平时训练时擦肩而过，文章中可以看出，这是一位和热水瓶一样有思想的跑者，勇于正视、反思自己的失意，传递出令人敬佩的不屈精神，让后人受益。

小卡：很多时候我们太强调意志力的作用，当压力疲劳袭来，意志力似乎是万能的，我们好像可以随意压榨身体的潜能。但我们终究是动物，体温必须恒定。

当戈壁过热，尤其是热辐射直射身体，且还要奔跑时，体内散热必须通过加快血液循环、排汗来完成。如果这也不够，还非要用意志力驱动……就很危险。体力可以增加，耐热力不可能提高，我们终究是温血动物。

大静：做个严肃跑者很难，但非常有必要，这次比赛我深刻体会到，在营地要学会按计划、仔细做每件事，不能受外界环境的左右。

饶男：如果是登山，错误的决策结果就是送命。必须科学、严谨，必须能够割舍。很多时候登山队员都快登顶了，还是不得不放弃。

Mily：之前选拔赛跑得非常轻松，但比赛第一天我却非常累。这跟个人状态关系不大，和气候、路况等关系更大。戈赛就像一场战役，赛前每个队员要作好充分的准备，包括心理上和能力上，比赛中要充分信任指挥官，按照指挥官的战术100%执行。

如果还有人想去冲A，我还是那句话，全方位提高自己的能力是最重要的，因为比赛中什么情况都会发生。

大静：另外，营地生活和平时我们参加选拔赛、训练时完全不一样，户外经验能帮助我们更快适应，调整好状态。戈赛不能有一点侥幸心理，从体能到装备和战术，各方面都得作好充分的准备。

已经连续四天没跑步，有点堕落的感觉，内疚感强烈。

晚上 7 点半，从单位一路跑回家，用时 35 分钟，6 公里多。

晴。

早上 6 点 15 分起床，按照昨晚和儿子说好的时间起床，6 点 40 分出门，爷俩儿第 5 次去世纪公园跑步，儿子在整个过程中没有任何抗拒。

从家里跑了近 1 公里，就到了公园湖边，先拉伸 10 分钟，开始起跑。速度和前几次差不多，配速 7 分到 7 分半，小家伙跑起来已经比较轻松，不再像开始时那样气喘吁吁了。

第四卷

2015/01—2016/05

我未曾见过一个
早起、勤奋、谨慎、诚实的人
抱怨命运不好；
良好的品格、优良的习惯和
坚强的意志，
是不会被假设所谓的命运击败的。
——（美国）富兰克林

通勤跑工训两不误，
子承父快乐循规律

第三十八章

晴。

昨晚仅睡了 4 个多小时，白天疲劳感强烈。

午后和同事散步，气温上升，夏的味道渐浓，穿着短袖衬衫，一刻钟不到便走出一身汗。

晚上 7 点到世纪公园，放松跑 15 公里，体感舒适。

晴转多云。

早上 6 点多出门，绕世纪公园跑了两圈，大汗淋漓，前 5 公里配速 6 分左右，后 5 公里平均配速 4 分 30 秒。

晚上下班跑步回家，在锦绣路上碰到小丹等人，一起跑了五六公里，前后共跑了 13 公里。

晴，轻度雾霾。

早晨 6 点半，陪儿子到世纪公园跑步一圈，第 6 次带 12 岁的小伙子跑。

2015 年 6 月 7 日 周日

阴，小雨。

早上 6 点晨跑，刷 4 圈世纪公园，共跑 22 公里。

前 10 公里配速 6 分 15 秒，之后提到 5 分 30 秒左右，最后 1 公里 4 分 45 秒。

2015 年 6 月 9 日 周二

早上 5 点半出门，绕世纪公园 3 圈，共跑 16 公里。前 10 公里配速 5 分 45 秒，后 5 公里配速 5 分 15 秒。

2015 年 6 月 10 日 周三

早上 6 点到世纪公园，慢跑 12 公里。

晚上下班从单位跑回家，8 公里。

2015 年 6 月 11 日 周四

晚饭前，和同学在金桥慢跑 10 公里。

2015 年 6 月 13 日 周六

晴转多云。

早上 6 点多起床，叫儿子一起跑步，小家伙起初坚决不同意，经过妻动员半小时，才很不情愿地和我出去。

由于昨晚没好好吃饭，早上又空腹，加之气温较高，跑到两公里，儿子说眼前发黑，腹部岔气，停下来走了 200 米，再跑仍感不适，索性后面一直走下来，连跑带走共完成 5 公里。回家的路上，我为了给儿子打气不停地表扬他的努力。

2015 年 6 月 14 日 周日

晚饭后，头有点儿疼，不想动，转念又不甘心本周的 LSD 就这么荒废了。

于是，晚上 8 点半，硬着头皮到世纪公园。

原本只跑两圈的愿望，不知不觉间跑了 4 圈，20 公里，6 分 10 秒配速。

2015 年 6 月 17 日 周三

凌晨 3 点，被震天轰鸣的雷声惊醒，窗外暴雨如注。半梦半醒到 5 点，雨势略减。

6 点出门，雨已渐停。世纪公园杳无人踪。不久，淅淅沥沥的雨大起来，以 5 分的配速跑完 8 公里。

跑到家门口，我落汤鸡的样子，恰好被去上学的儿子碰到。

回首两年前，体态臃肿的我，跑过的最远距离没超过 5 公里，做梦也没想过现如今能跑下全马。马拉松并没有看上去那么难，只要坚持规律的科学训练，从量变到质变，目标就会逐步接近。只要决定出发，不断坚持，就能到达理想的终点。每跑完一个马拉松，就会更热爱这项运动。

2015 年 6 月 18 日 周四

小雨。

早上 6 点，冒雨到世纪公园，跑 15 公里。前 5 公里 6 分多配速，后 10 公里配速 5 分 15 秒，平均心率 148 次 / 分，最高心率 171 次 / 分。

2015 年 6 月 19 日 周五

晴转多云。

受饶南下午 4 分 50 秒的配速跑 20 公里的激励，晚上 7 点多，来到世纪公园。气温比白天低了不少，微风徐徐，如饮甘露。

原计划跑 15 公里，以 5 分配速跑到 10 公里，跟上一名陌生跑者，配速提到 4 分 45 秒至 4 分 30 秒。最终跑到 20 公里，平均配速 4 分 53 秒。

2015 年 6 月 20 日 周六

端午节。

早上 7 点，和儿子到世纪公园，陪他第 7 次跑步。以 7 分多的配速起步，显得很轻松。

儿子本想如同之前一样跑 5 公里，在我的不断鼓励下，跑了 6 公里，最后 1 公里，配速加到 6 分以内。

2015 年 6 月 21 日 周日

晴转多云。

上午，和伙伴们到大宁灵石公园进行 LSD，32 公里。

2015 年 6 月 22 日 周一

傍晚，慢跑 5 公里，轻松舒爽。

2015 年 6 月 24 日 周三

阴。

晚上下班后，背着双肩包，从单位跑步回家，5 分半的配速，12 公里，浑身湿透。

晴转多云。

晚上 7 点到世纪公园，完成一个半马，平均配速 5 分 45 秒。湿度相当大，气压很低，32 度高温，闷热无比，喘不过气来。

小雨。

早上 7 点多，陪儿子到世纪公园，慢跑 7 公里。

晴热。

深圳。晚饭后，在五洲宾馆附近的马路上跑了 12 公里。

闷热无比的南国高温天，片刻不到，湿透的衣服就紧紧贴在了身上，汗如雨下。起伏的坡道，周围成片的绿化带，虽累却不觉得枯燥。

白天空气质量很糟糕，傍晚略有好转。

晚上 7 点，来到世纪公园，胡队陪我跑完 22 公里，均速 5 分 28 秒。

小雨。

原计划早上 6 点和儿子出门跑步。闹钟响起时，看到窗外下着中雨，略有倦意的心顿时如释重负，回到床上又睡下。

下午 4 点，和儿子到上期所张江中心，霏霏细雨中，与来沪培训的朋友边聊边跑 10 公里，儿子跑了 5 公里，这是我第 11 次带他跑步。

2015 年 7 月 5 日 周日

阴，小雨。

下午 3 点，牛毛小雨中，和热水瓶、DVD 相约到世纪公园刷圈。

前 3 公里，我边等他们边热身跑，6 分 30 秒的配速。大家汇合后，配速很快提起来，特别是我在前面带的几公里，一度达到了 5 分 05 秒，后半程略降至 5 分 30 秒。

我完成 31 公里，平均配速 5 分 38 秒。疯狂的热水瓶跑了 8 圈，40 公里。

2015 年 7 月 7 日 周二

阴，小雨。

晚上 7 点带儿子去健身房，游泳 1 小时。

到家后做了两组静态核心训练，发现肚子上的肉多了起来，还需努力健身。

2015 年 7 月 8 日 周三

阴。

早上 5 点 50 分出门，略有似无的牛毛小雨几乎感觉不到，空气凉爽清洁，公园周围的车辆行人稀少。渐快跑 15 公里，最后 1 公里配速 4 分 30 秒，步频最快 193 次 / 分，最高心率 169 次 / 分，体感尚佳。

上午儿子主动让我陪他去游泳，9 点到健身房游 1 小时。

2015 年 7 月 9 日 周四

阴。小雨。

晚饭后到家附近的小花园慢跑 7 公里。

2015 年 7 月 10 日 周五

晴转多云。

昨天预报台风来袭，早起没有风，也没雨，见到了久违的阳光。

第一次报名北马，需抽签，但愿能中。

晚上下班跑步回家，7公里。到家稍事休息就去了健身房，跑步机上跑了15公里，10公里配速5分左右。然后做了3组卧推。

台风。

傍晚，和儿子去健身房。儿子第一次在跑步机上跑，很兴奋，跑6公里，用了40分钟，中间岔气走了几步。我先慢跑4公里，随后以4分30秒的配速跑了3公里，最后几百米配速4分15秒。

跑后拉伸，做了一组卧推，昨天训练的原因，胸肌很酸痛。

阴，下午转晴。台风灿鸿擦肩而过。

下午两点半，背着水袋到世纪公园进行LSD。

刚起步，右膝前内侧略感不适，抬腿乏力，以6分15秒的配速慢跑。不久，阳光变得耀眼，光芒逐渐夺目，身体更加热起来。

跑到一圈半，听有人在车里喊我，见是热水瓶夫妻。不久，与反方向跑来的热水瓶、胡队汇合，三人边聊边跑，顿时轻松许多，速度不觉提到5分30秒。

20公里左右，出现上周LSD时隐隐的抽筋感，天气炎热，不时就得补一次水。第5圈时已经累得要命，没有他们俩在前面带动鼓励，肯定就放弃了。坚持跑到30公里才停下，如愿完成计划，水袋中装的两瓶饮料已喝干。

到家用冰水镇痛。

晴，中度雾霾。台风走了，出梅，气温陡升5度，顿感暴晒。

凌晨梦中出现了很多与马拉松比赛有关的场景，诸如比赛即将错过，打电话给朋友求援，可就是拨不出去。跑休。

晴转多云，闷热。

加班，晚上 9 点 45 分跑步回家，微风轻抚，一扫白天的炎热和工作的疲劳。背上简易跑步袋，里面装着衣物，世纪大道上没了白天的川流不息和喧嚣吵闹，自在奔驰在城市五光十色的夜色里，轻松惬意，心情大好。

到花木路时，接近 5 公里，顺势绕着世纪公园再跑一圈，已经 10 公里。路上几无跑者。10 点半多，时间已不早，却不甘心放弃这难得的好空气、安静的环境、愉悦的心境，毫不犹豫又跑一圈，总共 15 公里，平均配速 5 分 26 秒，最后 5 公里配速 4 分 43 秒。11 点 15 分进家门。拉伸洗漱后，12 点多上床。

跑步和读书，一个改善身体，一个有益灵魂。三毛说："读书多了，容颜自然改变，许多时候，自己可能以为许多看过的书籍都成过眼烟云，不复记忆，其实它们仍是潜在气质里、在谈吐上、在胸襟的无涯，当然也可能显露在生活和文字中。"

跑过的路不会辜负身体，健康融化在精气神中，身体的改变自己容易感受到，旁人也易觉察。

晴。

加班，10 点跑步回家，比昨天还晚，有些累，左膝出现近期少有的不适，起初打算跑 7 公里左右直接到家。

待跑到花木路，思想斗争片刻，还是绕着公园跑了一圈，一共 10 公里，配速 6 分。

11 点 15 分到家后，做 3 组俯卧撑，共 210 个。挂着汗珠的胸大肌比前段时间似乎明显了些，可能也与卧推有关。12 点半上床，翻来覆去好久才入睡。

"神医"促膝重拾旧梦，
主席鼓励激燃华东

第三十九章

2015 年 7 月 16 日 周四

晴。

晚上下班后，照例从单位跑回家，中途绕世纪公园跑了半圈，共 10 公里。

2015 年 7 月 17 日 周五

阴。

早上 5 点半起床，到世纪公园跑 15 公里，配速 5 分 30 秒。

最近几天连续在跑，加之睡眠不足，白天感觉比较困倦。

晚上参加罗德曼张罗的饭局，与中欧戈友邢波、爱娟等人交流戈 10 赛事风云。

2015 年 7 月 18 日 周六

阴。

昨天睡得晚，早上自然醒。

下午 3 点半，带儿子去健身房，锻炼了两个多小时。

爷俩先游泳 1 小时，从泳池出来后，儿子到跑步机上跑走 6 公里，平均配速 7 分 20 秒，小家伙第二次在枯燥的跑步机上跑，仍保持着极大兴致，我慢跑了 10 公里，做了 2 组力量训练。

小到中雨。

下午 4 点，背着水袋出门，气温适宜，微风。跑着的时候，一直没找到轻松感，配速保持在 6 分左右，最终完成 32 公里。

中间，碰到一阵大约 20 分钟的小到中雨，儿子骑车陪着我绕了两圈。

晚上 7 点半到家，在浴缸中放入带冰块的冷水，泡下半身 15 分钟。

多云。

早上 7 点被闹钟叫醒，左脚足弓内侧痛。

晚上到卢体训练，时隔数月，重返故地，感觉异常亲切。

我清晰地记得，戈 10 中级选拔赛宣布 A 队队员的名单后，已是身心俱疲、伤痕累累且如释重负的我，与同样遍体鳞伤的江闽等落难兄弟在戈壁上商定不参加明年的戈 11，就此放下。虽然戈 10 的结果未有如愿，但我毕竟走完了冲 A 的全程，收获已是太多太多，对于过去一年来的坚持，绝对问心无愧。但是，我的内心一直有个不甘放弃的声音，因为一直在跑、一直在努力，行动欺骗不了自己。即使我自己说得过去，也不能辜负华东站的兄弟姐妹及很多人给予的温暖，更忘不了戈壁的魅力感召。静心思考后，我的内心还是松动了。

曾教练出差，杨医生代练，杨医生称我状态不错，激励我不能轻易放弃冲 A 的梦想。

慢跑 8 公里，做 2 组半素质训练，又和胡队以 4 分 30 秒的配速跑了 5 公里。

阴。小雨。

早上 7 点 15 分醒来，慵懒倦怠，不情愿起来。

下班时，天色已黑，空中飘起细雨。

晚饭后，7 点半到健身房，慢跑 5 公里。

N40°39′45.60″E95°34′57.40″

空气潮湿，闷热。

傍晚下班前，下起了小雨。

晚上 8 点从单位出发，冒雨往家跑，到世纪公园后，转了两圈，共计 15 公里。

晴转多云。

昨晚睡得晚，但早上 6 点多就起床了。和儿子斗智斗勇、威逼利诱半个小时，小家伙才挣扎着起床，磨磨蹭蹭穿好运动衣裤，一起走出家门，跑向世纪公园。

天气闷热，尽管跟平时的速度差不多，但消耗相对更多。儿子坚持跑完一圈 5 公里，说什么也不愿再向前一步，我见状便没强迫他。

晚上 9 点半上床，定好明早 4 点 29 分的闹钟，计划早起去 LSD。

阴，小到中雨。

早上被闹钟叫醒，在床上赖了一会儿才起来。

吃了两片面包，背上水袋，5 点 15 分出门。天色已亮，周围被薄雾笼罩，空气湿热，气压很低，路上跑步的人并不少。

起初，两腿膝部有点儿发紧，呼吸也不顺畅，感觉心脏跳得快。跑完一圈，渐渐适应。时不时就喝上一两口水。盘算着只跑 15 公里算了，但转念一想，LSD 至少得 20 公里。最后，略为疲惫地磨完 22 公里，平均配速 6 分。

上午 8 点半送儿子上课，等他下课的间隙，我连走带跑了 3 公里。

下午陪儿子到健身房，我又跑了 10 公里。儿子跑了 5 公里，走了 1 公里。这是小家伙第 15 次和我一起跑了，真不错！

图23 时隔两月重返卢体集训留念

晴，37 度高温。

晚上下班后，拖着略带疲惫的身体去卢体，路上热浪扑面。

先慢跑 10 公里，罗德曼边陪我边观察我的跑姿，表扬我的步伐较轻盈，比前期有很大进步。随后，罗德曼又带我跑两公里强度，4 分 15 秒的配速，我感觉非常吃力。最后，做 3 组素质训练，包括立卧撑、左右跳、橡皮筋抬腿等 8 个动作。

很久没感觉这么累了，这其实是能力不够的直观反映。肚子上的肉脂肪有点太明显，被罗德曼看出来了。接下来，必须对自己狠点儿。

晴，持续高温。

晚上下班从单位跑回家，大约 7 公里，6 分配速，高温对体力消耗很大，呼吸都觉得吃力。到家收拾好物品，带儿子到健身房游泳 1 小时，约 1500 米。

晴，持续高温。

下班依旧跑步回家，11 公里，气温和昨天不相上下，但偶尔掠过的和风，吹得人十分舒服凉爽，像饮了杯冰镇饮料一样令人心旷神怡。

晴，最高气温 38 度。

早上不到 6 点，和儿子出门到世纪公园，跑到 3 公里，小家伙嚷嚷着脚踝不舒服，跑不动了。我没有再勉强他，陪他走回家。

北马中签了！还剩 1 个半月，得好好准备下。

晚上，戈 11 组委会主席华峰来沪调研华东站，和兆娟等人受邀参加餐叙，力哥、小卡、新锋、罗德曼等十余位老戈出席。大家畅所欲言，发自内心地为戈 11 谋划，献计献策，华峰真诚鼓励我加油。

晴，最高气温 38 度。

早上 4 点 15 分起床。喝了一碗麦片，吃了点儿点心。4 点半出门，跑进黎明前的黑暗。气温和上周末相仿，有些微风，便不觉得过于胸闷压抑。前 3 公里跑得较慢，6 分 30 秒的配速，之后一直保持在 6 分左右。

第 3 圈碰到馒头，陪我跑了两圈半，第 5 圈，碰到 DVD。

7 点 45 分结束 30 公里 LSD，没时间多跑，担心来不及送儿子上课。

晚饭后，小花园慢跑 1 小时，10 公里。

晴，高温持续不下，最高 38 度。

早上 6 点多起床，用泡沫轴放松 20 分钟。

晚上 7 点，依然热浪滚滚，气温 30 度以上。和馒头约在世纪公园 2 号门碰头。热身后，计划以 4 分 30 秒的配速节奏跑 16 公里，可才跑了 2 公里不到就已气喘如牛，汗水完全湿透了 T 恤短裤。馒头提醒我身体放松，控制节奏，并不时给我递水，这种天气必须及时补水。

一圈后，胡队来了，此时，疲惫的身体已在暗示自己真不想跑了。又过两公里，掉速到 4 分 50 秒，胡队接着带着我，保持 5 分以内的配速，跑 3 公里，然后加速到 4 分 30 秒，再跑 3 公里，最后按 5 分配速跑了 2 公里，此时身体已经非常疲惫，担心身体出状况，决定不再继续。

胡队和馒头劝我别立即停下，放慢脚步，以 6 分配速放松跑。我这会儿只想停下来，哪怕走都觉得痛苦无比。可是又实在不好意思拒绝两位高手的耐心陪伴，只好努力再坚持跑了 4 公里。最后，加上热身的 3 公里，凑够 20 公里。

今天没完成计划，跟天气炎热有很大关系，更是体能下降所致。很久没做素质训练，肚子上新增的一层脂肪成为心头之痛，核心力量不够充沛。

图 24　戈 11 组委会主席华峰与小伙伴们相聚在华东站 [后排从左至右分别为：杨杰（医生）、我、刘力、晓亭、爱华、罗德曼、大静、曾朝恭（教练）、宋阳；前排从左至右分别为：小卡、北娟、华峰、罗敦、罗妍、新锋]

气温保持在 37 度，空气洁净，炎热依旧。

昨晚睡觉时没开空调，开着窗户，凉爽的夜风伴我入眠，睡得很舒服，身体充电效果不错，昨天不如意的训练没有带来不适影响。

早上上班前用泡沫轴滚了一刻钟，小腿及踝关节肌肉酸痛。

下班后，背着装有两瓶矿泉水、两件衣物的马拉松参赛包，从世纪大道一路向西，夕阳明晃晃的，光线刺目，只好换上墨镜。背上的包挂不稳，须边跑边用手抓紧两边的带子。高温天气消耗大，不一会儿便汗如雨注，不时喝一两口水，补充水分，配速 5 分 15 秒至 5 分 45 秒。到世纪公园后跑了近 2 圈，共完成 15 公里，平均配速 5 分 28 秒。

到家后，用冰水泡脚踝一刻钟。吃了两个苹果，喝了一瓶黑啤、一杯牛奶。

上班路上，万里无云，光线强烈，微风不敌炎热。

晚上到健身房，按照胡队建议训练：热身 1 公里，4 分 45 秒配速 2 公里，4 分 15 秒配速 2 公里，4 分 45 秒配速 2 公里，4 分 15 秒配速 2 公里，4 分 45 秒配速 1 公里；冷身 1 公里。最大心率 169 次 / 分，最高步频 181 次 / 分。

跑后做 30 分钟核心训练。

感觉 4 分 45 秒配速都不轻松，但一直咬牙坚持着，希望离目标近一些，更近一些。

临睡前和儿子约好明早跑步。

晴转多云。气温下降 5 度，瞬间凉快了许多。

早上 5 点 45 分，父子俩没吃任何东西就出了家门（此乃大忌，特别是对于儿子来说，以后必须吃一点东西，哪怕一两片面包或一碗麦片，否则就会像今天这样跑完出现状况）。天色有些阴，预报的中雨没下来。

儿子挺纳闷，怎么路上没什么车和人呢？我说是咱们起得早啊。

刚起跑，配速 7 分半，和以往同样慢的节奏。前 2 ~ 3 公里，儿子跑得比较自如。第一次补水依然是在临近科技馆的桥下。3 公里后，儿子疲惫感突显，速度不由自主地放慢了，小脸儿通红通红的。

我在他前面四五米，放慢脚步带着。儿子不希望听我唠叨，我便不多说。我自己疲劳时，同样不希望听别人在身边聒噪，理解这种状况下儿子不让我说话的感受。

到芳甸路，距离终点不到两公里，儿子有两三次想停下，我一直鼓励他坚持，慢慢跑起来。看他依旧不想动弹，我的嗓门不由得大了起来。儿子只好十分不情愿地挪动着双腿，嘴里嘟囔着："老爸，你又开始凶了。"

儿子努力坚持着，总算跑到出发时的 6 号门，刚好跑完 5 公里，此时，他说胸闷，眼前发白，想坐下来，我赶紧上前扶着他慢走。儿子满脸不知是泪水还是汗水，委屈着说："老爸，你都不安慰我！"我说："你今天一直没放弃真棒，以后有规律地坚持下去，就不会这么难受了，一定越来越好。"

上班路上，蔚蓝的天空中白云朵朵，舒缓自在地漂游着，太阳从云层中露出来，祥和地俯视着大地。想起儿子今天的表现，心境大好。

晚上下班，从单位跑向世纪公园，起初打算到家放下背包再出来。可一到公园就不愿停下，想一鼓作气跑完 15 公里。

到 13 公里时，碰到馒头，被他怂恿着多跑了 5 公里，一共完成 20 公里。

2015 年 8 月 8 日 周六

阵雨。

一大早起床，7 点半开车去卢体训练。刚上南浦大桥，天降暴雨。快到卢体时，已雨过天晴。

4 个多月以来第一次在周六受虐。先慢跑 3 公里，再做拉伸，然后做 3 组动态热身激活动作。我按照曾教练安排，跑 3 ~ 4 组 600 米快跑加 200 米慢跑，再接 400 米快跑加 200 米慢跑，最后 200 米快跑，休息 5 分钟后，再循环。

晨光给我掐表，600 米是 3 分 35 秒的配速，400 用时米 1 分 28 秒，200 米用时 41 秒。1 组下来，已是精疲力尽、眼冒金星不想再跑。

如果没有胡队带着，我绝对难以完成接下来的两组训练。第 2 组成绩和第 1 组接近。晨光说第 3 组很关键，能保持第 2 组的水平就可以，若下降，则要增加 1 组，训练以量来补不足。好在第 3 组咬牙拼命完成了。

接下来，做素质训练。4 组弓步蹲，6 组跨步跳，3 组兔跳、2 组左右跳……高强度练习做得我和胡队都感觉两腿发软。

慢跑 3 圈后，杨医生边悉心为我拉伸，边给我进行心理按摩。

2015 年 8 月 9 日 周日

阴。

早上 4 点被闹钟叫醒，磨蹭了一会儿，4 点 40 分背水袋出门。室外黑蒙蒙的，天空中低垂着不规则的阴云，尽管空气稍闷，却比上周末凉爽不少。

莫道君行早，更有勤奋人。没跑多远，逆时针迎面过来前两周碰到过的一男一女，相隔不久，又见一男子跑过来。

昨天运动量过大，大腿酸痛无比。前3公里特别慢，配速竟然慢至7分多。跑了还不到10公里就想打退堂鼓，可是意志力终究占据上风，一公里一公里地熬过，不时喝上一两口水。

时间一分一秒地流逝，里程一米一米地增加，配速均匀稳定在6分15秒上下。8点前得赶回家送儿子去上课，看了一下时间，跑到27公里时草草结束。

晚上在小区小花园慢跑8公里，补足早上没有完成的LSD。

2015年8月11日 周二

早上感觉特别累，厌跑情绪浓重。

气温比前几天低了五六度，三四级风，难得的好天气。

晚上，按照胡队的计划，要完成渐快跑20公里。

独自从6号门出发，跑到3公里，碰到事先约好的胡队。按既定计划很快跑完10公里，状态不错。第3圈本应4分40秒配速，有几公里已经4分30秒。从最后一圈开始，感觉体力不支，胡队说挺住，直到这时我一直没喝水。忽然，小怪出现了，胡队从她那儿取来一瓶宝矿力，让我喝了几小口，我身体像是加上了油一样，顿时增加了力量。

咬牙坚持，让速度不至于降下来。快到2号门时，一个个头稍高的男子轻松地超过我们俩。我不甘示弱，紧紧地跟着他，保持在10米左右的距离。僵持1公里多，还有500米到花木路，即将结束时，我开始加速，步频加快，轻松地超过了他，仍旧没有放慢速度，一直跑到终点。

晚上10点半上床，辗转好久。半夜梦醒，睾丸出现以往难过的感受，不知是否过于疲惫所致，或者是睾酮指标变化的反应。

入睡，噩梦接连不断，梦中许多被人追杀的场景，可能与最近训练压力太大有关。

少小离家故地驰骋，
厚积薄发北马勇猛

2015 年 8 月 12 日 周三

阴。气温较舒适。

早起十分困顿，眼睛干涩，睁不开。

晚上 7 点到世纪公园，按照 5 分 15 秒至 5 分 30 秒的配速计划跑 15 公里，实际上，除前面两公里的热身跑速度较慢，后面 13 公里配速都在 5 分至 5 分 20 秒之间。

想起曾教练提醒我加强核心和腿部力量训练，最近都被自己疏忽了。

2015 年 8 月 13 日 周四

晴转多云。

右脚踝外侧疼痛未缓解，上班前，用泡沫轴滚了 10 分钟。

胡队和我商量晚上的训练：

胡队：宇哥，晚上的节奏跑，可约馒头一起，我有事来不了。

我：右脚脚踝外侧感觉痛，不知能否完成计划。

胡队：放松臀部到脚踝的肌肉，问题八成出在这里。如果觉得速度维持不下来就休息，也不要慢跑。

我：本想坚持这周好好训练，下周 19 号至 29 号休假，不可能系统练了。

胡队：后面休假的 10 天要有一定的训练量，速度可以不管。至少要保证一次 30 多公里的量，算这周日的。今天跑的话就跑 12 公里，1 公里也不要多。开始前可以进行七分热身。

晚上，坚持按照原计划训练，馒头陪跑 12 公里，均速 4 分 30 秒。到家用冰水冰敷双脚几分钟，然后用泡沫轴滚了40分钟，脚踝疼痛没加重。

2015 年 8 月 14 日 周五

多云。

早上6点半起床，上班前做了3组核心训练，用泡沫轴放松15分钟。

晚上空气凉爽，6点多下班后从单位跑到世纪公园，碰到馒头，他陪我跑到20公里。

2015 年 8 月 15 日 周六

多云。

早上8点，带着儿子到卢体参加例行集训。

今天是儿子坚持跑的第18次，我热身慢跑，陪他在操场上跑了七八圈，拉伸后，他自己又跑了几圈。

教练让我跟着罗德曼、饶南，按4分的配速跑3公里，之后，跑3组"600+400+200"的变速跑。

2015 年 8 月 16 日 周日

阴，小雨。

早上4点15分起床，4点45分从世纪公园开跑，完成27公里的LSD，用时两个半小时。

2015 年 8 月 17 日 周一

晴。

早上5点半起床，6点出门，绕着小区小花园放松跑1小时，10公里。刚开始身体有抵触，跑不动，动作僵硬，3公里后才适应。

阴，小雨。

吉林。休假的日子，休息训练两不误。

早晨 7 点，在市区慢跑 10 公里。

阴。小雨。

吉林。早晨 6 点半，在公园跑步 15 公里。在一个小坡上跑了 8 个 500 米变速，间歇 1 分钟，最后 5 公里平均配速 4 分 55 秒。

阴，小雨。

黑龙江东宁。

清早 4 点半起床，5 点出门，此时天色大亮，空气清爽，路上的行人和车辆已不少。

沿着绥芬河河畔步行道，跑了两个来回，又跑到外环线，共计 33 公里，配速 5 分 45 秒，最后 5 公里遇到小雨。

晴转多云。

晚上 7 点半，没吃饭就出门到世纪公园跑步，前几天持续的头痛已减轻。

夜晚气温 25 度左右，很舒服，脚步轻盈，不似往常早上 LSD 那般累。原本无目标，打算跑多少算多少，但一跑起来就收不住了，想着能多跑一圈多一圈。

路上跑者如云，以 5 分 45 秒配速不费力地跑到 20 公里，喝了几口饮料后，顺势又跑了 11 公里，轻松完成 31 公里，平均配速 5 分 45 秒。

晚上 10 点半到家，吃了一个苹果，喝了一杯酸奶。

多云，空气浑浊。

早上 5 点 20 分被闹钟叫醒，偏头痛，流鼻涕。生病时通常应该多休息，但自我感觉症状轻微，不是呼吸道感染，犹豫片刻，想轻度运动下，出门径直跑向世纪公园。

配速 6 分起步，浑身乏力，跑 6 公里，做 3 组浅蹲，共 600 个。

今天看到一句很认同的话："人的核心竞争力超过一半来自不紧不慢的事——读书、锻炼身体、与智者交友，以及业余爱好。"

多云。

晚上下班到家后，十分困倦，睡了 1 个小时。

晚上 8 点起身来到到世纪公园，10 公里渐加速跑，前 3 公里配速 5 分 50 秒，后 7 公里配速从 4 分 50 秒逐步加到最后 1 公里的 4 分 30 秒。

多云。

早晨 7 点，陪北京来的朋友在世纪公园跑步 10 公里，配速 5 分。

多云。

早上 7 点半，父子俩一起来到世纪公园。

先陪儿子慢跑了 6 公里，再和罗德曼、伟峰等继续 LSD，共跑 30 公里。

图 25　难得有儿子陪伴的周六集训

上午中雨，中午见晴。

时间不巧，婉拒了宏达邀请的、戈赛组委会组织的鸟巢接力赛，以及华峰邀请的华西站训练活动。

下午 3 点半，和热水瓶、胡队在世纪公园刷圈，共 31 公里。

前几公里，疲惫感较强。十分担心能否跑下来。他们俩将就我，三人步调一致，速度从前 5 公里 6 分开外，渐渐提到 5 分 50 秒；

10 ~ 18 公里，配速 5 分 30 秒左右；

19 ~ 21 公里，平均配速 5 分 50 秒；

22 ~ 27 公里，配速提到 5 分 30 秒左右；

28 ~ 29 公里配速进一步提到 5 分；

第 30 公里配速 4 分 30 秒。

最后 1 公里配速 6 分 15 秒放松。

多云。气温舒适。

中午到按摩店放松一个半小时。

晚上在家，照着胡队给的视频，做一个半小时动态核心训练，5 组 6 个动作才做了一半，便汗流如注。

多云。空气质量佳。

晚上 6 点半到卢体。天气好，人气爆棚。

慢跑 6 公里，练完两组素质。按计划跑间歇，先跑 2 公里，刚开始身体不听使唤，400 米后才有点儿感觉，以 4 分 08 秒的配速完成。正准备开始第二个 2 公里，罗德曼和宋阳叫我于是和他们一起跑两个 1600 米。

跟着罗德曼的节奏跑起来轻松许多，以 4 分配速完成两个 1600 米，便不想再跑，罗德曼一个劲儿地鼓励我继续。曾教练和杨医生也说，训练就要到位，3分50秒的配速再搞个1公里，无氧训练对马拉松最后阶段非常有用。我努力着又跑了1公里，配速不到3分55秒。

22015 年 9 月 9 日 周三

晴，碧空如洗。

早上上班前滚了15分钟泡沫轴。

下班后，到单位健身房，按胡队给的计划，10公里渐快跑，配速从5分30秒跑到4分；每公里快10秒，放松1公里，到最后累得几乎跑不动了。

2015 年 9 月 10 日 周四

晴。

早晨5点15分起床，5点40分到世纪公园。

计划慢跑15公里，结果跑着跑着就不由自主地快了，以5分多的配速跑了16公里。

2015 年 9 月 12 日 周六

小到中雨。

连续几天的好天气戛然而止。8点10分，带着儿子冒雨来到卢体，小家伙渐渐习惯了和我跑步，没有任何怨言。此时，教练和其他同学还没来。我陪儿子慢跑5公里，这是第19次陪他跑。

8点半后，小伙伴们陆陆续续到了，雨越来越大。大家躲到体育场三楼平台，先是50米折返慢跑，然后做动态核心训练3组，每组6个动作，很虐。

早上 5 点多起床，吃了两片面包，5 点半出门。近日来少有的低温天气，空气不错。

热身 1 公里，简单拉伸。6 点开始以计划的 4 分 30 秒的配速跑半马。

对自己的体力有些小担心，好在精力还不算差，最重要的是气温凉爽，这对于跑步来说，实在是再好不过的外在因素。

起步 1 公里，配速 4 分 17 秒，稍微控制一下，第 2 公里配速 4 分 25 秒，跑的时候尽量打开身体，让双腿迈出去的动作舒展自如，不会感觉太累。

第 1 圈比较轻松，速度控制得很好。

第 2 圈尾声，略感疲惫，一溜号，配速就掉了几秒，不敢再大意，打起精神，坚持 4 分 30 秒的以内的配速，继续努力。

到第 3 圈，信心高涨，体会着节奏，控制着动作，放松双肩，体会用核心发力。启动巡航模式，沿途不断超越着一个又一个跑者，自己却没被一个人赶超过。

第 4 圈，配速平均保持在 4 分 26 秒，16 ~ 17 公里疲惫再次袭来，配速降到 4 分 35 秒，集中精力调整，尽量使双腿自如滚动，配速又提进 4 分 30 秒以内。还剩最后 3 公里，想试试余量，略微加速，很快提到 4 分 20 秒左右。

第一次自己一个人跑这么有挑战的距离和速度，顺利完成任务，实现半马新纪录 1 小时 33 分。体感良好，从始至终没喝一口水，没有任何补给，为此，教练批评了我，胡队也说这样不好。

内心有点小激动，前两个月的积累没白费。胡队详细问了我的情况，教练、队医都很关心，很高兴。群里的其他兄弟姐妹对我不吝赞美之词。

晚上 7 点半去健身房，游泳半小时，排酸放松。

阵雨。

雨在下班前停了，不影响晚上去龙腾大桥跑坡。

下午三点半感觉饿，吃了几片面包，为晚上训练储备能量。

下班回家，6 点多开车去徐汇滨江。7 点和热水瓶、胡队在龙腾大桥凯宾路口碰头。热身、拉伸后，胡队带着我冒细雨在大桥上跑坡 5 个来回，折算 15 公里，用时 1 个多小时。跑得不算慢，扛下来身体没有出现问题，除了右小腿略有紧张。热水瓶一直打着伞陪着我们。

胡队：宇哥，明天跑 15 公里，热身 3 公里，然后跑 5 组变速，共 10 公里，再慢跑 2 公里。总共 15 公里。周四、周五完全休息，周五去北京。周六早上 7 点 30 分适应性慢跑 5 公里，做一些拉伸。

明后天有时间就去杨医生那。明天如果时间不够，前后慢跑距离可以各减掉 1 公里，总共 13 公里也可。这周要保证休息，尽量 11 前点睡觉。

2015 年 9 月 16 日 周三

多云，空气格外清爽舒适。

中午看杨医生。

晚 7 点半出门，热身 2 公里，跑变速 5 组，再慢跑 1 公里，共 13 公里。

2015 年 9 月 17 日 周四

多云。天气很好，凉爽清朗。

早上 6 点起床，右小腿和膝盖略有不适，用泡沫轴放松 15 分钟。

晚上到健身房，跑 2 公里热身，骑动感单车 40 分钟。

2015 年 9 月 19 日 周六

北京，晴空万里。

早晨 7 点从酒店出门，空气清新，阳光灿烂，在长安街由东向西往返一次跑 6～8 公里。以慢跑适应为主，中间试试将配速提到 4 分 19 秒，很轻松。跑后拉伸，9 点多吃早餐。

不停地喝水和含糖饮料。中午睡了 1 小时，不解乏。

晚饭，饶南请大家在海碗居吃面。我吃了两大碗面，又加了一碗米饭。爱华、医生、教练、馒头等人都来了。

我和胡队、杨医生讲，右膝隐隐不适，是从本周龙腾大桥跑坡后才有的。他们说是心理作用，紧张所致。饶南、爱华讲，最近老是做和比赛有关的梦，我有段时间没做这方面的梦了，睡眠质量出奇地得好。

睡前，医生给我的身体稍加按摩放松。检查好装备，希望明天比赛如愿。

2015 年 9 月 20 日 周日

多云，轻度雾霾。

早上 5 点起床，如厕，吃了四五片切片面包、两个橘子。回到床上又迷糊了半个多小时。

收到存皇的祝福和鼓励。

杨医生给我的膝盖打好肌贴后，我穿着一次性雨披，6 点半下楼集合。与爱华、大静、饶南、兆娟、胡队、馒头等人在大堂合影。

按照医生的建议，和爱华一起做了几个加速跑。随即，慢跑向在天安门前的起点。前面排队安检，进入检录区的人很多，用了 20 多分钟才挤进 A 区。一路慢跑出了好多汗，做了几个拉伸动作，脱掉雨披。

7 点半，首次北马比赛正式开始。

和带我的胡队都在靠后的位置，开始很难跑起来，在人群中左冲右突，配速 5 分开外。大约 2 公里后，渐渐地，人流不再那么拥挤了，配速已到 4 分 25 秒，5 公里平均配速 4 分 30 秒。半程 21 公里用时 1 小时 34 分，比较合理，给后面留了两分钟的余量。

25～30 公里一切正常，4 分 30 秒以内的配速，之后我开始掉速。一到"鬼门关"32 公里附近，胸闷感突然强烈起来，小腿的某几个部位时不时出现发冷的感觉，就像冰块碰触似的，担心像去年衡马那样抽筋，不敢太快，以致配速一度掉到 4 分 45 秒。35～40 公里的路段有一点儿小坡，坚持 4 分 40 秒的配速，腿部发冷的感觉已消失了。

"兔子"胡队一直悉心照料并鼓励我："宇哥加油，肯定行的！"

39 公里开始提速，最后 2 公里多，配速提到 4 分 19 秒。最终成绩定格在"3：10：51"。跑下来状态良好，比去年同一天的衡马快足足 23 分钟，并且感觉轻松许多。两年前，还是"菜鸟"的我，一次跑步最远距离不足 10 公里。在此期间，经过科学训练，循序渐进，实现了从一个不常运动、近乎零基础的中年人，进化为国家二级运动员的飞跃。

赛后回复群里"炸锅"的信息，

满屏的祝福让我不胜感动，谢谢亲爱的华东站的兄弟姐妹们，正是在这里，我受到了专业教练和队医的悉心指导，得到了包括"家长"军子哥，新锋站长等以及众多兄弟姐妹的默默鼓励和倾心支持，使得我这样年龄大、基础差、底子薄的"酱油菜鸟男"，实现了几乎难以企及的梦想。

我行，你们更加行！爱你们康凯、新锋、刘春、红曼、Cici 杨硕、颜赟赟、高旭、王凯、小静、皓子、春美、佳罡、豌豆、flybird、慕容、雪梅、邓霏、小怪、海峰、罗敦、军子、罗德曼、。

存皇：励志男老骆驼在 3 小时 10 分以内完成北京马拉松，这成绩杠杠的！宇兄的奔跑绝对振奋人心，1 年多时间就从零基础的文弱博士书生蜕变到了如今的专业二级运动员，传递着"心怀梦想，就能改变"的精神，期待长江大家庭出现更多的"宇派"！

罗德曼：励志男老骆驼在 3 小时 10 分以内完成北京马拉松，这个牛大了！

小怪：励志男老骆驼在 3 小时 10 分以内完成北京马拉松，我不意外，回头让宇哥晒晒他的跑步记录，努力就有奇迹

春美等：祝贺亲爱的老骆驼，励志榜样！

王凯：宇哥从零开始，从文弱书生到取得今天的成绩，多少个凌晨黑夜的默默刷圈，从心底佩服和尊敬你。

爱华是我们深深敬佩的"女神"，老骆驼是我们最最敬佩的"男神"，你们是华东站无与伦比的榜样明星，励志！鼓舞！

治平：祝贺宇哥创造惊人的好成绩！背后的付出只有你自己知道，但精神激励着我们！

北马的突破，让我深深体会到，心怀梦想，就可能改变，马拉松就像人生之路，努力就会有收获，坚持就能到达终点。

图26 北马赛后与教练、队医、"兔子"及部分参赛小伙伴的合影 [从左至右分别为：胡尧新（胡队）、我、杨杰（医生）、小卡、兆娟、饶南、范亚光（馒头）、曾朝恭（教练）]

N40°39′45.60″E95°34′57.40″

第四十一章

一心向上荣获幸运，
三战白沟勇夺季军

多云。

北马取得佳绩后，收获了无数饱含热情的鼓舞和真诚祝贺，内心有太多太多的感动和感恩，只有鞭策自己用心努力实现更大的梦想！

存皇：进了"310"，又可以打开一扇门了。你现在最主要的变化是什么，你知道吗？我从照片读出来了。

我：没有压力。

存皇：不是。是有了杀气。这很关键，比赛就要有一种气势！

我：你是最早引我走上跑步之路，并一直持续给我鼓励的兄弟。你的斗志总是激励着我。说得对，我比赛的时候多了几分自信。

存皇：这种气势会给你生活的各方面带来变化，你已具备各种基础和实力。有些人光有杀气，没基础也不行。有些人有了基础，没杀气，始终不会突破。而现在的你，一旦悟出这个，就会很强大！

我：跟你们结缘非常幸运，戈9的兄弟姐妹都符合上述特征。

存皇：本来昨天还想去机场迎接你们，后来一想，还是别让你们太骄傲了。

我：多给我泼冷水才对。即便如此，激动的心情不如衡水你抱我的那次。正是那次，正如你常常和我讲的，打开"330"的大门，就会进入一个不一样的境界。感激的话我尽管不太说，但一直在心里。

存皇：不用谢，兄弟！从"菜鸟"到职业二级，你的收获会远胜于我们这些人，这种收获会给你的生活、事业带来影响！

小雨。

罗德曼：老骆驼真棒！就知道你能跑"310"，1 月找个比赛把"300"跑出来。

我：罗德曼大神，算是捅破了你说的那层纸了吗？

罗德曼：是的，你不会再畏惧了，实力早就够了。

罗德曼："310"你只用了一年时间，还有"300"呢，还有"250"呢。

军子：老骆驼，如果你有梦想，能够站起来完成前辈丢失的荣誉，你就站出来，我自始自终的支持你，如果你已经圆梦了，要健康快乐地跑步，我也跟随你的意愿。

曾教练：老骆驼，你做什么决定我们都支持。

昌雄：戈壁是个产生梦想的地方，我当年是在无奈中被裹挟进入戈壁的，但这么多年下来，最值得回忆和收藏的记忆恰恰是戈壁带给我的，如果没有"戈壁"这两个字眼，我们也许无缘相聚。走进戈壁，带着冠军的梦想，但不一定是为了冠军的奖牌。

小杨：宇哥，你顺其自然，我们是不是要顺水推舟啊。

昌雄：宇哥、爱华、饶南，当你们实力到了的时候，没理由临阵退缩，别给自己借口和理由，乐跑天天有，戈壁只一回。

新锋：能力到了，就义不容辞！

军子：但如果确是因为身体状况，我就不勉强了，我也怕失去能够朝夕相处的兄弟姐妹。

小杨：军子哥，我们平时对他们狠点，保障健康的前提下，把能力提高，戈壁比赛前在把最好状态的调整出来，是安全的。

昌雄：人生需要目标，当我把高尔夫 95 杆设为目标并在 1 年内达到后，便没有了方向和兴趣，然后 100 杆就成了要努力的目标。待当初和我一起起步的伙伴打出"8字头"时，我反思自己，原来是失去了努力的目标，于是重新振作，重新起步，才脱胎换骨。跑步也一样。

上午 8 点半，带儿子到卢体，训练一个半小时。

儿子在跑道上随性跑了 6 公里，我先以 5 分配速跑了 10 公里，然后在体育场的足

351

球场上练了 6 组对角线大跨步跑，体会核心及臀部发力的感觉。

青岛。

晚上 7 点到理工大学操场，慢跑 20 公里。

阴。

傍晚，到世纪公园跑步 12 公里，配速 5 分。

晴转多云。

下午 3 点半，在世纪公园跑了 20 公里，配速 4 分 45 秒。

多云。

浙江缙云。

早晨 5 点 20 分出门，沿着县道柏油路跑步。路上除几处缓坡，并无大的起伏，车辆很少，偶见几辆摩托车。

跑到 11 公里处折返，共跑了 23 公里，平均配速 5 分 18 秒。7 公里前较慢，配速 5 分半左右，之后的配速 5 分左右。

多云。

浙江缙云。

早上 5 点半从入住的农家院酒店出门，夜幕此时仍未褪去，一个人摸黑沿着山道跑。跑出去不久，就在村头碰到五六条狗，心头一紧，好在这些狗没有恶意，有惊无险。倒是有一条小黄狗，跟着我时而在前时而在后，跑了 3 公里，似乎是被人安排来陪伴我似的。

随着天光放亮，沿途的美景让人非常愉悦，前方的朝霞，还有山谷里的云海，简直是一幅美妙的图画。最终，往返跑了 20 公里。

2015 年 10 月 6 日 周二

阴转小雨。

浙江缙云。

早上 6 点出门，沿着往武义方向的长上下坡，来回奔跑 12 公里。

2015 年 10 月 7 日 周三

阴。

早上 6 点半到世纪公园，跑步 32 公里。中间陪碰到的小静、饶南，一起跑了 5 公里。

2015 年 10 月 11 日 周日

DVD 给我训练建议。

依据你现在的高超水平，结合下周白沟比赛的路况，仅提供如下参考：

周日（今天）慢跑 1 小时，不求速度，只求时间够；

周一（明天）15 公里至 18 公里节奏跑，配速 4 分 40 秒左右即可，跑完 1 小时后感觉很想吃饭的状况最好，绝对不可以拼快；

周二可以去卢体，也可自己跑，若去卢体则做 1 组核心训练加 "3+2+1" 间歇跑，3 公里用时 12 分左右，2 公里 8 分，最后一个 1 公里可用九成或全力，间歇时间分别为 5 分钟、3 分钟。若自己跑，最好在上午或早上，可进行 10 ～ 12 个 400 米间歇，400 米平均配速 85 秒左右，前 3 个可慢点，最后 3 个递增加速，间歇时间严格控制在 59 到 60 秒；

周三去北京出差，慢跑 40 分钟到 1 小时，听音乐绝对放松跑，配速 6 ～ 7 分，跑完做拉伸或瑜伽至少 40 分钟；

周四热身，进行 3 公里慢跑，然后跑 3 个 1 公里或 2 个 2 公里间歇，配速 3 分 50 秒左右，1 公里间歇 3 分钟，若 2 公里则间歇 5 分钟，跑完充分拉伸，注意不可以按摩，不可以洗热水澡；

周五慢跑 30 分钟，拉伸休息；

周六比赛。

傍晚，在世纪公园跑了 1 小时，11 公里。

多云。

早上 6 点出门，在世纪公园跑了 16 公里，平均配速 4 分 38 秒。

白天在办公室抽空做了 3 组蹲起，共 200 余个。

晚上 7 点到卢体集训。

跑了 10 个 400 米间歇，前 8 个用时均在 85 秒左右，最后两个实在跑不动，掉到 90 秒，跑步以来第一次呕吐。之前听说，存皇和热水瓶他们戈 9 前训练间歇，跑 18 个 400 米，练到吐，今天自己也算是亲身体会到了。

雾霾。

北京。

354

早上 6 点半，和饶南到月坛公园。先慢跑 3 ~ 4 公里，再跑 3 个 1 公里间歇，间隔 3 分钟，每个用时 3 分 50 秒，最后慢跑 2 公里。

2015 年 10 月 16 日 周五

雾霾。

北京。

早上 6 点半，一个人又到月坛公园，慢跑 40 分钟，6 公里多。

上午在房间用泡沫轴放松，整理行李，大量喝水。

傍晚 5 点多赶到怀柔，入住明天戈 11 选拔赛的酒店。晚饭轶群请大家吃鱼，我吃了 5 碗米饭。

2015 年 10 月 17 日 周六

轻度雾霾。

北京。

早上 5 点 30 分醒来，夜梦不断，起床后浑身酸软乏力。

又见白沟，继戈 9、戈 10 后，连续第三次参加这场长江的经典选拔赛。此次心境和体能显然已与前两次截然不同，赛前的准备本来比较充分，原本也是自信满满，可是出发前的状态令人堪忧。

一出发起步配速就在 4 分 30 秒以内，跟着宏达跑在较靠前的位置，前面第一梯队只有小卡、罗德曼和大龙，不到 2 公里，我就冲到了宏达身前。

当跑到第一个足有 3 公里多的大长上坡时，不由得降速到 4 分 45 秒，此时感觉状态不错，心中一阵大意，不由得分心看看山谷下面，但见有两人并肩跟着，在后面距离我大约 700 米左右，想想他们要追上自己不容易，我就按照自己舒服的节奏，慢慢地爬坡。

不多久，身后传来轻微的脚步声，渐渐逼近时，才发现是一火，和他打个招呼："一火加油！"这哥们拼命追赶，根本没顾上搭理我，小步快挪地超了我，我不甘示弱，在他身后紧紧跟随，相隔 5 米不到。这时，长坡已到尽头，进入赛道中第二长的隧道，隧道里十分凉爽，路面平缓，呼吸顿时变得舒适顺畅了。

二人在隧道里相持了 5 分钟，我突然加速，一下子便跑到一火前面，直至闯出隧道，下面就是长下坡，我继续开足马力狂奔 1 公里，余光可见，一火被我甩在身后 100 米左右。

到 27 公里，已是最后一个也是最为陡峭的坡，碰到在服务的组委会的治平，他递给我一瓶水，我喝了一口后还给他，他带着我跑了 200 米左右，这时，他的对讲机里传来找他的声音，他不得不停下脚步离开我。

这当头，一火再次不知不觉地从后面追了上来，上坡太耗费体力，我没勉强，任其顺利超越，眼睁睁地看着他离开我，距离最远大约 200 米。29 公里开始，一直到终点，全部是下坡，顺势加速，但再也无法追上他。

最终，我获得了本次选拔赛的第三名。8 公里前，保持着第二名位置的优势，中间被追上又反超，但最后一个关键阶段再次被反超，多少有些不甘心，但收获和教训更重要，那就是比赛中绝对不能分心，应咬紧牙关坚持到底，如果稍微努力，优势绝对能保持到最后。客观而言，今天发挥了八成多水平。尤其是在此前几天连续熬夜、生活不规律的情况下，成绩能比预期好很多，也着实不易！

赛后小伙伴们均给予了我充分的肯定和褒奖。新锋说我是"新一代男神"。

有事急着回沪，下午乘 3 点航班返程，5 点 15 分降落虹桥。

晚上感觉头有些痛，有些疲劳，夹杂着几许兴奋。

图 27　戈 11 白沟选拔赛赛前部分选手合影

图 28　焕然一新的姿态迎来个人的第三场白沟选拔赛
（从左至右分别为：冬炜、宏达、饶南、我）

图 29　第三次征战白沟选拔赛从隧道中飞奔出的一瞬

备赛同行者谈再战，
上马处女"兔"留遗憾

第四十二章

2015 年 10 月 19 日 周一

多云。

秋意渐至。早上穿着西服上班，仍感觉有些凉爽。

与治平通过微信交流：

我：谢谢兄弟！在白沟关键时刻带我，并给我鼓励。因家里有急事，我提前回沪。感谢您和组委会细致入微的奉献！

治平：宇哥太客气！冲 A 的小伙伴们都视你为偶像和目标啊，我也很想向你取经！可否在崇明岛选拔时，请你和大家分享一下训练心得和心路历程？

我：惭愧哈，大家这次表现都很棒！只要坚持，就会超越。兄弟你是过来人，懂的。如果有机会，我当然乐意分享。

微信上向郭光辉教练请教交流：

郭教练：你北马成绩的大幅提升，最关键的原因是今年 5 月份以后，你的身体（包括肌体和神经系统）得到了超量恢复。以前身体一直在超负荷运转，不舍得停下，这也是不少训练很刻苦的人容易忽视的问题，实际上能力早已达到，却没能表现出来。

我：磨刀不误砍柴工，心态放轻松，调整和休息都很重要。

郭教练：大赛前一个月的临战训练是很关键的，专业的教练会把运动员调整到最佳状态，让你能够把前期训练的能力释放出来。根据你的岁数和条件，你的全马空间应该在 2 小时 50 分至 2 小时 52 分。

我：对我太难了，不可思议。

郭教练：相信自己一定行、一定能、一定成。记着：刻苦不是唯一的成功因素，应该要系统＋科学＋刻苦。

我：谨记并好好体会。

电话里又和郭教练聊了半个多小时，受益良多。郭教练说，训练不必过于拼命，合理调整、科学训练更重要，国家运动员也不是想象中的那么苦。要注重弹性训练，包括心理的弹性和身体的弹性，以及训练尺度的弹性把握。

同时，休息和调整也是训练的重要部分，千万不要认为休整会导致成绩下降。目前你已上了一定境界，要爱惜身体，学会休息，不必增加过多的垃圾跑量。北马取得好成绩后，不到一个月，又在白沟取得优异成绩，很不容易，要恢复休息才对。

最关键的是临赛前的状态调整，每次选拔赛要掌握一定的度，导致受伤的话就不值得了。最好的状态要留到戈赛时，之前的每次选拔赛能逐步提高成绩即可。可以在明年 1 月中下旬选择一个南方的马拉松，人数少于两万的，冲击一下 3 小时至 3 小时 02 分的成绩。

晚上到健身房游泳 25 分钟。

2015 年 10 月 20 日 周二

多云。

晚上 7 点到世纪公园，和胡队跑了 16 公里，配速 6 分。

跑完一起去嘉里城吃面，两人喝了一瓶啤酒。胡队送我一件他刚特地从芝加哥带回来的芝马长袖纪念 T 恤。

2015 年 10 月 21 日 周三

多云。

四位戈 10 落选者交流下一步训练及冲 A 想法。

我：爱华，你咋跑？

爱华：我估计这次就 LSD 了，不会冲"PB"。

我：你和我情况类似。北马取得好成绩后，不到一个月，又在白沟取得优异成绩，需恢复一下，最好的状态留到戈赛时。接下来崇明等选拔赛，争取保持在前几名，成绩逐步提高即可。

360

爱华：有道理，坚决执行。

我：去年，咱们四个在终极选拔时，已练到非常疲惫的状态。

小静：爱华你决定再冲戈壁啦？加油！加油！

爱华：呵呵，咱四个戈10的天涯沦落人，能一起最圆满，但不强求。

小静：老骆驼、饶南、爱华，你们冲吧！你们去，我就去B队给你们加油。

爱华：我们先练着，在能正常生活、不像去年那么拼的情况下，能力到了也不矫情，可以体验兄弟姐妹一起冲A的快乐。小静，你能一起最完美，现在不给你压力，大家先一起练着，能力到了再商量。

小静：爱华放心！你们去我也不会放弃。如果大家明确了这个目标就一起努力。但是前提是我们不能把这当成全部。自己实力本身很弱，冲A难度很大，目前我还面临着心理上和身体上的双重调整。如果你们决定去，我也跟着努力。

即使进不了我也会去终点迎接你们！我们可以努力，但不能急于宣布冲A吗？

爱华：小静，就这么说定了，不给你压力，我们四个一起愉快的体验一起训练的过程，换一个和去年不一样的方式。

饶南：老骆驼 必须进"300"才行。你的能力应该离"300"很近了。我想元旦试试。爱华至少要"340"以内。否则会很难受。

我："305"估计就是我的最高目标了。

饶南：半年前你觉得自己能进"310"？

我：这次北马，临战前一个多月的训练计划太重要了。回想去年，我们多数是拼到了伤痕累累再去终极选拔的。

饶南：那会儿，老骆驼的膝盖老是有伤。

我：对啊，一瘸一拐地参加的终极选拔。

饶南：我们说好了，不要让彼此有压力和责任。我可以等下届或者下下届。但前提必须是我们几个都做好了准备。

小静：同意。我现在能力和你们没法比，抗压能力差，不想让大家都有压力。

爱华：都不要有压力，找到适合自己的训练方式，逐步提高。

饶南：先自己练自己的马拉松。

收到饶南送的阿迪马拉松竞速鞋，专业，轻便。

小怪帮我预报名了六大满贯之旅第一站——明年9月的柏林马拉松。

早上 5 点半起床，6 点前出门，慢跑到世纪公园湖边。

完成半马，用时 1 小时 38 分，配速 4 分 39 秒。

前 3 公里配速 4 分 50 秒左右，随即加速到 4 分 30 秒左右。可能由于最近长时间休息，加之早饭没吃，一路上又没补给，最后两公里掉速到 4 分 45 秒，呼吸不畅喉咙似有痰，恶心想吐，稍停半分钟，本想冲一冲，但实在没有力气了。

一个人确立的人生目标，决定了他 / 她看待世界的角度。

多云。

早上 6 点半起床，在室内做两组核心训练。

跑休。身心疲倦，眼睛干涩。

阴。

杨医生和大家交流训练及营养补充。

傍晚 6 点半到卢体集训。慢跑 6 公里，拉伸，激活；做两组素质训练；跑 3 公里加 2 个 800 米，3 公里配速 4 分，800 米配速 3 分 50 秒，1 公里放松慢跑，拉伸。

杨医生观察到我的腘绳肌没力量，提醒注重加强。

身体疲惫不堪，我对速度出现逆反和恐惧感。硬着头皮完成 3 公里，曾教练热情鼓励我继续，经过我的讨价还价，最终只坚持跑了两个 800 米。

训练结束，疲惫感似乎烟消云散，既轻松又满足。

晴，转多云。

气温比昨天又低了几度，秋意渐浓。

8 点半坐到办公室，窗外暖暖的阳光照射着世界，室内的发财树绿意盎然，生机勃勃。多年一成不变的工作环境忽然即将发生变化，不由得涌出几许莫名的眷恋和惆怅。

好景不长，午饭后出门散步，上午的好天气转瞬即逝，天空立刻像换了一张脸，布满了阴晦莫测。

傍晚 6 点半到家，身体有些疲劳，今天的训练计划是配速跑，跑前依旧是深深的抵触情绪。

晚上 8 点，穿着饶南送的阿迪跑鞋出门，慢跑 1 公里，没做拉伸即以 4 分 50 秒的配速起步，新鞋很舒适，非常轻便合脚，穿着踏在路面上自在舒适。

打算按照 4 分 45 秒至 5 分的配速跑两圈，跑到 3 公里，去了一次洗手间，旋即再继续跑。2 公里后，肚子仍然不依不饶，只好再次停下解决。

接下来，再跑 6 公里，已经完成 11 公里，平均配速 4 分 35 秒。

最后一圈的 5 公里，第 1 公里配速 4 分 07 秒，第 2 公里配速 4 分 11 秒，接下来的 2 公里配速都在 4 分 10 秒以内，5 公里平均配速 4 分 06 秒，用时 20 分 30 秒，创了新记录。

跑之前的疲惫一扫而空。

11 点半上床，有些兴奋，很久才入睡。

N40° 39 ′45.60 ″E95° 34′ 57.40″

2015 年 10 月 29 日 周四

中雨。

晚上 8 点到健身房训练两小时，先以 6 分配速慢跑 1 公里，接着以 5 分 10 秒的配速跑 4 公里，再以 4 分 30 秒配速跑 5 公里，最后 1 公里配速 4 分 25 秒。大汗淋漓。

跑步结束，做了两组核心训练，再加 4 组卧推。

2015 年 10 月 31 日 周六

晴。

云南，抚仙湖。

早上 7 点半在酒店旁跑步 6 公里。

多云。

早上 6 点半到世纪公园，跑步 7 公里，配速 5 分 15 秒。

阴，小雨。

早上 6 点半到世纪公园，拼命完成 3 个 1 公里间歇，每个配速 3 分 50 秒至 4 分。

阴，小雨。

清晨，4 点 15 分起床，就着榨菜，吃了一个馒头，喝两小碗稀饭。

5 点多，搭乘高磊的车一同赶到上马赛场，看到很多熟悉的同学。

没有预报中的雨，空气湿冷，阵阵寒意袭来，我穿着短袖运动服的身体在轻轻发抖，体贴的高磊将自己的皮肤衣脱下让给我穿。胡队给我准备了能量胶和雨披。今天给自己设定的计划是 LSD，没有成绩要求，主要任务是首次作为"兔子"，陪军子跑处马，目标 4 小时完成。

7 点正式开赛，随着人海涌动，前 3 公里配速 6 分左右，随后渐渐提高到 5 分 40 秒左右。

赛前军子虽然每月都在跑，但训练不够科学系统，甚至从没跑过超过半马的长距离，他对困难的估计显然不足。不出所料，刚跑到 25 公里附近，他的身体就开始出现反应，不断地自语腿痛。

到 30 公里，军子已无法再继续跑下去，只能走一段跑一段。坚持到 35 公里时，连继续走下去也变得困难，不得不果断放弃。电话联系上军子的司机，得知司机在云锦路等他后，我和军子告别，继续向终点跑去。此时已经 11 点多，比赛已经过去 4 个多小时。

我以 4 分 35 秒的配速跑了 3 公里多，碰到大静带着意识有些模糊的恭彬，于是降速陪着他们，以 8 分多配速，一起跑，直至终点。我的成绩为 4 小时 35 分，尽管这是我最差的马拉松成绩，但记忆很深刻。

我：军子哥忍住伤痛参赛，勇于超越、战胜自我，实现了新突破，精神可嘉！期待军子哥下次的进步！

军子：先休息好，当初老骆驼也带伤跑过的，但是现在不可同日而语。我第一次体验全马，尽管中途退赛，但痛苦并快乐的感觉非常好，人生有时不需要完美，自己能发现美就可以。

身心按摩"神医"助力，
兄妹誓言三人心一

第四十三章

阴。

早上 4 点半醒来，右前脚掌仍有昨天比赛时带来的酸痛感，右膝动起来有明显的声响，连日来一直有这种状况，成为笼罩在心头的隐忧。

6 点钟，今年第一次穿着皮肤衣和长压缩裤，来到世纪公园。

气温 15 度左右，薄雾充斥着周遭，湿润清凉。

跑 7 公里，平均配速 5 分 25 秒，从始至终，保持着较为轻松的节奏，所担心的身体不适的情况没出现。

跑完到家做 3 组俯卧撑，共 60 个，用泡沫轴放松一刻钟。

前些日子，皮肤上起了一些疙瘩，用了几天在医院开的卤米松药膏，仍不见效。

不知为何，思想上有些波动，内心纠结是否有必要为了戈壁挑战赛，而放弃很多事。

晚上和军子交流，经他耐心开导，我的心理困倦得到了缓解，有所动摇的意志力仍未变得完全坚定，但我也不会再轻言放弃，坚持了这么久，半途而废不仅对自己的辛苦付出不负责任，更对不住一直以来帮助支持我的人们。

晴转多云。

昨晚可能受凉了，鼻子难受，早上加了一件毛背心。

早餐后在办公室做两组深蹲，共 100 个。

身心均疲惫，晚上没去卢体集训。决定换种方式，交叉训练，不跑步，去游泳。可是到健身房才得知，今天泳池检修。

回到家，用泡沫轴放松了半小时，小腿酸痛。

2015 年 11 月 11 日 周三

多云。

早上 5 点半醒来，6 点到世纪公园跑了两圈，备战即将到来的崇明选拔赛，穿着新买的亚瑟士 GT2000 鞋试脚感，结果发觉不灵。

在不冷不热的气候里，跑起来很惬意。共跑 12 公里，第 1 公里配速 6 分，渐快到第 11 公里配速 4 分 15 秒，最后 1 公里放松。

下午到东方医院看医生，先来皮肤科，皮肤上的疙瘩已经一周还没见好，医生诊断是湿疹，跟过敏体质及免疫力下降有关系，让我涂了一些药膏，说要持续用一段时间才能好。

随后到骨科，对于我右膝近期持续弹响压痛的症状，医生初步诊断是骨痛，开了几盒硫酸氨基葡萄糖钾胶囊，让我按照要求服用。预约下周三下午 5 点 20 分做核磁共振检查。

2015 年 11 月 12 日 周四

阴，小雨。

下午到医院取了化验报告，睾酮指标为 3.56，与年初 3 月份的 5.85 相比，下降明显。

与杨医生交流：

杨医生：指标偏低。至少要在正常区间里面偏上，否则合成代谢差，肌肉力量增长不起来。你本是搞学问的，现在来跑步，还能跑这么好的成绩，让人佩服。但是要注意补充营养，别提前消耗身体机能。

我：今晚本来应该集训，但有个活动，打算 9 点后跑。

杨医生：休息吧，别练了。指标偏低，练了太累，也没多大意义。

我：听您的。崇明选拔赛有何建议？

杨医生：哥，看你什么目标，准备随便跑，还是拿名次？

我：不想太随便。

杨医生：如果崇明不随便，想进前3或者前4。最近就要和曾老师聊训练，我给你营养建议。

我：崇明进前五，去大鹏跑个成绩，是否可以？关键是最后的终极选拔。话说我还没有下坚定的决心，有些纠结。

杨医生：哥，你没有坚定，我们只能配合你。

我：如果有饶南、爱华、小静一起跑，我肯定会努力。到目前，说放弃，不仅对自己不负责任，更对不住一直以来鼓励帮助自己的人。

杨医生：你们几个感情好，既想练，又有顾虑。爱华怕再晕，饶南有心结，你本身就不是凶狠之人。如果他们参加，这个组合绝对好。

我和曾教练在这事上是外人，我们不能要求你一定要怎么样，还是你自己的想法重要。我们帮你们训练好，保证你们的健康，其他的在于你们自己。

我：我在上马没跑成绩，就是在给崇明做准备。

杨医生：你瞎搞。我们现在是以月为周期。上马就是强度课，至少要跑进"310"，后面可以调整下。

我：只有三周啊，去年就是连续比赛，才导致受伤。

杨医生：你已经不是去年的状态了，去年是能力不够，每次比赛都透支，导致最后遍体鳞伤。

我：所以我今年想保留一下。

杨医生：保留多了就没戏了，你的优势是坚持了3年，跑得这么好，还有影响力。咱们征战几次了，我还算了解你的战场表现，说实话实力不弱，但霸气弱了点儿。

我：就喜欢你的直言不讳。

……

杨医生：你已经很长一段时间没有系统训练了。

我：还不晚吧？

杨医生：差不多，要看曾老师怎么搞。冬训猛吃再加力量，再晚就真没有时间训练了。后面选拔赛太多。你目前排前5，目标明确，努力搞一把，免得遗憾后悔。

我：搞一把！

下午在办公室做了3组快速浅蹲，共500个，3组各保加利亚蹲、相扑蹲、深蹲，各30个。

南怀瑾说，人有三个基本错误不能犯：一是德薄而位尊，二是智小而谋大，三是力小而任重。

我想，对于不能胜任之事，如果对自己没有清晰的认知，勉强承担，是可能酿成大祸的。待到最后关头，若自己还不能达到团队的基本要求，切不可勉强。

2015 年 11 月 14 日 周六

多云。

上午参加卢体集训。

体育场被举办运动会的中学生占用，在三楼看台做了两个小时核心训练，强度不比原计划的变速跑轻松。

杨医生发来我训练时跑步的视频，耐心帮我分析落脚瞬间的多余动作。

晚上在家用泡沫轴放松了20分钟。

2015 年 11 月 15 日 周日

重度雾霾。

早上5点半起床，吃了两根香蕉，6点多出门，到世纪公园训练。

先慢跑1公里，拉伸。完成一个渐加速半马，平均配速4分30秒，前4公里4分50秒，接下来10公里4分30秒，再4公里4分15秒，接着2公里4分30秒，最后1公里4分20秒。

前5公里，尽量用鼻子呼吸，之后半张开嘴巴。跑到12～13公里时，追上一个配速4分30秒左右的年轻人，相持了一会儿，加速到4分超过了他，随即保持着4分15秒的速度，1公里后，那人又追了上来，我紧跟在他的后面跑了3公里，最快的两公里的配速分别达到4分09秒、4分11秒。等年轻人从芳甸路左拐后，我才慢下来，速度降至430，也感觉到了疲惫。

本想跑 25 公里，考虑要送儿子时间紧张，加之的确累了，跑完半马后，放慢脚步，以 5 分 40 秒的配速放松跑了 2 公里。共计跑了 23 公里。一直没喝水，天气较凉，穿短袖有些冷。体感良好。

下午睡了近两个小时，仍觉得疲乏。

2015 年 11 月 17 日 周二

小雨。

右小腿酸痛。上班前用泡沫轴放松了一会儿，感觉好些。

下班时，雨还在下，本打算去卢体训练，改变主意去健身房。

晚上 8 点到健身房，跑倒金字塔"3+2+1"，3 公里配速 4 分，2 公里配速 3 分 55 秒，1 公里配速 3 分 50 秒。

2015 年 11 月 18 日 周三

小雨。

晚上 7 点半去世纪公园。头上戴着鸭舌帽，上身穿长袖速干衣，下身穿压缩短裤，脚穿下周崇明岛选拔赛准备用的 GT2000。

刚一出门，夜风夹带小雨裹挟着阵阵凉意迎面而来，空气中弥漫着往年熟悉的初冬味道。阴湿的地面坑洼处，或多或少都积了一些雨水，往来行人在雨幕中步履匆匆。

热身后，即以 5 分 05 秒配速跑了 10 公里，天冷的缘故，比计划的 5 分 15 秒的配速略快，右脚底有些痛；接着加速跑了 3 公里，配速 4 分 40 秒；再跑 2 公里，配速分别为 4 分 20 秒、4 分 11 秒。

忽然加速，顿觉双腿像踩着轮子一样，机械般快速转动起来，后蹬脚顺势撩起，向后自如摆动延展，回想起 DVD 在白沟带我的体验，速度再度加快，身体拽着自己飞，想着周末杨医生给的建议，尽量减少双脚触地时间，动作尽量干净利落。

最后 300 米，追上了一个赤着上身，穿着长裤的男子，他不服气，拼命反超我，我再加速，他已经跑不动了，对我直喊"好样的"。最后放松跑 2 公里，共计 18 公里。

多云，小雨。

尽管昨天白天有些倦意，晚上还跑了 18 公里，今天却感觉精力比以往更旺盛。

晚上 7 点多，在世纪公园慢跑 20 公里。白天下雨，路面有些湿滑。

与去年落选的"同是天涯沦落人"的饶南、爱华、小静交流，决定重振旗鼓，坚定信心，冲击戈 11。

饶南：爱华、宇哥，你们是不是已经决定了？

爱华：什么决定了？

我：什么决定了？

饶南：冲 A 啊。

饶南：你们都决定了的话，我就按照 A 来准备了。

小静：大家加油啊！

爱华：我们几人都按进 A 准备，但进不进顺其自然。

我：太好了，有你们带着，我一定好好努力！

爱华：你们俩带着我吧！

饶南：小静，到时一起去吧。

我：要歃血为盟吗？

爱华：小静，一定要一起去。

我：小静，一起去。

爱华：歃血为盟，除非有人有特殊情况，不然我们几个同进退。

我：无兄弟，不戈壁。

饶南：那就这么定了

我：搞！

饶南：搞！

爱华：搞！

小静：一起去！我参加 B 队，必须在终点迎接你们。

下午到东方医院取右膝核磁共振报告，医生看核磁的片子，显示膝盖内有积水，建议我少跑，诊断结论是囊肿，又开了些硫酸氨基葡萄糖钾胶囊。

就伤势咨询杨医生。

杨医生：如果只是滑囊肿，没有关系，其他囊肿我就不会处理了。有空我给做下艾灸。你很久没来了，成绩一直不提高，还不找原因。

我：最近事情多，囊肿会消除吗？

杨医生：会。

我：最近都没空啊。

杨医生：不是理由。

第四十四章

曾经崇明惺惺相惜，
除却戈壁今非昔比

2015 年 11 月 21 日 周六

小雨。

上午，集训转战到上海大学广中路校区。雨中强度跑间歇，我便使出吃奶的劲完成 12 个 300 米，每个用时 58 ~ 65 秒，很不轻松。随后放松跑 7 公里，再做 3 组各种核心训练。

训练消耗很大，身体十分疲惫，下午在家酣睡 3 个小时。

2015 年 11 月 22 日 周日

中雨。

早上 6 点，和饶南一起，在世纪公园绕圈，冒雨跑 30 公里。

昨天的训练反应较强烈，大腿酸痛得厉害，速度根本没法起来，穿的压缩裤对弯腿动作也有所妨碍。

原计划配速 4 分 45 秒，实际才跑到 5 分 09 秒。最后 5 公里跑得特别艰难，强忍着疲惫，速度已经降至 5 分 30 秒，饥寒交迫。

饶南倒是从头至尾生龙活虎，若没有人陪伴，我自己跑的话连 5 分 30 秒的配速都到不了。

下午休息两小时。

多云。

早晨 5 点 45 分跑到世纪公园，天尚未亮，人影寥寥。身着短衣短裤，身体冻得瑟瑟发抖。

按照计划完成 3 个 2 公里间歇跑，配速 4 分。加上前后热身冷身共跑 11 公里。

晚上，在家站在 Bosu 球上做了半小时平衡练习。

10 点多早早上床，儿子爬到我和妻的床上，非要和我一起睡。

多云。

早上 5 点 20 分，被闹钟叫醒，真心不想起床。

强打精神在 5 点 50 分出门，穿着长袖速干衣和短裤，戴着手套。气温只有 3 度，入冬以来体感最冷的一天。寒冷的应激反应，让我不由自主地加快了脚步，热身 2～3 公里，接着以 5 分配速跑 6 公里，又以 4 分 30 秒的配速跑 3 公里，最后 1 公里冷身降速跑。

左脚踝内侧隐隐不适，走起路来略痛。

晚上在家花 20 多分钟，做了 3 组简单的核心训练。

最近饶南跑步进步很大，跨入新境界，很为他高兴，送他雅号"开胯大师"。

饶南：记得存皇说"415"配速最舒服，以前一直觉得不可能，"415"能跑到，但需很用力，像今天这样很舒服的感觉从来没有过，就是好像可以一直这么跑下去。

我：你真是飞起来了。

每多一次跑步，就多一次感悟和进步，不积跬步，无以致千里，跑过的路，不会辜负自己。

戈赛赛程短短四天，代表长江作为 A 队、B 队的一员参加比赛是一种荣幸，但大多数人仅仅看到了队员在比赛中的拼搏和赛后的喜悦。

更有意义的，或许是为了能够成为队员，一路过关斩将，通过资格选拔的过程。挑战比赛的意义，就是感悟前人为达目标百折不挠的精神。能有勇气站在为戈赛而拼搏的路上，我就已经超越了昨天的自己。

早上 6 点出门，接近冰点的气温下，慢跑热身 3 公里，随后以 4 分配速完成 3 个 1 公里间歇，最后慢跑冷身 1 公里。过程中脚踝没发觉不适，但训练结束后，走路的时候，那和昨天同样的不适感又出现了。

上班前在家用泡沫轴放松一刻钟。

下午，冬眠了快一个星期的太阳，终于伸着懒腰露出了笑脸，窗外冬日里温暖和煦的阳光，让人心里也暖洋洋的。

傍晚找杨医生，他仔细研究了我的核磁共振片子，认为问题不算大，我心中压了很久的石头基本放下了。

晴转多云。

早上 6 点起床，身心俱疲。到世纪公园无配速放松慢跑半小时。

傍晚开车去崇明，参加明天的戈 11 选拔赛。

多云。

崇明选拔赛第一天赛程，上午 8 点 30 分准时开赛。

我和饶南、江闽三位戈 10 落难兄弟，自始至终跑在一起，三个人默契地不断轮换，以均匀的配速领跑，33 公里的长距离并不觉得单调枯燥，最终三人携手撞线，用时 2 小时 33 分，配速 4 分 39 秒，完成既定目标，自己用了八五成力。

赛后，尽管组委会主席华峰对我的成绩表示肯定，但因我们三人未分出高下，让他面有不悦。我们昨晚就商量过，可不能像去年那样，为了一场选拔赛，兄弟们火拼，把自己搞残了，选拔赛安全第一，留有余地，保持相对排名，目标是终极选拔乃至戈壁的正赛。

晚上我在欢迎宴上分享心得："参加戈赛选拔是享受奔跑、痛并快乐着的过程。当我们踏上这段路时，不能只将目光聚焦在比赛本身，而忘记了自己出发时的初衷。"

有幸代表 A 队挑战冠军的人，为数甚少。参加选拔的大多数人，与其说是为了实现冲 A 目标，不如说是为了用心切身体验古人百折不挠的精神，践行理想、行动和坚持；不如说是与一同拼搏的伙伴们结下的深厚情谊。为了突破，为了超越昨天的自己。这个过程中爱恨交加，痛寓于乐。每个人都在挑战自己，无论是冲 A 的、争 B 的，还是为 C 队努力的，甚至仅仅是"打酱油"的人，都值得尊敬。

我目前取得的点滴进步，源于以下几点：

1. 有清晰的远大目标，以及具体的近期目标；有不断挑战自我、实现超越的愿望。将奋斗的目标作为当前头等要事优先安排，没有特殊情况，训练都是排在第一位的；

2. 良好的环境和氛围教我懂得感恩，感恩赐予我力量。我有一群鼓励、支持我的朋友和伙伴，从开始拉我"下水"的戈 7 晓英、玉荣，一如既往给予我支持和帮助的存皇，以及当过我"兔子"的幕后英雄金源、袁浩、存皇、胡队、宏达等等。有一起奋斗信任的伙伴，包括从戈 9 一路走来数不胜数的同学。更有服务团队中尽心尽力的教练、医生，让我懂得尊重科学，善待自己，敬畏自然，循序渐进；

3. 科学系统的执行力。行胜于言，跑步是功夫活、技术活，更是体力活。必须不折不扣地执行训练计划，将其作为纪律，实现从量变到质变，不积跬步，无以致千里。

就个体身体条件而言，大体有适合和不适合长跑的两类。对于适合跑的群体，除非特殊情况，能力差异主要看两个纬度：智力水平和行动力。智力水平简单区分为聪明和不聪明。行动力简单区分为坚持或不坚持。

从身边跑步的人群来看，聪明且坚持者（极少数），比如热水瓶、宏达、罗德曼；聪明且不太坚持者（多数），比如饶南、江闽；不聪明且坚持者（少数），比如我；不聪明且不坚持者（无）。

2015 年 11 月 29 日 周日

崇明选拔赛第二天赛程。

如同昨天一样，饶南、江闽和我依旧心照不宣，自始至终跑在一起。赛道比昨天增加了难度，折返回来的最后几公里的羊肠小道上杂草丛生，体力透支得厉害，跑得比较辛苦，今天饶南发挥得特别好，明显进入了状态。我除了前半程领跑，后半程的多数时候，我都紧紧跟着他们俩。

20 多公里时，能力出众的"大神"金雨晴从天而降，在前面带我们仨跑了有 7 ~ 8 公里，4 分 30 秒的巡航配速跑起来很舒适。

最终，三人再次携手到终点，31 公里，用时 2 小时 30 分，4 分 49 秒的配速，感觉自己今天发挥了九成力。

颁奖午宴上，饶南、江闽和我一同上台，三人并列男子第三名。

2015 年 11 月 30 日 周一

大雾。

早上 6 点半，在小花园慢跑 3 公里排酸。

2015 年 12 月 1 日 周二

雾霾。

早上 6 点到世纪公园，慢跑 15 公里。

傍晚到杨医生处，放松半小时，拔火罐。医生让我抓紧治疗湿疹，并注意加强营养，增强免疫力。

晚上 7 点半，乘杨医生的车到卢体训练。做 2 组素质训练，慢跑 3 公里。

饶南在微信上建了个技术讨论群，大家在群里踊跃交流训练情况。

2015 年 12 月 2 日 周三

小雨，多云。

半夜，因嗓子干疼醒来，肯定是昨晚拔火罐后，没及时加衣服，又参加了训练，于是着凉了。起身喝了一大杯温水再睡下。

下午去医院看皮肤科，开了几盒药。

晚上本打算跑步，但是身体一直不舒服，果断改为休息。

图 30　戈 11 崇明选拔赛赛前部分选手合影

晴，多云。

凌晨醒来一次，头困眼乏，困倦不堪，睡到 6 点半起床。

左小腿湿疹的伤口不流脓了，涂了一些药膏。继续吃感冒药。

晚上 7 点半，在健身房跑步机上完成 10 公里，配速 4 分 30 秒，大汗不止。到桑拿房蒸了一刻钟后，身体轻松许多。

多云。空气优良。

昨晚没有睡好，一直断断续续做梦。早上 6 点被闹钟叫醒，感冒似乎所有好转。

6 点半出门去世纪公园，头戴遮阳帽，脖子围着魔术头巾，上身皮肤衣，下身压缩裤，手戴绒手套，脚穿虎走鞋。气温不足 5 度，穿着单衣单裤浑身瑟瑟发抖的我，与路上裹得严严实实的行人，形成了强烈的反差。

寒冷催我不由自主地加快了热身的步伐，五六分钟便跑到 7 号门。随即渐快跑了两圈，10 公里，配速 5 分 10 秒至 4 分 15 秒，最后已经有些力不从心。

天寒地冻，公园的跑道上几乎没有跑者。训练结束，顿时发现今天天气格外好，天空像倒悬的、平静的海洋，一半是鱼鳞般的白云，如同海里的细浪，一半是无垠的湛蓝海水，碧空如洗。

杨医生提醒大家："影响耐力的主要因素是糖原。主食应占全天供能的 60%，能吃是好事。蛋白质推荐量：每公斤体重每天 1.2 ~ 1.4 克。大家最近练得很猛，应查下血常规、皮质醇、睾酮以及免疫系统指标。"

多云，小雨。

上午到卢体集训。我感冒尚未痊愈，原本不打算来，爱华说张霞从杭州专程来华东站训练，最好一起合练聚聚，便毫不犹豫地来了。

教练念及我的身体状况，只让我在足球场上练 150 米大步跑，接着 50 米放松，跑

5公里，然后是 5 ~ 6 项素质训练。

老天很眷顾，训练刚结束，才下起了小雨。

中午，在存皇张罗的餐桌上，张霞可能看我太瘦太单薄，她从医生的角度，善意建议我合理补充营养。大家都希望我在成绩提高的同时，内心能够充满更多杀气，大家纷纷说相对而言，饶南就更具杀气。

存皇又分享了戈9的冠军经验，团队之所以能拧成一股绳，在于大家为了共同目标互相帮助，相互成就，助人即助己。

多云。

早上6点，在世纪公园和饶南一起进行 LSD，完成 36 公里，其间跑跑停停，喝水吃东西，均速5分47秒，平均心率134次/分，最大心率157次/分，前两三公里配速7分多，最后 7 ~ 8 公里配速5分左右。

下午睡了一个多钟头，醒后仍然很困乏。

晚上10点多上床，翻来覆去睡不着。

多云。中度雾霾。

早上起床，臀部及大腿酸痛不已，显然是周末的训练效果到位。

起初模糊且遥不可及的目标，渐渐清晰，除了感动于自己曾经挥洒的汗水，更希望自己能拼尽全力，勇往直前直至到达目标，不留遗憾。

晴。

傍晚，约饶南到世纪公园跑节奏，慢跑热身5公里后，以4分15秒的配速跑了15公里，完成了自己一个人绝对完成不了的艰苦任务，实现了又一次实际距离和心理距离的突破。

刚开始，饶南鼓励我在他前面，第一次要以这么快的速度跑15公里，况且臀部及大腿仍酸痛不已，心里直打鼓，只能硬着头皮跑。

万事开头难，第1圈的5公里特别痛苦，咬着牙扛了下来。

第2圈感觉更艰难，配速一度降到4分30秒，饶南提示我尽力加快摆臂，提高步频，速度才又提上来。

到了第3圈，曙光似乎就在眼前，轻松跑了两公里后，思想一溜号，速度又降了下来。饶南立即从后面跑到我身前，我紧紧跟随着他轻快的步伐，直到终点。

随后，两人慢跑2公里到健身房，拉伸放松半个小时。

有兄弟陪伴着一起跑的路，即使再苦再累，也不会孤单了。

2015 年 12 月 9 日 周三

阴。小雨。

早上6点到世纪公园，放松跑10公里，配速6分。

上午在办公室见缝插针做了3组提踵，每组30个，3组深蹲，每组50个。

晚上在家做3组俯卧撑，每组35个。

2015 年 12 月 10 日 周四

小雨。

早上上班前，在家做了两组核心训练。

晚上8点到健身房，渐快跑，2公里配速5分50秒，13公里配速4分55秒，3公里配速4分40秒，最后1公里放松，一直跑到健身房关门。

图31　与饶南、江闽在戈 11 崇明选拔赛中

行者大鹏跑寓意深，
南哥戈赛识洞见真

第四十五章

2015 年 12 月 12 日 周六

多云。

上午 8 点半到卢体。

慢跑热身 3 公里后，便进入今天训练的重头戏——15 组 400 米间歇跑，每组间隔 1 分，前 14 组用时 85 ~ 90 秒，最后一组用时 78 秒。

雅萱等小教练轮流带我，传授跑步技术，指导我把握起步及途中跑的节奏，尽量保持身体放松，用核心发力。

训练的过程很煎熬，熬下来的感觉非常好。教练们都说我比去年进步很大，今天的训练质量高。

随后，做了 4 组弓步走、跨步跳、左右跳、栏前送髋、摆腿、蹲地走等练习。最后，慢跑放松 3 公里。

2015 年 12 月 13 日 周日

小雨。

早上 6 点，和饶南、胡队约好在世纪公园 7 号门碰头。

3 人一路纵队，胡队最前，我在中间，饶南断后，跑出去十分钟不到，天就下起了小雨。

昨天素质训练导致臀大肌和腘绳肌反应强烈，前 5 公里配速 6 分 30 秒，10 公里后，配速稳定在 5 分 40 秒左右，最后 5 公里配速提到 5 分。最终完成 41.5 公里，用时近 4 小时。

除了马拉松比赛，此前尚未在训练中跑过如此长的 LSD，35 公里后左胯的酸痛愈加明显，疲惫感一波比一波厉害。

断断续续的小雨，陪伴着我们，直到我们累得停下了脚步，雨也没停下。

2015 年 12 月 16 日 周三

多云，轻度雾霾，最低气温接近冰点。

早上 6 点起床，昨晚睡眠时间虽超过 7 个半小时，仍觉十分困倦，眼睛干涩睁不开。

早餐时有点儿恶心，一整天毫无食欲。

傍晚 7 点到世纪公园，顶着寒风跑了 10 公里。前两公里配速 6 分热身，之后 8 公里配速 4 分 18 秒至 4 分 38 秒。汗水已湿透了里面的速干衣和外面的皮肤衣。

到家后，做了两组核心训练。

2015 年 12 月 17 日 周四

晴。

昨晚被各种离奇的梦缠绕，早上 7 点才挣扎着爬起来。

早餐硬着头皮多吃，吃了两个菜包、一包奶、一碗稀饭、一碗银耳羹、一个鸡蛋、半块玉米、一个橙子。

晚上 6 点半和胡队到健身房训练。依次 2 公里配速 5 分，3 公里配速 4 分 26 秒，7 公里配速 4 分 13 秒，3 公里放松，加上热身，共跑 16 公里。中间停下两次上厕所、喝水、换衣服，湿透了两件 T 恤。力不从心，不得已放弃了计划的以 4 分的配速跑 3 公里。

杨医生、曾教练关心我的饮食及训练情况：

杨医生：哥，饭量增加了吗？

我：昨天中午没吃饭，晚上吃了点儿菜，没吃主食。今天早饭吃掉不少，中午吃的不多。

杨医生：你现在跑少点更好，有空查个血常规。

我：两三天没跑了，也许就是跑少了，消耗少，才吃不多吧。

杨医生：身体疲劳一样影响食欲。

曾：上周末那40多公里消耗太多 。你不缺跑量，缺的是能力，尤其是长距离变速能力。每次训练时要考虑会不会影响下次训练。

杨医生：一次大训练量后，要调好久才能恢复到正常水平，食欲下降是过度疲劳的一种表现。每次训练要提前明确目的，是为了训练速度、有氧耐力，还是连续作战能力等等，并且前期要为这个目的做好准备。

我：明白了。

2015 年 12 月 18 日 周五

晴。气温略有回升。

早上6点多起床，浑身困乏。

傍晚到杨医生处，杨医生边给我治疗放松，边进行心理按摩，千方百计地鼓动我增加信心，"要有舍我其谁的霸气"。

晚上8点到健身房，做1小时交叉训练，骑动感单车，游泳。

2015 年 12 月 19 日 周六

晴，多云。

早晨8点到酒店接上从外地来的江闽、张霞到卢体训练。

上午的专项训练是10组800米变速跑，即亚索800。一周以来自己的身体均处于疲劳状态，内心对强度训练充满抵触，准确地说是恐惧。

强打着精神，开始第一组后，受集体的向上热情感染，在伙伴们的带动下，我一发不可收拾地坚持跑到第10组，此时，胡队让我不必再勉强继续，担心我过于疲劳，因为明天还有LSD。

前5组用时3分5秒左右，后5组2分55秒左右，最后1组2分49秒，对这个成绩自我感觉很满意。

晚上 10 点半上床，如同上周六的训练一样，上完强度课后精神处于兴奋状态，很久才入睡，中间还醒来几次。

小到中雨。

早上 7 点，开车将江闽、张霞接到世纪公园 7 号门。

冷冷的冰雨中，江闽和我并肩奔跑，相互带动，由慢渐快。

前 10 公里 5 分配速，20 公里时配速提至 4 分 30 秒，并持续到 29 公里。最后 1 公里，江闽说咱们拉拉心肺，我尽力跟着他，配速接近 4 分，提速后感觉胸闷气短，呼吸十分急促，努力克服着痛苦直到终点，完成了有质量的一次 30 公里长距离训练。

两个半小时，雨一直下，我们像不服输的落汤鸡，享受着在雨中奔跑的快乐。尽管今天比往常周末的 LSD 训练强度大，但体感却比较轻松，腿部没有出现明显的酸痛。如果没有江闽陪伴，我自己肯定完成不了。

晚上睡觉前，看了几页《反脆弱》，正是个体的脆弱，换来了集体的反脆弱，作为戈赛 A 队，想必也是如此。

冬至。中度雾霾。

胃口开始好起来，食欲大增。

傍晚到健身房，按照胡队的指导，以 4 分 08 秒配速跑了 6 个 1 公里，间歇 1 公里配速 5 分，加上热身放松共跑了 15 公里。

跑步机上跑速度，真不是件愉快的事儿，尤其是在加了 1.5 坡度的情情况下。中间一度不想再跑，默默数着节拍尽量找到舒适的节奏，总算熬了下来。

饶南去普吉岛度假，高温下依然跑了 28 公里，让我很受激励。

重度雾霾。

早上 7 点起床，困倦。

晚上 7 点半去健身房训练。0.5 坡度，以 5 分配速跑了 12 公里，跑完又骑动感单车 25 分钟。

阴，小雨。空气质量良。

昨晚睡得晚，喝水多，半夜起来两次。

早上 6 点半起床，上班前用泡沫轴放松了一刻钟。

晚上到健身房慢跑 7 公里，骑了 50 分钟动感单车。

多云。雾霾严重。

下午 1 点，和饶南、胡队在世纪公园碰头。先跑 3 公里热身，再以 4 分 20 秒的配速匀速跑了 18 公里，最后 2 公里放松，共完成 23 公里。

我带前面的 7 ~ 8 公里，后半程换饶南来带，保持 4 分 15 秒至 4 分 20 秒的配速，找到了比较舒服的节奏，完成训练后并不觉得特别疲惫。

阴。

昨天训练强度不小，延迟的疲劳感渐渐有所反应，午睡 1 个半小时，轻松了许多。

晚上 7 点到健身房游泳半小时，6 公里慢跑，30 分钟动感单车。

多云。

早起感觉十分困倦。

早上食欲不振，午饭也吃的不多。

宏达关心我的训练状况：

宏达：最近跑得咋样？没有伤吧？

我：伤倒是没有，就是略感疲劳，谢谢兄弟关心！

宏达：多补补营养，明年 4 月戈壁探路才最关键。你练得太狠了，多跑跑越野吧。

我：元旦后加强越野训练。

晚上 6 点到世纪公园 2 号门，胡队陪我训练。按照曾教练的意见，热身 3 公里后，跑 5 个 1 公里，每个配速 4 分，间歇 2 分钟，最后再放松跑 3 公里。

晚饭吃不下，睡眠质量也不高。

多云。

跑休。上午和杨医生约中午的治疗。

杨医生：中午过来吃饭吗？

我：午饭吃不下去，多吃两口就想吐。

杨医生：味道不好吗，食欲降低有两周了吗？

我：不想吃啊。前面好了，最近两天又有点难受。

杨医生：血液查了吗？

我：没腾出空来。

杨医生：大鹏结束后规划一下，一直感觉你训练的多，营养跟不上。我和曾教练就这个事讨论好几次了，食欲下降是过度训练的典型症状。疲劳会延迟并积累，你太刻苦，我们都想给你减量。

我：不努力就辜负你们了。

杨医生：你现在能力肯定够，但我们更希望宇哥健康。我脾气不好，又不会控制，看你这么拼，那么累，就着急，很容易上火，其实有时候希望你可以偷点懒。

388

我：偷懒谁不会，但有时候说服不了自己。

杨医生：偷懒有技巧的，不是简单的不跑只睡觉。

多云。

早上拉肚子。早餐吃了半碗西红柿鸡蛋面。

傍晚，一家三口落地深圳宝安机场，参加明天新年大鹏马拉松。

跑步以来，这次是妻和儿子第一次专程陪我参赛，我跑全马，娘俩报了亲子跑。

在深圳校友会盛情安排的晚宴上，罗霆等同学分享进入长江后，自己坚持跑步给自己及周围人带来的积极改变。

戈 11 组委会主席华峰让我分享，我发言感谢组委会、一路相伴的伙伴们、教练队医，感谢了家人一直以来的支持，尤其是这次妻儿专程陪伴，全家总动员，让我感受到了特别的温暖。

晚上，在酒店附近慢跑 3 公里。

晴。

新年，清晨 4 点就醒了，肚子仍不舒服，早餐前向杨医生要了几片药吃下。

早上 5 点 50 分，天还没亮，乘大巴从酒店前往比赛起点地质公园，参加自己的第二个大鹏马拉松。

7 点，赛事鸣枪。按照华峰的意见，我和饶南、大龙一起跑，以 4 分 20 秒的配速跑到近 15 公里，我开始吃力，担心跑崩，果断降速，任由他俩继续向前。

天气越发炎热，气温不断上升，出发时 15 度左右，两小时后已上升到至少 25 度，体力的消耗越来越大。

跑到 35 公里附近的蜿蜒赛道，前面看不到几个人，孤单的我越跑越疲惫，越跑越慢，无助到即将崩溃时，忽然看到给其他人当"兔子"，已完成既定任务的罗德曼，他大声给我加油，带着我跑了几百米，冲上一个缓坡。此时，我好像看到了曙光，平

389

添许多力量，一鼓作气跑到终点，时间定格在"3:11:27"。

在终点，结束亲子跑，正佩戴着奖牌的妻儿兴奋地迎接我。对数字喜欢琢磨的我，唯心地猜测成绩"3:11:27"背后的含义，是不是意味着第三年冲A，这次是戈11，有儿子和妻子的支持，努力就会成功呢？！

饶南的成绩"3：08"，进步神速的登彪和祥河成绩均在"3：12"上下。由于没考虑天气因素和起伏赛道的难度，不少人定了过高的目标，然后遗憾地跑崩了。

对自己的成绩有点怅然若失，不过很快就悦纳了。高亢的热情弥补不了能力的不足。敬畏比赛，就要尊重规律、科学训练、循序渐进，比赛来不得急躁，切不可盲目自大。与北马相比，这次更辛苦，毕竟准备不充分，赛前调整不充分，拉肚子导致体力下降，疲劳期状态欠佳，这些都是客观原因，实质上还是能力欠缺，还要继续加油！

2016 年 1 月 3 日, 周日

早上睡到自然醒，睁眼已过9点。

中午吃了两碗米饭，以及大量牛肉、虾，胃口大开。

晚上7点出门到世纪公园，无配速慢跑6公里。

安静时也可能心猿意马，波涛汹涌；跑步时也可能心静如水，波澜不惊。

2016 年 1 月 4 日, 周一

阴，小雨。

与饶南和胡队交流，他们的话语给我增添了信心。

我：2月7号至13号春节集训，2月27号是第三次选拔，最近该特别注重体能吧？

饶南：每次参加选拔赛都应以赛代练，不断"充电"提高，而不是"放电"。

胡队：瞄着终极选拔吧，你们马拉松成绩肯定都在"305"了，但是要看什么时候，什么赛道。单纯比全马成绩没太大意义。

饶南：我们自己的能力到了，准备充分，不会有问题的。其实A队已经有了，两次戈壁选拔更多是为了检验、磨合、研究打法。要随便哪个赛道，随便什么时候都能"305"才行，最理想状态是理论上的。

我：距离第一次探路还有 80 天，全马的成绩是自信的标志。

饶南：我觉得不要看 80 天，要看 140 天。最佳状态在 5 月 24 日正赛。宇哥要放轻松，情绪管理失控是自己最大的敌人。A 队群都有了，后面已没人了。

现在要研究的，不是进 A 的问题，而是怎么再提高的问题。只有一种情况会让你不进 A 队，就是无法放松，这种心态必须调整，否则即便进了 A 队，战场上也无法发挥水平，参加一系列选拔赛，应该早就坚定了你的信心。

我：其实，每次比赛我感觉都没有压力。

饶南：那为什么赛前吃不好、睡不香，赛后就没事了？事实上状态就是有影响。

我：赛前经常处于疲劳期。我一直反思，是不是赛前跑量过大，恢复不过来？10—12 月的跑量分别是 300 公里、320 公里、340 公里。

饶南：我 12 月好像 270 公里，已破了自己的纪录。你已经检验了自己的进步，大鹏在状态不好加闹肚子的情况下还有这成绩，你规划得很好啊，我都没有长期计划。

胡队：宇哥是因为 40 公里那次跑累了。针对大鹏，35 公里就够了，可能我失误了。不过，从长期看，问题不大，只要胃口好。

我：吃不下饭就是从 40 公里那周开始的。

饶南：训练可能会有过的时候，发现了就要及时调整，我在普吉岛时觉得状态好差，很疲惫，偷懒几天没跑，现在看起来其实也不错。

我：我去年总跑量 3933 公里，2014 年才 2600 公里，是要学会偷懒。

饶南：我都不知道自己跑了多少，估计你的一半吧，你这样想不提高都不行啊。

胡队：南哥，所以你还有很大的潜力。

我：我的进步靠傻跑，你的进步除了靠天赋还有勤奋。

饶南：我也要再堆点量，跑量不到说什么勤奋？

我：有空就和你一起，但我去年的经验教训表明，探路前的量适当控制到 300 公里以下，所以 1—2 月猛搞，不知道对不对？现在回想，去年 3 月搞多了，疲劳一直累积着，终极选拔时成为强弩之末。

胡队：定个时间点，然后倒推。

练三九激情融冰雪，
迎新春热火感自觉

2016 年 1 月 6 日，周三

阴。

晚上 7 点到健身房，在跑步机上完成 11 公里，原打算放松跑，跑起来后就越来越快，均速 5 分。跑完做了两组力量训练。

今天从网上看到，合理利用双臂，成绩可提高近 12%，虽有些夸张，但肯定有积极作用。最近下意识地放松双臂，感觉两个臂膀像挂在身体上的部件，跑动中被身体带动着自由摆动，不受太多控制。加速时，尽量避免手臂僵硬，保持小臂与大臂夹角小于 90 度，后摆时稍用力。

2016 年 1 月 8 日，周五

晴转多云。

早上 6 点半到世纪公园。6 分配速起步热身，2 公里后配速提到 5 分并持续 8 公里，随即以 4 分 30 秒的配速跑 3 公里，4 分 15 秒的配速跑 2 公里，最后以 5 分 20 秒的配速放松跑 2 公里，共跑了 17 公里。

冬日的早晨，气温的波动像配速的变化，随着速度的提高，温度也逐渐升高，训练结束，阳光异常温暖亲切，似乎是为了款待辛苦的人。

医院检查的化验单出来了，睾酮指标 6.3，比去年 11 月的大为好转，比去年年初的也好不少，心情为之大振。

起草下周日迎新年会的召集令。

亲爱的小伙伴：

云卷云舒，潮起潮落。时光荏苒，又是一年。因为健康和快乐，我们相识在华东站。有兄弟姐妹陪伴的一年，过得很快乐很充实。过去一年，小伙伴们继续与理想为伴，与坚持为伍，与行动为友，以饱满的运动热情和乐观的精神状态，收获了不俗的成绩。

新年清新的空气即将吹来，新年灿烂的阳光即将普照，新年无比的热情就要燃烧，新年滚烫的祝福马上送到，热切期待并诚挚欢迎平时在训练场一起奔跑的你，与大家相约共聚，敞开心扉，漫谈运动之外的话题。

傍晚找杨医生放松治疗，睡了半小时，轻松许多。

2016 年 1 月 9 日，周六

晴转多云。

上午带儿子到卢体训练。尽管有段时间没带儿子一起跑了，小家伙和我在 400 米跑道热身，不间断跑了 10 多圈，配速 6 分左右，显得很轻松。元旦参加大鹏马拉松亲子跑，对他产生了积极影响，至少不再排斥跑步，有时还带动鼓励妈妈，按照我教他的热身拉伸动作和跑姿，像模像样地教妈妈。

教练让我跑 12 组 800 米变速，每组间歇 3 分钟。我讨价还价，减少到 8 组。第 1 组用时 3 分 6 秒，后 7 组用时均在 3 分以内，间歇时心率很快降到 100 次 / 分左右。跑完后，又做了几组素质训练。

今天是大鹏马后的第一次强度课，身体仍觉疲劳。

2016 年 1 月 10 日，周日

阴，小雨。

上午 8 点半到大宁公园。慢跑 20 公里，中间陪爱华跑了 12 公里，平均配速 6 分。

下午，参加华东站暨上海校友会乐跑俱乐部年会，与获得"最佳奋斗奖"的饶南一同上台领奖，我得了"最有杀气奖"。

晚上 10 点到家，感到最近少有的身心俱疲，左上牙齿痛，牵引头部神经阵痛。

2016 年 1 月 12 日,周二

阴。气温降至冰点。

晚上没参加卢体集训,7 点多,几经犹豫独自慢跑到世纪公园。

起初实在打不起精神,丝毫没有训练的动力,配速 7 分钟起步跑,5 公里后,逐渐加快节奏,配速 5 分 30 秒至 5 分,最后 1 公里提到 4 分 25 秒。共跑了 22 公里,均速 5 分 30 秒。

9 点半到家,吃了妻子做的白煮虾、炖牛肉、炒青菜,配一碗米饭。

2016 年 1 月 13 日,周三

多云,轻度雾霾。

晚上 6 点半到健身房,在跑步机上以 5 分配速跑了 11 公里。练核心时,碰巧 DVD 来了,他耐心教我做了两组难度较大的动作。

2016 年 1 月 14 日,周四

重度雾霾,空气十分糟糕,外面根本没法跑步。

晚上,志新约我到健身房,我跟着教练做了 1 个多小时力量训练。

2016 年 1 月 16 日,周六

中度雾霾。

上午带儿子到卢体集训。

陪儿子慢跑 6 公里后,我又多跑了 5 公里,再做 3 组核心训练。

2016 年 1 月 17 日,周日

小到中雨。

原计划上午 LSD。早上醒来,窗外下着雨,雨势很大,天意啊,这可是不跑步的恰当理由，暗自庆幸，倒头再睡到9点才起床。

临近中午，天开始放晴，看来是躲得了初一逃不过十五。下午1点半来到世纪公园，跑步31公里，用时近3小时，感觉很辛苦。

2016年1月19日，周二

傍晚7点多到世纪公园，以轻松的节奏慢跑了22公里，均速5分31秒，身体似乎充满了动力。

2016年1月21日，周四

小到中雨。

早上4点醒来，便再也睡不着了。4点半出门，帽子、手套、长衣、长裤全副武装。

外面下着小雨，气温接近冰点，天色灰暗，路上的街灯亮着，却看不见人影。

以6分半配速慢跑热身起步，天冷的缘故，很快不由自主地就提速到5分30秒，10公里后越发轻松，最后3公里配速5分以内，最终跑完22公里，均速5分32秒。

出门前没吃东西，一路上滴水未进，跑完感觉饥寒交迫，雨水夹带着汗水湿透了身上的衣服。

2016年1月22日，周五

小雨。

晨脉50次/分。早上6点出门，气温比昨天还低，冷空气却很清洁。穿的多，不觉太冷，但明显跑不动。

以7分多配速热身两公里后，速度维持在6分以内，跑完11公里，用时1小时10分钟。

2016 年 1 月 23 日,周六

小雪。寒潮来袭,零下 5 度。

上午 8 点半,来到漫天飘雪、北风呼啸的卢体集训,参加训练的人数不到平时的一半,教练、医生却没一个缺席。

在铺了一层薄薄积雪的跑道上,以 5 分的匀速跑了 16 公里;又做了 1 个多小时的核心训练,蛙跳很虐;最后放松慢跑两公里。

训练结束时,纷飞的雪花也累得停下了空中的舞步,太阳不吝露出笑脸,阳光耀眼夺目,身体由内到外充盈着温暖和感动。

2016 年 1 月 24 日,周日

多云,大风,入冬以来最冷的一天。

早上 6 点起床,吃了几块面包、一个鸡蛋、一杯奶。

7 点半开车到大宁灵石公园,凛冽寒风中陪爱华进行 30 公里 LSD。昨天的素质训练反应大,股四头肌酸痛不已。

2016 年 1 月 26 日,周二

晚上 7 点半到世纪公园,气温回升,空气不错。穿着棉长裤、皮肤衣,感觉不太冷。周六训练导致的两腿酸痛反应尚未消退,走路特别是下楼梯时都觉得哆嗦。

6 分半配速起跑,3 公里后渐渐找到节奏,提速到 6 分,体能充沛,暂时忘了腿的酸痛。最后 5 公里加速到 5 分,共跑了 22 公里。

2016 年 1 月 28 日,周四

早上 5 点出门,黑暗的天色像是午夜,大雾笼罩周遭,近处的路灯朦胧昏暗。

绕世纪公园跑了 20 公里,用时 1 小时 50 分钟。腿部仍有酸痛感,前半程 6 分左右配速,后半程 5 分 30 秒。跑到 15 公里时,天空渐渐发亮,这座充满生机的城市就像被人叫醒了一样,缓缓伸着懒腰,睁开睡眼,迎接新的一天。

晚上下班后找杨医生，放松治疗 1 个半小时，为节省时间，他给我从食堂带了晚饭。

昨天晚上治疗后，回家路上开着车窗着凉了，上午就没去卢体。

下午两点到健身房，在跑步机上慢跑 12 公里，力量训练 1 小时。

多云，雨夹雪。

感冒加重了，流鼻涕，咳嗽，浑身无力。本想下午跑 20 公里配速，听从杨医生的建议，放弃了。

感冒好多了，大家都很关心我。

晚上 7 点，到世纪公园恢复性慢跑 10 多公里，用时 1 小时。

多云。

早上 6 点起床，到世纪公园跑了 12 公里，平均配速 5 分 15 秒。

连日来休息较差，身体明显疲惫。

下午 3 点到世纪公园，放松跑 12 公里，用时 1 小时。

大年初二。陪老娘在青岛度过除夕, 昨晚半夜便匆匆赶到广州, 和已到两天的大部队汇合, 参加戈 11 春节集训。

早上 6 点半起床, 晨脉 62 次 / 分, 少有的高, 应该与最近奔波疲劳有关。

上午 8 点, 绕大学城两圈, 顶着太阳完成 32 公里长距离合练。最后两三公里, 已疲惫不堪, 掉速到 5 分开外。

前半程我一直和大家一起跑, 最后 10 公里渐渐掉队, 和最先到达终点的队友相差 1 分多钟。

下午躺在床上两小时, 翻来覆去睡不沉。

晚上青菊来看大家, 送来好吃的水果、水饺和豆沙包。

阴, 小雨。

春节广州集训第二天。

和昨天同样的时间起跑, 同样的 32 公里。饶南、登彪、祥河和我一同出发, 四人先慢后快, 轮流带跑。

比照戈赛规则, 第一圈 16 公里结束时, 强制休息 5 分钟, 四人几乎同时到达。

第 2 圈开始, 登彪先带跑, 配速 4 分 40 秒, 跟着不到 5 公里, 我就力不从心, 疲劳感涌来, 速度慢下来, 渐渐跟不上登彪和饶南了, 祥河还在我后面。

眼睁睁无奈地看着前面两人绝尘而去, 后面的祥河也已渐渐看不清楚, 前不着村后不着店, 孤零零一个人跑得愈发辛苦, 又饿又累。一度想停下来走下去, 可是另一个声音告诉自己不能停。

最后 3 公里, 下起小雨, 配速掉到 6 分, 身心俱疲, 意识有些模糊, 吸了两大口水袋里的饮料, 努力着爬上最后一个长坡。组委会的春美迎上来, 边给我递水, 边陪我跑了近 1 公里, 直至终点。

今天虽没有昨天的大太阳, 湿度却很大, 大家跑得都不容易。我第四个到, 和早到的饶南等相差近 10 分钟。

紧跟我后面, 相差不到 3 分钟的是朝军、万凌。大龙有伤在后面的第二梯队。

下午补觉 1 个半小时，偷懒没参加核心训练。

晚上找杨医生放松半个多小时，10 点半上床。

春节广州集训第三天。

今天 20 公里越野，路线是大学城体育场外 3 公里多起伏不平的柏油路、土路，共跑 6 圈。

一直紧跟在江上、饶南后面。第 5 圈时，华峰到前面带跑，拉起速度，分出了层次，能力差距使自己渐渐跟不上他们俩。

到终点，我用时 1 小时 45 分，又排在第四名，与第一名饶南相差 5 分钟，江上、刘刚分列第二、三名。紧跟我后面相差不到 5 分钟的是万凌、冬炜、王亮等。

下午 3 点半，华峰主持团建及分享会，大家坦诚交流一路走来的感想以及下一步努力的方向，气氛轻松热烈，我就自己的成长和体会也作了分享。

春节广州集训第四天。

上午，大家跟着曾教练、高教练等在健身房做 3 组核心练习。

下午，在操场练习并纠正跑步技术。我赤膊和华峰飙了几百米速度，第一次明显感受到身体的飘逸，很累很过瘾。

晚宴，举行戈 11 倒计时 100 天宣誓仪式，能力突出富有奉献精神的饶南被委任为 A 队临时召集人。新锋、大侠、学军等资深老戈友亲临现场见证。

所有参加集训的冲 A 伙伴，一同宣读了我代为起草的誓词：

我宣誓，为了第 11 届戈壁挑战赛的光荣和长江的荣誉，在未来 100 天里，以更加饱满高昂的斗志，以更加科学严谨的比赛态度，以只争朝夕的时间观念，以永争第一的冠军精神，积极备战本届比赛。

服从领导，遵守纪律。团队利益高于个人利益，互相团结，包容理解，共同提高整体战斗力，倾力实现冠军梦想！

图 32　华峰和野人带领冲 A 伙伴们在大学城外拉练

春节广州集训第五天。

上午 8 点半到操场，跑 3 组间歇，距离分别为 4 公里、3 公里、2 公里，我竭尽全力，每组配速接近 4 分。

下午，做 3 组动态核心训练，伙伴们跟着教练学习相互拉伸。

晚上，经过皮医生的针灸治疗和高教练的踩腿放松，上午训练导致的肌肉紧张舒缓了许多。

多云。

春节集训最后一天，不少小伙伴已提前返程，没离开的个别人也因伤放弃了今天的训练，我坚持到了最后。

上午 20 公里越野，线路与大前天的相同。我跑完用时 1 小时 41 分，比上次快了 4 分钟，第三个到达，状态好得有点儿出乎预料。起跑后，我紧跟江上和登彪，江上一度在我身后 10 米开外，最后 5 公里，他们俩加速，我才渐渐被甩开。

至此，6 天密集、紧张、高强度的集训圆满结束，大家的收获都非常大，不仅提高了能力，还增进了感情。组委会、老戈友、教练医生等服务团队，放弃了与家人春节团聚的机会，倾情付出大量人力物力，有力地保障了这次高质量的集训，令人感激动容。我非常珍惜并感恩有限人生中值得追忆的好时光。自己克服艰辛努力坚持到最后，且进步看得见，又真切地自我感动了一次。

图 33　训练到力竭的强度课（从左至右为：我、万凌、刘刚、劲松）

第四十七章

盐田赛大意落孙山，
常规练悉心谋鏖战

晴，低温。

晚上到卢体集训，穿着越野鞋跑了 6 公里，最后两公里配速轻松提到 4 分 15 秒，春节集训的效果很明显。

江上和饶南提醒大家巩固春节集训成果。

江上：春节练这么苦，大家要把这个训练成果转换成战斗力和上战场的底气。如何将集训后的状态及训练效果延续下去，除了听从教练和队医的指点，更多是靠自己的坚持和感悟，要主动比较、对比和分析数据，如分析每天训练、恢复的策略和实际效果，如果改变策略，是否会跑得更好，恢复得更好？把享受到的痛苦细细咀嚼一遍，心里面再复盘，下次可能就不会觉得有这么苦了。

饶南：老骆驼一年跑量 3900 公里给我印象最深刻，大家无论用什么方法和计划来训练，现在一个月跑量如果没有 300 公里，说冲 A 就是个笑话。归根结底还是跑，跑量决定一切，400 公里加油。

早上 6 点到世纪公园，渐快跑 16 公里，前 7 公里 5 分配速，后 9 公里 4 分 30 秒的配速，右脚踝出现不适。

集训累积的疲劳开始显现，白天困乏。

2016 年 2 月 20 日, 周六

阴, 空气重度污染。

上午 9 点多, 带儿子到健身房, 游泳 1 小时。

2016 年 2 月 21 日, 周日

阴。

早上 7 点半出门, 先到世纪公园慢跑 6 公里, 然后爬 6 趟 18 层楼梯, 上去用时不到 2 分钟, 下来用时 2 分钟多, 最后放松跑 5 公里。

2016 年 2 月 23 日, 周二

多云。

右脚踝关节的疼痛愈加明显, 只要脚稍微向上翘, 或用脚跟点地着力, 跗骨窦处就很痛。

晚上没参加卢体集训, 到饶南安排的一家康复诊所, 治疗 1 小时, 疼痛稍减缓, 但踮起脚跟时脚踝部位仍有明显痛感。

2016 年 2 月 24 日, 周三

早上 5 点半到世纪公园, 戴着手套, 穿着长衣长裤。

慢跑 3 公里热开身, 再做几组动态拉伸, 脚踝的痛感依然, 所幸跑起来就忘记了痛。为备战周末盐田选拔赛, 跑了 7 组 1 公里, 每组间歇 3 分钟, 配速基本都在 4 分以内, 最快的 1 公里配速 3 分 48 秒。

2016 年 2 月 26 日, 周五

傍晚抵达深圳, 参加戈 11 第三次重要的选拔赛, 也是戈壁探路选拔前的最后一次

选拔赛。

晚饭前和饶南慢跑 6 公里，适应一下气候环境。

2016 年 2 月 27 日, 周六

多云。

上午八点半，带着几分脚踝伤痛的隐忧，参加第一天的深圳盐田选拔赛，全程 30 多公里越野赛道。

保守起见，出发后跟着小教练晨光处于第二集团最前面，山道曲折迂回，中间上了一次厕所后，便再也看不见前面的人影，看错了路标，多跑了 1 公里多的冤枉路，今天排名第七。

2016 年 2 月 28 日, 周日

早上起床，右脚跟腱痛得无法正常触地，慢慢适应了好一会儿，才能稍正常走路，昨天比赛显然加重了脚踝处的损伤，找医生在关节处缠上了绷带，小腿打了肌贴。

今天是盐田选拔赛的第二天，距离依然 30 公里，依然是越野，但线路有变化，难度加大了。由于自己昨天的排名落后，今天要背水一战，一出发便紧紧跟随第一集团军。

不到 5 公里，爬上一个陡峭山坡后，腿部力量优势明显的江闽，轻松跑到最前面，当他回头等我时，被华峰看到，华峰催促江闽全速奔跑。

距终点还剩 7 公里，前面只有 4 名选手，但我的体力透支相当厉害，努力爬上一个大坝，正在四顾无助之时，热水瓶像及时雨般出现在眼前，他是特意等候在此，要专程带我。我跟在热水瓶后面，保持着 5 分左右的稳定配速，以为第 5 的排名会一直保持到终点。

当距离终点仅有 300 米左右时，不曾想，学军带着后劲十足的祥河从后面追杀上来，念及去年选拔拼杀的苦果，担心增加不必要的伤痛，我果断放弃了全力冲刺，任由祥河像脱缰野马一样冲到身边，与他前后脚撞线，我名列第 6。

下午组委会全体会议，宣布 20 人大名单，我有幸名列其中。未来的两天，组委会组织大 A 队队员在盐田集训。

晚上，青菊设丰盛的家宴，欢迎组委会及服务团队，并祝贺入选大 A 队的队员，一洗两天比赛征尘，享受愉快的交流时光。

2016 年 2 月 29 日，周一

晴。

早上醒来，脚踝仍不适，缓缓调整后脚才能落地行走。

上午 9 点半集训，背着水袋，穿着 GT2000，沿着盐田游艇会海滩沿线，往返节奏跑 20 公里，一直紧跟着江闽，均速 4 分 53 秒。

饶南名列第一，我和江闽并列第二。

下午三点开始核心训练，用时两小时。

晚上，医生为我疗伤，挑破脚上的两个新水泡。

2016 年 3 月 1 日，周二

晴。

上午 8 点半开始，继续在盐田集训，跑 3 组 4 公里间歇，各组配速分别为 4 分 15 秒、4 分 15 秒、4 分 25 秒，随着温度上升加之体力消耗，最后一组实在跑不动了，疲态尽显。

傍晚，带着满满的集训收获返程回沪。

2016 年 3 月 3 日，周四

晴。气温回升。

早上 6 点半到世纪公园，快慢交替跑 12 公里，快的 1 公里配速 4 分，慢的 1 公里配速 5 分 30 秒。

关键时候要加强营养，午饭是妻早上精心烹饪、让我带到单位的营养餐，令很多同事羡慕不已。

傍晚穿着沙袋，负重做 3 组深蹲，共 300 个，刚做 30 多个，已是一身汗，换件衣服继续。

晚饭吃了很多，10 点上床。

2016 年 3 月 4 日，周五

今天是戈 11 倒计时 80 天。对于我和我的戈 11，只剩为数不多的日子，训练一次少一次。只有每一次认真地对待，百分之百地投入，像比赛一样地训练，比赛时才会轻松自如。

跑休。傍晚 6 点半找杨医生，治疗 1 小时。

饶南致大 A 队全体伙伴的一封信，感人至深，其心声发自肺腑，其用心良苦，其格局恢宏：

各位兄弟姐妹：

倒计时 100 天的誓词还在耳边回响，转眼时间已经溜走了 20 天。

漫长而枯燥的冬训已经过去，以盐田集训为标志，我们迎来了春季会战。在整个冬天冒着严寒辛苦攒下的跑量，将是这次春季会战有力的保证。训练的重心，从考验耐心的长距离有氧，逐渐过渡到挑战意志力的高强度无氧，每周都在突破自己的指标上限，最终使我们从生理到心理，都做好了短兵相接、华山论剑的准备。

戈 11 的备战，就像一场马拉松，现在我们已经来到了 35 公里处。是咬住、超越、创造一次刻骨铭心的"PB"，还是掉速、放弃，变成一次例行公事的拉练？分水岭，就是冠军的心。

过程中，我们一定会遇到难以想象的困难：不停的伤病、工作的压力、家庭的负担、对自己的怀疑……所有这个年纪可能遇到的困惑和羁绊，我们正在经历，我们看起来像是全世界最可怜的人！

可是如果没有经历和突破这些，冠军又有什么意义呢？伟大的胜利离不开强大的对手，而最强大的对手，就是自己。

我们已经习惯已知的生活，不断地重复昨天，不再愿意远离自己的舒适地带，忘记了 20 岁初入江湖的我们也曾经怎样地搏命。

我们躲在团队的后面出谋划策，用充满煽动性的话语鼓励他们冲锋陷阵，却渐渐不

407

图 34 深圳选拔赛后与"兔子"热水瓶留念

习惯赤手空拳和命运相搏。我们才 40 岁上下，却好像已经无法突破人生的天花板。

能不能找回自己心中那个仗剑江湖、一诺千金无知无畏的少年？能不能在这个春天里把自己逼到退无可退、绝地反击？能不能在自己的人生中留下一次但不是最后一次泪流满面的回忆？

穿上你的跑鞋，自己去寻找答案吧！

2016 年 3 月 5 日，周六

晴转多云。

上午儿子陪我到卢体训练，这是爷俩第 23 次一起跑。

天气给力，参训伙伴积极踊跃，大咖云集，几位稀客包括春节在广州一起集训的廖彦淞、王亮等人的到来，将训练氛围催化得更加热烈。

我跑了 13 组 400 米间歇，每组用时 83 秒左右，最后一组 81 秒，尽管与饶南、罗德曼的差距明显，但在胡队、晓亭等人的热情鼓励下，每组都竭力跑到位，特别是咬住最后 50 米。

2016 年 3 月 6 日，周日

多云。

上午 8 点，开车到佘山集训。

绕东西佘山 3 圈越野，共 29 公里。前两圈热水瓶带队，跟着他在羊肠小路穿竹林、翻山坡、上下台阶，飞奔得很爽。最后一圈自己跑，身体出现疲劳，速度明显下降。

幸运的是，训练后脚踝伤势未加重。

2016 年 3 月 8 日，周二

中到大雨。

下午看医生，X 光片诊断右脚踝骨质增生，骨刺导致动作受限。

傍晚，雨一直下，没法去卢体，爱华邀请我们去她的健身房。先跟教练做了一小时素质训练，锻炼协调性和臀肌大腿肌肉。接下来在跑步机上分三组依次跑完 5 公里、3 公里、2 公里。

以 4 分的配速一鼓作气跑完 5 公里，心率最高到 177 次 / 分。

间歇 6 分钟，接着要以 3 分 55 秒的配速完成 3 公里。越到后面越吃力。旁边给我加油的爱华、饶南、瓶子都说我轻松，外表可能显得轻松，内心的痛苦只有自己能品味，顽强扛下来，心率近 180 次 / 分。

最后以配速 3 分 49 秒跑 2 公里。一上来较自如地跑了 300 米，随即压力越来越大。还剩 700 米时，为分散精力，避开屏幕，双腿越来越沉重，竭尽全力熬到头时，忍不住大喝了一声。

跑完又做 3 组负重深蹲，以及弹力带锻炼、收腿跳等。

足足 3 个半小时训练，一直没休息，热水瓶直夸我。

爱华送我两盒藏红花，嘱咐放点菊花和枸杞一起泡水喝。

2016 年 3 月 9 日，周三

多云，大风。

晚上 7 点，气温 5 度，背着水袋到世纪公园，胡队陪我顶风快跑 5 公里；然后到嘉里城，爬 35 层楼梯 5 趟，上去尽量快走，下来一路小跑，被虐得痛不欲生；最后再慢跑放松 5 公里。

2016 年 3 月 10 日，周四

多云，大风，气温接近零度。

浑身酸痛，早上爬不起来。

傍晚 6 点到健身房，先练习 1 小时体能。随后跑步机上渐快跑，先 1 公里配速 5 分，接着 3 公里配速 4 分 30 秒、3 公里配速 4 分 20 秒、2 公里配速 4 分 10 秒、1 公里配速 4 分，最后放松跑 1 公里。

中间闪过好几次放弃的念头，可看到旁边爱华努力的身影，听着胡队等人的鼓励，意志还是战胜了懈怠。

2016 年 3 月 12 日，周六

晴转多云，大风。

早上 6 点半睁开眼，依旧困倦，大腿及臀部肌肉酸痛。

上午 8 点半到卢体集训，在小教练晨光的指导下，我拼命跟着饶南跑下 18 组 300 米间歇，每组用时均在 60 秒以内，最快的 1 组是 55 秒，最高心率 180 次 / 分多，跑到吐。

跑完做 3 组核心训练，包括弓步走、跨栏跳、鸭子步等 8 个动作。

下午到杨医生处治疗放松两个半小时。

到如今，自己应该所有有利条件均具，能否如愿进入 A 队，能否夺冠，就看接下来两个月，因此我必须更加努力，一定奋斗到底。

小雨。

受雨天影响,取消原计划的佘山越野,改到大宁灵石公园集训。

早上 6 点半,开车准时赶到公园,刚整修过的园区焕然一新,碰巧有郁金香花展,到处花团锦簇。

我背着装了两升水的水袋,水袋夹层还塞了近两斤的沙袋,和饶南、志新一起跑,感觉身体很疲乏,跑不起来,脚踝仍然老样子。饶南连续 3 天没跑,他的脚踝和小腿也有不适,跑得同样不轻松。

到 15 公里,碰到来陪大家的存皇,大冷的天,他仅穿着短衣短裤,和穿着长衣长裤的我们反差强烈。戈 9 结束后,存皇体重增加近 20 斤,人称"肥皇"。

原本我们仨 6 分的配速,存皇加入后,速度立即提到 5 分 30 秒。存皇边跑边不失时机地让我坚定必胜的信心,不畏惧任何困难。

跑到 20 公里,胡队也来了,跟着他,快速穿梭在土路和树丛中,越野效果和佘山差不太多。

最后,坚持完成 30 公里的 LSD。

训练结束,和饶南到杨医生单位吃饭,饭后治疗放松。

这周末,各地小伙伴都厉兵秣马,刻苦训练。重庆江闽、江上连续两天 30 多公里高速跑,北京登彪、刘刚等坚持长距离越野。

晴。

昨晚睡得特别不踏实,一上午打不起精神来,中午眯了一会儿。

针对我在盐田选拔赛的不佳成绩,饶南和我耐心交流。

饶:战胜自己,也要战胜别人,对比实力,做到心里有数。第二天我开始落后,一点不着急,就相信按照自己的节奏,一定能追回来。

我:盐田爬坡吃力,腿部力量不强的弱点暴露无疑,实力真不行。

饶:不只你,大家各自修正弥补就是了。谁说有缺点就代表实力不如人?戈壁又不是爬山。第二天你 1 小时 57 分也就用了八成力,后面 7 公里明显慢了,那会儿正

图 35 冬日暖阳下在卢体集训的小伙伴们

是追人的时候。如果有人一起跑，还能快 3～5 分钟。只要找到自己的实力对标就好办，一场比赛下来，最后肯定都差不多，不同的人对于地形的适应能力不一样，有的前面快一点，有的后面快一点。实力接近的人，只要用合理的策略，跑得都差不多。

我：比赛策略很重要。探路和选拔是很好的演练机会，两次下来，希望我能对自己和队友的状态加深认识。有时候，自己看不清楚自己。

晚上 6 点半到卢体参加集训。首先慢跑热身 6 公里，接着做 2 组素质训练，做完已累得不想动，但这不过都是前戏。要不是教练强烈督促，上戈壁前的最后这一次大课就真的放弃了，接下来的正餐是金字塔间歇跑，三组距离依次 5 公里、3 公里、2 公里，要求配速为 4 分、3 分 57 秒、3 分 52 秒。

第一组的5公里，存皇先带我跑了2公里，他边跑边指点跑姿及发力要领，告诉我比赛要讲策略，敢于咬住对手，不要轻易放弃。接着换上胡队来带，在他的带动下，我努力坚持不掉速，用时19分50秒。

第二组的3公里，热水瓶带我，他跑起来的姿势非常舒展自如，我竭尽所能地跟在他身后，随着他的轻松节奏，似乎不容易也变得容易了许多，用时11分50秒。

最后一组的2公里，热水瓶和胡队一起上阵带我，我的自信心被激励得十分高涨，最后100米甚至还能冲刺，用时7分46秒。

3组下来，刷新了自己的3项纪录，内心振奋，非常有成就感。

训练结束，饶南张罗大家与来沪指导训练的华峰主席边吃夜宵边交流，教练、医生、热水瓶、皓子及各准A选手悉数参加。餐叙中，力哥对我热情鼓励，真诚指出我跑步的晃动问题需注意。晓亭对我讲，比赛最后关头要敢于拼速度，敢于超越。

四上戈壁豪情满怀，
六剑大漠同心呈爱

2016 年 3 月 16 日，周三

早上 7 点起床，虽睡了不足 6 小时，却不似往常那么疲惫。

晚上 7 点半，带着倦意到世纪公园慢跑 11 公里。

饶南在群里分享下周探路的想法：

饶：组委会有组委会的设想，队员也有自己的理解和判断。以下建议供大家参考：冠军是个很笼统的目标，有人力可控的一面，也有我们无法掌控的一面。很多东西得来都是因缘际会，大家在经营企业的过程中，也都有各自的感悟。

必须通过设定一些可量化的目标，把握最后两个月的节奏。两次探路，第一次是摸底，第二次是预演。摸完底，总结问题，对最后一个多月的训练做针对性调整。

组委会为三天探路设定的目标，就是戈 9 探路的成绩。如果我们还是按照戈 10 探路的方法，分头各自跑，三天下来肯定达不到。

探路必须有策略，初步的想法是女生要跑三天，特别是考察第三天的能力。男生每个人要打两天前队。打前队的男生，要按照目标配速组队行进，跟不上的就自己跑，目的是把尽可能多的人带进目标时间，而不是相互比拼。

这个过程考察的，一是 GPS 能力（前队每个男生都要用 GPS，分工复核），二是组队配合能力（包括男生之间的拖带、节约体力的阵型），三是观察不同的人，对于不同地形的适应能力，四是考察连续作战能力。

女生要三天都"灭掉"男生，特别要看第三天能取几个女生成绩，这对于最终的阵型确定有特别重要的意义。第一天女生如果有余力，尽量快一点，评估真实水平。如果没有把握，不要冒进，以免后两天的数据失去参考价值。

阴。

傍晚和饶南到世纪公园训练，以 6 分配速热身起步，逐渐加速，10 公里后配速提到 4 分 15 秒，身体好像进入自动巡航状态，超然物外，两人边跑还能较自然地讲话，疲惫感忘到九霄云外。15 公里开始，加速到 4 分，如有神助的饶南，飞也似的跑到我的前面。

最终，跑完 20 公里，用时 1 小时 33 分，完成了一项看似不可能完成的任务，内心的美妙感觉，像是奋力登上一座高山一样。

多云。

上午 9 点，带着儿子到健身房训练。我在跑步机慢跑 1 小时，11 公里，7 分配速起步，最快配速也没超过 5 分。

儿子在我身边的跑步机上跑了 7 公里，小脸热得红扑扑的。

跑完后，我按照跟教练、医生学的方法，给儿子进行拉伸，尽管手法不够专业，但儿子还是很配合。

晴转多云。

早上 7 点半到大宁灵石公园，和伙伴们汇合集训。

早春的清冷，奈何不了活力四射的太阳的光芒。

我和饶南、兆娟跟着胡队，沿公园土路按 5 分配速越野 20 公里，存皇陪了我们半程。爱华感冒尚未痊愈，仍坚持慢跑 10 公里。

与其在床上耗费光阴胡思乱想，不如到场上享受畅快奔跑的时光。

昨晚睡得不够踏实，凌晨两点醒来，再难入眠，迷糊混沌到天亮。

早上 6 点半到世纪公园，跑快慢交替 1 公里，3 组快的 1 公里配速分别为 4 分、4 分 03 秒、3 分 53 秒，心率最高到 172 次 / 分。

下午 4 点多，落地敦煌。

入住酒店后，和朝军一起热身 5 公里，感觉他比之前进步许多，他说最近找到了好的技巧，调整了跑姿后，功力大增。

晚上华峰召集大家开会，宣布了明天探路选拔的线路及注意事项。

晴转多云，8 级大风。

早上 6 点 45 分起床，7 点半乘越野车前往赛道起点破城子。

今天是第一天的探路选拔，赛道距离约 33 公里，沿途经过黑戈壁、盐碱地、丘陵、砂石路等多种复杂路面，我跑后队负责带爱华。

8 点 45 分，选拔赛开始。根据爱华的情况控制节奏，起步配速 5 分 45 秒，适应 3 公里后，配速保持在 5 分 30 秒上下。

前 10 公里还是风和日丽，快到黑戈壁尽头时，风势渐大，沙尘暴里黄沙漫卷，我在爱华身前看 GPS 带路破风，每当她发觉略显吃力时，就大声给她鼓励。

后半程，风势愈发猛烈，身体被吹得摇摇晃晃，昏天暗地间，目力所及仅不足百米，好在多数时候是顺风，人借风力，顺势向前，省去了很多体力，最终我们以 3 小时 06 分的好成绩，顺利抵达终点六工城。

前队三名男生依次是江上、江闽、刘刚，用时分别为 2 小时 37 分、2 小时 38 分、2 小时 40 分，成绩非常理想，即便如此，按照减时规则，前三名女生还是将前三名男生都"灭"了。

晚饭前，全体会议，分享今天赛况，部署明天赛事。所有人感触都很深，取得好成绩的女生更是喜悦兴奋。我检讨比赛过程中督促爱华时的严厉态度，却换回她的赞美，说严格要求得对。

晚上早早上床，翻来覆去睡不着。凌晨两点醒来，再难深眠。

收到存皇发来的一篇分析比赛型选手的文章，激励我明天在前队加油，努力拼到前三名。

多云，大风。

早上 5 点半起床，昨晚有质量的睡眠时间也就 3 小时。7 点多从酒店出发乘车去赛道，此时的气温低到冻手，热水瓶将自己的手套和一顶红色的帽子给我戴。

今天跑前队，正赛第二天的路线，距离逾 34 公里。去年戈 10 参加两次探路，这是第三次跑这条路，虽不陌生，但此番心境大有不同，能力已明显提高，对自我的要求也已提高，目标是力争好成绩，心气自然与不在状态的前两次不可同日而语。

想着老罗和饶南曾和我说过，当站在比赛起点的那一刻，要让身心兴奋起来。暗暗叮嘱自己："努力干，不遗憾！"

到起点后，身着厚棉衣，慢跑热身 3 公里，戈壁早晨的气温太低，直到出发身体还没兴奋起来。

8 点半，发令号响，前队 10 余人齐刷刷冲出起点。风势不仅比昨天大，风向还突变为逆风，沙尘肆虐，无疑增加了前进的难度。前 10 公里，多为县道公路，大家排成两列以 4 分 45 秒配速交替领跑，以节奏整齐的步伐挺进，跑得很轻松。

进入布满骆驼刺的狭窄的羊肠小路，队伍变为一路纵队。骆驼刺里的小路蜿蜒曲折，时隐时现，须借助 GPS 仔细观察辨认。我跑在最前面，精力被及身高的骆驼刺，以及脚下崎岖不平的路分散，一度没盯紧手中的 GPS，加之后面无人核对校准，带着队伍偏离了航线，大家立即一起纠偏，很快回到正途。

15 公里左右，肚子不舒服，跑到一个小土堆后抓紧解决。再上路，一队人马已绝尘而去，至少在前面 200 米左右。胡队带着我奋力追赶，前面的人似乎也在提速，很长一段时间里，我们和大部队一直保持一两百米的距离。

过了疏勒河，就是在连绵起伏的盐碱地跑起来，深一脚浅一脚。缓缓转动的成群的白色风车已在不远处，可是"隔山跑死马"，跑得好生辛苦。

终于接近风车阵，在赛道服务的王凯，小心地压着必经的铁丝网让我顺利穿过，接下来要从 12 个风车下跑过才能接近终点。

两个风车之间看起来很近，实则间隔足有 500 米，跑起来似乎又加倍般漫长，风车巨大的叶片规律转动发出嗡嗡的单调鸣响声，如同磁场般产生额外干扰，每经过一个风车，都比完成一组间歇还难以忍受，心情越发感到绝望。排除烦恼的办法就是排除制造烦恼的镜像，于是不再将意念停留在计算前面还有几个风车上，而将注意力关注于脚下的路，默默和自己说努力，再努力。

好不容易用心闯出了风车阵，后面便为 10 公里一马平川的黑戈壁。江上、刘刚离我相距两三百米，治平带着他们跑了一段。热水瓶上来，陪我跑了两公里后，让胡队继续陪我加油。

此时，侧风已完全转为逆风，我哈着腰压着风艰难地行进，配速掉到 6 分多，胡队在前面辛苦地破风，我的腿脚就是不争气，实在无力再提高速度。

距终点还有 2 公里，却越发艰难，与前面江上相差仅百米上下，却怎么也赶不上。

当我第五个到达终点时，饶南、华峰等上来迎接拥抱我，王凯帮我解开鞋带，脱下战靴。

赛后总结会，华峰说今天难度加大，风云突变，前队男生总体表现不错，相差并不多，宇哥中途拉肚子，还是将时间抢了回来。

自我反思，一是准备工作不足，出发前没做好排空，中途闹肚子，导致后面一直被动；二是没用好 GPS，浪费了不少精力找路；三是拼得不够狠，前面的人一直在视线里，就是无法赶上，说白了是能力问题，后续必须努力提高实战水平。

2016 年 3 月 27 日, 周日

晴。

早上 5 点半起床，困乏。

早餐前杨医生给我打好肌贴，6 点半乘越野车去赛道。

今天是最后一天探路选拔，跑正赛第三天的路线，全程 21.4 公里，一路上坡。组委会安排，我和江上、饶南、登彪、江闽、刘刚、志新、万凌等 10 余位男生跑前队，要求男生前队至少四人一同到达。

图36 出发不久奔跑在公路上的队伍（从左至右分别为：胡队、热水瓶、祥河、刘刚、登彪、江上、我）

图 37 即将进入骆驼刺的赛中留影（以左至右分别为：饶南、热水瓶、胡队、我、登彪）

上午7点45分，发令号响。大家分两列纵队出发，我和刘刚在第一排领跑，跑出去还不到两百米，身后的江上说："宇哥，你怎么穿着这条裤子啊！"我低头一看，套在压缩裤外面的绒裤忘了脱，心说糟糕！不愉快地跑了两公里，看到在赛道服务的曾教练，赶紧跑出队伍，连拉带拽将裤子脱下扔给他。

我加快步伐，极速追赶了几分钟，重新归队。在队伍后面，以5分10秒的配速跑到7公里时，瞥到手表显示的心率180次/分，当前的配速从未有过如此高的心率啊！慌乱中不时看表，越紧张心率越是不降反升，一度到200次/分。内心犯嘀咕，身体可千万别出状况啊，戈赛难道和我无缘了吗？再一冷静琢磨，很可能是表的数据有误，不然为何身体没有明显不适呢。纠结中失去了节奏，方寸已乱，自己渐渐又脱离了队伍。

就像即将掉队的大雁，生怕一人落单，乃至彻底离开。忐忑跑到15公里，与前面的5人相隔30米开外，忽然发现此时心率已降到150次/分，身心顿时轻松下来，像是石头落地，加快步伐再次汇入大部队。

跑到18公里左右，开始经过废弃的矿山井，进入湿草地，身心愈发感觉疲惫，雪上加霜的是，吸了几口水袋的水管，发现水袋已空空如也，心头立马又是一紧。

最后一两公里的坡度大，感觉尤为吃力，江闽在左边拖着我的臂膀，江上在右边拉着我的手，饶南、登彪也主动帮我，刚哥让我喝他水袋里的水。兄弟齐心，顿时涌现出无穷的力量。最终，六人携手齐刷刷抵达终点，大家此刻的相拥，让我的眼眶不由得湿润起来，华峰等组委会伙伴们更是由衷高兴。

赛后总结会上，华峰宣布，结合历次选拔，特别是本次探路的成绩，江上、兆娟两人率先进入戈11的A队。三天探路很圆满，大家的状态一天比一天好，完美开局的第一天，好风好兆头；第二天领略了真正的戈赛；第三天看到了绝对实力，增加了夺冠的信心。华峰说，接下来大家要做好恢复，注意营养，加强针对性训练，避免重大伤病。

热水瓶说，欣喜看到戈11梦之队的成绩和进步，整体水平超越了戈9冠军，团队所有人在一起，用感情和信任的力量推动成就彼此，女生们需要多鼓励。

春美说，探路成绩出人意料，有客观原因，也有大家运气好的原因。探路选拔作为第一次团建,达到了预期的目的。春美提醒大家,下一步注意训练方法和团队协作,欲速则不达。

三天戈壁探路愉快、顺利结束，自我感觉收获满满，虽略有遗憾，但总体如愿，增强了实战的信心，与队友增进了友谊和信任，一切如愿向好的方向发展。

追问目标助人助己，
超越往昔修外修里

早上 5 点多醒了，晨脉 51 次 / 分。

身体比前两天疲乏，高强度探路选拔的深度疲劳渐渐显现。

晚上在卢体恢复性训练，做了两组体能训练，慢跑 5 公里。

早上 7 点起床，睡了 7 个多小时，没睡醒。

下午 5 点到长风公园，胡队和热水瓶陪我，完成 16 公里，配速 410。后半程跑得十分艰辛痛苦，热水瓶用心带我，不断给我加油，让我跟上，以免掉速，跑完后，练了一小时体能。

训练结束，我和胡队说，今天跑出的新纪录让自己不敢相信。

胡队：这次可能起到超量恢复的作用了，就像这次去戈壁，搞了三天，回来身体处于极度疲劳，再来个强度就是超量恢复，但这个量很难把握。下周你们都要搞到 20 公里。

为什么很多时候，我们经常说："累的话要去跑一下，不累反而可以休息调整。"这个时候测一下血指标，肯定不好，心脏单次泵血送氧少。

多云，阵雨。

上午 8 点到卢体训练。

慢跑热身 6 公里后，存皇、胡队带我和饶南跑两组间歇：1 分 25 秒跑 400 米；间歇 2 分后，2 分 55 秒跑 800 米；间歇 3 分后，4 分 15 秒跑 1200 米；间歇 4 分钟后，2 分 55 秒跑 800 米；间歇 3 分钟后进行下一组。最后，再跑 4 组 200 米间歇，每组 35 秒。

训练尾声，我和小丹边聊边慢跑放松几圈。她说："你们训练如此辛苦漫长，进步人所共知，上周探路的表现都很好，今年进入 A 队都没问题。戈赛是很有意义的，不在于比赛本身，而在于这种挑战自己极限、一次次突破自己的心路历程。自己获得潜移默化的改变，还收获了这么多生死之交，我当时也没太多感觉，就觉得是跑个步而已，回头看看自己的确改变了很多。

中午聚餐，大家为兆娟庆生，贴心的小怪提前准备了蛋糕和鲜花，同时欢迎华南站的寇祥河来华东站参加集训。

席间存皇又谈起戈 9 的冠军往事，当年他之所以被大家推举为队长，是基于伙伴们对他专注投入的信任。大家取长补短，站在对方的角度顾全团队的目标，成就彼此的梦想，学军虽然不是跑得最快的，但第一个入选，在于他对线路的烂熟于心，这是个人及团队的核心竞争力。

饶南说有个预感，今年无论 A 队是哪几个人，第一天估计都不会是第一，必须要在第二天和第三天咬住并扳回。大家的心理承受能力要足够强大，冠军的气质，就是这样，必须能打逆风球……这才是冠军，这样的戈壁才是真正的戈壁。戈 9 是独孤求败，戈 8 是华山论剑。一场看不见对手的比赛，还不如去跑马拉松，我们来跑戈壁，不就是为了寻找那种内心深处的自我认同和解脱吗？没有这个痛苦的过程，冠军奖杯拿在手上有什么意思？

祥河说北大的人写出了一本书，咱们也要写一本。存皇说："宇哥一定要出一本"。我说只要有幸冲进 A 队，并且和大家圆梦夺冠，就考虑记录这段难忘的经历。大家都说："你还怀疑什么呢？"

今天，硬汉华峰忍着伤痛，带 Rose 在广东大学城训练，进步飞快的 Rose，10 公里跑出 46 分。Rose 说跑的过程中有很多次跑不动，教练说你跑的每一步都是积累，不着急，就这样坚持完就好了。不过教练计划我都是基本完成的。最大的挑战是耐心坚持，跑快就看成绩，看到底能多快，跑慢就锻炼意志力，看到底能有多坚持。

没有人能随随便便成功。路在脚下，跑下去！夺冠！

2016 年 4 月 3 日，周日

小到中雨。

早上不到 6 点醒来，特别不愿起床。原计划到大宁公园跑步，外面下着雨，不踏实地迷糊了一会儿，起床时雨依旧下着，决定放弃集训。

华北站小伙伴们训练热情爆棚，登彪、刚哥等越野跑了 20 多公里。

傍晚到健身房，先游泳 40 分钟，再到跑步机上跑了 12 公里，配速 5 分。

2016 年 4 月 4 日，周一

多云。

昨晚睡觉前没定闹钟，早上 7 点半自然醒，疲劳感犹存，太阳穴痛，眼睛酸涩睁不开。

晚饭后，在客厅套着弹力带练习 3 组跨步走，用时半小时。

翻看去年的日记，去年的此时，伤痛令我不堪忍受，但我仍坚持训练。如今，剩余的时间有限，务必吸取经验教训，不可造成不必要的损伤麻烦，咬紧牙关坚持到底。

2016 年 4 月 5 日，周二

多云。

傍晚 6 点半，带着倦意开车到卢体参加训练。

强度课，倒金字塔"5 公里 +3 公里 +2 公里 +1 公里"，跑前内心依旧很抵触。但念及戈赛越来越近，剩下屈指可数的几次大课，必须倍加珍惜，必须认真对待，今天的强度课无论如何也要扛下来。

硬着头皮跟在热水瓶和胡队后面，依次跑完 5 公里、3 公里、2 公里和 1 公里，用时分别为 19 分 38 秒、11 分 35 秒、7 分 38 秒和 3 分 32 秒，跑完似乎还有余量。

无意中跑出了个人的最好成绩，伙伴们比我还开心。教练和医生对我的表现都很满意。

中到大雨。

早上 6 点就醒了。7 点到健身房，跑步 1 小时，10 公里多。

登陆戈赛官方网站，正式报名戈 11 比赛，先不管能否进入 A 队。

订好我和儿子去三亚参加戈 11 出征仪式的机票，以及自己 5 月参加正赛的机票。

小雨。

早上 7 点醒来，体感困乏疲劳，厌跑情绪浓重。

下午 4 点半，胡队陪我到长风公园，计划以 4 分 10 秒的配速跑 18 ~ 20 公里，最少也要 15 公里。

热身拉伸后，硬着头皮被胡队带着出发，直到 5 公里才有点儿感觉，但疲惫感逐渐加剧。胡队宽慰我说，8 公里后就好了。

熬到了 8 公里，想到距离已经过半，信心陡增。可就在这时，嗓子好像有东西堵着，咳嗽好几次也调整不好，没喝水的嗓子感觉像要冒烟似的。不知我身体状况的胡队，见我离他稍远，赶紧催促我咬住跟上。

将到 15 公里，全身已经力竭，但还是拼尽全力坚持着，最终跑完 17 公里。其实咬咬牙，再有一两公里也能扛下来，即便如此，已突破个人纪录，17 公里的平均配速 4 分 08 秒。

晚上 8 点多赶到杨医生处，饥肠辘辘，吃了杨医生留下的一个馒头。9 点半到家，吃了一大碗米饭、几条黄鱼、一盘蔬菜。

晚上 12 点上床。

早上 5 点半醒来，天色大亮。睡了不到 6 小时，却不觉得困。

6 点半到健身房，曾教练带我和爱华、饶南、兆娟、志新等人练 1 个半小时体能。

下午，睡眠不足的反应出现，头痛欲裂，睁不开眼睛，犯困。

组委会发布第二次戈壁探路即终极选拔的计划：

第一天，前队：饶南、登彪、老骆驼、祥河、万凌、朝军、志新、冬炜、劲松、良根、徐明；后队：江闽、江上、兆娟、陈玲、爱华、区杰、张霞。

女生目标：在不拖带的情况下减时后超过第三名男生成绩。

第二天，前队：饶南、登彪、江闽、祥河、万凌、朝军、志新、冬炜、劲松、良根、徐明；后队：江上、老骆驼、兆娟、陈玲、爱华、区杰、张霞。

女生目标：减时后超过第三名男生的成绩。女生中，兆娟不拖带，其他女生允许拖带。

第三天，前队：前两天男子成绩前三的选手、江上；后队：五位女生。

兆娟不拖带。其余男生根据前两天选拔情况确定前后队顺序。

晴，气温骤升。

上午 8 点前赶到卢体。

今天计划 10 组 800 米间歇，间歇 3 分钟，每个用时 2 分 55 秒以内。有抵触，开始的时候总是兴奋不起来。

第一组用时 2 分 47 秒，不算轻松。后面的 9 组，用时在 2 分 45 秒至 2 分 50 秒。接着又跑了 4 组 200 米间歇，每组用时 36 ~ 38 秒。

身边的教练、晨光、军子、罗德曼等，均对我的表现交口赞叹。晨光提醒我这时不能太高调，要压住。话说我也高调不起来啊。

一步一个脚印扎实走过来，尽管水到渠成，但是担心成绩是假象。我提醒自己思维不能被现象迷惑。不经历伤痛和起落，就没有痛彻心扉的感动；不经历撕心裂肺的蜕变，就不会有进步和感悟。

五上戈壁踏平隘路，
十人战队终有归属

2016 年 4 月 10 日, 周日

多云。

早上 6 点半，开车到大宁公园，与 10 余位伙伴汇合。

和大家在平路上慢慢兜了七八公里后，就跟着胡队专挑小竹林、凹凸不平的草地和泥土路跑。

随着时间推移，阳光愈发耀眼，气温越来越高，足有 20 度。最终，我用时 3 个半小时跑完 32 公里，喝光了 1.5 升水袋里的饮料。徐明、志新都跑得很好。兆娟膝有伤，仍然坚持了 10 多公里。

跑完，大家在公园的湖边坐成一排，将双腿放在水里冰着，尽情享受着无限的大好春光。

2016 年 4 月 12 日, 周二

小到中雨。

下午 6 点，提前赶到卢体。热身 4 公里后，跟晨光、饶南跑了 3 公里，用时 11 分 20 秒。稍事休息，热水瓶和胡队分别带我跑了 2 公里、1 公里，用时 7 分 16 秒、3 分 26 秒，3 个距离用时均刷新纪录。

教练、医生、Mliy、存皇、晓亭等一同训练的伙伴们，纷纷对我的成绩不吝赞美之词。

杨医生为我的脚踝进行微波治疗时，说我越来越有杀气了，状态越来越好。DVD 调侃说："宇哥现在太厉害了，不敢看你的眼睛，眼神都能杀人。"曾教练恐亚萱给我踩腿的力度不够，亲自为我放松。

9点半和大家道别，带着愉快的心情和十分充实的收获回家。近两三周，不断刷新纪录，不断超越自己，克服了一个又一个困难，取得此前望尘莫及的进步，感觉像在做梦，但这一切又那么真实。

自身努力是一方面，关键是幸运地碰到了能带领和激励我的一群人，除了教练、队医及小伙伴们的无私帮助，还有存皇、热水瓶、胡队等甘当"兔子"，甘做幕后英雄，无数次地带我不断进步。

每次成绩的取得和突破，都与他们付出的汗水紧密相关。自己除了感动，能回报的，就是将实力在戈壁落地，代表长江参赛夺冠。

跑步近三年来，参加了不少马拉松、选拔赛，基本是以轻松参与的态度为之，引起重视的赛事没几个。这一次，已准备了相当长的时间，历经多次艰苦选拔，身体能力和精神层面的火候已到新的境界，箭在弦上的感觉分外清晰，自己承载了太多人的期望，内心有强烈实现梦想的冲动。

2016 年 4 月 13 日，周三

多云，大雾。

6点出门，绕小区花园和附近街道放松跑了12公里，1小时多。

我和热水瓶说提前一天去戈壁，好好准备。他说："你已坚持了3年，最后阶段必须全力支持。"

傍晚在健身房慢跑3公里，做了1个半小时体能训练。

晚上9点找杨医生治疗放松，饿得要命，吃了他给打的饭。

2016 年 4 月 14 日，周四

轻度雾霾。

晚上6点半到世纪公园。胡队带我训练，20公里配速跑。4分30秒起步，之后稳定在4分20秒左右，最后1公里，冲到3分57秒，均速4分20秒。

胡队帮我拿着瓶宝矿力，跑完时基本被我喝掉了。整个过程比较自如，稍微快点

儿就被胡队拦住，跑完体感良好，尚有余力。

顺利完成终极选拔前最后一次长距离强度跑，希望日复一日积累的付出能让自己离目标更近一步。大家纷纷对我表示祝贺。

到家用泡沫轴放松了 1 小时，11 点多上床。

2016 年 4 月 16 日，周六

中到大雨，大风。

上午 8 点半到上海大学体育场训练。定时跑 1 小时，10 公里。

刚跑完，天空突降雷阵雨，瞬间成为暴雨，20 分钟后，雨渐小。曾教练给我拉伸，晨光为我踩腿放松。

送存皇和饶南回家的路上，存皇分别送了我和饶南一件 T 恤，祝我们俩终极选拔顺利。

存皇再次鼓励我："你已达到戈 9 的训练水平，能力绝对没问题，排名应该在前五，相信自己，好好发挥。"

午饭喝了一罐啤酒。午觉两个多小时，睡得天昏地暗。

2016 年 4 月 17 日，周日

晴。

早上 7 点，戴着帽子、眼镜，背上水袋，全副武装到世纪公园。先慢跑 3 公里，接着 1 公里快慢交替跑，跑了 6 组，共 12 公里，快的 1 公里配速 4 分 15 秒，慢的 1 公里配速 5 分 15 秒，最后放松跑 1 公里。

不少伙伴参加了今天的上海半马，饶南轻松跑到 87 分。

2016 年 4 月 19 日，周二

早上 6 点半到世纪公园，跑了 5 个 1 公里间歇，每个配速 4 分，间歇两分。

2016 年 4 月 20 日, 周三

下午 3 点，准时落地敦煌。

大组委会公布了今年戈赛线路，相比去年发生很大变化。入住酒店后，即刻和探路的伙伴们汇合，去赛道查看第三天的线路。

登彪拉肚子厉害，晚饭前看他不见好转，顾不上吃饭，我和饶南、张霞等伙伴陪他去瓜州医院输液，半夜才回来。

2016 年 4 月 21 日, 周四

晴。

上午 8 点半，我跟华峰、学军从酒店乘车再次查看赛道，带着 GPS 在重点位置优化打卡点，以确定最佳的路线。

正赛三天的比赛路线，我们用了不到一天的时间走马观花的看了一遍，我对各个赛段的主要标志已经做到心中有数。在正赛第二天的赛道骆驼刺地带，以及通往疏勒河的道路上，我们分头实地跑了几段，比较距离长短和难易程度，比较用时长短，累计跑了 16 公里。

傍晚回到酒店时，大部队已经陆续到了。

8 点，参赛队员全体会议开始，探路回来没来得及吃饭的华峰介绍明天的比赛安排，提示有关注意事项，个别人因迟到 3 分钟，受到治军严明的华峰严肃批评。

2016 年 4 月 22 日, 周五

多云。

终极选拔第一天，线路模拟正赛第一天的赛道，距离 33 公里。

早饭后，8 点 20 分乘车前往赛道，40 多分钟后到达起点，留半小时的时间用来热身拉伸、做准备活动。

9 点半，比赛鸣号。男生每间隔 1 分钟出发一名队员，依次为江闽、登彪、饶南、我、祥河、万凌……女生由老戈友陪伴，但不能拖带，和第一名男生同时出发。

前 10 公里是看不到头的黑戈壁，航道几乎笔直，但若长时间不看 GPS，在苍茫的戈壁上也很容易偏航。

跑出去不到两公里，便赶上受伤停下的张霞，见她跪在地上的样子痛苦又无奈，停下脚步询问，她说没法跑，带她的化明在旁边陪着，用对讲机请求医生支援，我爱莫能助，道声珍重后继续向前。

不久，追上独自奔跑的区傑，她没人陪伴，我见状立刻用对讲机呼叫华峰，请他赶紧安排人。

接着，又追上了有帅哥治平相伴的爱华，我很放心，鼓励她加油。

跑到六七公里，才追上由热水瓶陪着一路狂奔的 Rose。

轻车熟路的赛道，多数时间是我一个人按照既定的节奏独自奔跑，感觉就是一场常规训练课，路上没出意外，顺利抵达终点，成绩 3 小时 02 分，在登彪、饶南和江闽之后，名列第四。

登彪和 Rose 分列男女第一名，按选拔规则，如愿成为进入 A 队的第三、第四人。

2016 年 4 月 23 日, 周六

晴转多云。

为适应实战，参加选拔的队员和保障团队，昨晚均在戈壁安营扎寨，住进各自的帐篷里。

早上 5 点半起床，6 点半在营地吃早餐。饭后和江上、江闽在旁边的六工城迎着初升的朝阳散步，感慨物换星移、几度春秋。

今天是终极选拔第二天，跑正赛第二天的线路。

早上 8 点半，发令声响，我跟饶南、江闽、江上结对跑。哥四个梦游般地同时到达，用时 3 小时 36 分。

除已提前进入 A 队的江上，饶南、江闽和我只要不犯低级错误，保持相对排名，今天大概率会进入 A 队。机会主义心态使然，大家出发后心照不宣地不冒进，在公路上保持 5 分以内配速，与身后的竞争者拉开并保持百米以上的距离。

在遍布矮骆驼刺的复杂路段，大家漫不经心，无头苍蝇似的，没找到穿过铁丝网的最近出口。后面第二梯队的志新、祥河等人几乎追上，近在咫尺，四人的斗志被立刻激起，瞬间脚下生风，在过疏勒河前甩掉了顽强的追兵。

图 38 在戈赛终点的标志性石刻留影

跑到风车阵，临近中午，见后无来者影踪，四人丝毫提不起精神，气温本来就比昨天高，体能似乎多少都出了问题，漫不经心的慢跑，体能消耗似乎更多。

最后几公里，饶南见我吃力便主动拖带。临近终点，没参赛的登彪也上来鼓励相助。熬到终点时，我突然感觉恶心，吐出了好多水。不在状态的江闽也跑爆了，饶南表现很正常。

下午开全体会议，开了三个小时。重点对我们四人的糟糕成绩和表现进行声讨，组委会的脸色都很难看，显然大家对我们的表现极度失望，三位女生也表达了相当的不满。

大家正视现实，不回避问题，坦诚相见，客观剖析。我说早出现问题是好事，希望坏事变好事。理性的饶南强调身体安全重于比赛成绩，这一不太"讲政治"的表态，被万凌等人批得抬不起头。

我忍不住分辩，赛场上的团队比拼，取决于硬实力和软实力的综合，表面的波澜不惊不代表内心不是激情万丈，行胜于言，实事求是没什么错。

按照选拔规则，饶南、江闽和我第三批入选 10 人 A 队。这个结果还在意料之中，我丝毫没有原本想象中的激动，虽说自己入选是水到渠成，但身上却陡增了艰巨的责任。

晚饭推迟到 8 点。饭后，华峰召集 5 名男生开会讨论其他人选。

2016 年 4 月 24 日，周日

晴转多云。

终极选拔的第三天，心无旁骛地参加 23 公里拉练，我和江上的任务是一起带女生，我与兆娟结对子。连续两天打前队，今天速度虽慢，但演练拖带，并不轻松，2 小时 14 分到达终点。

下午，华峰主持全体会议：

一是通报爱华入选 A 队成员，至此 10 人团队已确定 8 位；

二是明天全体队员对易出差错的路段进行重新探路，比如第一天的骆驼刺地段，第二天的铁路涵洞附近的道路、出村庄后的捷径、疏勒河到铁丝网的路线，以及今年变化较大的第三天路线；

　　三是加强团建，具体备赛工作要提前筹划，比如装备的选择及优化、下阶段训练规划、战术演练等。发挥队员主观能动性，不能仅仅依靠组委会，队员的独立性决定冠军的归属。入选队员要低调、清心寡欲，将主要精力放在战术研究、长远规划，不要参加各站庆功宴等浪费精力的活动，希望戈 11 成为王者之师、梦幻之队。

　　治平等老戈友根据自身经验，提醒大家要确定好男女生的配合对子，要主动进行营养补给，对突发事件形成预案，根据倒计时时间表，做好最后阶段的备赛计划。

　　经过内部研究，确定了身在国外无法参加终极选拔的刚哥，以及有重要公务缠身的大龙，作为第九、第十名成员入选 A 队，至此，A 队 10 名人选均有归属。

临阵变帅陡现隐忧，
王者归来暗存莫愁

第五十一章

2016 年 4 月 25 日，周一

多云。

早上 7 点半起床，气温比昨天下降 7 度，风云突变，这就是戈壁。

上午 9 点多，华峰等组委会成员及服务团队带着 A 队队员，分乘四辆越野车从酒店出发去赛道。用了一天的时间，对正赛三天的重点路段，走马观花地过了一遍。

组委会正式公布 A 队 10 名队员：

经过激烈选拔，A 队队员已正式产生，其中饶南、登彪、江上、江闽、老骆驼、兆娟、陈玲、爱华提前入选 A 队，刚哥、祥河、朝军、大龙进入候选名单，经已入选队员和组委会的共同讨论，最终刚哥、大龙正式入选 A 队。

恭喜上述队员，你们将代表长江肩负夺取戈 11 总冠军的重任！十分感谢祥河、朝军、万凌、劲松、区洁、张霞、徐明、志新、良根、冬子一路的坚持、努力、陪伴和奉献，你们也是戈 11 永远的 A 队队员，戈 11 夺冠依然需要你们强大的支持和陪伴。

晚上 8 点半，华峰召集 A 队队员会议，选举团队领导。

饶南担任大 A 队临时负责人后，迅速进入角色，尽心尽责，勇于担当付出。组织建设上，他具备大格局，团结带动华东、华北、华西和华南等各站冲 A 伙伴，关心、关注大家的训练动态，无私分享经验，提供力所能及的帮助，力求集体共同进步。竞赛策略上，他视野宽广，夺冠目标坚决明确，实战思路清晰，积极落实各项备战准备。苦心琢磨最优方案和最佳线路，不负"小诸葛"雅号。

同样来自上海的爱华、兆娟和我，在训练中与饶南朝夕相处，从细节中看到他身上的闪光点，深为他的品格和能力折服。想当然地认为，饶南出任队长名正言顺，今晚组委会履行选举程序，转正是顺理成章，合情合理之事。可是，在此前良好局面下，利害攸关结果之际，始料未及的事情发生了。

显然，组委会的考虑此时发生了变化。这与饶南给组委会及个别人留下的所谓"不讲政治"的印象有关，大战在即，他对于夺冠的理性思索，和其他人热血沸腾的表态反差强烈。其实，真没有几个人能读懂在戈10历经生死、对戈赛冠军有独到理解、渴望用实力实现目标的饶南。

会上，针对饶南和登彪的特点，大家形成激进和理性两派意见。我和爱华、兆娟不改初衷，坚决拥护饶南，其他人均支持登彪。两派意见争论不休，两位候选者均很自信于自己的思想，所执见解互不相让。华峰希望民主表决，他不发表明确意见，会议开成了马拉松会。经过4小时讨论，直到凌晨12点半，经举手表决，按照少数服从多数的原则，登彪获选队长，饶南任政委，江闽任秘书长。

难过的爱华和兆娟当场流出泪水，内心与他们感同身受的我，表面上装作无所谓，安慰他们团结一致往前看。

历经一年的残酷选拔，A队的10名队员名单终于新鲜出炉，大家踌躇满志，豪情满怀。越过山丘，即将跑向戈壁，只想感受与众不同的人生精彩，在常人难以企及之处，用实力让情怀落地。然而，尚未因此欣喜超过一天，内部突如其来的意见分歧，让我心头瞬间蒙上了一层无形的阴影。

2016 年 4 月 26 日，周二

多云。

瓜州。

上午，在酒店附近一处空旷场地，队友们合练两小时男女拖带战术，华峰特别叮嘱我加强练习，正赛时，我至少有两天要在后队带女生。

午饭前，队长登彪主持会议，安排分解下阶段训练备战工作。

明察秋毫、足智多谋的热水瓶意识到队伍目前的隐形裂痕，希望大家顾全大局，坚定初心冠军目标：

A队要尽量多地进行10人合练，前期大A队召集期间，饶南为团队默默做了很多工作，现在10人竞赛A队已组建完成，每个队员应时刻惦念冠军的目标……为了团队目标，为了成全队友，形成思想与行动的高度统一和深度默契，这将是一支王者归来的梦之队！加油，A 们！

下午从敦煌出发返沪，晚上 10 点 15 分，和爱华、兆娟同机抵达虹桥机场，曾教练到机场迎接，心生感动。

2016 年 4 月 29 日，周五

晴。

早上 6 点半到世纪公园，气温 20 度以上。渐快跑了 11 公里，配速从 6 分 30 秒逐渐提到 4 分 20 秒。

团队仍被不和谐的氛围笼罩着，群内气氛有些压抑，头顶上的阴云悬着多日，挥之不去。A 队 10 人小群少言寡语，除了事务性通知，日常的训练交流频次都大减，冲 A 前的万丈激情倏然冷却了下来。

2016 年 4 月 30 日，周六

多云。

上午 8 点到卢体，训练 3 小时，慢跑 10 公里调整跑姿，做 3 组素质练习。

晚上 8 点半，带着儿子乘飞机落地三亚机场，参加长江戈 11 出征仪式。

2016 年 5 月 1 日，周日

晴。

三亚。上午 9 点，A 队、B 队分头集训。我们 A 队 10 名队友全副武装，背着水袋在大太阳下的沙滩上奔跑 12 公里。5 分配速起步，我不到 3 公里就岔气了，气喘如牛，筋疲力竭，几度想放弃，好在大龙陪着我，挣扎着跑了下来。最后 3 公里，饶南一人以 4 分配速狂飙，似脱缰野马，无人能比。

训练结束，陪儿子在酒店的泳池游泳半个多小时。

下午组委会召集会议，主题是 A 队参赛注意事项培训，研究近阶段赛前准备工作。

图 39　在三亚沙滩参加出征仪式的 A 队、B 队的队员们

晚宴，举办隆重的戈 11 出征仪式，嘉宾及参赛队员们两人一组走红地毯。阎爱民副院长等学院领导发表了振奋人心的动员讲话，B 队队员和 A 队队员先后出场亮相。A 队 10 人一起朗诵了我昨天临场受命、仓促写就的出征令，内容意在兄弟齐心、凝聚共识、誓夺冠军：

你我相隔万水千山，你我来自五湖四海，只因共同的梦想，相约到戈壁做伴，用心丈量"玄奘之路"。风雨同舟，哪怕再苦再难。

黄沙依然漫卷，哪里是当年的大漠孤烟。徜徉西风斜阳里，何处是先哲的果敢。悠长不绝的疏勒河，不会忘却大师，久经风霜的千回百转。

戈壁路，人生路。是前世注定的因缘，是今生必经的磨难。穿越厚重和苍凉历史的河谷，翻过一个又一个人性的山丘，奔向生命绽放的彼岸。

无兄弟，不戈壁。性格迥异的你我，虽各有所长，我们目标如一。心灵默契的你我，纵千难万阻，我们同甘共苦。各有所长的你我，锤炼必胜战队，我们所向披靡。

听，出征的号角震天；看，烈烈的旌旗招展。忘却所有吧，不顾一切吧。拥抱戈壁的清晨，拥抱那缕最美的长江理想之光。王者归来，九州震撼。

戈 11，我们来了！

2016 年 5 月 2 日，周一

晴。

三亚。

早上 7 点半，A 队全体队员在海滨集合，沿着海边的人行道训练，男生要求以 4 分 10 秒的配速完成 5 公里。

2 公里前，我和大部队不相上下，之后，渐渐被一骑绝尘的饶南、江上等拉开距离。不想被前面的人落下太远，也不想让后面的人轻易超越，几乎以半无氧的状态，拼力冲到终点，完成了既定训练任务。

2016 年 5 月 4 日，周三

晚上 7 点半到世纪公园，恢复跑 12 公里，平均配速 5 分。

小雨。

晚上 7 点到世纪公园，冒着牛毛细雨，在湿漉漉的空气中渐快跑 17 公里，配速 6 分 30 秒起步，渐渐加快，最后 1 公里配速 4 分。

边跑边宽慰自己，比赛时要轻松，就要挺过训练时的痛苦，多少次的痛苦都坚持过来了，即将奔赴战场，更没有放弃的理由。

多云。

上午 8 点半到卢体训练。

在 400 米跑道上慢跑热身 8 公里，拉伸后，咬牙完成间歇训练："400 米 +800 米 +1200 米 +800 米 +400 米"，每圈用时 1 分 23 秒左右；最后晨光又盯着我跑了 1 组 800 米和 1 组 1200 米，跑完就吐了，再次体会到存皇、热水瓶他们为冠军苦练的滋味。

缓过神来后，慢跑放松了几圈。教练又带着大家做了 3 组核心训练，包括蛙跳、跨步走、深蹲、左右跳、跨栏组合等七八个动作。

和伙伴们共享 3 小时苦乐交替的时光，没有苦哪来乐，乐大于苦。

阴，小雨。

早上 5 点 45 分起床，7 点多到大宁公园，与伙伴们合练 LSD。

周六的素质训练反应强烈，臀部和大腿酸痛明显。

带着爱华练习了几公里拖带，爱华穿着越野鞋，兴致高昂，主动挑复杂的路面跑。又和饶南渐快跑了 5 公里，配速 5 分至 4 分 30 秒。

最终完成 35 公里，用时 3 小时 45 分，跑到后面又累又饿。

跑完，杨医生给我耐心拉伸，曾教练的学生给我踩腿放松。

2016 年 5 月 10 日, 周二

早上醒来, 肌肉的酸痛感好像更厉害了, 冠军是跑出来的。

下午 5 点到卢体训练, 和饶南一起跟着晨光完成 5 公里、3 公里配速跑, 均速分别为 4 分、3 分 55 秒, 体感良好。

晚上, 轶群设宴小聚, 为华东 A 队 4 名队员壮行, 罗德曼、教练、医生等人参加。

2016 年 5 月 11 日, 周三

晴。

傍晚到上海大学体育场训练, 10 公里渐快跑, 配速由 6 分渐加速到 4 分, 最后 1 公里冲刺并不轻松。

和队友们聊了两句感想:

我: 这些日子, 我的思想总是不停地劝说不愿意动的身体: "好好珍惜、把握为数不多的与伙伴们集训的机会吧, 多吃一分苦, 比赛就多一分从容。"

兆娟: 珍惜集训的最后日子, 再多训练一天是一天。

我: 各位都无比神勇, 远远看着你们的背影, 有缘在一起训练并能一同战斗, 无比自豪。

江闽: 宇哥, 还是那句话, 你的精神一直激励着我。

我: 一路跑来的相似心境, 会让彼此共担风雨见到彩虹。

2016 年 5 月 12 日, 周四

晴。

早上 7 点半到小区小花园, 放松跑 10 公里, 用时 1 小时。

看到学院及组委会专门为饶南录制的宣传片, 有几秒闪出我和他一起的镜头, 同样的衣服、帽子、眼镜和态度。

图 40　儿子陪我出席戈 11 出征仪式

2016 年 5 月 13 日，周五

天气反复无常，昨天还是煦暖的阳光，今天就掀起了微风，身着外套仍觉丝丝凉意。

早上游泳半个多小时。

上午到杨医生处针灸治疗，放松。

2016 年 5 月 15 日，周日

多云。

早上 6 点半到世纪公园，20 公里配速跑，均速 4 分 26 秒。

下午收拾参加比赛的行李。

晚上参加上海校友会及华东站为即将出征的戈 11 伙伴们精心准备的壮行宴。小静和大新主持，学校老师代表、施健大哥、新锋站长、众多老戈友、一同训练的伙伴及教练、队医等成员，为我们送上美好的祝福和祝愿，大新还特地为每位 A 队队员定制了象征平安吉祥的红色手链。

图 41 长江商学院上海校友会及华东站为戈 11 出征队员壮行

六上戈壁遭遇强手，
首战失利挑战定力

2016 年 5 月 18 日，周三

下午 4 点，乘飞机落地嘉峪关，晚上 10 点半抵达瓜州榆林宾馆。

长江戈 11 公众号最近连续刊载 A 队 10 名队员的介绍，站长新锋对我的溢美之词，其实难副：

老骆驼是一个值得尊重、值得信赖、高度靠谱、有丰富内涵的跑者。你用再多华丽的赞美辞藻来描述他，都觉得不为过，都感觉还没有把你的内心对他的赞美和欣赏表述充分……

这是一个践行行胜于言的男人，这是一个谦虚低调含蓄的汉子，这是一个敢于担当的兄弟，这是一个内心充满友爱的小伙伴，这是一个包容大气的好朋友。

他静静地坐在那里，你也能感觉到一种力量，他默默地在奔跑，你能感受到那种有厚度的激情。相处之初，不惊不乍；魅力如水，漫漫涌来。

几年前一个十足的"菜鸟"，锐变成一个长江戈壁 A 队队员，每年你都认为他可能会放弃，但他还是在默默地坚持。

这是一种安静的坚持，常常安静到无声。他由内而外散发着从容不迫的张力，让人敬佩。

我们的老骆驼，我们的宇哥，我们的兄弟。

从戈 9 到戈 11，我们为你感动，感动到可以自然地流下激动的泪水；我们为你的修行感到喜悦，喜悦到可以自然地任欣喜的泪水流淌。

跑步修心，你在修行，我们也有一种想和你一起修行的冲动。

我想，我们可以通过他的随笔日记来了解他，今天我们摘录了部分宇哥的日记，等待比赛结束，我们再分享更精彩的宇哥心路。

12 点上床，吃了两粒褪黑素，睡得很熟，做了好多梦。

阵雨。

三年以来，第六次到戈壁，还是第一次碰到下雨。

早餐后，和华峰等人从酒店出发，分乘三辆越野车到赛道，一天时间再次走马观花地看了三天的比赛线路，途中碰到中大、汇丰、上高金等多所兄弟院校的队员。

晚上 9 点，等到刚下飞机的队友，华峰召集大家开会，讨论比赛战术，大家针对两三种可选方案未形成共识。

多云。

上午，陪昨天刚到的几位队友，实地查看正赛第一天、第二天的线路。

下午 3 点，从瓜州出发，驱车前往敦煌，傍晚入住太阳大酒店。东道主树林大哥盛情安排晚餐，戈 7 以来，树林大哥不仅默默奉献，还身体力行坚持参加历届 B 队，堪称老戈友典范、后辈学习的楷模。

晚上 8 点，长江近两百名浩浩荡荡的参赛队伍与所有参赛院校队伍齐聚敦煌山庄，参加赛事组委会举办的点将台开幕仪式。

在现场观看了 1 小时活动典礼后，我们 A 队队员为保持精力，便悄悄地提前返回酒店休息。睡前，我找皮医生放松了半小时腿部肌肉。

阴。

早上醒来已是 8 点半，少有的好觉，觉得还没睡够。

上午，长江师生 100 多人在随队院校领导副院长阎爱民教授、杨晓燕老师带领下，来到瓜州银河长江新村，举办公益活动，探讨长江公益善果枸杞项目的发展模式。多

447

年来，长江校友在参加戈赛的同时，持续践行公益，种"善因"，结"善果"。

中午，A 队队员到敦煌山庄，参加组委会安排的赛前培训。

下午，整理好驮包行李，明早即将踏上四天三夜的戈 11 征程。

晚上，参加长江军团壮行誓师仪式，我们 10 名 A 队队员集体登台亮相，依次发言表态：不负众望，誓夺冠军！

晚饭后，肠胃炎尚未痊愈的杨医生，为我推拿放松半小时。

2016 年 5 月 22 日，周日

阵雨。

今天是戈 11 四天三夜赛事的体验日，赛道直线距离 28.79 公里，实际距离超过 30 公里。

上午 11 点，来自 49 所华语商学院的两千余名队员集结于阿育王寺。长江队伍阵容最为庞大，包括 10 名 A 队队员、57 名 B 队队员、100 余名 C 队队员。

无数旌旗随风招展，激昂乐曲响彻云霄，人人为重走"玄奘之路"而来，将朝着心中向往的目标而去。

连续两日时有时无的阴雨，给戈赛带来些许凉意。列队待发在即，忽然涌来层层乌云压顶，戈壁上空突降难遇的甘霖。随着发令枪响，冒着雷阵雨，顶着飞舞的黄沙，公益团队及各院校队员先后出发。

雨来时疾，去得快，正午后，天色完全放晴。头顶艳阳高照，脚踏苍茫大地，身心与自然相融，人们似乎忘却了世间的纷扰，心灵得到片刻放空。

身着五颜六色的越野服装、绵延不绝的浩荡队伍，一眼望不到头。成群结队、激动兴奋的队员，无论相识还是不相识，都会相互主动加油致意。

为保持未来三天正赛的体力，我们 A 队队员均放松乐跑。经过锁阳城、雅丹地貌等有特色的风景处，驻足摆拍，砾石戈壁滩上，合练团队战术。经过 CP3 后，在一片戈壁上少有的树林中，碰到交大 A 队两队，队员们相互友好地打招呼，合影留念。

下午 4 点半，A 队 10 人踏着整齐的步伐，携手到达终点破城子。

晚饭时，天色大亮，风雨洗礼过的上空，划出一道美丽的彩虹。

阎爱民教授，有感一天征程，挥洒诗篇鼓励队友：

图 42 点将台前长江 "军团" 集体合影

苍茫大漠日色昏，何来兵马起战云？

寂寞唐女惊诧眼，孤独玄奘赞后生。

初战告捷营未稳，众将帐前议战情。

忽有老卒悄声问，明日几时再出征？

戈壁滩上日西沉，远映祁连雪山清。

七彩营帐耀人眼，五十路军战旗红。

冲锋甲士疾步走，殿后老将有一人。

六旬岂可称年长，九十勿劳论废兴！

入夜，营地数千顶帐篷里灯光闪烁，与星空中的点点繁星交相辉映，天、地、人在苍茫戈壁融为一体。

晚上 10 点，进帐休息，头枕空气枕头，身体在睡袋里，总觉得哪里不舒服，辗转许久才入睡。

2016 年 5 月 23 日，周一

晴间多云。

清晨 5 点半，起床的冲锋号角响起，伴随着激扬的乐曲，人们陆续从睡梦中苏醒。天色仍然深黑，空气带着寒意。第一天正赛箭在弦上，这是我人生中最重要的一场比赛，精神分外振奋，心情异常激动紧张。

认真收拾好参赛物品，披上号码簿为六号的战袍，从戈 9 一路走来，第六次来戈壁，三年来得过好多次第六名的名次，希望接下来的三天，六六大顺的吉利数字，能助力长江团队和自己如愿以偿。

7 点刚过，营地已是喧嚣欢腾的海洋，空气中弥漫着大战前夕剑拔弩张的气氛，很多队员的脸上都写着凝重和坚毅。我们 A 队 10 人身着整齐划一的战袍，头戴红帽，上身看红色长袖速干衣，背上黑色水袋，下身穿压缩长裤，慢跑着充分热身。大战一触即发，一切准备就绪。

辛勤付出的 B 队伙伴们，忙碌有序地将百余顶昨天下午由他们亲手搭起的蓝色帐篷收起，连同个人驼包归置停当，装上组委会的大车，即将送往今天的终点。放眼望去，属于长江的这片营地，是整理最为迅速、整洁的营地之一。

450

镇定自若的华峰，在起点面向 A 队队员发表了简短有力的临战动员讲话："你们是长江史上最强的 A 队，代表长江参赛是每个人一生的骄傲，大家为冲 A 队付出了很多努力，现在证明你们实力的时候到了，捍卫长江荣誉的时候到了，希望你们不负所有人的期待，为了心中的冠军梦想，精诚团结，奋勇拼搏！长江理想，生命飞扬！"

焦灼万分的时刻终于到来，为戈壁精心准备的无数日日夜夜，只为接下来三天的傲然绽放。为了重夺冠军，队友中参与时间最短的也准备了近一年，更不必说一起经历过戈 10 的饶南、江闽、爱华、大龙，以及早在戈 8 就参加过选拔的刚哥。我经历了长期训练、多次受伤的磨难，身心经历多层蜕变，对戈赛的理解尤甚。

B 队队员在队长王凯的带领下分站两列，夹道欢送 A 队前往检录处，众人齐声不断高呼"长江加油，戈 11 冠军""长江理想，生命飞扬"的口号，与每位 A 队队员击掌加油。此情此景，无比自豪又略显悲壮，人生中从未遇见过的心潮澎湃，我禁不住热泪盈眶，热血沸腾。

今天的赛道从破城子经昆仑障到六工城，直线距离 32.2 公里。

8 点整，比赛准时发枪，按照戈 10 的排名顺序，A 队每支队伍间隔半分钟出发，长江作为上届季军，排在厦大、交大安泰之后。

长江作为第三支冲出起点的队伍，出发后的阵型立即分为前后两队，前队 4 人两列，登彪和江闽在前，江上和大龙居后，按照战术方案计划取 3 名男生的成绩，大龙备份；后队 6 人两列，饶南和兆娟领跑，我和爱华居中，刚哥陪 Rose 断后，确保取到 3 名女生的成绩。首战即决战，这个打法排出了最强阵容，有志在必得之势。

4 女 6 男的交大安泰 A 队，前队同样是 4 名男生，他们在我们前面出发后，如离弦之箭绝尘而去，直扑更早出发的厦大前队。

我们后队 6 人，前 15 公里，在较平缓硬实的黑戈壁上，按照减时后的配速，保持不低于前队的速度，步调一致稳步推进。我绷紧神经，丝毫不敢分神，尽可能将自己的力量分给爱华，只愿能多给她几分力量，这是 3 名后队男生的职责。

一路向西，顺利跑到 CP1 打卡，埋伏在半道上的小卡和治平迎上来，引领我们十分熟悉地进入骆驼刺区域。作为后队指挥，饶南明显感觉到了我拖带的吃力，让大家立即调整，由饶南拖带 Rose 在前，刚哥拖带爱华断后，我则和能力最强的女生兆娟一起在中间。

此时，身后的太阳已渐高，温度陡然升起，忽然出现一种平时训练、比赛时未曾

图 43　在体验日行进中的长江戈 11A 队队员

有过的偏头痛感，不知是温度上升的自然反应，还是体力过于透支的影响，自我安慰也许调整一会儿就好了（事后反应过来，主要是昨晚落枕的缘故）。

闯进 1 公里多长的骆驼刺林后，队伍不得不变为一列纵队，小心翼翼地跟随两位"兔子"从狭窄的枝杈缝隙中艰难缓行，身体时不时地被来不及躲避的锐刺扎上两下，顾不上痛，不敢停留。

CP2 打卡点也是强制补给点，喘息不足 5 分钟，帮助队友补充水袋。待匆匆跑出补给站，我猛然意识到自己几乎干瘪的水袋没补水，余量所剩无几，还有近半程路，默默隐着担忧之情，不让大家看出，祸不单行头痛又开始变本加厉，右太阳穴明显血脉偾张。

经过进山前的一段长长缓上坡，气候突变，风沙肆虐，迎面卷起阵阵黄沙。我则顶风使劲用手臂拖着挽着兆娟，累了两人就换个方向换只手臂，努力保持既定的配速前进。

一个人跑都辛苦，何况竭尽所能地拖人，难度可想而知，我的大腿难以自然发力，有心无力，唯有坚持，紧跟着前面的队友，不容半点儿差池。始料未及的困难，远超赛前的想象。

记得去年"小坦克"Mily 在戈 10 赛后分享过，实战时的挑战绝非平时可以估量。临战前，自我感觉状态似乎调整好了，可是第一天就遭遇了难以预料的困境，终于体会到前辈所言非虚。

进山拐进窄处仅容一人通过的峡谷，路面怪石嶙峋，凹凸起伏不平，大家只能独善其身，稍不留神就可能受伤崴脚，前功尽弃。

终于抵达峡谷尽头，我带着北娟快速跑出山，前队的江闽回撤接应。如释重负的我，此时放下心来，吸干水袋中仅有的水。

出山后大约500米就是横跨公路的立交桥，从桥上下来便跑上柏油路，后面的路闭着眼睛都好跑，但此时我已落到队伍最后。阳光十分强烈刺目，头晕恍惚，脸上发烫，汗水不止，似乎有中暑的迹象。

由于前面的队友配合默契，且从对讲机中了解到女生的减时成绩已稳稳超过男生，如此维持到终点毫无悬念，自己拼命追赶的意义不大，于是我保存体力，降速放松跑。

跑了不到2公里，转入水渠附近的土路后，索性和治平走了2公里，临近终点几百米才跑起来，冲刺到终点，用时3小时31分55秒。

尽管我看不到前队的实况，但队友们与对手的激烈对决，从交大队队长张梅晓炯后来的记述中可见一斑：

到达CP2。抬头一看，倒吸一口冷气，长江的"尖刀团"从我前方50米的岔道上横插过来，显然他们选择了一条更优的路线。双方的队伍齐头并进到达CP2。

5分钟强制休息时间，长江休息不到4分钟就率先跑出了CP2，可见他们的心情也

图44 跟着最快女"兔子"小卡飞奔

453

是万分紧张，我们则紧随其后。这段4.2公里的缓上坡的砂土路面上，两队继续胶着厮杀，路面很窄，局面演变成你中有我、我中有你的"近身白刃战"。最终我们4人"尖刀团"开始超越，仅领先30秒进入峡谷路段。

交大后队4名女生发挥出色，一直没被我们追上，减时35分钟后超过了其所有男生，取了第六人即第二名男生的成绩：2小时48分36秒。

长江3名女生的成绩压过前队所有男生，取了第三名男生的成绩：2小时52分41秒。

两队女生的减时成绩均超过了各队最快的男生成绩，领先近4分钟，可见女生的发挥竭尽全力，没有任何保留。

首战棋逢强手，我们尽管拼尽全力，奈何能力略逊一筹，加上年龄、减时因素，我们落后交大安泰3分6秒，名列第二。

尽管今天的局面出乎意料，与赛前掌握的敌情有很大的偏差，但微弱的劣势，并没有打消大家的顽强斗志。

下午，华峰在营地的大帐里组织大家研究明天的战术，决定采用饶南推崇的男生相互拖带战术。亲自走完一天B队行程、在一旁认真倾听的阎教授，被大家的拼搏精神感动，为所有队员加油打气。

杨医生为我放松拉伸，经验丰富的国家队队医张乐平，拿出看家本领来给我反复推拿头颈，落枕症状得以明显改善，头痛也大大缓解。

图45　与兆娟在赛道上携手同进

不忘初心千日圆满，
方得始终万里彼岸

第五十三章

2016 年 5 月 24 日，周二

多云。

昨晚注意睡姿，休息得比前晚稍好。

今天是第二个比赛日，全程直线距离 34.1 公里，途经雷墩子、疏勒河、风车阵等标志性地点。

出发前，B 队依然整列齐、队饱含深情地送我们 A 队踏上新的征途。

长江的 B 队如同 A 队的第 11 人，是心甘情愿默默奉献的幕后英雄，是整体团队的强大后盾，是戈壁上最可爱可敬、最可歌可泣的一群人。无论冲锋队，收容队还是其他队员，都特别能吃苦、能战斗，甘于奉献。长江 B 队冲锋队比很多院校的前队还快，一到终点就马不停蹄地搭帐篷。

诚如罗德曼所言：

为了传承和陪伴，我来了！去年我们跑 A 队的时候，B 队和 B 队冲锋队付出很多，在大热天搭帐篷，很辛苦，看着很心疼。今年我们已经跑完了，要传承他们的精神，为 A 队的兄弟姐妹们带带路，传承和陪伴，体现咱们长江的团队风貌。

出发区，穿着红色领跑衫的交大队员，个个兴奋异常。站在交大队员后面的 10 名长江 A 队队员，无不面色冷峻，比昨日平添了几分杀气，我们冷静地注视着强敌，心中的热血滚烫，顽强的斗志早已激燃。

今天战术是"5 男 2 女"。前队取 4 名男生成绩，1 名男生机动。

出发后，我手持 GPS，在后队带兆娟、Rose 和爱华三位女生。经过几处折点，通过村庄后，在公路以 5 分 30 秒的配速跑 7 公里后，便进入茫茫戈壁。

翻过铁路涵洞，前队回撤的大龙接应上来，我们决定放下爱华，其余四人继续，沿着车辙印奔跑。兆娟能力突出，前面基本不需拖带，我的精力放在看路上，或者配合大龙拖带 Rose。将到 CP2 时，连日的阴雨冲刷掉了几天前探路曾划过的标记，赛道少了平日飞扬的尘土，却增添了湿软的泥泞，难度无形加大，一个人跑都费劲，何况还要拖带队友。

我在前面仔细循着 GPS 轨迹，带大家闪转腾挪，费劲地越经雷墩子附近连绵起伏的盐碱地，地上的骆驼刺等植被或低矮至膝，或高及半身，稍不留意身上就会被扎伤、划伤。

吸取昨天的教训，一进 CP3 强制补给站，我首先就在杨医生等人的帮助下补充水袋。此时前方传来捷报，长江前队先于交大前队 5 分钟离开补给站。

我们兴冲冲地从补给站出来，跨过疏勒河。手持专业相机的公益大使长江戈 7 队长税新，迎面给跑在浮桥上的我们拍了好几张照片。

朝着北方奔跑了 3 公里多，途经大片高低起伏、白色硬实的盐碱地面，抵达围栏口。

带着两位不知疲倦的"女神"兆娟和 Rose，跑进风车阵，治平和小卡等老戈友为我们破风，速度比前面还要快。此时不知为何，与前方的联系中断，明知速度已经压过前队，但仍不敢大意，唯有设法不降速。

即将跑过最后两个风车时，体能消耗过大的我，已然力不从心，大龙独自承担起拖带 Roes 的重任。

从风车阵拐进深沟，再出来就直插终点旗门，最后 3 公里，艰难顶着猛烈的侧风，越跑越无力，既然自己此刻已发挥不了作用，就放松保存体力吧。紧随大部队冲线，用时 3 小时 48 分 55 秒。

交大不约而同地打出 5 男 2 女的同样阵型，前队短兵相接，焦灼厮杀。对抗多名马拉松成绩"250"左右的主力对手，能力的确相差悬殊，长江前队完全靠团结和意志。从后来交大队队长梅晓炯的记述中可以了解当时对决的惨烈：

抵达 CP3 疏勒河强制休息点，眼前的一幕，让所有人崩溃。长江队员依然是黑色的小小身影，只是如神兵天降，跑到了我们的前方。在我们刚进入 CP3 休整时，他们已结束 5 分钟强制休息离开了。我们被反超了！

这么努力地奔跑，但在选择路线的劣势下，相当于多跑了 700 米，心里憋屈。一出 CP3，Blue 就开始狂加速，他要追上去，让长江的队员感到压力——被后队追上的

图 46　B 队冲锋队队长罗霆等队员正在搭建帐篷

图 47　B 队冲锋队的杰作——整齐划一的长江蓝帐篷

图48　正赛第二天，我在后队陪伴"三朵玫瑰"前进

压力。这段路是更松软的泥地，越想快，越吃力。跑着跑着，脚下打飘的良飞在前面突然重重地摔倒，一骨碌爬起来，一瘸一拐地继续狂奔。

跑出围栏口，眼前是一览无余的黑戈壁和远处影影绰绰的风车阵。此时被Blue跟跑的长江"尖刀团"也已到极限，两队差距不足100米，清楚地看到有一个队员停下来拉伸，显然有抽筋的征兆。

今天我们最终落后了5分半，与交大的差距扩大到8分49秒。前队取江闽、登彪、江上和饶南的成绩。略有遗憾的是，大的细节考虑不周，没取有年龄优势的刚哥的成绩，他仅随在前4人之后，落后不超过30秒。

后队女生减时成绩超过男生近8分钟，而交大女生减时成绩仅仅超过男生不到2分钟，精准的配合、完美的细节把握，加之能力的绝对优势，注定了这个结果。

傍晚，独自徜徉在夕阳余晖下，怅然若失。明媚的阳光，烘在身上，就像裹着一件暖衣，是大自然对所有人的天赐，只是明天此刻就享受不到了。两天下来，和第一名的差距不减反增。明天的赛道短，难度低，没有复杂战术可言，半马的距离，两个打卡点，出了风车阵，一条路到底。

面对强敌，翻盘的可能几乎渺茫。可是，人生总有些事情，要"明知不可为而为之"。正视现实，唯有放手一搏，为荣誉而战。

晚饭后，之前为避免打扰A队，从不轻易踏进A队休整大帐半步的B队辉凯和雪梅，进来给大家讲笑话解压，知道我明天打前队，他俩使出看家本领帮我按摩放松。

可爱可敬的B队伙伴，比如小静和明广等，明知我们成绩落后，依然拍着我们肩膀鼓励，只担心大家是否受伤，不问什么成绩。

晚上10点半，进入自己的帐篷，丝毫没有倦意，准备好饶南送给我的那双竞速鞋，深情地亲吻了一下，希望它们能助我最后一搏。

2016 年 5 月 25 日，周三

晴。

决胜日，一段终生难忘、刻骨铭心的21.8公里路。

决战时刻，枕戈待旦，凌晨3点半醒来，再难入眠。

按照规则，比赛时间比前两天提前1小时，B队在A队前出发。

前两天B队为A队送行，今天A队送B队，送行的人虽仅有10人，场景却格外动情悲壮。

就实力而言，男生都可以打前队，我在队里年龄最大，从减时规则考虑，取我和刚哥、大龙3名老同志的成绩，更有利于提高团队的整体成绩。

4男2女的战术，等于孤注一掷，必须一鼓作气，一气呵成，不容喘息。年轻的江闽和饶南负责接力拖带我，将力量输送给我，争取绝对成绩不落后，每人都不能掉链子。

交大排出5男1女的阵型，显然，强队经过前两天对决，拼得也是伤痕累累，尤其是不服输的女生。

我们后队是登彪带着兆娟和Rose，爱华根据情况不做要求。

出发不久，饶南就让我拉着他的手臂，全力拖带我，每每我努力向前，想让他省些体力，他就以更快的速度俯身前冲。再后来，每当我如此举动，他都以因气喘而变得急促的话语对我连续怒吼："拉着我，用我的力量，把我'烧'光！"

饶南每天都将有限的力量毫无保留地耗尽。第一天亲见他在后队几乎全程用力拖带女生,第二天在前队舍身冲锋,最艰难时刻先后拖带了两名男生,保障团队取得宝贵成绩。

今天,体力过度消耗的饶南,原本不需要有任何负担,哪怕走到终点也可以。但他为了团队,为了兄弟姐妹,依旧不顾一切地燃烧自己的全部。

我怎么舍得将你"烧"光?如果不是能力有限,怎么会让你如此费力。脚在飞奔,心在流血,泪水在飞。耳边呼啸着风,一个信念,就是往前追,追比我们提前30秒出发的对手。

饶南用尽力气带我到7公里处,终于无法再维持,便停下脚步在路上等候,等到并拖带后队的女生,依然地卖力,依然地玩命!听说他最后几乎消耗殆尽,靠着意念支撑才走到终点。

感人的故事每天都有,团队10人竭尽全力发挥,成就彼此。

在破风的热水瓶、罗德曼和华峰带领下,兄弟们杀红了眼似的,眼见交大队伍近在咫尺,两支队伍在两条车辙印上前后并行,火药味渐浓。沿途碰到许多院校的B队队员,他们都情不自禁地为长江的铁血精神加油。

10公里后,江闽来拖我,他与我默契程度显然不如饶南,不如自己跑的舒服。渐渐地,我感到了有些吃力,速度不由得掉下来。江闽则还在我之后。

看到我状况的罗德曼,情急之下拿出对讲机连喊三遍:老骆驼不行了,赶紧换上江闽。

罗德曼一下子激发了我的满腔斗志,似怒火中烧,大声喝到:"老罗,别胡说,老子绝对没问题!"

不由分说,我加快步频闯到队伍最前面,连华峰都吃了一惊。

我知道自己绝对可以,即使真的不行,也不想听罗德曼这么讲,影响了团队的情绪。

为人厚道、宽厚的暖男罗德曼,涵养十足,不仅没生气,反而对燃起拼劲的我大加赞赏:"兄弟好样的,就希望你这样,江闽你上来,带宇哥!"

跑至15公里,使出了吃奶的劲儿,肚子忽然一阵难受,意识到内急,四处张望,空旷的赛道,随处都是队员,即便停下来一分钟,也恐将再难追上大部队,满脑子只有一个念头——不能停下。

图49 最后一个比赛日，长江战队冲出起点的瞬间

昨晚临睡前吃了不少东西，早上热身时间短，排空不够。难言之隐，只能默默承受，不敢言说。

将进入废旧矿山时，交大一名队员被我们追上，热水瓶说，交大出现状况了，他鼓励大家加油，我似乎平添了动力，极限已经过去。

连续干了三天前队、脸色极度疲惫的江上，好像真已力竭，我和大龙一边一个，拉着江上并肩努力向前。三人一直携手，紧随交大前队跑到终点广显驿，打卡后如释重负。

后队连续战斗三天的两名女生，兆娟拼到红了眼，心率飙到极高，处于生理期的Rose，不甘人后，在登彪、饶南的陪伴下拼到力竭，令人动容。Rose久久擦拭不去的眼泪，是不服输的泪。

从梅晓炯的记述中，可见交大队员对大势已去却依然拼搏不止的长江的客观评价：

骁勇的长江"尖刀团"随后赶上，又一次和我们胶着在一起。浩浩荡荡十几个人，再次混作一团，这样的场景几乎每天都在重演。

不过跑步能力上的优势，让我们再一次把差距稍稍拉开，但也只有区区几十米。最后 4 公里处，教练让乐也后撤接应女生。正当乐也转身后撤之际，后队的途狼急了，因为女生状态不稳定，4 人散作 4 队，形势不可控。

最后 1.5 公里，听到教练命令每个人全速冲刺，随风快速上来。但乐也还在长江的后面，Blue 和我决定后撤拖乐也。一时间，我们 3 人和长江尖刀团再次混作一团。……无论是队友还是对手，在最终 300 米的路上，这些铁骨铮铮的汉子如猛兽般，低吼着全力冲刺，而终点的战鼓声，已在耳边隆隆作响……

尽管最终长江男女选手均获得单日第一名，团队也将前两天的成绩差距缩小了 5 分半，但长江还是遗憾地以 2 分半的微弱劣势屈居亚军。

比赛落下帷幕，长江的成绩不是我所希望的。结果从第一天就注定了，如果我们能咬住，如果第一天能领先，优势一定在我们。可是，"如果"毕竟不是"结果"。

我的表现基本及格，前两天完成拖带任务，使女生成绩均大幅超越男生，第三天在力所能及的情况下，拼尽全力取得了一分，可以释然，已经解脱。

遗憾没有夺冠，这是无法改变的遗憾，若遗憾是别样的美，权当这是别样的收获吧。时隔多年，记忆中的遗憾，恐怕比喜悦更能让人珍视。

饶南在出发时说过："不管我们的对手是谁，我要让所有人记住长江。"今天如此近距离的短兵相接，不屈不挠，后来居上。我想，我们做到了！

四天三夜，120 公里，所有长江人，包括组委会、C 队、B 队，以及 A 队，倾情上演了一部顽强拼搏、荡气回肠的大片。

A 队比赛堪称戈赛有史以来最为经典的焦灼战，尤其是长江与交大安泰的强者对决，直至最后一刻才见冠亚军分晓，且成绩相差极其微小。长江 A 队的队员们再次突破自我，凭借出色的团队协作和拼搏坚持，缔造了戈赛又一佳绩，成为戈 11 赛场上不可磨灭的一面旗帜。B 队 57 人全员完赛，并蝉联沙克尔顿奖！

虽然我们 A 队未能如愿夺冠，但拼搏精神依然可圈可点，为包括对手在内的所有人真心折服。戈 11 的线路被公认为历届最难，但长江 A 队的成绩却取得了超越往届的重大突破。由一群经过历练的老"菜鸟"组成的 A 队，虽未战胜年轻力壮的对手，但今年亚军奖杯的光芒丝毫不逊色于冠军奖杯。

一年来，以华峰为首的戈 11 组委会及众多老戈友，将事业和家庭暂时放下，投入大量时间、精力、物力、财力，牺牲无数节假日，全身心投入到赛事组织工作中。他们所做的一切，大家看在眼里、记在心里的只是一小部分，绝大部分是不为人知的默默耕耘。

正是在长江的大熔炉里，我们做到了因梦致远。华锋的赛后感言，体现了长江的王者风范，团队的宽广胸怀：

戈 11 的帷幕已经落下，十分感谢过去一年来给予我们大力支持的同学、老师，正是因为你们的参与、支持、传承与陪伴，才使长江戈 11 军团在过去的 4 天中顺利完赛，并勇夺亚军！虽然最终我们以 2 分 31 秒惜败，但所有人都已尽了最大的努力。

同时，我们也应该感激交大、厦大、中欧、人大、复旦等兄弟院校，正是因为他们，我们才展现出了最好的自己。戈壁场上体现的还是实力，而每一份实力都是由汗水浇灌而成的，向对方学习，尊重每一个对手，才能让我们不断前行！

请大家不要再受外界影响，去评价或传播一些并不准确的信息！坚守，从心出发，戈 12，长江加油！

B 队冲锋队主力罗霆的"戈后感"：

戈壁除了 A 队，还有 B 队和 C 队，戈壁除了冠军，更重要的还有陪伴和传承。我们的 A 队在戈壁并非为了冠军，而是为了捍卫长江的荣誉和永不言败的精神。无论对手是谁，我们都会倾尽全力，光明正大地跟对手战斗，即便输了，也赢得了尊重，这才是长江精神。

冠军对我而言，没那么重要，我发自内心地敬佩 A 队队员，想为他们做点什么。我达不到 A 队队员的能力，也不能像他们那样日复一日、年复一年拼命地付出和训练，但我至少可以在这三天，拼命为他们服务，让他们感受到自己不是一个人在战斗。

A 队拼了，冲锋队也拼了，大家都尽力了，无怨无悔，至于结果不重要，长江精神和兄弟感情比什么名次都重要。我去冲锋队搭帐篷，是因为里面有饶南、登彪、Rose 这些我的兄弟姐妹，还有刚哥、宇哥、兆娟这些我不熟但是同样钦佩的同学，再苦再累也愿意，跟他们的苦和累相比，我们这点付出根本不算什么。

戈 8 冠军子良坦言：

成为 A 太不容易了，作为长江的 A 就更不容易。……我们拿不拿冠军，都已征服了戈壁，今天，A 们让所有人记住了长江。无冕之王！

图 50　与江上、大龙三兄弟携手并肩撞线（从左至右分别为：热水瓶、大龙、江上和我）

图 51 戈 11 终点营地与杨杰、饶南、爱儿媳妇、康凯、小静合影

图 52 戈 11 终点营地与曾朝恭教练合影

早上 7 点半，乘车到嘉峪关机场。

戈 11 落下帷幕，近 3 年"不务正业"的苦日子终于告一段落，自己接下来要享受愉快的乐跑。以平常心，做不平常的自己。

距冠军仅半步之遥，虽有遗憾，但一路跑来的收获满满。祝贺并感谢强大的交大，让我们亚军的含金量毫不逊于冠军。感谢给予我各种帮助的兄弟姐妹，感谢在冲 A 的日子里，亲朋好友的理解支持！

校友会组织了盛大的接机欢迎仪式。平安归来，带着别样的胜利，心生微微苍楚，预想亲人的迎接，哪怕一缕清风拂面，也算是过分的奢求，你们却给予了超越英雄的礼遇，久久沉醉于忘情的欢呼和拥抱中，一扫戈壁征尘，明天仍有新路。

尽人事，听天命。接受不完美，坦然面对结果，不再为此纠结，将失意化为动力，放下过去的执念，远方的路还很长，还要继续走。

图 53 硝烟散尽后重回宁静的终点戈壁清泉

图 54 华峰携 A 队 10 名兄弟姐妹领取团体亚军奖杯［从左至右分别为：组委会裁判、刘刚、张爱华、张兆娟、饶南、陈玲（Rose）、王华锋、龙应斌、江闽、我、李登彪、江上］

第五卷

一个人只有生活在伟大真理
与永恒法则的光辉之下，
同时受到远大理想的指引，
在受到社会冷遇
和忽视时才能保持耐心，
在受到人们的交口称赞时才不会
飘飘然和忘乎所以。
——（希腊）埃皮克提图

结　语

一 直 在 路 上

依稀记得，我拼尽全力冲到戈 11 终点，抖却衣襟上大漠的征尘，从扣人心弦的沙场切换回常规轨道时，惯性使然，显得怅然若失。然而，进入后戈壁时代，跑步已成为我生命里不可或缺的重要组成部分，乐跑的"路"在脚下持续延伸，"道"不断在思想深处淬炼，心态和思维方式潜移默化地发生着良性的变化。

跑步 10 年来，我每年的跑量平均在 3000 公里左右，这些年如愿完成国际马拉松六大满贯，荣幸成为一名令业余跑者羡慕的"六星跑者"，参加过国内外大大小小正式的马拉松、越野赛 60 余场，连续 7 年参加家门口的上海马拉松。如果时光倒流到 10 年前，一次连续跑哪怕 5 公里，自己也不敢奢望。人到中年绝想不到，竟然圆了青少年时的运动梦，小时候身体孱弱的我最羡慕的不是学习好的同学，而是穿着校服在运动会田径场上吸引无数女生眼球、无比"嘚瑟"的帅气男生。

从小有随手写日记习惯的我，以流水账的形式，记录了这些年奔跑路上的历程，包括训练比赛情况、伤痛状况、身体感受和心理动态，以及与一同训练的伙伴、队友、教练、队医等人的互动。时隔经年，信手翻看曾经走过的路，许多美好的光阴故事出现在眼前，本书则是我 43 岁踏上长跑路最初三年尤为珍贵的点点滴滴记忆，时光飞逝，谁说岁月无痕，往事并不如烟。

一次一次地打破平衡，一步一步地积累成长，给自己增添的是自信和勇气，生命在不经意间多了一抹绚烂的色彩。无论在生活还是工作中，每当遇到困境，放弃和懈怠的念头闪现，只要回首昨日曾经感动自己的历程，便找到了力量的源泉，坚定了继续前行的信念。

起初，并没有记录自身经历的动力，形成文字的初衷，源于好朋友的热情鼓励，他们希望我在戈赛后将路上的经历分享出来，包括一路上的感恩萦怀。情谊难违，我勉为其难地答应只要夺冠，就将心路呈现。遗憾的是，2016年5月，我作为A队成员之一，代表长江参加戈11，以两分半的微弱差距屈居亚军，写作计划于是就此搁浅。

2021年5月，时隔5年，以康凯（热水瓶）为首的组委会卧薪尝胆、运筹帷幄，率领七年磨一剑的长江A队，在强队如林的戈16赛场上奋不顾身，顽强拼搏，不负众望，实现大捷，重捧冠军奖杯，终圆无数人的未竟之梦，我虽远在千里之外，也禁不住热泪盈眶。儿子这年参加高考的作文题目中的素材提到：经过时间的沉淀，事物的价值才能被认识。回顾自己多年的跑步路，深以为然。时过境迁，穿过岁月长河，又添几许沧桑，一幕幕难忘的回忆如美酒一样，历久弥醇，再回首，多少滋味在心头。

与一向羞于抛头露面的个人性格不太相符，之所以决定将这段普通人平凡的尘封往事通过文字加以分享，不怕贻笑大方，初衷也是为了感恩助我挖掘身心潜能、探寻生命意义、增添人生精彩的所有人。诚然，倘若能够带给读者哪怕一丁点儿裨益，实属莫大的幸福。一路上得到太多无以为报的关爱，只想力所能及地将前车之鉴呈现给可能需要的人参考，哪怕能帮助他们少走一公里的弯路，多一公里的进步，也是我莫大的欣慰。

本书付梓之时，也是我坚持长跑跨入的第十个年头，日常生活中较少有一件事情，能够让人独自心甘情愿地远离喧嚣，坚持如此之久。书中以日记体的形式，以时间为维度，真实记述了一名没有体育基础的"小白"通过三年的坚持，成长为长跑爱好者，乃至非专业跑者中较专业者的故事，一路上，我还与志同道合的伙伴结下了珍贵纯洁的友谊，路过的美好并不虚幻，一切的一切在很大程度上要归功于我身处的合适环境和平台，归功于给予我各种帮助的人们。

有缘就读长江商学院后，众多优秀的老师和同学向我打开了知识之门。在此期间，我通过三年备战，代表学院参加了第十一届玄奘之路戈壁挑战赛，这一经历是我足以一生引以为豪的骄傲，长江团队总是戈壁赛场上最靓丽的风景线。

一名十足的老"菜鸟"不断地努力挑战自我，进步为业余跑者中的不业余者，找到一种喜爱且坚持十年的生活方式，形成自律的习惯，将不可能变成可能，如果失去长江的适宜环境和良好土壤，这种蜕变几无可能。长江成其大因不择细流，热烈时如骄阳炙心，宁静时似清月婉人。只要个人愿意尝试，就能站上长江锻炼的舞台，不必说让我收获意外惊喜的跑步飞跃，也不必说担任过戈12的A队教练的经历，单就不久前在高远户外俱乐部换届仪式上，我的主持处女秀仍得到大家的包容和鼓励这件事，

474

都足以让我一生难忘，已经不记得有多少人生的"第一次"在长江完成的。

经过戈赛洗礼后，学院及各地校友会的师生们给予了我们英雄般的隆重礼遇和殊荣，我的内心其实有愧。长江理想，生命飞扬，长江有大爱，点滴成绩的背后，无不蕴含着无数幕后英雄的默默付出，感谢为历届戈赛提供各种赞助支持的所有老师和同学们。

感谢给予我关爱鼓励的院校领导、老师：项兵院长、阎爱民教授、齐大庆教授、梅建平教授、王一江教授、薛云奎教授、滕斌圣教授、周春生教授、朱睿教授、李海涛教授、杨晓燕老师、刘卫宇老师、李敏老师、徐海平老师、白晶老师，以及班主任钟有丽老师等。特别值得感动并感谢的是陈龙教授，毕业后尽管少有联系，当我冒昧恭请陈教授为本书作序时，教授百忙中并未推辞。

感谢长江华东训练站这个温暖家庭里给予我真诚呵护的兄弟姐妹们：施健、黄兆军、阎新峰、康凯、吴军、徐明、江昌雄、孔祥云、王玉荣、李同军、程晓伟、王薇、高磊、张晓英、朱小丹、周玉静、衰存皇、袁皓、刘力、陈超、郭永、胡玲玲、胡静、严伟峰、金雨晴、龙陈、陈江、华敏、刘志新、叶双铭、王正军、王晓亭、刘雪梅、连春晖、汪恭彬、周轶群、徐美儿、张红曼、高旭、刘辉凯、程焱、罗敦、谭军、宋阳、程曦、邓霏、吴宏生、金昌峰等。

感谢经验丰富且要求严格的教练们：曾朝恭、胡尧新、金源、郭晨光、滕亚萱、范亚光、郭光辉、高旦潇、王林、马金国、栾爽、张锐等；感谢富有爱心且尽职尽责的专业队医们：杨杰、张乐伟、皮尚伯、赵志军等。

感谢在关键比赛带着我实现突破的最佳"兔子"：2014年衡水马拉松上的戈9A冠军队"最牛队员"袁皓。2014年上海马拉松、2015年戈10白沟选拔赛上的原国家队优秀运动员金源教练；2015年戈10高淳选拔赛上的戈8A冠军队队长"非人类"陆宏达；2015年戈10崇明选拔赛、2015年北京马拉松、2016年戈11戈壁终极选拔赛、2016年后半程柏林马拉松上的帅而低调的胡尧新教等。

感谢甘当人梯无私付出的戈友们：王睿、程晨、乔新宇、平刚、高燃、朱国凡、徐飞、舒晶、朱先旭、彭一峰、柯旭红、方飚、袁丽淇、陆树林、税新、宋明选、陈侦、黄海东、孙薇、邢怀香、魏巍、罗壹雄、陆宏达、王英偶、鲍静云、华旸、刘子良、程洋湜、马春美、王学军、姚军梅、陈科利、李从文、张杰、肖冰、舒翎、兰天、王海航、冯平、李明广、蔡永军、满志、罗霆、陶荣、李小白、邓超明、曾花、刘金钊、毛芳竹、高洪满、韩笑、严凯、刘宇宙、赖力、郑潇、郑毅、蔡天铭、王伟权、王毓、王艳娇、苏骁勇、迟景朝、张观军、孙亚明、蔡哲义、曾勇、张勇、张炯、倪振洲、白万林、张欣、蔡敏新、黄晓松、唐龙、刘哲义、赵玖学、唐凯等。

行文至此，忽然琢磨如能邀请长江戈 1 到戈 16 每届 A 队的一位队员代表，结合参赛感受为本书写几句评价岂不更好。于是想到做到，我怀着忐忑的心情，立即给 16 位兄弟姐妹发出请求，还特别加上 10 人 A 队不可或缺的第 11 人，即 B 队的一位队员代表。令我备受鼓舞的是，所有人几乎在第一时间回复无条件支持，随即陆陆续续收到许多过誉的美言，尽管明知其实难副，但还是毫不谦虚地笑纳了，这些评价更是对戈赛文化及长江冠军精神的认同。

感谢陪我参加历次冲 A 选拔的伙伴们：彭烨、缪品章、曲振海、叶一火、范宇、田青菊、华昕、张晓楠、谭进、陈婉、区傑、张霞、万凌、寇祥河、曾纪明、单兴洲、廖彦淞、颜赟赟、张功新、李冬炜、张珏、吕军强、张瑜、刘劲松、许朝军、许良根、高群、张志宏、孙晓明、林茂坚、王亮、于海丽、戴倩、翟恒、罗妍、褚锃等。

感谢历届组委会的无私奉献和坚强担当，感谢戈 11 组委会主席王华峰，以及王凯、孙化明、陈治平、马妍星、刘力、曾花等组委会成员，随队教练康凯、吴军等人，保障团队钱程、胡斌、苏鹏飞等人的忘我投入和倾情付出。

感谢团结一心、奋不顾身、众志成城赢得长江荣誉的戈 11 亲爱的队友们：张爱华、张兆娟、陈玲、李登彪、饶南、江上、廖江闽、刘刚、龙应斌。

感谢有缘同场竞技的所有商学院的戈 11 参赛选手，走过茫茫戈壁，都是兄弟姐妹，场上是对手，场下是朋友！感谢在所有赛场内外给予我鼓励支持的兄弟姐妹！

未曾忘，10 年前世纪公园为我长跑启蒙的是交大安泰戈 8 A 队玫瑰 Helen。巧合的是，戈 11 赛场上与长江焦灼争锋的正是交大安泰，感谢强大的对手，激发我将有限的潜能淋漓尽致地释放。

感谢戈赛创始人曲向东先生为商学院精英精心打造的这场经典赛事。

感谢中国出版集团东方出版中心丁峰主任、戴浴宇编辑等各位老师的精心指导，他们为本书的顺利出版投入了大量精力，付出了辛勤汗水。

感谢拍摄书中插图的戈赛及长江组委会的摄影师们。

感谢终生忙碌的父亲和母亲大人赐予我生命和灵魂，他们虽没有能力给我提供优越的物质条件，但言行如一、踏实上进、吃苦耐劳的优秀品质，是让我今生受益无穷的巨大精神财富，遗憾的是，我没有尽到应有的孝道。

家，永远是值得依靠的港湾。三年冲 A 过程中，我牺牲了很多本应对家庭的照顾，夫人和爱子睿泽却一直对我无条件支持并充分理解。这期间，得益于我的耳濡目染和软硬兼施的引导，儿子也渐渐习惯了长跑。我带他从小到大训练过 50 多次，从一两公里跑到 15 公里，最长的一次是 2019 年 11 月，高中二年级的小男子汉在崇明岛的一路秋风冷雨中，汗水泪水相加，苦乐交集，耗时两个半小时，艰难跋涉完成了注定让他铭记一生的第一场半马，从始至终陪伴见证的我，觉得比自己取得好成绩都快乐，儿子的进步，何尝不是鼓励我继续前进的动力呢？

从 2014 年以戈 9 的 C 队成员身份初次踏上戈壁这块神秘大地算起，至今我前后共去过八次戈壁，戈 10 和戈 11 的选拔及正赛去了五次，最后两次分别是戈 12 的选拔和正赛。在"感恩、传承、陪伴"的戈壁精神感召下，我参与陪伴了戈 12 的全过程选拔赛，正赛中还荣幸担任破风手，实现了自己在戈赛 A 队、B 队、C 队三种角色的圆满转换。最后那两次再去戈壁的心境已大不同，锁阳城饱经风霜的塔尔寺遗迹依然接受着漫漫风沙的洗礼，蜿蜒曲折的疏勒河河水依旧富有生机忘情地流淌，望不见尽头的风车阵里簇簇叶轮总是不知疲倦地在空中缓缓起舞，江湖还是那个江湖，我心中的戈壁，已经不是曾经那个戈壁，我似乎也已不是来时的我。

长江后浪推前浪，作为一个已退出江湖的老戈友，这些年一直默默关注并欣喜地看到生生不息的新生力量茁壮成长，戈赛的规则体系更加完善，竞赛水平不断提高，各院校的准军事化组织水平更加系统高效。

短暂处于低潮期的长江在竞争愈加激烈的环境下负重前行，取得戈 16 的成功绝非偶然，这得益于长江人的自我革新精神和知耻而后勇的勇气，尽管未来的竞争一定更加激烈，但有科学的训练机制和体系化的梯队建设保障，尤其具备能够良性传承的冠军基因，哪怕遇到短期的波折，也不会影响来之不易的大好发展趋势，但这一切都值得我们倍加珍惜和努力维护。

在后疫情时代，对生命的渴望和健康的关注格外引人深思，我对未来也更充满期待。在广袤无垠的戈壁，如我般的"菜鸟"，天苍苍野茫茫中叹服自然的伟力，也更加懂得敬畏风险、敬畏生命。

结合个人自身实践经验，对于刚刚打算长跑的跑步爱好者们，我建议从开始就养成科学训练的良好习惯，尊重运动规律，量力而行，循序渐进。越野赛和马拉松都是

图 55　2016 年 8 月戈 11A 队团建与华峰相聚仙女山（从左至右分别是为：江闽、饶南、江上、我、张爱华、王华锋、张怡娟、陈玲、李登彪、刘刚）

长距离运动项目，势必会挑战个人的能力极限，因人而异，并不适合所有的人，如果赛前不在专业指导下认真准备，很可能导致不良后果。

生命是一场长跑，既是一个奋斗的过程，也是一个等待的过程，更是一个体验的过程。生命的意义一定程度上是特定环境和际遇带给个体身心的体验和挑战，这些年如果没有长跑相伴，我和我的经历注定是另外一番模样。行万里路，读万卷书，不读书我会感觉蓬头垢面，不运动似乎会精力涣散。米什卡·舒巴利在《长跑》一书中讲得好，跑步不是什么秘密，也不会创造奇迹，但可以帮助你在某一段时间专注于自己的内在，开始反省并学习如何料理自己的人生。

一路跑来，我学会了以马拉松的视角看待事物。人生无处不是马拉松，交织着无数或曲或直、跌宕起伏的赛道，平步青云时无须纵情，落入低谷处不必寡欢。挥汗如雨的路上，充盈了身心，体悟到意志，只要继续就可能战胜昨天的自己，突破舒适区，痛并快乐着。人生不设限，在有限的时空，尽可能地突破原有的限制，何尝不是一种快乐和享受。

生性愚钝的我，无论是在学业还是工作上一直践行着勤能补拙的理念，长跑更加直观地验证了这个道理。有什么比跑步更公平的事吗？跑的乐趣在于投入的努力看得见，回报真真切切，跑步还是一种放松身心的方式，行进中的身体保持着心的安宁。吾生有涯而跑无涯，跑者无疆，跑增添了我人生的信心，我会继续不断挑战和突破自我。

"靡不有初，鲜克有终。"万事俱备、十拿九稳、一眼望穿的路，从来都是人头攒动；艰难险阻、迂回曲折、前途未知的路，能践者寥寥。无论难与易，路不经自己走，怎么知道能行？观望徒增怯懦，坐而论道，再好的机会也会擦肩而过，成事的能力、条件和答案，往往在路上。保持"菜鸟"的平常心，不抱不切实际的幻想，机会来临时要把握，有勇气跑出去，一步一个脚印地去跑，这样外面世界给予我们的回报，往往是惊喜。

人终将老去，唯有思想不老。人不可能永远追求速度，但汗水的洗礼，可以让我们挑战新的长度；人也不可能永远保持身体年轻，但精神的涤荡，可以有助于心态保持年轻。只要出发，就有可能到达，成败有时一步之遥，凭借毅力和拼搏才能如愿。最困难时往往最接近成功，即使没人相信自己，也不能轻言放弃。

戈赛参与者多为商界精英，这群人争强好胜，哪个不想成为冠军？特别是传统强队的选手。"现代奥林匹克之父"顾拜旦说，重要的不是取胜，而是参与。相比结果而言，参与的态度和过程更具意义，带着认真投入的态度参与，专注享受过程中的每个细节，结果水到渠成，这时即便未能取得形式上的冠军，也具备了冠军的精气神。这种精气神除了包括自身日复一日积累的自信、乐观和坚强，一定还包括所有队员忘我激情，超我的斗志，相互成就、追求极致，不达目标不罢休的品格。人生赛场概莫如此，永葆一颗冠军的心，努力向冠军的目标奔跑。

古希腊神话里的西西弗斯，因得罪诸神，被判罚将一块巨石艰难地推往山顶，但每当他艰难地将巨石推到接近山顶时，巨石就会滚落到山脚，他不得不一次又一次地推巨石上山，难以挣脱宿命。我们很多普罗大众何尝不像西西弗斯，以同样的节奏日复一日地做着类似的事情，只是有人甘之如饴，有人则不堪忍受。

坚持跑步，不断重复着昨日的故事，在简单和平凡中发掘自身的潜能，探寻到自己的幸福，找到生活的美好。一千多个日夜看似单调乏味，个中体验正是奔跑的意义，享受心灵的自由，这何尝不是最大的快乐和感动。

戈11比赛结束4个月后，我在夫人和朋友们的陪伴下参加了柏林马拉松，开始冲刺国际马拉松六大满贯取得了3小时01分的新突破。无论是戈11冲A参赛，还是跑过的每场马拉松，每到终点那一刻，下一目标仿佛又在眼前，人生还有很多"A"值得去冲，有很多"马拉松"值得去跑。就像有人问，你什么时候破3小时？我答："生命不息，运动不止，一直在路上。"

罗曼·罗兰说："世上只有一种英雄主义，就是在认清生活真相之后，依然热爱生活。"感恩生命中给予我关爱、帮助的所有人，惟愿人人保有生活的热情，健康快乐！

2022 年春

谨识于浦东花木

图 56　2016 年 10 月，戈 12 白沟选拔赛穿行在隧道中

图 57　2017 年 5 月，与队长登彪、政委饶南及江上在戈壁上陪伴戈 12（从左至右分别为：饶南、江上、李登彪、我）

图书在版编目（CIP）数据

因梦致远：我的"玄奘之路" / 刘宇著. 一上海：
东方出版中心, 2022.8
ISBN 978-7-5473-1991-8

Ⅰ.①因… Ⅱ.①刘… Ⅲ.①日记－作品集－中国－
当代 Ⅳ.①I267.5

中国版本图书馆CIP数据核字（2022）第098189号

因梦致远 —— 我的"玄奘之路"

著　　者　刘　宇
责任编辑　戴浴宇
装帧设计　钟　颖

出版发行　东方出版中心有限公司
地　　址　上海市仙霞路345号
邮政编码　200336
电　　话　021-62417400
印　刷　者　上海丽佳制版印刷有限公司

开　　本　787mm×1092mm　1/16
印　　张　32.5
字　　数　463千字
版　　次　2022年9月第1版
印　　次　2022年9月第1次印刷
定　　价　148.00元